锦瑟

范迁 著

THE

SAD

ZITHER

Shanghai literature and Art Publishing House

他一生全部的努力

只是为了完成

普通的生活……

1 第一章　一个千疮百孔的夏季

淅淅沥沥地下了一整天的雨。他从学校走回来，进门如落汤鸡一般。二房东把他的信件和隔日报纸搁在楼梯口。信件中有一封父亲的家信，他夹在胳肢窝里，拾阶而上。

125 第二章　忘川之水

围棋是最单纯的，也是最复杂的。围棋是一道槛，槛里槛外是两种不同的人生。他沉溺其中，忘了身处野战军政工要地，忘了身负送达重要文件的任务，忘了外面南下大战一触即发……

205 第三章　永劫回归

在上海阴湿天的一个午后，在人生最后的驿站——病床上，在一片生机勃勃的嘈杂声中，他突然进入一条时光甬道，很清晰地看到一路走来的人生……

358 后记　此情可待成追忆：父辈的锦瑟年华（范迁）

364 附记　文本的痛楚：我看《锦瑟》（严歌苓）

第一章 一个千疮百孔的夏季

渐渐沥沥地下了一整天的雨。五点钟天就暗了。他从学校走回来,进门如落汤鸡一般。二房东把他的信件和隔日报纸搁在楼梯口。信件中有一封父亲的家信,他夹在胳肢窝里,拾阶而上。

1

淅淅沥沥地下了一整天的雨。五点钟天就暗了。他从学校走回来,进门如落汤鸡一般。

二房东把他的信件和隔日报纸搁在楼梯口。吃夜饭辰光,这幢石库门房子里忙得一塌糊涂。灶间里油锅噼里啪啦响,夏太太一面左右开弓地炒菜,一面嘴巴不停地骂自家几个小鬼。佣人阿香洗菜揩台子摆碗筷打下手。客堂里一只十五支光的电灯泡下,矮胖的男人坐在藤椅里,鼻子凑得很近地看报纸。夏先生看报仔细,政局财经电影戏目结婚启事死人讣告一项不漏。夏先生看完了轮到他,他看完了再搁回到楼梯口,阿香明早生煤球炉要用旧报纸引火的。

信件中有一封父亲的家信,他夹在胳肢窝里,拾阶而上。逼仄的房间里一股霉味,墙上草绿色油漆杂陈斑驳,像煞是野小鬼的癫痫头。一扇盈尺木窗,旧竹帘已经七零八落。棕绷床上铺了薄薄的被褥。床下塞了两只藤条箱,里面是衣物和书籍,还有一只痰盂,一只脚盆。床边摆一张老式写字台,一把藤椅。这个局促寒酸的亭子间,是他的栖身之处。

他打开绿色玻璃罩的台灯,一只粉蛾在灯下盘旋不已。

鞋袜尽湿,他提了空热水瓶,去弄堂口的老虎灶上泡开水。回来先泡茶,再倒洗脚水。坐进藤椅,把一双冰冷的脚浸入脚盆里,然后喝茶看报。报上新闻都是炒冷饭,他略一翻看,随手搁下,拈起那封父亲的来信。

信封的红线长方框内,是父亲一笔遒劲的颜体。每月头上,总有这么一封信函从扬州寄出。信中父亲告知三二家中琐事,几句叮咛,还有一张九圆的银票。这是他一个月的房租、饭钱及零花铜钿。初到沪上,这笔款子用来也颇为宽舒,如今物价涨了不少,他只得节省开销来弥补不足。买便宜的茶叶,平日晚餐吃碗盖交面打发。衣装是笔大开销,再如何手紧,在上海这种衣帽鉴人的地方,一袭深蓝色轧别丁长袍,一套浅灰色的培罗蒙西装,两件浆过的衬衫,一双上足油的牛津皮鞋还是要的。

他就读于圣约翰大学,沪上最体面的学府,在那里做学生,也总要登样些。

拆开信封,内中并无所期待的银票。他一个激灵,赤了脚水淋淋地站起,水门汀地面冰凉刺骨。几番寻找,一无所获。他呆了半晌,再展开父亲的家信。

我儿如鉴:

二月来,所谓的打老虎运动,如火如荼,扬州也被波及。你堂伯父之盐局,月前被税务稽查给查封了,说是囤积居奇。经多日奔走,亦托了人,却全无转圜余地。事发匆促,柜上的银票现洋都被冻结。逢此变故,家中顿断生计,仅靠典当举炊。唯恐你忧心,并不敢告知详情。原想假以时日,案情或能好转,不想前日军警上门,你伯父连人亦被捉进去。遭此横祸,全家惶惶不可终日。一个长年,一个娘姨都已辞退。你两个妹妹，亦退学在家。实是山穷水尽，最后一途只有典卖祖屋，已关托了人。只是你这月一应费用，万难凑齐。我儿如有同窗好友能周转一二，先渡难关为荷。

为父惭愧，上不能光耀门楣，以慰祖宗之灵，又时运乖蹇，下不能令家人温饱，子孙安心读书。实在汗颜……

这对他不啻于一记当头重击。堂伯父的盐局开了三十余年，生意做遍长江南北，在扬州也是有名的殷实商家。北伐、军阀混战、日据时代都过来了，不料今朝竟会被查封。原先他还偶有不平：同祖同宗，何以伯父家殷实丰饶，他家却如此清寒？哪料大厦一旦倾倒，小户蓬门率先烟灭。

上海是世态炎凉之地，他岂能拉下面子去告借？一旦开口借钱，交情即刻直转而下。况且，同学都认为他是扬州大盐商的家眷，富家子弟。并非是他虚荣，要去冒充有钱人家，而是圣约翰的学生大多非富即贵，他只是想平等交往而已。

他晓得老家之窘迫。七旬祖母瘫痪卧床要人服侍。大姐嫁了个痨病鬼，整日和药罐子打交道。弟弟们都不是读书料子，一个在扬州学厨，一个在盐局里打杂，每月只有几个剃头沆浴铜钿。私塾出身的父亲，除了写一笔好字，算盘打不过人家，新式簿记亦不会，更不擅于应酬经营。堂伯父是看在亲戚的分上，派了一个襄理的头衔；其实是个可有可无的闲人，领一份干薪而已。

他是当年唯一考进圣约翰的扬州子弟。堂伯父打了包票：蛮争气的，学费就包在我身上了。但老头子为人四海，身边打秋风的阿狗阿猫众多，今日堂会，明日做寿，酒一吃，人就犯糊涂，银票常常脱班。近几月的款项，大多由父亲寄来的。一直瞒到油尽灯枯，父亲才把原委和盘托出。

他袋里只剩七圆钞票，两三铜子。这点钱不够半月的开销，房钱就要缴付。夏太太人虽和善，但锱铢必较，一分一毫算得毕清。一到缴租日子，总是有意无意地在眼前晃来晃去，找了话头搭讪，意思是提醒他不要忘了缴房钱。还有，本来打算要买一双皮鞋，脚下那双很快就会洞穿。

皮鞋是不能想了，这点钱缴了房钱，还要吃饭开销的。

上海遍地都是乞丐，从灾荒省份来的讨饭者，敲开居民的后门，哀求一口残羹冷饭。还有流落街头的落魄读书人，穿了破旧的长衫，蓬头乱发，在街上漫无目的地行走，晚上就蜷居在人家的门洞里。相对于那些乞丐，落魄读书人抵御厄运的能力更差一筹，他曾见过市府的收尸车，芦席底下露出一截肮脏的长袍，长袍底下则是一双惨白的脚丫。

如果哪一天粮尽弹绝，他也会落到那个地步吗？

会的，如果他不付租钿就会被房东赶出来，身边的钱用光之后，只有两条路，一是去偷，被人捉到的话打个半死；二是去乞讨，仪态也不顾了，面孔也不要了。每况愈下，终于有一天在饥寒交迫中撑不下去，躺倒在街头。最后留在世人的印象里大概就是那两只肮脏的，赤裸的光脚丫子。

思及于此，背上陡生寒意，如今却怎么是好？

雨声急一阵缓一阵，淅沥敲窗，玻璃上水光闪动。他簌簌发抖，时近立夏，房间里还是寒意弥漫。他抬头茫然四顾，偌大世界，何处有他

第一章 一个千疮百孔的夏季

一条活路？

　　雨夜，万籁俱寂的弄堂里，突然响起一个苍老嗓音：馄饨啊，火热达达滚的小馄饨啊……

　　平时他会下楼去喝一碗小馄饨，点点饥。今日却挪不动身子。

　　老头在窗下停下，像是特为招呼他一声：小馄饨呀……

　　他掩面端坐不动。

　　如空山萦音，馄饨担的梆声笃笃回荡，渐渐远去。

　　二房东夏先生是个倒挂面孔的矮胖子，身高不满五尺一二，小阿福一个，四十出头就冒顶了。人倒是糯答答地很客气。他在一家木行里做会计，薪水有限，全靠夏太太手里捏紧，一家老少总算衣食无虞。佣人阿香是浙江奉化人，跟夏家算是豁出三千里去的远亲，廿四五岁光景，是个孤女。说是年前爷娘死后，差点被不要面孔的同族卖到堂子里去，多亏夏太太好心肠把她接来上海。阿香宁波口音极重，脑后盘了一只髻，终年穿一件似蓝非蓝的竹布衫。人还不算难看，就是小辰光发过一场高热，一只眼球神经有点烧坏了，看人总带三分眼白。手脚是极勤勉的，早晨四五点即起，倒马桶买小菜生煤炉拖地板汏衣裳一刻不停。夏太太常说阿香是自家人，夏家要一直养到她老的。夏太太一说起这话，阿香面上就满是涕零之情，做起事来更卖力了。

　　阿香待他很不错，一口一个叫他"弟弟"，说这个男小囡生得好看，像唱绍兴戏的小生。常帮他洗衣服，泡开水。他偶尔也塞两只角子给阿香。阿香总是推辞，或是去买了糖炒栗子放在他房间里。

　　他住的亭子间，月租五枚大洋，他嫌贵。夏太太就算给他听：当初顶下这幢石库门房子,是花了两根大黄鱼的,二十两黄金啊,乡下头可以买十几亩田了。他贪图这里离学堂近,就承应了下来。哪晓得亭子间的头顶上就是晒台,一天太阳晒下来,像烘山芋烤炉一样,夜里根本不能入睡。一个热天下来焦头烂额,实在吃不消。一直打算要搬场,但上海房子不好觅,要么太远,要么太贵,拖三拖四,便又是一年。

有时傍晚回家,见到房东一家吃夜饭。夏太太照例是要招呼一声:"回来啦?一块来吃夜饭吧。"他总是客气地谢绝:"你们吃,你们吃,我早就吃过了。"取了报纸信件上楼去。其实他天天吃素浇面,几片青菜叶子,几块豆腐干,嘴里寡淡之极。穿过客堂时,他也斜眼看了房东家的餐桌,昨日是葱烤河鲫鱼和脚蹄黄豆汤,今朝又是糖醋排骨和干煎小黄鱼,都已好久不知其味了。但哪能可以为了一顿好饭食而自贬身价?如果夏先生备下一壶清茶,邀他手谈一番,他倒是会欣然接受的。别看夏先生肉乎乎的一团,两只脚内八字,走路碰鼻头转弯,下棋倒是个高手。他从小跟父亲下围棋,深迷此道,亦有相当的功力。下棋是有瘾的,所以夏先生一招呼,他十有八九欣然应召。在客堂间里,两人捉对厮杀几个时辰,末了夏太太买了夜点心来,小馄饨,生煎馒头之类,两人一面吃夜宵,一面复盘评述,尽兴才回房歇息。

人是要有点狷介自守的——有所为有所不为。

可是,银票不寄来的话,人就狷介不起了。房钱夏太太盯得紧,他咬咬牙缴了。接下来几日,他每天只食一餐,时时刻刻感到饥火中烧。终于熬不过了,房东太太一招呼,他就顺水推舟地在饭桌上坐下。阿香盛了一大碗饭送到他手上,米饭的香味热烘烘地蒸腾而起,他闻之差点落眼泪,赶紧掏出手帕擤鼻子。今朝小菜是八宝辣酱和丝瓜虾皮汤,再普通不过的下饭菜,但对他说来无异于琼浆玉液。看他饿极的吃相,夏先生跟老婆交换个眼色,夏太太到厢房里摸出几只鸡蛋,炒了一盘开洋炒蛋,放在他面前。他拼命想管住自己,筷子却一次一次地伸出去挟炒蛋。阿香帮他添了三次饭,直至碗空盘空,才作罢。

阿香的斜眼里流露出一丝诧异和怜悯,这个大学生吃起饭来怎么是这个样子?饿死鬼似的。不过桌上没人说一句闲话,大家闷头扒饭。夏太太还在那里客气:"弟弟,不晓得你来,没啥准备。"他头都抬不起,喃喃地道谢过了,就躲进亭子间去。楼下夏太太和老公窃窃私语:"侬没吃饱?歇息叫阿香去买客生煎馒头来。"一想到撒了芝麻的生煎馒头,一口下去肉汁四溢,肚里饥火又轰然一声燃起,他暗暗抽了一下自己的嘴巴,怎么变得这么没出息了。

毕竟不能天天上房东家饭桌的。一礼拜下来,他饿得头晕目眩,坐在课堂里也神魂颠倒,只顾思量着今后怎么办?教授台上讲解凯恩斯理论,他大部分没弄明白。只好向邻座的女同学借阅笔记。这女同学姓汤,英文名曰艾茉莉,屋里颇有铜钿,父亲又是做官的,权倾东南。艾茉莉生就一张平阔大脸,五短身材。性格蛮活跃,演戏话剧舞会劳军募捐一样不落。脾气也蛮好,对他也一向和善。倒是他性格孤僻自傲,又对那些新潮女同学有所成见,常常人家好声好气跟他讲话,他却摆出一副扑克面孔。今朝应是病急乱投医,只想早点回家躺一下歇息。

艾茉莉笔记本拿在手里,关心地望了他说:"哎哟,你没不舒服吧,你的脸色好像不太好呢。"他本来就虚弱,被她一说,更是头重脚轻起来,脚下一软跌进椅子之中。

须臾云里雾里醒来。同学们松口气,说:好了好了,总算醒转来了。有人递来热茶。汤小姐问他是否有低血糖?他顺水推舟地应了。即刻有人去买了块巧克力来,吃下去真的好过点。汤小姐张罗着叫了黄包车,要送他回家。他坐上车就懊悔:他的住处乌糟逼仄,被人见了岂不笑话?为此几次说要下车。无奈拗不过艾茉莉,脚下也软绵无力,只得由她一路送回家来。

阿香正在天井里汰衣裳,夏太太在灶间里,听到动静都迎了出来。瞪大眼睛看着汤小姐搀他下车,再送到亭子间里躺下,汤汤水水安排好,千叮嘱万叮嘱,才告辞出门。可怜有铜钿小姐头脑简单,只当他真是低血糖,却无论如何没想到他是饿昏了。她走后没多久,阿香就送了一碗馄饨上来,他狼吞虎咽地吃下,才觉得好些。过一歇夏太太也来探望,满怀好奇心,来回兜转地打听汤小姐是否他的女朋友,口口声声道:蛮好格,屋里看来是有身家的,脾气也交关好。他有口难辩,只推说人倦了,总算打发夏太太下楼。

昏沉沉睡去,再醒来已是夜深人静。昏黄的路灯光浮在玻璃窗上,像一只油锅里的荷包蛋。晒台上阿香养了两只生蛋鸡,偶尔咯咯一声,如深井梦呓。他已到了山穷水尽的地步,原想老宅如能卖出,可以寄银票来填补亏空。但房子一直无人问津,这样下月他的津贴也无着落。万一房钱不缴的话,不知夏太太会赶他出门吗?或是板紧了脸,指桑骂槐,摔东摔西?如此他也是住不下去的。可是一旦踏出这处亭子间,他身无分文又能去哪里呢?

他想到自杀,报纸上常常刊登有人自杀的消息,有久病缠身的,有痴狂殉情的,最多的是破了产,生活无着的。看来自杀是解决人生大无奈的一条捷径。哪种死法快捷一点并少有痛苦？跳楼他是不肯的，死相难看，血肉模糊一摊暴露在光天化日之下。跳黄浦江倒是可以的，尸首最好冲到大海里去。只是他多少会点水，怕也是不成的。看来最妥当的死法是吞下大量安眠药，一觉睡到另一个世界去，可惜他连买毒药的钞票都没有。

生不成，死不成，为啥他如此命运多舛？

门外有轻微的窸窣声，像是有人踮了脚上楼。莫非房子里进了贼？他静卧不动，过一阵，听到轻微的脚步声下楼去了。楼下的小房间是阿香的卧处，大概是怕她的鸡被野猫拖走，上晒台去察看吧。

阿香倒真是蛮可怜的，出身低，又生了一副斜白眼，二十四五岁了也嫁不出去。一天到晚做牛做马。他如果一世人做成这样，倒真是自我了断了好。

天亮醒转，起身上学。发觉门被轧牢，蹲下身去查看，门扉下竟嵌了一枚银元。这下不啻于溺水之人获得一丝生机，大喜出门。找了一家点心店，要了一碗大肉面，一客生煎馒头。等候时，手不时伸入袋里摸索那块银元，只怕是个幻觉。时下一块银元要换八九块钞票，法国电车公司的老师傅一月工资也就是十来块银元，尽可养活一家老小。真叫天无绝人之路，他又可得到几日喘息。届时说不定祖屋卖出，会有银票寄来。

但银元怎会跑到他房门底下去的呢？难道生了脚不成？夏太太做惯人家，一张毛票也要捏紧的，决无可能让大洋钱在地板上乱滚的。他恍然想起昨夜的脚步声，阿香？马上又否定了：不是阿香！她为人帮佣，不可能有余力作此善举。

他埋头吃面。但阿香那只斜眼总是在脑海里巡梭：她给他添饭时那种怜惜的神色，挥之不去。他饿倒在学校被人送回来，也只有阿香不声不响地送了碗馄饨上来，一解他的"燃眉之饥"。

他其实已经晓得了，心里却不是滋味，他一个大学生，竟要接受下女的救济，这自尊心无论如何受不了。这碗大肉面吃在嘴里不晓得是啥味道，可是没有这碗面，也许还会在课堂上昏倒。他告诉自己：事到如今，面子是实在顾不得了，撑一日是一日。

校园里风声鹤唳，课堂中小猫几只，讲台上教授也心不在焉，粉笔折断好几次，程式讲得颠三倒四。一打听，原来是在罢课，说是"反迫害，反饥饿，要民主"，学生要组织了上街游行。"民主"这个词，教授们常常提起，说得花好桃好，但国人对此天生隔膜，一只耳朵进一只耳朵出。"反饥饿"他倒是赞成的，要不是早上吃了碗大肉面，他也要上街去闹一闹的。听说有市民商贩同情学生，送大饼油条粢饭团的。眼下罢课风气盛行，学生一不如意就罢课。于他看来是跟自己过不去，学费缴了进去，不好好读书，去街上游行，就像被宠坏的小孩子耍性子摔自己的饭碗一样。热衷于此的，都是些好出风头的，还有艾茉莉之流的富家子弟，小性子一上来就摔罐子，反正她们家有的是罐子。

下午传来消息，学生们真的上街了，开始还算平和，后来人越来越多，马路都堵塞了。更有地痞流氓混杂其间，抢掠商家。学生队伍在四马路上遇到了警察，钉头碰着了铁头。初生牛犊不怕虎，有人一鼓动，学生就朝了警察扔瓶子砖头，招来了水炮侍候。全成了落汤鸡，作了鸟兽散。学生们吃了瘪，扬言要组织更大的示威，向政府讨回公道。

他对这个不感兴趣。想着今天不用再吃素浇面了,在靠近极司菲尔路上有家本帮菜馆,一客糟钵头只要一毫半,一只走油蹄髈也只要两只角子。价廉物美,他要去吃一顿。

出门碰上艾茉莉。差点认不得了:原来头发烫着像只狮子狗,现在剪了个清汤挂面。穿一袭阴丹士林旗袍,脚上黑布鞋,这副打扮,大概是现在最时髦的了。艾茉莉笑脸相问:"身体可好些了?"他矜持道:"早好了,偶有不适罢了。"艾茉莉叹道:"身体还是要紧的。"接着话头一转,"哎,你怎么没去游行?"他颇不以为然:"哪有这个工夫!功课很多的。"艾茉莉说:"去游行也是为了争取我们的权利。"

他心里说:你,汤小姐,屋里厢要铜钿有铜钿,要权利有权利,还要争取啥?我一介穷学生,可是奉陪不起。

这话可不能说出来,人家刚刚照拂过他,于是推托道:"肚皮饿了,我现在要去吃夜饭,饭后还要复习。下次再说这个好吗?"

艾茉莉面如桃花,一把拖住他:"哎呀巧了,我正好要去堂哥家吃饭,离这不远。你索性跟了我一块去,我介绍堂哥给你认识,交关好白相的人。"

看他应允,艾茉莉挥手叫来黄包车。车夫精瘦,后脑勺上的癞疤星罗棋布。躬了背一路小跑,小腿肚上青筋虬结暴起,背上的竹布衫渐渐地渗出汗迹。此刻薄暮笼罩,华灯初上,初夏的微风拂在脸上,令人神怡。市井也显得活泼熙闹,满面倦色的纱厂女工提了腰子型空饭盒,匆匆地赶回家烧夜饭。菜场里主妇在跟摊贩讲价。做佣人娘姨的,手里抱了主人家的小毛头,在点心铺里买生煎馒头。过街骑楼下,老皮匠正准备收摊。十字路口,一对时髦的洋装男女迤逦而过。一只升火待旺的煤球炉子，放在街沿上吹风，一股青烟席卷了半条马路。艾茉莉被呛得喷嚏连连，用花手绢捂了鼻孔管，还不忘瓮声瓮气地说游行之事。他只是敷衍着，一天下来，总算可以歇口气了，再来谈政治，也真是煞风景。看来有铜钿人家小姐，多少有点拎不清。倒是乘黄包车兜风的感觉不错，像好莱坞电影的场景，白种人戴了铜盆帽，白色的西装笔挺。女人穿着鲸骨撑开的长裙，戴了透明的面纱，在印度某条狭窄却闹热的河里泛舟，桨声灯影，顾盼生辉。

黄包车来到海格路和白赛仲路交界的一幢洋房前。他先跳下车来，转头看见艾茉莉朝他伸出一只手，意思是要他搀扶下车，于是两腿一并，一手背一手伸，挽了一条白白胖胖的玉臂，也做了一次绅士。艾茉莉付过车钱，那车夫却不肯离去，再次讨要。艾茉莉板下脸来："讲好是六只角子的嘛，还想做啥？"车夫满脸卑下讨好的笑纹，一只手掌向上伸出："小姐，天热，两个人，再多把一点嘛。"艾茉莉脾气上来了："一只角子也没有！"声音一响，便有人驻足观看。他见场面难看，遂掏了几文给那车夫："好走了呀。"车夫走后，艾茉莉鼻子里哼了一声："这个黄包车夫是敲竹杠呀！你倒真是蛮好话头的。"

这幢花园洋房位于弄堂口的第一家，乳黄色的新式建筑，简洁的几何形线条横平竖直，二楼阳台呈半圆形。篱笆旁的夹竹桃正在开花，白色一星一点在薄暗中浮动。艾茉莉伸手按门铃，在那等候的短短几秒钟之际，他陡生幻觉：此情此景好像经历过的。在哪一世哪一时，他也曾与一个面目不清的女子，站在一扇将启未启的门前。也是这样薄暮笼罩，暗香浮动。这幻觉只持续了一秒钟，面前的橡木大门悄然洞开，一

第一章 一个千疮百孔的夏季

个中年女子露出面来,随即转头呼唤:"汤姆啊,快点下来,艾茉莉来了哉。"他俩被妇人引到一间硕大辉煌的客厅,打蜡地板钢窗,丝质窗帘的流苏倾泻,墙上挂着大幅的西洋油画,一艘帆船在惊天巨浪中颠簸挣扎。靠墙一圈深棕色牛皮沙发,壁灯幽微,一大瓶香水百合置放在巨大的黑色三角钢琴上。来沪两年多,他参加过同学聚会,也见识过考究人家,但如此富丽奢华的场面,倒是没有见过。不免就有了三分怯意,手心直冒汗。这时楼梯上连蹦带跳地下来一位体型肥胖的青年,艾茉莉作介绍:"这位是我的堂阿哥,汤毋忘,英文正好叫汤姆。这位是我的同学,人家可是圣约翰大学的高才生。"汤姆热情地跟他握手:"欢迎,欢迎,艾茉莉如果说是高才生,那一定是了不得。我这位堂妹很少夸人,从小是眼睛生在额骨头上的。"他讷讷谦词了几句。面前这个汤姆,活脱是个富贵版的夏先生,也是五短身材,肉鼓鼓的倒挂面孔,连微谢的脑门也有几分相似。不同的是夏先生谨小慎微,闪烁卑微,汤姆则谦逊儒雅,笑容真诚。

艾茉莉一迭声地问今朝晚饭吃啥?汤姆笑道:"晓得侬这个天吃星要来,毛姨忙了一天,夜饭早准备好了。我们去大菜间坐吧。"又转头向他道,"请随便,不晓得你来,呒啥准备,只是家常小菜。"

大菜间里,毛姨正在布置餐具,细瓷碗碟,雪白的餐巾,镶银的象牙筷子。艾茉莉喊道:"毛姨啊,快点开饭呀!我肚皮都饿煞哉。"毛姨转头白了她一眼:"小妹侬总是进门就叫饿煞了,三天没吃饭似的。"汤姆微笑着说:"毛姨是从小看我们长大的,艾茉莉一向跟她没大没小。"

三人坐下,菜很快地上来了。四碟冷盘,熏鱼,肴肉,油爆虾,及葱油海蜇皮。汤姆问艾茉莉:"不晓得侬同学吃酒吗?"艾茉莉反问道:

"侬有啥好酒?"汤姆微微一笑:"前两天朋友送我几瓮五十年陈的善酿。晓得侬要来,特为留了一瓮。"艾茉莉雀跃大叫:"当然要,毛姨快点去烫来呀。"

酒是装在锡酒壶里烫好端上来的,醇厚微甜,入喉软绵,青花薄瓷的酒盅如羊蹄般大小。他是会吃酒的,幼时父亲携了他去茶楼,叫一客三丁包子,一碟烫干丝,配一壶绍兴酒。他偶尔也抿上一小口,也渐渐地领略其中妙趣。今日主人殷勤劝杯,不觉开怀。热菜一道道上来,第一道是红焖鱼唇,汤汁如琥珀一样金黄透明,掺了少许冬菇丝及银芽,入口如膏似醪。第二道是虾籽大海参,海参泡发得极好,肥大茁壮,用鸡汤烹了,再加了虾籽同烩,盛在盘子里还是巍巍颤颤的。汤姆说:"海参一般人家发不好。艾茉莉喜欢吃,为之,毛姨专门去跟了饭店大师傅学的。你倒尝尝。"第三道是蜜汁火方,金华火腿与冬笋片排列在盘中蒸熟,嫣红雪白。又上了几色时令蔬菜,最后毛姨捧了个硕大的腌笃鲜砂锅上桌。汤姆说,汤里的咸肉是毛姨自己腌的,鲜笋是朋友从天目山带来的,都是家常小菜,希望你吃得惯。

饭毕,汤姆又请大家去书房里喝白兰地。书房里镶了深色的护墙板,书架林立,壁炉前一圈牛皮大沙发,派头十足,像煞是大学问家的书斋。刚才席间,艾茉莉随口说过汤姆是光华大学毕业的,坊间都晓得光华是三流大学,专门给那些公子小姐混文凭的。果然在书架上,除了一排崭新的百科全书,几本不同版本的牛津字典,一些过期的 LIFE 杂志,还有一些通俗小说,及市面上流行的《良友》画报,《紫罗兰》杂志。他肚皮里暗笑:果真是光华出来的,有空看这些闲书。那边艾茉莉和汤姆跷了脚地坐在大沙发上,说些闲话,不知怎的话头转向当前政局，艾茉莉照例激动起来，和汤姆争得不可开交，两人都要他这个政经系的高才生出来说句公道话。

他正在端详书架上的一帧小照，照片里汤姆与一个面目温婉的少妇，一左一右地站在一个老妇人身旁，背景是太湖山石，一片粉色的杏花，像是在私家花园里照的。听到艾茉莉唤他，转身一笑，说："你真要我讲的话，我说你两个都搞错了，中国的政治和学校里教的政治一点不搭界，教科书里，民主政权设置三权分立，互相制约，像一只鼎的三只脚一样，平平稳稳。而中国的政治家喜欢煮一锅烂糊三鲜汤，汤里什么都有，但什么都不清不爽。这和中国人含混暧昧的性格也有关。外国人的那套民主，在他们自己的国家里好好的，弄到这儿却行不通，所以这政治不是那政治，绝对不可混为一谈。"

艾茉莉一副天真相，说："所以我们才要革命呀。"

他哼了一声："革命！北洋革清廷的命，民国又革北洋的命，结果都差不多，一点不见好。"

汤姆说："革命这两个字听起来吓兮兮的，还是改良来得比较好一点。"

他摇摇头，说："改良也不见得好到哪儿去，弄到最后，就像穿西装戴顶瓜皮小帽一样，四不像。"

大家笑，艾茉莉说："不可以这么悲观的，总归寻得出办法的。"

汤姆讥嘲道："也不是没试过，结果都是换汤不换药。"

艾茉莉不高兴了："我就不相信，乱拳也可打死老师傅的。"

汤姆诧异道："侬啥意思？要打死啥人？"

"政府呀。"

汤姆和他两个都笑。

艾茉莉嗔怒道:"笑啥笑!"

汤姆笑说:"是我不好,怎么跟女人家谈起政治来?真是吃饱饭没事做。还忘记了侬是一谈政治就要发人来疯的。"

艾茉莉举起拳头作打人状:"要死了,哪能有像侬这种人的!啥个男人女人的。现在国家有难,人人有责。"

汤姆严肃起来:"政治这个东西,要像果子一样慢慢地等它熟。心急吃不了热粥,胜利才没几年,烂摊子也要一点点收拾,政府也不是三头六臂。"

"现在的政府寄望不得。是独裁政府,贪渎政府。"

汤姆摇头道:"真的独裁倒好了,令出必行。现在政府里山头林立,互相掣肘,一件事要做成,真叫诸多烦难。"

艾茉莉冷笑道:"发国难财倒跑得快的,要员们一个个都肠肥脑满。侬到苏州河沿岸看看有多少路倒,有多少衣食不周的乞儿,政府管了吗?"

汤姆的脸色凝重: "胜利伊始,北面就开始打仗,政府也是有心无力。"

艾茉莉的手指头戳到汤姆额头上,恨声道:"横一个政府,竖一个政府,没见过像侬这般帮政府说话的。究竟政府给了侬什么好处?"

汤姆耸耸肩:"恰恰相反,我是信奉克鲁泡特金主义的,讨厌一切的政府。只是中国人一盘散沙,没政府管着,怕是局面更坏。"

艾茉莉说:"糟糕的政府还是不要的好。穿一双不适意的鞋子,我倒是情愿赤脚走路的。"

汤姆嘲笑道:"侬啥辰光赤过脚?屋里皮鞋总有上百双了吧。"

艾茉莉真的发脾气了:"汤姆!我跟侬讲正经。这个政府是太糟糕,连美国国会代表团来,看到国民党上上下下贪污奢靡的情况,也说没什么希望。"

眼看兄妹俩争得不可开交,他打圆场道:"你俩不要吵了。讲正经的,照芝加哥学派舒尔茨的观点来看,中国是农业经济,也就是穷人经济,政府的要务就是照顾好农村民众。现在农村萧条,城市畸形繁华,说明统筹政策是失败的。"

汤姆看看他,再看看艾茉莉,呵呵地笑,举手道:"高才生这么说,还有芝加哥学派撑腰,我只好投降。"

艾茉莉作拍手状:"二对一,输了呢,要罚侬请客。"

汤姆诧异道:"喔,夜饭刚吃过,侬又饿了?"

艾茉莉说:"可以 Raincheck(欠着)的呀。"转头对他状似撒娇地,"记牢了,汤姆欠我们一顿,到辰光要狠狠敲他一顿竹杠。"

这副亲密无间的腔调,外人很自然地会认为他们是一对爱侣,至少是互相有意思的。

汤姆怕也是这样想的。

他没去接艾茉莉的话头。随手拿了书架上的镜框问:"这是令堂吧?高寿几何了?"

汤姆点头道:"是家母,五十三了,上个月刚做过寿。"

他又凑近些去看:"老太太神采奕奕,一看就是大户人家出来的。"

汤姆微微点头:"我们家,在洞庭东山也算是望族,二百多年了。"

他又指了照片上的旗袍少妇:"这可是令妹?眉眼间有点相似的。"

汤姆道:"那是内人……"

艾茉莉插一杠子:"要命了,侬怎么这么眼拙的,他老婆可比他好看多了。"

两人都尴尬,汤姆自嘲:"是,是,我太太比较上照,本人则不大登样。"

是夜尽欢而散。汤姆叫汽车夫老朱,开车送艾茉莉和他回家。他是生平第一次坐小轿车,又喝了不少酒,人像腾云驾雾般地。艾茉莉的酒也多了,一路上肉乎乎地挨了他,说个不停。他则一只耳朵进一只耳朵出。艾茉莉下车时关照他:"那么就说好了,大后天的游行一块去参加。"他含糊应了,心想到时借故不露面就是了。

老朱是扬州宝应人,算是他小同乡。吃相不大好看,一路上口沫横飞。说汤家是如何地有钱,东山有大片的租田,祖宅有多大,南洋又有产业。汤家少爷是独子,本来是不用做事的,老头子却要他履历履历,所以每天到洋行里去应个卯,吃过中饭就回来了,打打网球,看看电影。少爷欢喜朋友,欢喜闹猛,天天晚上不是吃饭就是舞会,完了还要叫我把客人送家去。不过,少爷对下人倒真是大方,每次出夜车,总有两只洋的打赏。很显然,老朱是要讨赏,可他袋里空空,索性不接口。老朱放下他时,脸色讪讪的。他装着没看见,径自进了弄堂。前面有个人影提了两只热水瓶,背面看去腰细一握,屁股滚圆。他认出是阿香,正好阿香也回过头来,叫他:"哎呦,弟弟,侬是坐那部小汽车回来的?"他虚应道:"是同学家的,顺路把我带过来。"阿香啧啧道:"到底是洋学生,我等乡下人怕是一辈子都没福气坐小汽车的。"

灯光下，阿香看起来比白日登样些，那只斜眼也不甚明显。刚洗过了澡，清清爽爽，头发齐齐地抿在耳后，身上有丝廉价的花露水味道，跟白天蓬头散发做家务的阿香貌似两人。他不由多看了一眼，这一眼把阿香看得低下头去。两人再无言语，一前一后进了家门。

黑暗中躺在床上，醉意绵长，如春日里泛舟河上，温暖而微醺。今日拜汤小姐之赐，他领略了贫富极大的反差。酒足饭饱之余，却有一丝苦涩在心：他五官俊朗，长身玉立，智力也属优秀，却连三餐都无着落。汤姆五短身材，面孔像只汤婆子，只晓得吃喝玩乐，说是酒囊饭袋也不为过，但人家天生拥有一切，华屋，轿车，锦衣玉食，这些是他一辈子都不可企及的。还有一个温婉的妻子，不晓得这样一个姣好的女子，夜里拥着一大团肥肉入睡是怎么一个滋味？人生何其悬殊，造物又何其不公。

思及女人，更是辗转了。他平日清高自矜，因此没什么异性交往。他并非不想男女之事。上海本是个红粉世界，销金之处，舞场梨园，触目尽是。二马路上有书寓堂子，四马路遍地是流莺。有铜钿人可以娶三妻四妾，文人骚士可以吃花酒玩戏子，连黄包车夫也可以打打野鸡，只要侬有几张钞票。而他穷学生一个，既无闲暇也无金钱。一想到生计，心就乱了，十余日后又要缴房租，如果银票还不寄来，怕是要走投无路了。再不会有一枚银洋塞在门底下了。

蒙眬之际，忽闻又有楼梯响动，他一激灵，轻手轻脚爬起，等候在门后，心急如焚地等待那枚银洋塞进来。脚步声断断续续，十来级楼梯，如珠穆朗玛峰那么遥不可及。他不耐地拉开门扉，门口的阿香正直起腰来,两人都吃了一惊。阿香更是脚一软,就跌进门来。房间狭小,肢体不免碰触,黑暗中他拂着了阿香软绵绵的胸脯,一股廉价花露水香味钻进鼻孔,夹杂了常年经久灶间里的油镬气,还有女人胳肢窝里暖烘烘的气味,五味杂陈。怔忡之间,他手挽上了一段腰肢,一个柔若无骨的身子就在怀里了。像电影院里放映的黑白无声片,淅淅沥沥时断时续。时空恍惚,他既是主角又是观众。阿香像田螺姑娘一样,褪去了粗使丫头的褴褛衣装,显露出一段婀娜雪白的身子来,女性的酮体诱惑着年轻的处男。他抖得像片树叶,尘根已撅起,心下却还晓得这事情唐突,作不得,虽极力想抑制而不能,挣扎之际,阿香柔软的嘴唇碰到了他的耳垂,麻酥酥地像触电一样地贯通全身,于是全面失守,一泄如注。

从噩梦中挣扎着醒转,浑身发软,一丝也不想动弹。小腹上凝成冰凉一片,才去换了内裤。复又躺下,心中懊悔之极:怎么会和佣人阿香在梦中交媾?不但荒谬,也太失身份了。

夜色青紫,从散碎的竹帘中漏了进来。晒台上,成群的麻雀叽喳鸣叫,上海就要醒转来了。斗室中他浅睡薄眠,思绪暗涌。艾茉莉和汤姆的争论犹在耳际,再想到那个在镜框中面目模糊的少妇,虽然只是一瞥,却在他脑中留下一抹绿野清吟:文雅、低敛、娴静,美好的女性气息喷薄而溢。

第一章 一个千疮百孔的夏季

2

在他几乎绝望之际，父亲终于寄来银票。附信说：祖屋总算是贱卖掉了，现在一家人赁屋居住。什么都要添置，看来卖屋的余款也很快会耗尽。这张银票怕是最后一次了，今后实难以为继。父亲隐约提到，他要做好有可能辍学的打算。"我儿如能找个事做，不但能维持自身，对家里也有莫大助益。现在家中老的老，小的小，我又日渐衰弱。情形实是危如累卵。"

一旦休学就前功尽弃。何况当下市面不景，找事也在未定之数。他不由心烦意乱，好在有了银票，先去兑换了。肚皮是个无底洞，就算昨天吃过了蟠桃宴，今天还得往里填东西。

天井里，阿香正弯了身子汰洗被单，一段腰肢露在衣服外面，看到他就往旁边让了让。他想起昨晚梦中的情景，不禁又偷瞄了一眼，竹布衫下裸露出来的腰肢起伏有致，的确有些招人，怪不得。阿香见他踌躇不前，以为挡了他路，于是直起身来，胸前布衫已经汗湿，沾在身上，显露出两团肉来，凸起的奶头在薄衫下入目分明。

"出门去啊？弟弟。"女佣人一面揩汗，一面朝他露齿一笑。

他胡乱应了一句，夺门而出。在小饭铺里坐下吃面时，眼前还晃动着两团肉。以前怎么没注意到，阿香还有另一种韵味，就像农家的饭菜，粗糙但原味，廉价却抵饥。男人的性念头一旦兴起，都是天马行空，与出身修养无关。性本来就是一件盲目兼兽性的活动，在饥不择食之际，任何的异性都是可能的对象。

他只是想想而已。

下午他在图书馆看书，间中朝窗外一瞥，正好看见艾茉莉的身影，大概是来找他参加游行的。心中实在抗拒：真是要命，吃饱饭荒废课业去做这些无用功。索性躲进厕所里，半个时辰后，心想风头大概过去了，于是回到原来座位。刚坐下，就被一双肉手蒙住眼睛，扳下手来，赫然看见艾茉莉那张银盆大脸，居高临下对了他笑："喂，我跟侬讲呀，汤姆送来两张票子，五点钟大光明戏院，原版《卡萨布兰卡》。亨弗莱·鲍嘉和英格丽·褒曼演的，侬想去吗？"

这部好莱坞电影上映之后轰动一时，有人竟连看七遍，票房长盛不衰。一时间电影插曲"As time goes by"响遍大街小巷，坊间谈论的都是电影的桥段，演技和两位主角。可他忙于学业，也出不起票价，至今没看过。

他松了一口气："侬不是来捉我去游行的？"

艾茉莉说："啥事体也没有英格丽·褒曼重要。问侬呀，去还是不去？要去的话现在就要走了。"

乘了黄包车赶到大光明，还是晚了，已经在放映预告片。艾茉莉挨着他坐下，倾过身来，把手插在他的臂弯里。他闻到一股腻香，又挨了半个软软的胸脯。电影是原版的，他要专心聆听才能跟得上情节。艾茉莉的臂膀很是碍事，挪开几次又勾上来。一直到了剧情肉紧时，电影院里一片唏嘘之声,艾茉莉哭得七荤八素,忙着揩眼泪擤鼻子,总算没再把手插过来了。

电影结束,对面跑马厅也正好散场,静安寺路上一片汹涌的人头,叫不到黄包车。两人只好马路荡回去。艾茉莉意犹未尽,一面擤着鼻子,一面瓮声瓮气地说:"缘分这东西真叫人没办法。世界上这么多人,非洲这么多城镇,城镇里又这么多酒馆,为啥就偏偏被他俩老情人碰上了?"

他说:"这就是电影的噱头呀,不碰上还有故事吗?"

艾茉莉推了他一把,嗔道:"哎,你这个人很会扫兴的。就是碰上了,也可以什么都不发生的呀。生死关头,一个人肯为另一个人付出全部所有,这就令人太感动了。"

他笑笑:"汤小姐,侬太入戏了。在这个世界上,美好的事体只存在于电影和小说里,现实中可以说是绝无仅有。我看过一本关于生物学的书,所有生物最高的律令就是保存自己,然后是繁殖后代。不管是一只蚂蚁,还是一个人,来到这世界之前天老爷已经设好了规矩,犟也犟不过去的。还是中国老祖宗讲得直接:人不为己,天诛地灭。"

艾茉莉嘟了嘴巴,争辩道:"但爱情是不同的。如果我真正地爱一个人,我会付出自己一切的。"

他说:"打个比方,一个人落水了,如果用根竹竿去捞,或者扔个救生圈过去,那么大部分人都会这样做。但是要跳下水去,把自己也置于危险中,就要三思了,弄得不好,人没救上来,自己也赔了进去。"

"那么,如果你亲生父母溺水,你会不会去救?"

"这就要视情况而定了,如果救得上来,我一定会去救。如果在救的过程中，发现不但救不上来，可能我自己也会送命。那么，我一定会先游到安全的地方，再想办法。"

"侬这个人好冷酷。"

"汤小姐，你得理智些。从父母的角度来想，他们也不希望儿子送命。如果他们已经救不回来的话。"

艾茉莉低头沉吟："话不是这么说的……"

他不说话，两人往静安寺方向走去。艾茉莉突然立定，拖牢他的袖子，满面悲愤地说："讨厌！蛮好的一个夜晚，就被你几句话糟蹋掉了。我问你，你讲的是真心话，还是随便说说的？"

他料不到艾茉莉认了真："哎，只是看电影的一点感想，现在又没人真的溺水。汤小姐，你何必不开心呢？"

"就是不开心，这世界上竟没有一个人可以托付的。"

他啼笑皆非，只好不响。

艾茉莉仰起脸："我问侬呀，如果现在我掉进黄浦江里，你救还是不救？"

女人真是不可理喻，这样的问题，叫人家怎么回答？

他再笨，也知道倒毛撸不得。何况，她又没真正地掉进黄浦江里去。

他作沉思状："你吗？那又当别论了。"

艾茉莉执著地追问："讲呀，救呢还是不救？"

他笑答："好了呀！如果你掉进水里，我一定跳下去。"

艾茉莉破涕为笑："讨厌死了，早点讲出来会要你命的啊。"

回到住处，房子里暗洞洞的。他记起夏太太说过，全家要去宁波吃喜酒，要过个把礼拜才回来。在上楼之际，他瞥见楼梯下阿香的小房间透出一丝灯光。平常阿香要早起，总是很早就熄灯就寝的。

很久以后，他回想起来那个诡异之夜，怎么会鬼使神差地去推那扇虚掩的门？他一向自视甚高，怎么会下流地钻进一个女佣人的房间里去？这一切实在荒谬得厉害，他跟自己也解释不通，可当时真像见了鬼一样，事情就那么不可思议地做了出来。

阿香的房间是楼梯底下一个小旮旯，一张窄床，一盏小支光的灯泡，旧报纸做的灯罩，光线黯淡。阿香穿了睡衣裤，正坐在床沿缝补衣物。见他推门进来，吃了一惊，抬头问道："弟弟，有啥事体吗？"他掩饰地道："想问问你还有没有热水？"阿香闻言，站起身来要去灶间里拿热水瓶，却被他拦住："倒是不急，先坐一歇，说说话。"

两人并排坐在床沿上，说些夏太太一家去吃喜酒之事，说完了再也找不出话头来。房间狭小且不通风，一男一女并排坐着，很快有一种暧昧的气息弥漫其间。阿香为了打破沉闷，没话找话道："弟弟，那个汤小姐，蛮好的。"

他心不在焉，随口应了一句："只是普通同学，没啥关系的。"

阿香固执地说："我看她倒对你蛮有意思的。"

他淡淡一笑，没答言，却慢慢地把手伸过去，揽了阿香的腰。

阿香一抖，急忙坐开些去。像是要从尴尬情形里解脱出来，急急道："真的蛮好的。人富态，脾气也随和。看上去屋里也是……"

话还没说完，就被又伸过去的一只手打断，阿香压低声音惊叫道："弟弟，你做啥？"

他心里突突乱跳，强装镇静道："没做啥。就想跟侬坐一会。"

"那就好好坐一歇。"阿香很诧异地看了他，问道，"弟弟你是否有啥心事？"

他是有心事，只是他自己也理不清这心事究竟是什么，只是一股无名的焦躁在身体里盘旋，冲撞，想找出口而不得。

看他闷声不响，阿香只好端坐不动，任他揽着腰肢，房间里气氛压抑，诡异，他可以听到自己的心脏扑扑地跳。当他放胆把手从腰上往上移，探寻那两团肉时，阿香又一次避让，把他的手拉开，直起身来很坚决地对他说："不可以的。弟弟，不要这样……侬，还是回楼上去吧。"

一股巨大的羞耻感油然而起，他默默地站起身，头也不回地上楼进到亭子间，一屁股跌进藤椅，把面孔埋进手掌心里。

他重重地敲着自己的额头，要死了，怎么做出这样的事情来？竟然对阿香动手动脚。阿香如果向房东告状的话，夏先生夏太太会怎么看他？

这是怎么啦？他中了魔吗？无论是他的家教，身份，都不容许他做出这样污糟的事体。他仪表堂堂，一向对自己的外貌内涵都有莫大的信心，就是在圣约翰也不乏女性青睐，今朝竟然遭到一个下女的拒绝。真是自寻没趣。

昏了头了！

但他为什么会昏头？一个下女，终日在一小方天地里忙来忙去，穿的是粗布简服，没有半点女人的娇媚。这样一个女人，走在街上没人会多看一眼。

为什么？

他下意识里知道：阿香在他眼里并非是一个完整的女人，只是两团肉和一段腰肢。一个看来唾手可得的肉体，一个成熟了的，接近凋谢边缘的肉体，像树上结的果子，就是他不去摘采也会陨落。一个地位低贱的女佣人，一个屈从惯了的灵魂，任何人都可以予取予求，而不用付出太大的代价。而且，阿香应该明白他们之间巨大的差距，有了事情也会知难而退，不会纠缠不休的。

只是，他不懂这种事怎么着手，操之过急，反把事情搞砸了。

正在他懊恼不已之际，响起轻轻的敲门声，阿香的声音隔了门扉传进来："弟弟啊，我把热水瓶给你拿上来了。放在门口，当心不要踢到。"他跳起身来，一把拉开门，阿香倒是吃了一惊，手里热水瓶差点失手掉下。他不由分说地把阿香拉进房内，女人的抗拒不像在楼下那么激烈，只是喃喃说道："当心热水瓶，别烫着了。"他搂了阿香的腰肢，感到薄薄衣衫下肉体的颤动，像条在砧板上扭来扭去的鱼。他伸手进入阿香的衣衫里，终于握住了那两团肉。女人低低地叫着："不可以呀！不可以呀！弟弟……"却没有大的逃避动作。他搓揉着那两团肉，阿香的乳房松软而柔滑，乳头很小，像黄豆粒般的。阿香身子软得站立不住，直往地上滑去。女人的喘息，轻呼，以及微微的挣扎，更是刺激了他，于是手伸到阿香的腰间去解裤带，却遭到强力的抵抗。两人滚倒在床上，翻腾不已，身底下的棕绷床发出叽呀之声，像是要散架。阿香头发散乱，屈起身子，夹紧了双腿，一次一次地把他手扳开，做惯粗工的手还是有几分力气的。他变得像头野兽，一手箍牢阿香的手腕，一手去扒女佣人的裤子。阿香的裤带不甚结实，被他一把扯断，终于无险可守，裤子被撕撸下来。在微弱的光线下，女人裸了下身，羞愧莫名，双手捂了脸,已经放弃反抗了。他心跳如簧,生平第一次看清了女人那片丰茂草木之地,流水潺潺。当真正要入港时,却百般地不得要领。正手忙脚乱之际,突闻晒台上头呱地一声怪叫。他本就紧张,再听到异响,不禁心惊胆颤,还未进入女人身体,就淋淋漓漓地泄了出来。随着一口浊气呼出,他身子一软,瘫倒在床上。

良久,黑暗中阿香撑起身来,推推他:"弟弟,你没事吧?"他还在懊恼,只是"唔"了一声,又问道:"刚才是什么声音?"阿香说:"噢,大概是只乌鸦。我在晒台上撒了米喂鸡,断命的兜兜转转来了好几次,赶走了又来。不碍的。"他听了稍微心定。阿香默默躺了一歇,坐起身,说:"弟弟,我要下去了。"

他其实晓得,阿香是想要他作些挽留的表示的。但他一声不出。阿香摸索着穿上睡裤,再凑到他脸前,窥探他的神色。他厌烦地把头侧了过去,女人失落地直起身,下楼去了。

听着轻微细碎的脚步声下楼去,他翻了个身又躺倒,对自己第一次和女人交媾失望之极。难道这就是人所津津乐道的男女交欢,传宗接代之脉门?怎么他连这个也做不来?

学堂里有些洋人学生,青年教师,生性好动,穿了短裤汗衫在操场上打网球,一个个胸膛厚实,筋肉强健。街上见到的外国小孩子,也是唇红齿白,血脉很足的样子。而中国学子多数身形羸弱,脸色苍白,二十多岁就驼起了背。如此形体,如何在床上驾驭女人?如何生育优良后代?他本来对自己还有几分侥幸,不料一到临场,也是立马现出原形。

思绪连篇,先是怀疑自己的性能力,再想到家族里的男人,都是瘦弱不堪的。父亲真算起来才四十三,却完全是一副耄耋老相了,牙齿脱

第一章 一个千疮百孔的夏季

落大半，弯腰曲背，很难想象这个羸弱男人能生下一溜六个孩子。他这一代的男丁，就他还算登样，发育正常。一个弟弟高度近视，另一个十七岁了，个子还不足五尺。父亲常常摇了头叹气：馒头发僵了，长不高的。

家里老屋的厅堂上，终年悬挂着祖宗的画像，落了薄薄的灰尘。从曾祖父的画像看来，脸容消瘦清癯，是有一丝大烟气的读书人。溜肩，高额，厚重的下眼睑，两撇鼠须。穿了不知哪一品的官袍正襟危坐。曾祖母是一副倒挂眉毛，细眼小嘴的容貌。头上身上缀满了金珠玉环，宽边大裙下一双尖尖小脚。依画像来看，这两位老气横秋的病态男女不像是会有健康后代的。但曾祖父母连生了十三个子女，下一代也是生养众多，这一房那一房地繁杂得连父亲都数不清。祖父那一代就中落了，田地房舍逐一卖出，供养了几房妻妾及数量庞大的子孙，十有八九都是平庸之徒，读书平平，做官不过甲保，经商也仅小本经营。父亲说：偌大的族里就出了两个人，一个是堂伯父，一个就是你。

如今都说不得了，堂伯父灭顶，他也受池鱼之殃。不过人生也真没什么意思，出生，长大，做事，娶妻生子，然后就是死掉，再过两三代，连子孙后代都把你忘个精光。如佛经讲的，如梦幻泡影，如露亦如电。

终于睡着，不久即被粪车倒马桶声响吵醒，想起今日罢课，于是再次沉沉睡去。一睡就睡过了九点，乱梦连连，邃然被拍门声惊醒，阿香在门外叫道："弟弟，快起来，汤小姐来寻你了。"

3

游行队伍从兆丰公园出发。男男女女一路走一路笑笑讲讲，踏春游玩一样。旗袍与西装相互辉映，红男绿女飞短流长。路过静安寺时，队伍就乱了，众人去路边店家购买汽水零食。艾茉莉塞了个油唧唧的纸袋给他，里面是六只茶盅大小的鲜肉月饼。他正肚饥，接二连三地吃下。艾茉莉又递过来一瓶可口可乐，几口下肚，一股气体直冲囟门，再打嗝出来，顿觉浑身通透。可口可乐算是稀罕物事，花旗国的舶来货。他未曾喝过，今日拜游行之赐，总算一尝琼浆玉液。

行经哈同花园，绿树青瓦，铁围栏延绵整个街区。门口守着红头阿三。园里房舍峨伟，庭院中碧草茵茵，杏花正艳。队伍里有人在围栏上贴标语，红头阿三就过来干涉，说是私人地方，不可以贴标语的。上海人平日最看不得红头阿三，中国虽然羸弱，还总算是一个主权国家，你红头阿三根本就是亡国奴，有啥资格跑来指手画脚？学生们先是喊口号，帝国主义滚出去！红头阿三滚出去！然后就扔石头了。男生要在漂亮的女同学面前露一手，一个个像煞是体育家功架，摆出投掷标枪的标准动作，助跑，后仰，甩腰，然后出手。一阵石雨过后，传来玻璃窗被击碎之声，清脆悦耳。女生们拍手欢呼，更是助长了男生们的兴致。

他不明白，自己竟也会卷入这种盲动之中，全然不像平日所为！原来只是敷衍艾茉莉，出来走一圈，兜上个把钟头就可以回去。为何头脑发热，跟了众人掷得起劲。想来还是心情郁闷，肚里一股气憋着没地方出。一旦有作了堆打乱拳的机会出现，身不由己，欲罢不能。

纷闹了一阵，队伍又向跑马厅迤逦而去。过了亚尔培路不久，前面起了骚动。原来是警察来了，黑制服，白袖章。在戈登路口设立拒马。学生会过去交涉：游行是得到批准的！警察说游行队伍扰民，毁坏私人物业，着令取缔。代表回来一说，群情激愤，口号声此起彼落。前面有人要强行通过，跟警察冲突起来。警察可不是红头阿三，霎时间警笛大作，上百个警察冲进队伍，挥舞警棍，瞬间打翻了几个学生。这些警察多来自山东河南，吃大葱煎饼的，个个膀阔力大。一旦开打，出手凶狠。学生或是头破血流，或是躺地不起。他看苗头不对，就想趁早脱身。无奈前后左右都有警察，铁桶一般，逃无可逃。

学生与警察，天生是对头。学生看不起当警察的，十有八九是坏痞子，落脚货。一旦披上狗皮，就盛气凌人地对未来的国家栋梁动起粗来。警察们确实是些下层子弟，吃上这碗辛苦饭，站岗出操执勤查夜，几个饷钱不够一家老小开销。平时就看不惯这些新潮学生的做派，一股气憋在肚皮里，一旦动手，有如公牛撞进瓷器店，好像打的不是人头，而是夜壶罐子。原来你好人家子弟也会叫痛，也会呼天抢地？新闻记者也来了，镁光灯咔嚓咔嚓作响。也有学生三五作堆地跟警察拉扯，终不敌，被警察打倒在地。几十个女生一起大哭，警察却无动于衷，依然警棍飞舞，血花飞溅。

突然，他看见艾茉莉在几步远处，扯了一个警察的胳膊。这警察看来不过十七八岁，脸上稚气未脱，但出手凶狠，记记着肉。躺倒在地的学生已经血流披面了，小警察依然高举警棍，作势要打。无奈臂膊被艾茉莉拖牢，不由大怒，反手一把揪了女人头发。冲动之下，他疾步趋前，架住警察的手腕。警察本来打一个女人还有三分犹豫，现在有个男的来顶缸，即毫不犹豫地挥棍向他击去。

顶门骨跟硬木警棍相撞的感觉，他永生难忘。如汹涌奔腾的潮水一下子撞上岩石，头壳里的血液如浪花般地飞散。接着来的是无边无际的黑暗。日月星辰错位，天地乾坤倾斜。震荡过后是不可言说的疼痛，头壳像被劈开似的。眼前金星慢慢散去，视线却模糊了。晕眩和糊住眼睛的血流使得眼前的场景不真实似的。人物移动缓慢，动作夸张，有如电影里的慢镜头。耳朵嗡嗡作响，他隐约晓得艾茉莉扶住了他，万分焦急地说着什么。可是一句也听不清。人渐渐有了漂浮感，突然一张脸出现在眼前，举起一个圆形的器具。他来不及伸手阻挡，只觉一道强烈的白光在眼前暴闪，如雷电如焰火，世界一下变得空白，瞬间又陷入黑暗，万劫不复。

他睁眼一片白光，不知身在何地。一抬身就头疼欲裂，复又倒下。随即闻到一股来苏尔药水气味，才晓得大概是在医院里了。

一个声音低语："醒了？"另一个声音犹豫不定："不晓得呀，刚才见他抬起身子的。"吃力地睁开眼，只见床边两个人影，一个是白衣白帽的护士，另一个是艾茉莉。一张满月脸凑近来，泪水淋漓，劈头就说："我真的相信了。侬是会跳下水来救我的。"他听得糊里糊涂，脑中一片纷扰混乱。旁边的护士说："汤小姐侬不要跟他多说话。脑震荡要好好休息。"

他怎么了？脑震荡了？

大概是的，所以脑袋不听使唤了。一闭上眼睛，各种幻觉像脱缰野马一样随心所至。一会是扬州中学时期，天大热，在瘦西湖里游泳，一脚踩空，人就漂浮起来。水咕咚咕咚灌进喉咙，神志昏浮起来。再醒来就躺在一块门板上，母亲在哭泣，父亲捶胸顿足。他诧异地坐起，开口问道：你们在做甚？众人面面相觑。一会又在客堂间里跟夏先生捉对厮杀，天好热，白子黑子风云变幻。隔壁房里留声机唱着"好花不常开，好景不再来"，翻来覆去就是这两句，听得人心烦气躁。夏太太端了两碗芝麻糊进来，他心不在焉地吃着，芝麻糊里面有一团团的物事，像是糯米团子，他嚼在嘴里不对劲，赶紧吐出来一看，竟然是阿香的那只斜眼，还在眨个不停。

人一吓，就醒透了。艾茉莉坐在床边削水果，听到动静就说："不要动呀，医生说你要静养。"他虚弱地问道："我怎么啦？"艾茉莉说："你受伤了，还有脑震荡的征象。"他还是想不起前因后果。艾茉莉眼睛亮晶晶地瞅了他，柔情满溢地说："你真是男子汉，我见过的最勇敢的人。"

是吗？他苦笑，勇敢这两字听起来好生疏。他从不认为自己勇敢，他怕很多东西，小时候怕老鼠、怕蛇、怕蟑螂、怕鬼、怕暴力，平日在路上遇见地痞模样的人就避得远远的。他内心深处是明哲保身的，跟警察直面对抗是他自己也始料不及的。只是一个误判，一瞬间不合时宜的冲动。那根警棍跟头骨碰撞的一瞬间现在想起还心颤，如果再来一次，他绝对会做出不同的反应。

可是艾茉莉说他勇敢，那就算勇敢吧。他不想去辩白，也没这个力气。人世间总是有误会的，可以说这世界就是由误会编织而成的。人都是一厢情愿的,并且把自己的一厢情愿投射到别人身上。

艾茉莉把削好的苹果一片片地喂到他嘴里,又去冲麦乳精,热麦片粥,说等会汤姆也会来看他。他想了好久才记起汤姆是她的堂哥,翻版的夏先生,有铜钿的少爷。他茫然地问道:"他也会来吗?"

艾茉莉万分娇羞:"当然啰,凭我们的关系,他怎么可以不来?"

我们的关系?逢场作个戏,就这样被坐实了?他心里是一百个不愿意。头又痛了起来,艾茉莉去问护士讨了一片止痛片,喂他吃下,复又沉沉睡去。

吃晚饭时,他半靠于床头,护士正喂他吃牛肉汤。门一开,汤姆走了进来。怀里抱了一大捧五颜六色的花束,身后跟着艾茉莉和一个青年女子。见来了人,护士分了神,汤水就在他下巴上淋漓流下来,再七手八脚地帮他揩抹。汤姆的满月脸一笑,真像只冲满开水的汤婆子,热情得不得了,一口一个"英雄"。艾茉莉则是满脸自得。病房里只听到他两人叽叽呱呱说话声,只有那年轻女子,浅笑倩兮,不声不响地从柜子里找出一个花瓶,插进花束,灌上清水,再搁到他的床头柜上。

汤姆递给他一份刚出版的《申报》,说:"留个纪念。上面有你的照片。"

他接过来一看,可不是,四张照片都是学生与警察冲突的场面,有一张很清晰地拍出他的正面,满面披血,欲倒未倒的样子。他第一次看到自己近照,不由多看了两眼。照片上的他看来有些陌生,眼神很是惊恐,一只手举起,想挡住高举的警棍,背景一片狼藉。新闻内容是,警察暴力驱逐,学生流血抗争。报道基本是同情学生的,也捎带提了几句游行的确扰民,警察则反应过度。

艾茉莉愤然:"哪仅仅是反应过度,警察把我们学生当做贼骨头,一记记都是往死里打。"

汤姆说:"《申报》各打五十大板。其实是上海人的心态使然,只想过太平日脚。"

艾茉莉说:"房子都要倒了,还有太平日脚好过了吗?"

汤姆说:"艾茉莉啊,你总是过分夸张,哪里的房子要倒了?要倒也倒不到你头上。我倒要说现在百废待举,太平日脚也总有一个过程。"

艾茉莉恨道:"你这些屁话我听都不想听。"

旁边的年轻女子笑着插嘴:"哎,哎,你俩真是一对欢喜冤家,也不看看地点场合,就在病人的床边又吵了起来?"

都不做声了,汤姆说:"喔,忘了介绍,这是我内人,梅珏馨。两个玉的珏,我们都叫她珏儿。"

珏儿,珏儿。他默念几遍,双玉珏,像一对玉佩在风中叮当作响。这就是汤姆书房中的静园幽兰,照片上一瞥已惊为天人,此刻真人却在咫尺。汤姆兄妹在床边说话,他一句也没听进去。原想对珏儿说些得体的客气话,却笨嘴拙舌地开不了口。

珏儿中等身量,骨骼纤细,穿一袭秋香色的旗袍,人显得苗条。长头发烫成微微卷曲,掩在耳后。肤色淡淡稍显苍白。五官乍看也不见得特别好看,但细细鉴赏,嘴唇鼻子和下巴线条都非常精致。最为殊异的是,珏儿的下眼睑有条很明显的笑纹,就是在平静之际,也是微微含笑的样子,使人过目不忘。

自进房之后,珏儿只说过两三句话,一直含笑站在窗边。他必须要侧了头才能看清珏儿的样子。有这样一个安宁娴静的女人在房内,真是满室生辉。

艾茉莉说学堂里发了一条通告,凡有学生擅自旷课游行的,先是警告,三次即开除学籍。他心不在焉地听着,游行一次就已经尽够了,哪里会有三次?加上他受了伤,艾茉莉总不会逼着他再次上街吧。

是夜,也许服了止痛药,他睡得很沉,平时做梦都是很压抑的,常在梦中与人赌气争执。昨夜却梦见大片的杏花,无边无际的,一早醒来,还觉余香。

数日后已无大碍,医生许他出院。此刻倒是想起住医院是要钱的,账单不会是小数,为此焦躁。艾茉莉来访,见他不安,追问下,他嗫嚅地说起,不晓得医院账单怎么付?哪料艾茉莉说:"这个啊,你不要管了。我来叫医院把账单寄给汤姆好了。"他说这不合适吧。艾茉莉轻描淡写地说:"他花出去的钱多是没名堂的,汤姆不会在乎这点小数目。"

他头上缠了绷带,由艾茉莉陪着,坐了黄包车回到住处,艾茉莉说:"虽然医生说没事了,但你还是少出去,少吹风。这样好了,我付点铜钿给房东的佣人,叫她服侍你几天吧。"他不及阻拦,艾茉莉就噔噔地下楼去,当了夏太太的面,在灶间里叮嘱阿香:"最好是老母鸡炖汤。要多买些猪肝,给他补补血。小菜场如有活甲鱼的话更好,放些火腿清蒸。"然后就听到银洋钿叮咚的声响。阿香推托:"不碍个,汤小姐,铜钿我可以先垫了。"艾茉莉就很不耐烦地说:"拿着呀,哪能可以占你做佣人的便宜啊。"

窗开着,楼下的对话一言一语都听得见。心中五味杂陈,他是不愿意处处由女人付账的。长久以往,女人就顺理成章地帮你拿主意,对你发号施令,这点权力是她应得的,是你欠负了她。男人再不堪,落到了这一步,心里总会莫名的窝塞。

午睡醒来,他斜靠在床头,翻阅着英国文豪毛姆的《人性枷锁》。楼下灶间里传来煎炒烹煮的气味。书在手里捧着,却没读进多少。毛姆这本自传性质的名著有一点励志的意思,一个穷孩子怎么努力不懈,终于在中产阶层站稳脚跟。可是小说毕竟是小说,真实的生活中,被摧垮的年轻人要比成功的不知多到哪里去。他记起生物课上讲过的概率问题:一棵树结了成千上万的树籽,掉落到地上后有多少能长成大树呢?很少,少得令人不敢相信,掉落的位置,天气,水源,野兽的掠食,被人砍伐,自然灾害,各种因素决定了上万颗树籽也许只有一二颗能成材。

这个世界非常阔大,但又极其狭小。

晚饭时分,阿香送上来一盆炒猪肝,一碟肉饼蒸蛋,汤是扁尖火腿冬瓜汤。阿香把饭菜放在桌上,看他还是捧了书,招呼他道:"弟弟,可以起来吃饭了。"

他起身坐在桌前吃饭,阿香给他整理床铺,一面絮絮叨叨:"今天是来不及烧甲鱼了,明朝去买来。只是已经入夏了,菜花甲鱼不大见到了,菜场里都是蚊子甲鱼,吃不得的。弟弟,你还要添饭吗?"

那夜之后,他俩还没有面对面讲过话。他见到阿香总觉尴尬,进出都刻意避开了的。阿香倒是想跟他说话,但看他虎了张脸,也只得作罢。今日是奉了汤小姐之命,登堂入室服侍他来的。积在肚皮里好几天的闲话，终于可以倾倒而出了。只是阿香跟他没多少相通的话题，只好说些小菜场的俗事。

他绷紧了脸，对阿香的殷勤只用"唔唔"之声来回答。但是在心里，突如其来的邪念又一次翻腾。他自己也弄不明白，为啥看到这个女佣人就会想入非非。上次事情发生后，他已经懊悔了，而且在心里一次次地帮自己分解：下等人，年纪又比自己大，而且人也不怎么好看。

可是没用。人的欲念是头捉摸不定的野兽，并非可以在理性的鞭子下长治久安，社会、教育的笼子也关不住它，一个疏忽就冒出头来。

不知不觉中又勾住了阿香的腰肢，阿香推他，又不敢用力，怕碰痛了他的伤口。只好说："啊呀，不要这样啦，好好吃你的饭。"口气像是对调皮孩子一样。被他缠不过，最后压低喉咙说："要做啥，也不是现在，楼上楼下都是人。"

这意思好像已经从了，只是要选好时机。就在他一犹豫，阿香从他的手臂里挣脱，碎碎的脚步一溜地下楼去了。

晚上夏先生邀他下棋，他的心思不在棋盘上，耳朵竖起听灶间里的动静。夏太太跟阿香在算账，半斤猪肝啥价钱，三两猪肉加两只咸蛋呢是多少，再加扁尖冬瓜。"阿香我跟你亲兄弟明算账，铜钿弄弄清爽总归好的。"阿香软软地说道："太太，不碍个，弟弟的伙食费，汤小姐把好了银洋钿的。"心里一分神，一个劫没打好，边角上就被夏先生围死了一大块。平时输赢也就是二三子之间，今日一疏忽，就算不再犯错，落差也有十来子。见他推盘起身，夏先生诧异道："不下啦？还有反败为胜的机会呀。"他再略略地看了一眼，说："没救了，我这脑袋还是不大灵

第一章 一个千疮百孔的夏季

光,大概被打笨掉了。"

夏先生关心地看了他:"头疼啊?要不要吃片阿司匹林?我房间里有。"

他谢绝:"我只是倦了,要早点回去困觉了。"

夏先生说:"吃啥补啥,叫阿香买点猪脑子来弄给你吃。"

他一笑无言,上楼梯之际,听到夏先生大声对灶间里说:"阿香,明朝到小菜场买两只猪脑子。"

他躺在床上翻来覆去,身下的棕绷唧唧作响。随着一盆盆洗脚水泼在天井里之后,楼梯上的脚步声逐渐疏落下来。不久整幢房子进入梦乡,一片静谧之中,他甚至可以听到楼上电灯拉熄的轻微声响,夏先生在困梦中低低的咳嗽声,还有,老鼠在楼板上跑动的细微簌簌声,夜鸟在晒台上偶尔一声鸣啾。

他竖直耳朵听楼梯上的动静,阿香说过要来。阿香说过吗?如果他没有领会错,至少有那个意思。他要静下心来,可不能再像上次那样急不可待,把事情搞砸。

和衣躺在床上,各种思绪涌动,不成形的。从阿香的身体想到珏儿,再想到那旗袍下的身子,这么玲珑的一个身子,做了人家的妻子,竟也会被男人抱在怀里,行不堪的事情,而她男人根本配不上她,只是有钱罢了。反观自己,由于贫困,也为了苦读,至今还未真正地碰过女人(阿香的那次不算)。在他的家乡,男人到了他这个年纪,都成家有小孩了。想到小孩,又反感起来,他从来没喜欢过小孩子,看见那些挂着鼻涕肮脏的脸庞就退避三舍。房东家四五个小孩算是乖的,给夏太太做规矩做得都有些木讷的，他也嫌他们烦。在生育问题上，他是赞同优生论的，觉得不加控制的生育只会造成社会的负担，看看街头上那些衣不蔽体的乞童，并不是活着就一定有生趣的。关于他自己，还吃不准要不要小孩。从家族的角度来看，两个弟弟的身体、智力都不及他，为了种族的延续，他大概要义不容辞地为家族延续子嗣。不过一想到抚养小孩的种种苦累，他心中又生出抗拒来。

在圣约翰，高年级的同学们，一般都在三年级时就有了女朋友，毕业后找到工作就结婚，然后很快地生小孩，陷入小布尔乔亚的圈子，跑跑股票交易所，打打桥牌，看场好莱坞电影就是生活的全部。他毕业了，也脱不了这套模式。会有人给他介绍女朋友，差不多了就结婚。可是他愿意结婚吗？

那得看是什么样的女子。

一般的女子他是看不上眼的，必得是有貌有才。这个才还包括家财，他从自家的境遇看透了钱财在人生中是何等的重要。他不愿意一结婚就被油盐柴米羁绊住。女家必须富裕，至少要是殷实人家。那么，艾茉莉不是现成的对象？家庭富有，受过高等教育，而且对他大有意思。

只是，他对那张大饼脸一丝情绪都提不起来。

夜已深了，阿香怎么还没来？

4

他被楼下的嘈杂声吵醒,夏太太在后门口跟人讲账。想着不关他事,蒙了头又睡去。须臾被夏太太喊醒,说有人寻他。刚穿好衣裳,门就被推开,进来两个男人。一个戴礼帽,还有一个戴顶鸭舌帽。两人一坐一立,坐在藤椅上的人拿出一张派司,在他眼前一晃:巡捕房派来的,找他询问些游行的事体。

他头发纷乱,衣冠不整地坐在床边,脑子还未完全清醒过来,心里别咚别咚地跳。面前两人,脸色横蛮,喉咙又粗又响,刚坐下时倒还客气,叫他学生仔,随后就有威吓和审讯的口气出来了。他没经历过这种场面,惊吓是免不了的。天热,门是开着的,期间夏太太送茶水进来,说是待客,还不如说来听壁角的。楼梯上也有小孩子探头探脑,眨着好奇的眼睛,却被夏太太大声喝斥,一个个乖乖地鱼贯下楼,上学堂去了。

基本上是由矮个男人问话的,这人年纪大些,满口的烟熏黄板牙,说话有江北口音,口气也缓和些。那个站在门边的人一脸横肉,布衫下好像隐约别了手枪。曾经听说过有特务打人黑枪的,慌乱之下,答话也就前言不搭后语。那个老巡捕不耐烦起来,口气很凶地说:"一个学生仔,好好的书不读,上街去干啥?我告诉你,少跟那些赤化分子搞在一道,自毁前途。"

他怎么会跟赤化分子相提并论了？他对政治是根本没半点兴趣的。

老巡捕反问他："那你去游行干什么？不晓得是给治安添麻烦吗？"

他掩饰道："我只是跟同学们在街上走走，不可以吗？"

老巡捕拆穿他说："嗨，我问侬，哈同花园扔过石头没有？不要赖。有人看见的，你扔了不止一块。"

他不响了。

老巡捕说："我们都有数的，啥人做了啥事体。"随后在衣袋里摸呀摸的，他紧张地盯牢了看，千万不要是摸出手枪来。结果老巡捕摸出一张报纸，打开，赫然是登有他照片的那份《申报》。

"你看你，满头的血，真是何苦呢！"

老巡捕含讥带讽地用手指弹弹，再把报纸往他手里塞："看看呀。看看清爽。"

门边的家伙帮腔说："不识相，捉进提篮桥去，吊起来，抽鞭子，灌冷水，苦头有得你吃了。"

他接过报纸闷声不响地看着，心里在估算，这两人今朝摸上门来，会对他怎样？真个拿手枪打他？好像不会。但也不能惹恼他们，一旦被捉到提篮桥去不是好玩的。

他放软了声调："爷叔，我年轻不懂事，下次不了。"

此言一出，两个巡捕都不响了。老巡捕拿起茶杯喝了一口，说："蛮好的小后生，搞七廿三做啥？屋里给你读书不容易，学费蛮贵的吧？"

他点头。

那巡捕脸色平和了点，说："这就是了。小阿弟，我们今朝来，也不想为难你，只是关照你，一不过二，下次再犯，我要不客气了。"

两人一走，夏太太马上寻了上来，面色发青，紧张地说："这两个人是包打听是吗？我一看那个腔调就晓得了。弟弟，我话讲在前头，有啥事体不要弄到我屋里来，这一家门里老的老，小的小，吃不消啊。"

他安抚夏太太："他们只是来随便聊聊，不会有啥事体的。"

夏太太眼睛瞪得鸡蛋般大："弟弟啊，包打听上门来，不会有好事体的。隔壁几条弄堂，也是包打听上门，人捉去提篮桥，屋里厢翻得一塌糊涂。"

他还想解释，想到这种事情解释也解释不清爽。干脆背过身去，不去搭理房东太太。

晚上，夏先生在楼下叫他："弟弟，侬下来一趟好吗？"语气还客气，但有一股平时少见的肃穆。他知道是夏太太跟老公搬弄了白天的事，心想男人总归好说话些，不那么神经兮兮。两人来客堂坐定，夏先生开门见山地说："弟弟，我要请你帮个忙，亭子间，阿拉想收回自己用了。侬晓得，阿大阿二也大了，要有自己的房间。"

他没料到局面这么急转而下，本还想解释一下，想想也没必要了。于是冷笑一声，说："如果那两个包打听不来，大概再住一年半载也不要紧的吧？"

夏先生尴尬一笑："倒不是，本来就想跟你提出，一直忙。"

前天两人还在一起下棋的呢，他心想。也不去拆穿西洋镜了，只说："太突然了。你叫我一时三刻到哪里去找房子？"

夏先生踌躇地说："我想再住个三五天大概没问题的吧。不过你早点寻着房子，大家方便。"

他沉默一阵，站起身，说："好吧，我尽力。"

夏先生也跟着起身,送他到客堂门口:"弟弟,我也是没办法。侬不要放在心上。"

他闷声不响地上了楼,却见桌上放了一个盘子,用纱罩罩着,打开,里面是白糊糊的一碗。端详了半天,才恍然大悟:这就是清蒸猪脑子,大概是阿香放在他房内的。用筷子挑起一点尝了尝,有点像蒸熟的豆腐脑,比豆腐黏稠,稍带些腥气,好在阿香放了料酒和生姜,味道还不坏。他一面想心事,一面把那碗清蒸猪脑吃完。

他能搬去哪儿呢?一筹莫展。上次父亲寄来的银票,无论他怎么节省,还是很快就见底了。而且短期内不会再有银票寄来了。那么他哪来钱去租房子?看来只有回乡一条路好走。或许去申诉一下,堂伯父的盐局可以解封,那是唯一的生路了。

提笔写了家书,告知父亲他暑假回乡。出门数年,乡间印象日益淡薄,穷乡僻壤不知还能适应否?他安慰自己,只是暂时过渡。他也给艾茉莉写了封短函,寥寥数语,告知他将要回乡去住一阵。

艾茉莉隔天就上门探望,说要约个日子给他饯行。又说到有好几个同学也休学了,不过不是度假,而是到"对面"去。他隐约知道这"对面"是指在京津淮北那儿跟政府打得不可开交的共产党。他是对政治视为畏途的,自从他懂事以来,政局一直是强权的更替,北洋政府,军阀,国民政府,然后日本人,汪氏南京政府,再是国民政府。暴力,腐败,傲慢,高压,没有一个政府给他留下好感。他深知中国是个庞大的黑暗洞窟,内藏千年的污垢,没有一个政府能清理干净的。他听说过共产党,却没有多少深入了解,只晓得是激进派。至于偶然传来的交战消息,他也未放在心上,不过是一些遥远的战争而已,中国有史以来从未断过。

艾茉莉跟他说,政府在战场上不顺利,东北已经丢了,华北也眼看保不住了。他诧异地问她这是哪听来的?他天天看报,一点迹象也没有。艾茉莉说新闻都被控制的,你如到大学的图书馆去看《纽约时报》,你会发觉这个国家可能要发生很大的改变了。

他还是没意识到艾茉莉这些话背后的意思,他太困于自己的处境,政治纷争是他无力涉及的。当艾茉莉询问他何时再回上海,他心劲一松,垂头丧气地说:"也许再也回不来了。"

艾茉莉惊诧地问:"发生了啥事体?你说这话是什么意思?"

他再也顾不得矜持,把自己和家里的困境一五一十地说了。潜意识中,他知道面前这个大饼脸的女子是在乎他的,是肯为他出谋策划的,而且她是有这个能力的。

艾茉莉气愤地说:"就为了两个包打听上门,你房东就要你搬场?我找他们说理去。"

他一把拉住:"已经心生嫌隙了,住下去也没什么意思。"

艾茉莉不甘地坐下,朝门外撇嘴道:"这些胆小如鼠的小市民。"

隔了一歇,又说:"不要担心,船到桥头自会直。"

接下来两天,他铁青了一张脸走进走出,看到房东一家也不打招呼。夏太太像是有点愧意,涎了脸跟他搭话。碰了钉子之后,在灶间里跟阿香嘀咕:"就是要走了,也可以大家客客气气的呀。"他当作没听见,进出时把后门碰得很响。

课间，艾茉莉来找他，说："汤姆说，欢迎你住到他那儿去。"他说这好像不合适吧。艾茉莉说："没关系，他那儿有三四间房间空着的。"他问汤姆的太太珏儿呢？艾茉莉说珏儿大部分时间在东山，照顾她生肺病的婆婆。又说，"汤姆这个人欢喜热闹，侬肯住过去，他欢迎还来不及了。"

于是说好了明日就住过去。回到曹家渡住处，夏太太正好在灶间，他简短地宣布："明朝就搬场。"突闻此言，夏太太与阿香都呆了一呆。夏太太马上换了一张笑脸："不要这么急呀。那么，今晚到阿拉屋里来吃夜饭好吗？"他冷笑一声："吃夜饭倒不必了，侬把多余的房钱结一结。"说完就噔噔地上楼去了。

整理行装，除了贴身的衣物，只有几本书，一点文具，两只藤条箱就装满了。又出去吃了夜饭，回来时楼梯角上照例搁了报纸，还有一只小信封，装了几枚零钱。他收好了信封，回到自己房间。坐在幽幽灯下环顾这间亭子间，他来上海第一个落脚处。刚到的那两天，提了行装，按报纸上的租房广告，一间一间地按图索骥，迷失在错综复杂的小弄堂里。搬进来时，门口一排孩子，都剪了马桶盖子式的发型，一溜好奇的乌黑眼珠子。夏太太快如机关枪似的上海话，阿香终日忙碌，汗湿衣襟。灶间里腾起的油烟味浸染着他的被褥衣物。热天在房间里汗流浃背，夜里被蚊子咬得不得入睡，跑到天井里揩面擦身，角落里有断续的蟋蟀鸣叫。冬日夜里，捧了只热水袋，夏先生袖子管里捂了只白铜小炭炉，两人在冰冷的客堂间挑灯夜战。这一切将成为过去，他不会再回首，一无留恋。

由此想到来上海求学两年多，最大的收获是开拓了眼界。上海使他看到世界的阔大，生活的精致，跟他在乡间所领略的人生千差万别。都说读好书就能通往这种人生，但他却始终有所怀疑，见了太多蠢才高踞庙堂之上，享用丰盛的配祭。他恍然明白读好书跟发达并无直接关系，人生难料，就如棋局厮杀拼搏，一切都在变数之中，直要到收官之际，才能点算得失。

圣约翰校园里有礼拜堂，有牧师，个个和蔼可亲，讲流利的中英文。也有各种宗教联谊活动，做弥撒，唱诗班，查经班等。许多学生正式入教，热心各种慈善活动。他却从未被感化，觉得这西洋的宗教，跟中国人的人生观截然不同。中国人着重现世，幸福指数是可以用物质估算出来的。宗教却教人相信虚幻的天堂地狱。照他看来，就是有天堂地狱，也是与这个世界平行，到法租界富人的家里看看，再到苏州河边上的滚地龙看看就明白了。如果这一世都过不好，怎能叫人信服死后有更好的去处呢？他倒是更为信服达尔文学说，中国人也有物竞天择之说。一个世界，说小不小，说大也不大。人人都要活得好是不可能的，天注定了有人是人上人，有人是人下人。有了上下朝野之分，目标也就明确了，芸芸众生都朝人上人的位置攀爬，通过读书，仕途，经商，性格和机缘决定了有成功的，也有失败的。这是一个更为实际，也更为准确的人世间。

他环顾四壁，这个不到八平方米的亭子间是他来沪之后第一个人世间，寒酸简陋的，在烟熏火燎的灶间和晒得滚烫晒台之间的夹层。明天他就要走出去了，去经历另一个人世间。过去种种，譬如昨日死，未来种种，譬如明日生。今夜，他就在生死交界之处入眠。

在黑暗中，万籁俱寂。阿香赤了脚板拾级而上，缓慢地，小心翼翼却毫不迟疑，在亭子间门口停下。一只微微颤抖的手伸出，摸索着门把，慢慢地旋开。尽管她动作轻微，门轴还是发出一声叽呀，尖锐地穿透一房子的浓黑。她凝神屏息，确认没人被吵醒之后，才轻轻地掩上门，蹑手蹑脚地来到床前。

他已入梦，被轻微触动遽然惊醒，睁眼看到床前的黑影，不禁骇然，刚要张口呼叫，一只粗糙的手掩住了他的嘴。在黑暗中，女人的发丝拂到脸上，一声软语轻轻入耳："是我呀，弟弟。"

他惊魂甫定，好一阵才回到现实，阿香坐在他的床沿，浑身发抖。他很想揽她入怀，但开口却不怎么友善："你怎么来了？"

阿香俯下身来，在他腮边耳语："我怎么能不来？侬明早就要走了呀。"

他仰面朝天，沉吟不语。这一切发生得突然，却又好像在他幻境之中多次出现。看他没表示，阿香再也支持不住，软倒在他身边，轻声而急速说："弟弟，抱抱我。抱抱我呀。"

他探手入怀，阿香一无挣扎，自己剥除了衣衫，摊手摊脚地躺平。他弓起腰，俯身其上，一股女人肉体的温热传来，夹杂着一丝荷尔蒙的腥味。他血脉贲张，瞬间勃起。身底下的女人无面目，无身份，柔软驯服如同一片被征服的土地，等待王者莅临。

夜深了，老旧的棕绷床发出唧唧咯咯的声响，开始他们还有所忌惮，等到渐渐入了港，意到酣处，只顾了恬畅快活，哪管隔墙有耳，阿香像是哭泣般地哼哼唧唧，只差没大声叫嚷出来而已。好一场黎明前的鏖战，黑白混沌，阴阳绞杀。有道是：人生本无解，礼教皆虚幻。百年一瞬间，回首寻不见。欢乐易风逝，苦难却长存。万般烦恼事，唯此一慰藉。

　　窗外天色已经微明，潮水终于退去，他疲倦得再一次跌进梦乡。阿香却不敢耽误，窸窸窣窣地起身。走出房间之际，她再一次回到床边，推醒已经开始打鼾的他，问道："弟弟，你刚才一直叫的'珏儿'是啥人？"

5

在二楼的阳台上，看出去是一排法国梧桐，阳光一照，树干斑驳，叶影婆娑。弄堂里总共有四幢房子，格局大致相像，都是有钱人家居所，弄堂底停泊着住户的私家轿车。左手边是竹篱笆隔开的一大片园子，房舍掩蔽在绿荫之后，葱葱郁郁，幽静之极，大铁门却终年紧闭。据汤姆说，此园是个沪上显赫人物的别墅，他也只见过一次，去年某个京剧名角来沪，借寓此地，主人出面接待，他在阳台上惊鸿一瞥而已。

他的房间在二楼，他不克想象有朝一日，竟能住在如此豪华的宅子。光可鉴人的打蜡地板，纤尘不染。席梦思大床柔软无比，就是矜持如他，也想在床上翻个跟斗。盥洗间的地板用六角形小瓷砖镶嵌，水龙头拧开就有热水。一天忙碌之余，在热水浴缸里泡个澡，体味着浑身筋骨一丝丝地舒展开来，是有钱人家才能有的享受。每天他早起下楼，厨房里已经端整好了早餐。正宗的哥伦比亚咖啡香气扑鼻，俄国面包房一清早送新鲜面包上门，黄油是美国进口的，放在一只莲花状的银碟子里。虽然他更喜欢来碗大肉面，再来杯热茶，实惠兼乐胃。在他落座之际，汤姆往往还在楼上睡懒觉，毛姨在厨房里吃泡饭，不跟他同桌。他一个人边吃早饭，边翻阅着新寄来的 LIFE 杂志，也偶觉冷清。

从汤宅步行去学校要走四十分钟，他一路且行且看。在海格路一带都是花园洋房，绿荫掩蔽，庭院深深。一个路口到极斯菲尔路上，景观马上就变了，肮脏拥挤的小弄堂，排列着木板搭起来的破房子。系了围兜的老年妇人坐在家门口剥毛豆。经过小菜场一带，更是参差，既有红砖水泥的新式里弄，也有青砖石库门弄堂。再过去就是芦席搭成的棚户区，地方局促，污水横流，穷苦人背了箩筐去捡垃圾。在这片芜杂的土地上，繁荣和赤贫共生，鲜花与杂草并存。三生石上的大千世界，天堂和地狱为邻，这一世你做富翁，下一世你做穷汉，都是几十年，都是一瞬间。 It's mean to be。

汤宅常开席宴客，一张大餐台坐满人，欢声笑语，闹猛得很。他也喜欢这样，如果只是跟汤姆两人相对无言，再好的饭菜吃在嘴里也不是味道。人多的话，谈天说地，他就自然得多。汤宅宾客盈门，除了汤姆好客，毛姨的小菜烧得好也是缘由。一道水晶虾仁，活的河虾剥出来，稍加腌制，温油锅一过就上桌。粉红雪白，鲜洁糯滑。一道熏鱼，选上好青鱼切段，炸过再用茶叶熏制。外面鲜脆，内里幽幽茶香。毛姨的下酒菜更是拿手，风干鳗鲞、胭脂鹅掌、糟香鸭舌头，都是艾茉莉与女客们极喜欢的。其实扬州也是筵食重镇，盐商大都蓄有私家厨子，讲究吃喝。只是他生于清寒之家，饮食也仅够饱腹。酒足饭饱之后，客人聚在书房里吃茶，高谈阔论，个个对时局有一套看法，常作激进之言。艾茉莉则更是人来疯。说是聚拢了一个进步圈子，要敲敲汤姆的木鱼脑袋。

汤姆口衔雪茄，声明他是同情劳苦大众的，却被这些人极尽嘲讽：你锦衣玉食，哪会知道下层的疾苦。汤姆无辜地摊摊手： 出身是没有办法选择的。艾茉莉咄咄逼人地说："侬晓得吗？玛丽安皇后被砍掉脑袋，也是没有办法生在帝皇之家而已。"汤姆说在任何社会，总有高低上下之分,社会机制如此。一位戴深度近视眼镜的青年一本正经地反驳说:"所以我们要建立一个人人平等的新民主社会呀。"他一般是不参加他们的辩论的,心想艾茉莉和那批激进青年都是妄人妄语,天下重器,自有定规,岂是你们能左右的。这都是些有钱兼有闲的子弟,玩够了他们所有能到手的玩具,又来玩政治这个大玩具了。所以有人问他的意见,他一般是笑笑,并不作答。于是有人说,两耳不闻天下事,一心只读圣贤书,不是一个进步青年该有的态度。艾茉莉就跟那人争执起来,一激动,就通通地上楼去,翻出那张登有他血流披面照片的报纸,拍在争论者的面前:"看看,人家是连《申报》都称为学生英雄的。你还有什么话好说?!"

对方不响了,众人传看那张报纸,不断有啧啧声传来,有的是真心敬佩,也有冷言冷语: 作孽,血流了一饭碗。男生们过来跟他握手,女生们要看他头上留下的伤疤。他一下子成了众人瞩目的中心,当大家得知他还是圣约翰大学的高才生之后,更是钦佩,个个要跟他做朋友。他心里太晓得了,自己绝不是什么英雄,也没有英雄的勇气和胆量。他怕警棍,怕包打听,也怕提篮桥。游行是被拉了去的,上了报纸只是阴差阳错罢了。但让这些浮浪子弟奉承一下也无妨。如果他们晓得他穷得走投无路,被汤姆收留了做食客,不知又会如何地讥笑他?

作为主人,汤姆对他非常和善,大方,一点也没有居高临下的态度。偶尔有个把夜晚,他从学校回来,汤姆难得地在家,邀请他去书房坐坐,喝杯白兰地。两人坐在大沙发上天南海北地聊天,聊着聊着,汤姆会把话题转到艾茉莉身上来,转弯抹角地想知道他们有何打算,何时订婚。他晓得由于艾茉莉平日对他的种种亲昵表示,汤姆当然认为他们是一对佳偶，所以热情招待，帮他付账，让他借寓，频频为他俩举行家宴等等，都是把他当成未来的妹夫了。可是他心里对艾茉莉并无半点热情，也根本没有谈朋友或将来结婚的打算。只是碍了汤姆的面子，敷衍而已。

洋房里的好生活，适应起来很快的。他习惯了早上一杯滚烫的咖啡，提神醒脑。面对晚餐桌上的丰富菜肴，施施然坐下来抖开餐巾。有时早上他起晚了，汤姆让司机老朱送他。老朱当了主人的面笑嘻嘻的，满口应承，一等到上车面色就难看了，一路上把车开得很粗野，嘴里恶毒地咒骂挡道的黄包车夫和行人。他知道这家伙是骂给他听的，只好装作一副麻木相，下车之后照样没一个铜板的打赏。

毛姨在汤家的地位，是介乎于远房亲戚和管家之间。住进来个人，她要多出很多事。可是她再有不满，也从不在面孔上显示出来。有时汤姆有应酬不回来，毛姨依旧热饭热菜地侍候他。他招呼毛姨一块上桌，总是说吃过了，侬慢用。但有时他忘了形，没人时跷了一只脚在椅子上，或喝汤时太过大声，一抬头，会撞上毛姨鄙夷的眼光。只是一刹那，毛姨马上摆出笑脸，问他还要不要添饭？他多少有点忌惮，不晓得她会不会在背后搬弄是非？不过也无所谓，期末考试差不多了，他借寓的日子也要结束了。

学期的最后一天，他考完试从学校走回家。几天来，他老是感到乏力，咳嗽，下午还有点低烧。大概是连续用功累的，以前也有发生，休息一阵就好了。只是今天特别累，脚下简直迈不开步子。好容易挨到了家，连晚饭也不想吃，径自去房里睡了。躺下也睡不稳，一直咳个不停。是夜,汤姆不在家,去了洞庭东山探母,楼下毛姨和老朱各关紧了房门,悄然无声,任他咳得惊天动地,也没人来探问一下。睡到半夜,又是一阵剧咳,喉头一呛,竟然咳出一口血来。见之大惊,但已是半夜,没啥办法。只是咳一阵,嘶喘一阵,再迷糊一阵,待到天明,看见痰盂里小半罐血,自己先软了半截。

汤姆隔日回来,不见他人影,于是上楼来察看,发觉他病得昏沉,床单上,枕头上都有血。大惊之下,马上拨电话叫救命车,一面埋怨两个佣人粗心。毛姨委屈地辩解,他是个男人,我怎可以三更半夜到他房间去?老朱是住在房后汽车间小阁楼里的,一口咬定没听见啥动静,乌鸦叫倒是听到过好几声。

汤姆亲自陪了救命车送到圣玛利亚医院,拍了 X 光片子,主治的比利时医生一脸严肃,拿了片子让汤姆看,说是支气管出血,肺里也有阴影,怕是 TB。他晓得 TB 就是肺结核,当时是了不得的大病。心里已是塌陷了大半。他家族一向有肺弱的病根,祖父、叔祖和一个姑姑都是死于肺痨。父亲也有痰喘的毛病,每年冬天都要犯病,咳起来像机关枪似的。坊间还传说这病不能开头,开了头就是一辈子的事。汤姆安慰他说现在科学发达,发明了盘尼西林,肺病也不是绝症了。他心想那盘尼西林是进口的,贵得不得了,他寒门子弟哪用得起? 一般人生了这个病,大多是吃点中药,在家养个一年半载。大多数是反复发作,一期拖到二期,二期拖到三期四期,再接下去就是死期了。他的叔祖和姑姑都没活过四十岁。就是侥幸好了,也不能掉以轻心,常会复发的。汤姆说他姆妈就是老肺病,二十多年了,现在还好好的,身子虽然弱了一些,但也没有大碍。最主要的,不能放弃,不能绝望。他嘴上只是虚应着,心里一片灰暗。

这医院的晚膳倒还不错，一小盅蒸鸡蛋羹，一碟炒猪肝，一碟火腿末炖花菜。味道都烧得蛮好。他一整日没进过饮食，吃了大半。饭后比利时医生又来查房，两人用英语交谈，医生跟汤姆一样，说肺病不是绝症，而且还未确证，不必过度忧虑。他听了心情轻松不少，当夜的睡眠也踏实很多。

他住院十来天，用了进口止血药，便未曾再吐血。汤姆天天来探望，还带了很多营养品。有一次艾茉莉带了个男人来探望，介绍说是圣约翰大学新闻系的学生，给报纸刊物写点稿的。这人姓诸名君山，长得瘦小，人倒是热情活跃。病房里只听见他跟艾茉莉两个不停地说话，兴高采烈地说到国军在战场上又吃了败仗，被消灭了多少人马。十六铺码头工人要罢工了，棉纺厂工人也组织了起来。学生准备再一次上街游行，规模要比前几次大多了。很显然，诸也是个激进分子。他闭口不言，由他俩自说自话。期间医生来查房，告知他肺里阴影消失，已无大碍，可以出院了，但是还要继续静养，打针。

第二天跟汤姆说起出院后回扬州。汤姆说不妥，第一，你病情未稳定。第二，医生说了你要安心静养，还不如你跟了我到东山乡下去住上一段，过些日子再回扬州也不迟。他心里一动，喃喃道："已经麻烦你许多了。再到府上叨扰，怎么好意思？"汤姆笑道："一点也不麻烦，家母的病，断断续续多年了，家里佣人都晓得如何服侍病人。内人珏儿更是会打针，会量体温。洞庭东山也算是鱼米之乡，吃用东西都很丰富，乡下清静也清静，只是寂寞得很。你去住一阵，跟家母和内人说说外面的事情，她们也会觉得有趣。"

他眼前浮起珏儿擎着针筒，纤指轻弹针管的情景。不禁臆想联翩，汤姆说什么也没听进去。好久回过神来，虚弱地问道："好倒是好，只是贸贸然去打扰，好像不太合适呀。"

汤姆说："你不是已在我屋里住了一阵了？只是换个地方而已。那就说定了，明日出院，老朱开汽车来接我们过去。"

出院时，汤姆和艾茉莉一块来接，老朱跑前跑后地搬行李，面孔笑得像朵喇叭花一样。他也不动声色。三人上了汽车，出了上海，过七宝，经徐泾，一路往西开去。艾茉莉说好久没去东山白相了，上次还是两年前的秋天，正好碰上蟹季，吃了总有二三十只大闸蟹，吃伤了。这个季节头里有啥好吃的？汤姆说现在是枇杷上市的辰光，东山的白沙枇杷是有名的，个大清甜。再过一阵，杨梅也开始熟了，小辰光跟了屋里长工去采杨梅，拿一把大油布伞，往树上一挂，摇动树干，熟透的杨梅就落到张开的伞里。那种杨梅乌黑蜜甜，乡下人用来泡酒，听说大补。还有太湖里的鱼虾是一年四季都有的，鳜鱼啊黑鱼啊，还有太湖白鱼，是别处吃不到的。捉鱼的人早上捉得来，养在水缸里，放在街市上卖，买回来清蒸，鱼肉吃到嘴里都是带一丝甜的。

艾茉莉拍手道："我最喜欢吃清蒸太湖白鱼了，回到屋里快点叫珏儿去买，今朝夜里就要吃。"

汤姆笑道："她们都晓得侬这个天吃星要来扫荡了，怕是早就准备好了。"

中午到了苏州，在松鹤楼吃中饭，堂倌推荐说今天的银鱼交关新鲜，于是吩咐来一客银鱼炒蛋，汤姆又点一只蟹粉豆腐，艾茉莉点了雪花蟹斗，清炒虾仁。他点了一道蟹粉狮子头，再加了一个开洋丝瓜。也是满满的一桌子。他吃得不少，一个礼拜住医院，食物太清淡了。午饭后去逛近旁的网师园。苏州的园林名满天下，其中的精髓是螺蛳壳里做道场，巴掌大的一块园子，挖空心思地布置了楼台亭阁，怪石秀竹，小桥流水，应有尽有。出来之后，艾茉莉在观前街上买了小胡桃、松子糖、各色蜜饯，林林总总装了好几盒。两点多钟上了车，开到木渎，早有汤家的船等在码头上，艄公和老朱一起把行李搬上船，三人坐定，船就离了岸往南而来。

　　船是木船，两丈左右，新刷了桐油，气味还有点冲鼻。船头上嵌了汤宅的名号。船舱里置了两排带软缎靠背的座位。从穹形的油布篷下望出去，只看见船尾艄公粗壮的脚杆，赤了一双乌黑大脚，十趾分得很开。船舷边，暗绿色的水流潺潺，微波轻摇，有一股带新鲜草木味的水腥气。他有一点晕船，恍惚中岸上景色渐次而过，村舍，拱桥，房宇，水巷以及坐在桥上的闲人，在下午的阳光中显得光色迷离，如一部曝光过度的旧电影。

　　汤姆说家里以前的船比这艘还大，被政府征用去了，一直没还回来。这艘船是新打造的。乡间安静，但久居也就觉得冷清，姆妈她每个月总要乘了船去苏州几次，看看朋友，打几局麻将，再听听评弹，观前街上买点小胡桃松子糖。他问道，老太太生了病还可以出行？汤姆说其实肺病进入稳定期跟常人无异，能吃能玩，就是有点虚火。何况，珏儿一直陪着她，不碍事的。

　　三人说说笑笑，吃吃艄公备下的茶水，青豆笋干之类零食。再看看水色天光，岸上风景，十多里水路迤逦而过。到东山之际，日正西斜，远远望得青石码头上三几人影，看到了船，就频频挥手。艾茉莉眼尖，一声欢叫："珏儿也来接我们了。"他循声望去，三四个乡下人捏了扁担，是来挑行李的。还有一个苗条的人影，面目看不清，但从身姿就可辨认出是珏儿。

他心跳得厉害，走跳板上岸时，脚一软，差点掉到水里。

6

  汤家的宅邸宏大，深邃。屋宇高挑，一进复一进的，间隔了花木玲珑的庭院。每一进都有好多房间，前厅堂是会客的，后厅堂是吃饭间，花厅是打牌玩乐的。楼上还有佛堂，厢房，耳房，偏房，娘姨住的房间等。宅邸的造工用料都极其考究。汤姆说这宅子是嘉庆时期造的，费时廿多年才造好，距今亦有两三百年了。中间失过火，烧毁大半，又重新修建了。现在他姆妈和珏儿住了前面的第一，第二进。后面就一直空着。你来住的话也是增加些人气。珏儿已经把你的房间安排在书房里，临着后院，也还蛮清静的。

  他背了手略略地看了，这房舍当初是设计成几代同堂的格式。每一进都有独自的天地，高敞的厅堂有八扇嵌花玻璃落地木门，庭院里遍植假山石和观赏花木。厅里香案上有个硕大的宣德炉，旁边大果盘里置了些佛手，柑橘之类的清供。壁上悬有字画，细看是任伯年等江南小名家的手迹。近甬道一侧是书房，另一侧是卧室。一道楼梯可上到二楼，楼上有一排可开启闭合的雕花木窗，是女眷的绣房或闺室。有客人来，在厅里与主家奉茶说话，女眷是不能露面的。好奇之下躲在窗后偷窥。客人偶一抬头，只见一个豆蔻及笄女子的脸容，惊鸿一瞥，一闪就不见影踪。院中甬道是白色卵石砌成，曲曲折折通到屋后，甬道一面是白色的粉墙，黑瓦砌成的滴水檐头。一头通向一座月圆形门洞。转角处，有口生绿苔的水井，四周长着一丛青竹，立了几块嶙峋透空的太湖石，簌簌清影，一派幽然。

洗完手脸，佣人来请上席。他想到要见汤家老夫人了，心里忐忑。他晓得汤姆是把他作为艾茉莉的男朋友介绍来的，虽然他没半点意思，也只能装了糊涂而与之周旋。不知人家会怎样看他？

饭堂里灯火辉煌，一张八仙桌已坐好了五位女眷，正中端坐的是汤家老夫人。对面坐了两个差不多年纪的女眷。另外两边各坐了艾茉莉和珏儿，艾茉莉穿了件水绿色的短袖洋装，两只白白的丰腴臂膊露在外面。珏儿却穿了淡藕色的府绸小褂，浅香槟色的暗花缎裤，一身素淡，佩了串栀子花，淡雅却暗香袭人。他们一进去，所有人眼光都转过来。他略一犹豫，走上前，在桌边向汤家老夫人鞠了个躬："伯母您好。"只听到一个很糯软的沪上口音答道："稀客啊，侬好，快请坐。"

他在艾茉莉身边落座，抬头打量了一下老夫人。由于保养得宜，看来也就是五十出头的样子，满头黑发，腮上有两抹绯红，他一开始以为是粉妆，后来才晓得凡是肺病患者到了下午都会虚火上升，像是气色很好的样子。虽然是初夏，老夫人还是穿了件宝蓝色的夹袄，乌黑的头发向后掠去，露出薄薄的耳廓，戴了一对水滴状的翡翠耳坠，跟手指上的那只巨大的翡翠镶钻戒指相映生辉。眉毛细细地修饰过，涂了唇膏的嘴唇极薄，鼻梁端正，眼神却深邃莫测。神情更是高高在上，一副当惯大人家主妇的做派举止。两个女眷都是五十上下，小镇上常见的半老妇人，一口本地话。说是汤家的远亲，也是老夫人的麻将搭子，想必是应召前来看准侄女婿的，席间不断地把眼睛从他脸上身上瞄。偶尔跟老夫人交换个会意的眼色，正巧被他捕捉到。如此这般地被人三堂会审，他饭也吃得食不知味。好在珏儿善作女主人，言语机巧，应对自如，不断地说些当地的趣事。空余不忘为客人布菜劝酒，桌上气氛一活跃，他的尴尬也减去不少。

汤宅的菜色精巧，一道清炒蟹粉鲜美异常，吃得众人叫绝。珏儿说这还是去年存下的蟹粉，去岁是大闸蟹的大年，去水陆码头上走一趟，蟹都会得爬到脚背上来，蟹贩子卖得又便宜。于是叫人拆出蟹粉来，先油里煸一下，加点高粱老酒，再用小甏封起来，放一年也不会坏。艾茉莉等你回去时，叫人给你带上两甏，不但炒蟹粉味道一流，就是炒蛋，烧豆腐，包馄饨，或拌面来吃也是味道很好的。

艾茉莉向老夫人撒娇道："喔哟，孃孃，侬看，还没坐下，珏儿就急着我叫回去，想用两甏蟹粉打发我？哼，我晓得你夫妻俩小别似新婚，可也不用这么急的呀。"

大家都笑，珏儿被弄了个大红脸，一身素白的人儿，突然面呈桃花更有说不出的韵味。还是汤姆出来打圆场："哪里要赶你走了，我跟她们说过你放了暑假，要多住几天，陪陪侬朋友的。"

珏儿说："是呀，东山虽小，好白相的地方还是有几处的。叫人撑条船带你们去太湖兜一圈，看看日出日落。还有到塘里去采莲蓬也蛮有趣的。现在莲蓬都结实了，随手都可以采一大捧回来，我帮你们煮莲心羹吃。还有，一定要带侬朋友去紫金庵看看十八罗汉，那里的素斋味道非常好的。"

艾茉莉诧异道："珏儿，你是出名的会烧也会吃，只是你怎么从来不见胖？我不行，一个吃过头，旗袍全部穿不下，要叫裁缝去改大腰身。你说急煞人不？"

珏儿的眼睑下显出笑纹，说："胖是有福气的呀。我也想胖些，没办法呀。"

汤姆说："人胖人瘦跟胃口没关系，我们家人天生都胖，吃得再清淡，也跟吃大鱼大肉区别不大。艾茉莉你就敞开胃口吃吧，别辜负了你天吃星的名头。"

热菜陆续上来，都是河鲜。老夫人吃得很少，每样菜只吃一筷子或半调羹，等到白鱼上桌，珏儿站起身，镶银的象牙筷子一戳一挑，两只鱼眼睛就挟到老夫人盘里。艾茉莉说："孃孃还是欢喜吃鱼眼睛？我可是吃不来。"汤姆说："你的道行还远远不到，鱼身上最精华的地方就是眼睛，精魂所在，只有活鱼的眼睛才可以吃，补脑子的。隔了三四个钟头，味道就变了。"

这条清蒸白鱼是放在一个硕大的康熙粉彩大盘里送上来的，总有两三斤左右，鱼身呈银白色，配了嫩黄色的姜丝，香气扑鼻。他尝了一筷，鱼肉柔滑细嫩，吃在嘴里还一颤一颤地滑动。老夫人却说蒸过头了："讲过几次了，这厨娘的火候还是拿捏不好。"随即就把鱼眼睛吐在碟子里，又转向他们说："怠慢了。你们慢慢吃吧，我先要告退了。"

大家都站起来，看着老夫人在丫头的搀扶下回房。过了三几分钟，两位女眷也说吃好了，满桌人再起身目送。珏儿说现在桌子空出来了，何不大家都坐得舒服些？于是各人坐了一边。艾茉莉说这样好，刚才两个老孃孃在桌，眼睛像盘丝洞里放出的索子似的。我都不敢放肆吃菜，传到外面我都要嫁不出去了。汤姆说不会吧，她们就是专门来看你对象的。听了这话，艾茉莉赌气说："有什么好看！落花无情流水有意，很多的事情是作不得数的。"

珏儿笑道："你啊,典也用错,明明是落花有意流水无情,怎么用反了。"又转头向他说,"哎,人家小姐都抱怨了,你要表示一下了。"

他正吃着一筷子鱼肉,听到这话,赶紧咽下,却被一根细小的鱼刺卡在喉咙处,引起一阵呛咳,桌上三人都担忧地望了他。

汤姆问:"不要紧吧?"

他摇摇头:"只是被鱼刺卡了一下。"顿一顿又说,"白鱼好吃是好吃,就是刺多。"

汤姆唤来一个叫阿忠的老家人,引他去宿处。老头儿五短身材,须发皆白,讲一口糯答答的本地话。煞是殷勤,一口一个"姑少爷",提了风灯在前面引路,不时提醒他:"这里有门槛,当心。"或者,"地上滑,小心脚底。"七转八绕,来到他的寓处。

眼前这间书房宽敞,一排雕花木窗正对着后院。窗下有台楠木大书桌,一张放了软垫的藤椅。桌上置了文房四宝,一边是书架,另一边是卧床。老阿忠点燃了房里的洋油灯,告知他茅坑在哪里,灶间又在哪里。又去拎了一壶热水进来,泡了茶,再搬来木脚盆让他洗脚。他想了想,掏出仅剩的几枚银毫子,塞在老头手里。老头一口一个"罪过罪过"地推托,最后还是收下,千谢万谢地出门去了。

他在藤椅上坐下。虽届初夏,夜晚还是有些寒意。他注意到床上摞了两床被子,珏儿想来是细心之人。又站起身,在书架前浏览,抽出一本清嘉庆年版的唐诗翻阅,随手翻到李商隐的五言律诗《风雨》,在蒙学时仿佛读过,多年来已忘得精光。现时一句句读来,竟有隔世恍然之感：

> 凄凉宝剑篇，羁泊欲穷年。
> 黄叶仍风雨，青楼自管弦。
> 新知遭薄俗，旧好隔良缘。
> 心断新丰酒，销愁又几千。

前半首读来触心动肺。青剑在剑鞘里一天天地锈蚀，这岂不正是他现在的写照吗？漫长一日，本想早点歇息的，这时精神又亢奋起来。桌上有现成的文房四宝，纸笔俱颇为考究，纸是徽州老绵纸，墨是松烟旧墨，笔是湖州羊毫。于是在砚台里倒了些茶水，一面磨墨，一面继续翻阅唐诗。

他在扬州读的私塾旧学，四书五经，诸子百家，今日一丝也无用。唯一留存的，是一笔功底颇为深厚的毛笔字。父亲本人就写一笔好字，尤擅颜鲁公和柳公权。从小规定他每天必得写十张大楷，三张小楷，没写完不许上饭桌。开始苦不堪言，只是畏惧父命而不敢违抗。久之却也得益，颜骨柳神，稳重间见飘逸，见者都满口夸赞。他得了意，再看了些碑帖，擅自改写行草。父亲见了，批评说根基未稳，未免操之过急。但凡学书之人，一径接触到了行草，再要回到一笔一画的楷书上来，十人中难有一二。所以他面上唯唯，背地还是喜欢行草的挥洒流畅。及后，他离家来沪就学，国文家书，一直是一手行草，飘洒风流，同年学子中无出其右。

静夜无声，墨浓笔畅，他站于书案之旁，静心凝神，悬腕运气，誊录下了《风雨》。笔走龙蛇,腾跃挪移,写得甚是恬畅。写完意犹未尽,遂又挑了几首,其中一首《落花》,此时此地读来,竟有说不出的隐约暗示,于是也一挥而就:

高阁客竟去,小园花乱飞。参差连曲陌,迢递送斜晖。肠断未忍扫,眼穿仍欲归。芳心向春尽,所得是沾衣。

写完一张张摊在地上,总有十来张,墨迹淋漓渐次排开,各有气韵。坐在藤椅上呆呆地看,看一阵,又闭目冥想。渐渐神倦,不觉在藤椅上瞌睡了过去。

恍惚醒来,鱼白天光已现,揉眼起身,伸个懒腰,原想再去床上歇一二个时辰的,不意间向窗外瞥去,立时噤住。

窗外是座梅园,正在吐蕊绽放,一片香雪海,成千上万朵白色梅花在暗青色的晨霭中浮现出来,一枝枝,一串串,一朵朵花巍巍颤动,洁白无瑕,晶莹剔透。一阵微风轻摇,花海起伏,婀娜灵动,直如千万梅花仙子霓裳起舞。不由他看得呆了。良久才醒转,推门出去,跨出月洞门,步入花丛之间,即刻一缕清香入肺。他信步在花树垅间行去,柔枝拂面,露水轻沾。他想起第一次在汤姆家见到的一帧小像,相片中老夫人珏儿及汤姆三人,背景就是这里。那次聚会原是一场无意中的邂逅,镜框里的人,物,景,都何其遥远。未曾想世事流转,今日竟然厕身其中。

徘徊良久,回得房来,裤腿鞋袜均被露水浸湿。老阿忠来请他去用早点时，见他光了两只脚。于是报知汤姆少爷，翻箱倒柜，寻了最长的一条西裤，尼龙袜子，及丝绒拖鞋给他换上，这才一径到饭堂里来。

汤姆珏儿和艾茉莉在等他，老夫人一般是要到晌午才起身的。众人寒暄过后落座。早餐有米粥和面，他选了面条。汤是老母鸡熬出来的，浇头是新鲜的炒虾腰，一碗绝世的好面，吃得他满心舒畅。饭毕奉上香茶，说起今晨的花事。珏儿说今年的花期不知为何晚了半旬，倒正好让你赶上。此话虽平淡无意，他心中却莫名地动了一下，暗自忖道：天意如此。汤姆说这片梅园是火烧后重新修葺时种下的，长势亦好，年年结果，果实也颇大颗，却是酸极了的那种青梅，不能生吃，用糖来腌制白糖梅子，一口咬下去还是酸死人。可屋里女人们爱吃，珏儿就能一下午吃上十来颗，叫我，牙都要酸下来了。

珏儿笑着说："我吃的可是天然维他命。"

他爱看这女人一颦一笑的样子，平平淡淡一句话，从她嘴里出来，就带了些聪慧娇俏的意味。就是安静不语时，眼下的那条笑纹，也好像预示着下一句珠玉之言要吐蕊而出了。最难得是她善体人意，任何人说了唐突的话，只要她在场，可以三言两语轻轻化解。家里一日三餐到支应几十个仆人，都是她经手料理。可她举重若轻，样样都安排得妥帖顺当，也不见她有一丝忙乱局促。依然笑语盈盈，应对得体。与这样一个女子相处，怎不教人心情舒畅，欣赏莫名？

原来想汤姆拥有华屋汽车是件令人羡慕之事，想想这些身外之物，都可得而复失，失而复得。倒是有这样一个贤良聪慧女子为伴，是可遇不可求之事。只是汤姆本人对这个贤惠太太，并不很当一回事，常有言语相撞，也不顾了在人面前，只是珏儿应对得巧妙，才不致尴尬。

比如，说好大家同去游紫金庵寺，临了汤姆却不肯同去，说一生下来就被抱到庵里做满月，寄名在观音菩萨名下，每年生日都要被逼着去烧香，头也磕了无数。现在一看到老和尚的瘪嘴磨叽磨叽，肚肠就发痒。大家都笑说，罪过罪过，不作兴这样毁僧灭道的。汤姆说什么年代了，你们还这样迷信保守。再说，中国人从来没有真正的宗教信仰，求佛拜神都是为了一己私利而已。艾茉莉说："要死了，这叫犯口舌孽，还不快自己掌嘴。"汤姆冷笑道："看你平时激进，结果连个泥胎木雕都绕不过去，可见激进只是出出风头罢了。"

照例是珏儿出来打圆场："他不去也好，少个拌嘴扫兴的，我们还乐得清静些。又不是不认得路，中午在庵里吃最好的素筵，馋死他。"

紫金庵不远，原想是走走路就过去了，哪知出门见到三顶滑竿等着，不禁莞尔。这玩意儿他很小的时候见过，后来就忘掉世界上原有这么陈旧的一种交通工具。杠夫们看来跟这家人相熟，少奶奶二小姐叫得山响。见了他却不知如何叫应。只得涎了脸笑，含糊叫声"少爷"。三人在滑竿上坐定，杠夫"嗨"了一声立起，脚步一颤一颤地往庵里来。

杠夫们掮了两个女子在前，脚步如飞。他却坐得心惊肉跳，他个子高大，坐在滑竿上像截宝塔似的头重脚轻。两个杠夫看来瘦骨嶙嶙，不堪重负的样子，不时脚步飘忽，大有随时把他从半空中摔下地之虞。他几次想提出下地行走，又怕被杠夫们嗤笑胆小，只好紧紧抓住扶手，三步一惊心地来到紫金庵门前。

两位女眷早已下了滑竿,正和一位老和尚合掌问安。见他来到,为他引见静虚师父,说是寺里的住持。他一看到那张不剩几颗牙齿的脸庞,就晓得正是汤姆讲的瘪嘴老僧,上前道了好,微微地鞠了一躬。老和尚合掌还礼。三人步入山门,先在净因堂里坐下小歇。住持一迭声地叫看茶。却被珏儿阻止,说是刚吃过早茶来的,师父不必麻烦。老和尚因是熟客,就说:"那也好,你俩陪了施主走动看看,我去关照香积厨,午间务必在此便筵。"

三人说说笑笑,信步往大雄宝殿走来。时辰还早,殿上香客寥寥。中国的庙宇,基本上是同一腔调。大雄宝殿上如来高踞趺坐,作了莲花手印。慈眉善目,俯视人间疾苦。旁边的金刚们却横眉怒目,手擒蛟龙脚踩猛虎,涤荡一切妖孽鬼魅。此种排布,亦正好解说了中国人的佛教观:磕头跪拜,伏低做小,那么待你如菩萨心肠,凡事春风化雨。如果桀骜不驯,那么又有霹雳手段来对付你。珏儿跟他站得很近,轻声向他解说这间庵堂初造于梁陈年间,兵毁之后在唐代又重造,算起来已有一千七百多年了,香火延绵不绝。他心不在焉地听着,却很喜欢珏儿贴近地跟他讲话,闻得到她吐气如兰的气息。

一路向后殿行去,松涛竹海,粉墙亮瓦,一派千年古寺风貌。他们三人穿堂入室,随意游览。庵堂并非很大,几十尊神像排列于此,显得有点拥挤。罗汉们七情上面,或静或动,或笑或怒,姿态生动。他少时在扬州,曾随了父亲去游览镇江金山寺,那里有五百罗汉,场面大了很多。居然康熙皇帝和乾隆皇帝也列为罗汉,康熙排名二百九十六位,谓之阇夜多尊者,乾隆排位三百六十位,谓之宜得福尊者。这时香客多了起来，有人在寄名的罗汉前摆上供品，磕起头来。他最是厌恶这种丑陋的礼仪，童时祭祖，被父亲督促着在祖宗牌位前磕头，双膝跪地，屁股朝天，像个磕头虫似的。到了供奉观音菩萨的后堂，两位女子说起这庵里的观音有求必应。于是点了香，先是珏儿，再是艾茉莉，每人磕了三个头。艾茉莉起身后催他："哎，你也磕个头吧。"

他正昂头端详观音塑像，四尺来高，侧身而立，吴衣带水，像是飘然而去的身姿。眉目之间，沉静中带些莞尔，竟然有点像珏儿非笑似笑的神情。正在无边遐思，转头见两个女人都望了他，好像他磕了头，她们就此功德圆满。

他推托道："拜托你代磕了，我就免了吧。"

艾茉莉不答应："不要耍赖，每个人的头都要自己磕的。"

珏儿也说："磕了头，再许个愿吧。真的很灵的。"

他跪下之际暗忖道，我不是跪拜观音，而是跪拜如珏儿般的女子。如果真的许愿灵验，我就要找个像珏儿般的女人。

香积厨旁边一间静室里，专为他们三个设下一桌素筵，四菜一汤味味精彩。一是秘制素鹅，外面脆皮里面柔软，不让真的鹅肉。二是四鲜烤麸，重油重糖，咬到嘴里一包鲜美蜜汁。三是荠菜炒鲜笋，白玉含翠，大有山野风味。四是什锦冬瓜盅，蒸透的瓜内有香菇，竹荪，扁尖及面筋。汤是清汤，漂了些碧绿的豌豆苗，尝之却鲜美异常。珏儿说，这汤是庵里用黄豆芽加咸菜文火吊出来的，要一夜的火工才成。还有，这儿的饭也特别软糯，东山本是鱼米之乡，稻农挑了最好的米给庵里送来。你们多吃两碗吧。

午餐毕，两位女子去梳洗补妆。留他一个自行方便，走动消食。却见庭院阴凉处，一个长须老者坐在石凳上憩息，青衣芒鞋，头上挽髻，分明是个道士。见他趋近，道人微笑着跟他颔首致意。不知哪来的兴头，他竟然一屁股在石凳上坐下，跟道人打起机锋来："道长，你有否听过这句：槛里槛外，僧道有别。"

那老道稍微一惊，随即接口道："客官说的不错，可也有一句，叫做：心里心外，有灵则通？"

两人笑过，攀谈起来。老道是城里玄妙观的住持，跟静虚师父是老友，常来探访。说了些风土人情，道士话题一转："客官，我看你眉头微蹙，许是有啥心事，可要贫道给测个字？"

他一摸口袋："今日没带钱。"

老道一挥手："算是贫道奉送。客官挑个字吧。"

他想了一阵，说了个"珏"字。

老道沉吟："嗯，双玉为珏，其声悦耳，其质温润，客官求财还是求缘？"

"求缘吧。"

老道略想一忽，说："金为阳，玉为阴。阴阳交爻，琴瑟相合。客官又在紫金之地问玉缘，缘头已是有了。只是其玉倚王，看来已经有主，客官心事怕是由此而来吧。"

他避而不答，只说："道长还先说下去。"

老道闭眼掐指，运算一阵之后，睁眼看他，说道："玉属其主，其主为王，其王无首，其象危厄，其厄难解。"

他不明白："请道长解释。"

"恕我直言,客官求缘如是问一女子的话,必是诸多烦难,情伤不已。"

听到老道如此说法,他心中忐忑,问道:"那么,照你测来,缘成还是不成?"

老道一脸诡笑,并不正面作答,而是摇头晃脑念出一段偈语来:

青灯黄卷紫金庵,牛鼻道人说玉缘。
太虚幻境常寂寞,色空之地多迷情。
三生石上前世定,蓦然回首曾相识。
红尘几世勘不破,半为孽债半为心。
改换门庭求达意,身心两端不由己。
芳魂已逝月方圆,蓝田种玉收成难。
火到炽时燃己身,情到深处也折损。
世人哪识其中谛,飞蛾投火犹痴迷。

老道吟罢,不再言语。他听得一头雾水,还待再问,却见艾茉莉和珏儿两人往这边过来。于是站起身来,向老道说:"道长,解闷说笑而已,当不得真的。现在是新时代了。"

老道不作一声,只是看定了走来的两个女子,拈须微笑。他生怕老道说出唐突之语来,略一招呼,就偕了两女往山门处而去。杠夫们正在阴凉处候着,吃烟的吃烟,抠脚的抠脚,见三人出来,一拥而上,抬了就走。

到家见汤姆候着，大惊小怪地说："你们快来看，不得了。"众人诧异，汤姆也不说什么事不得了，只是牵了两个女人，带进书房。他跟了进去一看，只见他昨夜写的字，已一张张悬贴于壁上。汤姆用崇敬的眼光看了他，对艾茉莉说："你曾说过他是圣约翰的高才生，我只道是数学英文灵光。哪知他国学功底都这么好，书法亦这般出色。"

　　众人凝神观赏，啧啧之声不绝。艾茉莉说："这个我倒也不晓得，不过字是写得真好，龙飞凤舞的。我自己一笔字像蟹爬似的，看到人家写一手好字总是羡慕得要死。童子功啊。"

　　他笑道："你真的想练，现在开始也不晚啊。"

　　艾茉莉拍手："那你教我？"

　　他正色道："好啊，从今天开始，一天写三张小楷，十张大楷。"

　　艾茉莉惊呼："要写这么多！我肯定吃不消的，手骨亦要写断的。"

　　大家都笑："又要不出力，又要吃果果。哪来这么好的事。"

　　珏儿眼中亦有赞许神色，一笑问他："哎，你喜欢李义山？"

　　他点头。

　　珏儿说："我也喜欢。可惜李商隐只活了四十多岁。"

　　他问道："你最喜欢他哪一首？"

　　珏儿略一思索，说："大概是那首《锦瑟》吧。"

　　他心里一动，《锦瑟》也是他最钟爱的唐诗，料不到珏儿也喜欢。汤姆在旁说："纸笔都是现成的，何不一展身手？我们也开开眼界。"

　　众人磨墨展纸一通忙乱，他提笔立于案前，凭心中默记一气写下：

　　锦瑟无端五十弦，一弦一柱思华年。庄生晓梦迷蝴蝶，望帝春心托杜鹃。沧海月明珠有泪,蓝田日暖玉生烟。此情可待成追忆,只是当时已惘然。

龙飞凤舞地一连写了三张,平铺于地下,让众人评判。珏儿喜欢第一张,汤姆说张张都好。艾茉莉说要她再练一百年也写不出来。他眯了眼看去,也觉得第一张气势最佳。李商隐诗句的特点本来就是压抑又华丽,用行草写来就是由静及动,动极归静。第一张是一气呵成,虽有几个字稍微突兀,但不妨整体气势。后面两张就有点再鼓而衰,三鼓而竭之感。

他捡起字纸,除了第一幅,另外两张被他团掉扔入字纸篓。艾茉莉见了来抢:"你干吗?不要可以给我。"他说这幅为珏儿写的,是她喜欢的。你要的话我再给你写,一模一样就没意思了。

整个下午,书房里闹忙得很,他给个个人都写了字,给艾茉莉的是杜牧的七绝《泊秦淮》。写给汤姆的是杜甫诗摘:

永夜角声悲自语,中天月色好谁看。风尘荏苒音书绝,关塞萧条行路难。

汤姆叹道:"字是写得真好,可是诗中的意思也太苦情了一点。如果是有感而发,也不甚合实情。你年轻有为,前途无量,就是有些小疾,尽管在此调理休养,病好之后什么做不得?还是不要如此悲观才好。"

艾茉莉说:"他这人一向如此,在学校时也是独来独往,难以接近。

不知道的人说他是恃才傲物，接近了才晓得他天性如此。这几天交往下来，他也就跟珏儿话多些。"

珏儿笑道："我一个小女子，书也没读过多少，哪有资格论诗说文。人家先生客气罢了。哦，差点忘记了，要打针了，今早一早出门，先生的针还没有打。"

7

书桌上搁了一盏酒精灯。珏儿从棕色牛皮包里取出打针的用具,一个腰子型的不锈钢盒子,一包药棉,几瓶蒸馏水,以及汤姆从上海购来的链霉素和雷米封针剂。珏儿神情专注,眼帘下垂,兰花般的手指一颤,划着火柴点燃了酒精灯,把不锈钢盒子搁在上面,蓝色火苗幽幽地跃动,等到煮沸了针头针筒,凉却后置于干净的毛巾上。珏儿用一把小锯子在蒸馏水瓶口锯几下,啪的一声折断,蒸馏水注进药瓶,晃动摇匀,再抽进针筒,此时珏儿就会笑眯眯地跟他说:"可以了。"

他撩起衣襟,裤子褪下,露出巴掌大的一处肌肤。珏儿擎了针筒,手指轻弹两下,让筒内的空气跑出去。然后再一次地问:"准备好了?"那眼角的笑意和轻声细语使他记起红袖添香,男人梦寐以求的女性温柔。此味只是书中有,而他从未领略过的。珏儿打针打得很好,手腕轻轻地一抖,针头就扎进去了,像蚊子叮了一下,一点轻微的痛感反而使人精神一振。珏儿在推进药液时会跟他说些不相关的事以分散注意力,直到她把一块冰凉的药棉按在他肌肤上,轻柔地说一声:"好了呀。"他竟会有若有所失的感觉。

原本说好大家在此住上十天半旬的,汤姆突然接到洋行里拍来的电报,要他回去料理紧要公事。只得收拾了,告别众人,匆匆乘船而去。

余下三人依旧结伴出行，游山玩水。乘船去西山采枇杷杨梅，到茶农家去喝新茶。也陪了老夫人去过苏州听评弹。老夫人平时深居简出，偶尔在吃饭时露个面，打声招呼。有时身子倦了不想见人，就吩咐把饭菜送进房去。这样他们乐得自在。珏儿早晚要去老夫人房内请安省事，说些明日想吃点什么新鲜菜肴，有啥不舒服吗，是否要让医生来诊视一番？或者安排好车船，载了老夫人去苏州散心。每次总要把事情安排妥了，才与他两人相约出游。有时不想外出，就在梅园的木亭子里安排一些苏式点心，如蜜汁豆腐干，无锡肉骨头等，加上青豆笋干，小核桃西瓜子，配以清茶香茗，三人吃吃讲讲，电影小说，天南地北，倒也闲适自在。

一日，艾茉莉面上的朋友诸君山来访。他住院时也来探望过。当时觉得此人的政治意识太重，不敢多接近，只是泛泛点头之交罢了。这次见了面，倒有故人之感，大概是乡间生活太过于安静，任何访客都能带来活跃气氛吧。在饭桌上，诸君山说了些上海近日的逸闻奇事，又说起某个女明星，在国际饭店的电梯里一脚踏空，芳魂难挽，一失足成千古恨啊。旋即又说到当前政情，口口声声说时局要变了，大家最好要未雨绸缪。但怎么具体行事又言辞闪烁，众人也就避过话题。午饭之后诸君山和艾茉莉闭门密谈，珏儿在饭厅里陪了他说话，留声机里放着梅兰芳的《游园惊梦》，比女高音还尖细的嗓音像是划玻璃。他走过去把唱针头提起，问珏儿："还有啥别的唱片吗？"珏儿一愣，说："我以为你喜欢京剧的。"他说："听厌了。"珏儿去房内寻出十来张唱片："这些都是汤姆从上海买回来的，有些都没听过，你看看喜欢哪一张？"他翻了翻，找出一张美国电影《茶花女》的录音，放上唱盘，抑扬顿挫的女声响起。他住在汤姆家里时听过这张唱片，喜欢那种沉郁但激扬的歌声。可是珏儿脸上出现困惑的神情："听不懂，外国歌对我说来像天书一样。"

他解释："这是法兰西国的《游园惊梦》，小仲马的一本小说改编的。"

珏儿还是摇头："小说也没看过。"

他说："你先听着，过一阵有空，我把书给你讲讲。"

珏儿只是一笑，没置可否，过一忽，寻了个借故出去了。

晚餐时，艾茉莉突然说要离开两天去看望一个朋友。他听了有点不知所措，汤姆回了上海，艾茉莉又要离开，他一人住在此地有点尴尬，于是喃喃道："你们一个个都走了，看来我也要回扬州去了。"艾茉莉却一定要他留着："只是两三天就回转来，你等我一块回上海吧。你还要去医院复诊的。"他望向珏儿，珏儿淡淡说道："不碍的，住下吧。"

是夜倾盆大雨，他坐在书房里，就着摇曳的灯光翻阅着那本没看完的《人性枷锁》，细小的印刷体在昏黄的光线下浮动不已。看了一阵，发现过目就忘，心思根本不在。他烦躁地搁下书，走到窗前听雨。

黑暗中的水声浩荡，雨点打在园子里的树上，竹丛里，刷刷之声如急流。雨水落在屋檐上，再汇聚成水流从落水孔里汹涌而下，在石子地上溅出叮咚之响。江南在夏季常有这样的大雨之夜，磅礴而迅捷，只是可惜洗白了一园的梅花，他可以想象出明日一早园里的满地落英，湮落成泥。

门上突有轻啄之声，开门见是诸君山，说是睡不着，过来跟他聊聊天。他略一迟疑，还是侧身延客入房，奉茶寒暄。两人并没有什么共同话题。冷场之际，诸君山说起对他游行中的英勇行为钦佩之极，看到他露出厌烦的神色，马上收起虚套，切入正题，自我介绍是上海大学生进步联盟的成员，这次偕同汤小姐去苏北有政治任务，所以来与他打个招呼，希望不要有啥误会。

他早就猜测到诸君山不是寻常学生，但听他如此坦承自己真实身份，还是吃了一惊。时下当局监管严厉，报上也常有逮捕赤色分子的新闻，诸君山这样把老底兜给他，不知是什么意思？

诸君山看出他的疑惑，淡然道："没别的意思，我们信任你。汤小姐的家族关系对我们说来很要紧。我们做她工作的同时，不想她的对象有所误解，这是跟上级也通过气的。"

他略一想，答道："其实你大可不必跟我说这个，我与汤小姐只是普通朋友，离对象还远得很。她爱上哪儿，跟谁一块去，那是她的自由，没必要跟我来报备。再则，你的错爱我不敢承当，现在到处都是包打听，万一出了什么事情，我可不愿被牵涉在内。所以，你的信任我担当不起。我只是一个局外人，一个再普通不过的学生，只想顺顺利利地读完书。也没有任何政治上的企图。"

诸君山目光炯炯地望向他："在这个时代，没人可以置身事外，你应该晓得，一个政权更替之后，所有的人都要重新排队。谁是我们的朋友，谁是我们的敌人，谁帮助了我们，谁去告了密，我们都有数的，一本账清清楚楚。有道是良禽择木而栖，智者择主而佐。你是个聪明人，在此时此刻，倒要好好想一想究竟站在那一边了。"

他在诸君山咄咄逼人的话语里感到了威胁，不甘地反问："据我所知,目前战事犬牙交错,鹿死谁手尚且不知,你有何把握说政权会交替?"

诸君山冷冷一笑:"你平时只看《申报》是吗?那当然不晓得。新闻管制,政府哪敢让市民知道真相。我可以非常确切地告诉你,去年上半年,辽沈战役已经打下来了,整个东北解放了。接下来是平津战役也打得差不多了,北平被围得像铁桶一样,上百万国民党军队插翅难逃。接下来,淮海战役已经要开始了。所以我说,这个政权的更替不是问题,问题是何时更替。"

他不禁震骇,只晓得北面战事不利,但不晓得短短一年多,国民政府半个江山已经丢失。照这个样子下去,长江吃紧也是指日可待的事。虽然自他记事起,中国就内战外战不断,但报上平时还是言必"中央政府",难道这世界真的会翻覆吗?

诸君山说:"我们也了解过你的底细,你家庭是属于城市贫民,是我们统一战线的团结对象。你自己虽然在政治上比较迟钝,但在关键的时刻还是有正义感的。特别是你和汤小姐的关系,我们希望能做好你的工作,得到你的配合。"

他讷言,一句话都说不出来。

诸君山又半开玩笑半认真地说:"汤小姐可对你非常有意思。我们也曾经给她介绍过别的对象,她一概都看不中,一门心思扑在你身上呢。"

那天晚上他失眠了,诸君山的一席谈话,搅得他坐卧不安。他感到明显的胁迫,又无计可施。如果去向当局报告吧,会牵连到艾茉莉和她家族,真的弄出麻烦来,他今后怎么立足?汤姆和珏儿又会如何看他?

再则，如果真的像诸君山所说的要改朝换代，他犯不着给自己找麻烦，一条退路还是要的。思来想去，他决定以不变应万变，就当这场谈话没发生过。政治对他说来太遥远了，也太沉重了，他谁都惹不起，也不想去惹。

他在拂晓时才倦极睡去，睡着时朦胧感到，下半夜风雨已停歇，从书房的窗棂中透进一片昏黄的月光。

第一章　一个千疮百孔的夏季

8

送走艾茉莉和诸君山的下午,他午睡起来去打开水。走廊上杳无人迹,珏儿不见人影,连佣人们都不知到哪儿去了。艾茉莉在时热闹非常,厅里廊下只听得她说话和笑闹的喧哗。人一走,宅子里突然显得安静之极,就像水池里聒噪的鸭子离去之后,天光水色中满塘静谧。他回到房间,泡上茶,写了几封信,拿起书看,心思还是不能集中,不知不觉中阳光已经西斜,他突然记起昨夜雨打梅花,怕是繁华不再。决定去后园活动一下腿脚,走一圈。

沿了鹅卵石甬道,他信步往园子深处走去。这里确是逍遥散步的好去处,一夜雨洗,树上梅花吹落大半,却并未全部凋落,反而显得疏朗有致。枝头染了夕阳,花瓣透亮,望去格外灿烂。空气清新,脚下还有小小的水洼,土地柔软,青苔初起。汤姆曾说过,在房宇重修时特地请了苏州筑园名家来设计园子。一路看去,这座园子占地虽大,却经营得法,曲径通幽,疏密分明,大有大的开阔,景色叠翠,亭台楼阁高低错落,尽掩其中。小亦有小的玲珑,修竹奇石,小桥流水,自成一域清幽天地。园子取名为梅园,所见之处梅树遍植,却布置巧妙,簇拥处花海如涛,极尽旖旎浩荡。冷僻处却也有一两枝探出墙头石边,疏落自在,带了一缕说不尽的妩媚。园中遍设凉亭石凳,游园者可坐下小憩,看看落花流水,听听鸟啼虫鸣。被雨水浸润的土壤散发出一股植物的清香,闻之心旷神怡。

能住在如此清幽的园子里,是怎样的福气?就是借寓在此十天半旬,也是可遇不可求之缘分。汤姆真是待他不薄,他俩素昧平生,就凭了他和艾茉莉似是而非的关系,管他住管他吃,给他付医院账单,还把他接到老家来养病。这年头人心浮动,报上常见兄弟姐妹争产,恩断义绝闹上公堂。真心善待朋友的人不是没有,但不是每个人都能遇到的。

他很想感激一番,感激汤姆的大度,他也很想在适当的时候,把这感激之情不卑不亢地表达出来。不是吗,他是一个知书识礼的人,知书识礼的意思就是知恩必报,就算他现在没有报答的本钱,但心怀感激肯定是一种适当的姿态。

但是,在他内心一直有片阴影,在理性的感激之余,一个不羁的念头会冒上来:汤姆凭什么就这样轻易地拥有这一切?

人家祖传下来的,人家的命生得好,人家富而为仁。他也知道那个念头要不得,私下也拼命为汤家的富足寻找理由。但没用,一想到自己是被施舍者,一想到这些待遇只是偶然而来,必然而去,心底的黑色念头就如石头底下的杂草,蓬勃而起。

园子的后部有一条小溪流过,四周植满竹子。他瞥见竹丛中露出一个凉亭的茅草屋顶。这倒是一个避世的绝好去处,夕阳茅屋,泉鸣竹吟。跟前面的繁花似锦相对应,又是另一番野趣。刚想进去小坐一歇,突然瞥见亭中已有人踞坐,双腿蜷起,月白色的裙裾委地。一本书拿在手上,却并不阅读,只是侧了头,用手撑了脸腮,对了溪水出神。这不是珏儿又是谁?

他心脏邃跳,好一阵子才平复下来。跨进凉亭之际,正好珏儿回过头来,看到是他时,眼睛里闪现一抹惶乱的神色,马上把蜷起的腿放下地来。

他淡淡地招呼:"你倒是会偷闲,寻了这么一方宝地来读书。"

珏儿一笑:"我是躲个清静,佣人们一般不会找到此地来。"

他在珏儿对面坐下,环顾周遭,说:"是啊,艾茉莉在此的话,宅子里就像是办庙会般地热闹。"

珏儿眼下的那条笑纹深了:"你俩也是绝配,她那么爱热闹,你却是这样安静的性子。"

他愤愤地反驳:"我什么地方与她配了?乱点鸳鸯谱罢了。"

珏儿诧异:"汤姆说你们已经要好了很长一段日子了。"

他双手捂脸,摇头抗议道:"以讹传讹而已,事情真不是你们所想象的那样。"

珏儿严肃起来:"真的?我看她对你倒是真心的呀。"

他耸耸肩说:"也许吧,但也要我消受得了的呀。"

看到珏儿惊愕的神情,他岔开话题:"不谈这个了。你看的什么书?"

珏儿把书举起,他看到封面是《茶花女》。

"上次你说了之后,我在汤姆的书架上找到的。"珏儿说,"刚看了个开头。"

他从珏儿手里接过书,随意地翻阅着,书页显示珏儿正读到阿尔芒来到巴黎那一节。

"我不太习惯读外国书,各种地名人名就把我搞得头昏脑涨。"珏儿说,"还是中国的小说书读起来省心点。"

"你喜欢哪些中国小说?"

珏儿踌躇了一下:"其实我也不是看得很多。《红楼梦》倒是很早以前就读了的,先是看了绍兴戏,不甚明了戏里的过节,就找来读了。平时就是拿到什么读什么,像《西厢记》,《山海经》之类的闲书。现在市面上的,也就限于报纸杂志上的连载,如张恨水,周瘦鹃,以及张爱玲的。解闷而已。"

他宽容地一笑,珏儿却读出了些不屑的意思,说:"你不喜欢?"

他笑出声来:"啊呀,一个男人,如果喜欢了周瘦鹃,张爱玲这种鸳鸯蝴蝶派,你倒真的有理由来笑我了。"

珏儿为之争辩:"鸳鸯蝴蝶派也没什么不好。不过凭良心讲,张爱玲不能算的,她虽是年轻女子,却不知怎的生了一双毒眼,人心世故半点也逃不了,都被她看到骨子里去了。而且她是决绝而悲观的,曾说过,我们处于一个毁坏的年代,在可见的将来,还会有更大的毁坏到来。想想看,这话岂是一个廿几岁的女人讲得出来的?这样一个人,我想鸳鸯蝴蝶派的名头是安不到她头上的。"

他喜欢看珏儿着急争辩的神情,索性顺了这个话头:"愤世嫉俗,大概是什么西洋书中借来的吧,外国有些人极其厌世,如尼采叔本华等人,把世界描绘得一片漆黑。国人没什么鉴别,囫囵吞枣,拿来胡乱用了,也算是一种时髦吧。"

珏儿说:"中国人也厌世的呀,你没见《红楼梦》里说,陋室空堂,当年笏满床,衰草枯杨,曾为歌舞场。甚荒唐,到头来,都是为他人作嫁衣裳。写得出这般词句的,内里是怎样一种凄情啊。"

他默然,好像是被触动了心境。珏儿看起来像枝幽室静兰,却也晓得人生的无奈。

再抬起头来,正好与珏儿的目光相遇,只一霎,珏儿的眼睛就避开去。

他承认:"其实我真是没有看过张爱玲的什么东西,偶尔在报纸上翻过一些,没啥印象了。既然你讲得这么好,倒要寻来看看的。"

"书房里就有,汤姆是啥个杂志都要订的,又来不及看,一箱箱送回来,啥辰光我帮你寻出来。"

跟珏儿聊天有一种莫名的愉快,可以直言心扉,但不会显得唐突。他觉得自己的脾气好了起来,甚至带有一种陌生的幽默感。自记事起,他跟女人的关系一直摇摆在两端,要么过于自矜,要么过于自卑。他也知道这样不自然,却改不回来。但跟珏儿相处就没有这种问题。

"有汤姆的信息吗?"他随便问道。

"昨日倒是有封信,说是辞了工作,去报考了联合国农粮署驻上海的职位,被录取了。"

他想汤姆作为一个富家公子,工作对他来说是可有可无的一件事,无论在外国洋行做事,还是去联合国工作,都是锦上添花。不就是去点个卯,办公室里聊聊天,同事们聚聚餐嘛?有什么区别?

珏儿说:"他说下个礼拜就要去安徽考察水灾的情况。听说那儿乱得很,发大水的,打仗的,逃难的,我倒有点担心。"

他问:"汤姆在洋行里干得好好的,怎么又去考联合国,是为了可去美国吗?"

珏儿摇头:"他父亲公司跟美国做生意的,在旧金山也有分行,要去美国很容易的。其实他这个人，身上还有很多小孩子脾气。贪玩，静不下心来，但心血来潮时又想做些为民众服务的事情。信里说，安徽是他自己要求去的，很多同事拖家带口走不开。"

他脱口而出："他不是也有家口吗？你不是他太太吗？"

这话真够唐突的了，珏儿愕然，好一阵才缓过来，说："我也惯了，结婚三年，除了前半年住上海，我一直是和他分开住的。"

他挑起眉头，无声地询问：怎么会这样？

珏儿看看他，说："婆婆生病要照料，也是没办法的事。我不来这儿看着，佣人偷懒，长工们耽于赌博，简直是一塌糊涂。"

"但这个病不是一两年了，在你没来之前，谁照顾你婆婆？"

"大概是毛姨吧，有时也住在疗养院。"

"所以你嫁进门就当起管家来？"说完他就后悔，话讲得太直白，也许珏儿会生气？

珏儿倒是没生气，幽幽地说："女人嘛，家还是要管的。"

他大为不平，如珏儿这般的女人娶来只是作为管家，就像驱使一匹千里马去耕田似的。

珏儿显然失去谈话的兴致，站起身来："不早了，我要去看看厨房里弄得怎样了。你过一歇来吃晚饭吧，今天有很新鲜的蛏子噢。"

他注视着珏儿离去的背影，在凉亭里坐了很久才起身。

这顿晚饭吃得很沉闷，少了艾茉莉，饭桌上三人好像舌头都割去一截。老夫人从头到底板了张脸，对上桌的菜肴挑三拣四，蛏子炒得老了，鸡蛋羹有股汽油味，连河鲫鱼的刺也莫名其妙地多了起来。珏儿赔了笑脸哄她婆婆，却不甚讨好。他晓得老太太是变着法子给他看脸色：这个人怎么赖在她家不走。照他的脾气，主人面色一不好，他一点也不忍下的，当夜就可卷了铺盖跑路。可是今天像是被什么牵住了魂，他只是一声不响地低头扒饭，一直拖到老夫人离席，才抬起头来和珏儿对视一眼。

"老太太今天火气挺大的。"

珏儿什么也没说，只是叹了一口长气。

他搁下饭碗："珏儿你啥辰光有空，帮我把登有张爱玲小说的杂志找出来？"

珏儿下意识地朝门口看了一眼，随口答道："改天吧。我也不晓得在哪个箱子里装着。"

"今天不行吗？"他看到珏儿疑惑的眼神，补了一句，"晚些也没关系，等老太太睡下后？晚上没事，闲得慌，看看书也好。"

珏儿踌躇了一下："我看有没有空。也许……"

结果珏儿没来，他白等了一晚。第二天起来，浑身懒懒地，中饭让灶上给他下了碗面，在自己的房里胡乱吃下。下午又去凉亭那儿溜达，可惜不见珏儿的影子。他坐在石凳子上足有一二个时辰，昂首看着一只体型硕大的黑鸟，几次三番地想停驻在一根细柔的树枝上，停上去，树枝一弯，黑鸟滑了下来，在空中盘旋几下，又一次地停上去，滑下来。如此反复多次，都不成功。黑鸟固执得无以复加，周围有的是树枝，粗壮的，分叉的，十只鸟站上去也没问题。可是这只黑鸟好像只对那根细柔的树枝情有所钟，一次次地尝试，一次次地铩羽而归。最后折腾了有半句钟之久，这只黑鸟终于巍巍颤颤地站在那根树枝上，树枝一颤一颤地抖动，黑鸟张开翅膀，侧了身子，做出令人难以置信的平衡动作。在树枝上站稳了足有一二分钟之久，才长鸣一声，重新跃入空中飞走。

珏儿整整一天不曾露面，是他客居了太久，主人生了嫌隙？由此想到，也许是该他离去的时候了。俗话说好聚好散，今后还有个重聚的可能。汤家的华屋，梅园，他也经历了，但他终归是过客，是外人，是投进平静池塘的一颗石子。但他又心有不甘，珏儿和他好容易在一个屋顶下聚首，就此离去，何日再见不得而知。他感到在冥冥中和这女子有一种说不清的缘分，但具体是怎样的缘分，他却并不知道。

晚餐桌上又见到第一天的那两个女眷，原来下午三缺一，珏儿被她们拖去打麻将了，老夫人大概赢了，心情好了不少，竟然还开他玩笑，叫他毛脚外甥女婿。趁老太太们离席之际，他找了个空隙，笑着对珏儿说："我们的'张爱玲'之约还作不作数？"珏儿被他问得一愣，省悟过来后说："噢，你真的想看？那我晚上忙完就过来帮你找吧。"

不料晚上几位老太太牌兴未尽，珏儿又被叫去打牌。他焦躁地在屋内走来走去，坐立不安。几次到走廊上去听动静，花厅里灯火辉煌，一阵阵洗牌声不断传来，赢了钱嘀嘀的笑声。这些老婆子！他恨不得闯进门去，掀了牌桌，拖了珏儿就走。国人一向耽于淫乐，不是抽鸦片就是赌博，男女老少要么不染上，一染上就乐此不疲。千年积垢，难以洗刷。如果不加以大力的改造，是实在不能令人寄望的。

夜晚一分一秒地过去，就在他不抱希望之际，门上响起两记轻啄声，坐在藤椅上的他一下子跳将起来，冲到门边把门打开。

门口的珏儿穿了件半旧的夹袄，脸色看起来有些疲倦，说："陪老太太一天麻将打下来，天昏地黑。我回到房里，才想起来你在等我找书，不会太晚吧。"

"不晚不晚，还早呢。"他语无伦次地答道。

珏儿走向书架，蹲下，仔细地辨认纸盒上的注明。

他在珏儿的身边蹲下，只觉得一股幽幽的香味传来，不仅是女人的脂粉香味，还夹杂了女人刚洗过脸，热水滋润过的肌肤散发出来的温香，身上穿的丝绸夹袄放在橱里，被樟脑熏出的药香，还有就是年轻女子本身焕发出来的无名的体香。如泉畔的土地，常年被山泉浸润，散发出温暖和丰腴的味道。

人说到底还是动物，哪怕社会文明发展了几千年，排除掉经济利益，门户之见，男女最能互相吸引的还是基本的生物暗号。一对看来非常匹配的男女，男的才俊多金，女的倾国倾城，再加门当户对，丰厚的嫁妆，不对眼就是不对眼。多少怨偶空有夫妻之名，从未领略过男女间的激情。虽也生育子女，却只是被动地传宗接代。反之，男女看对了眼，管它身份名利，再有藩篱拦着也是要跳将过去的。性的抉择是最基本的抉择，那种生物的召唤，男人或女人绝对逃脱不了。

黯淡的洋油灯下，珏儿雪白如兰花般的手指，翻捡着一叠叠的杂志。他在一旁神思恍惚，只希望这一刻无限地延长下去，世界对他说来如无物，只有咫尺之遥这个温婉的女子。

珏儿手拿五六本杂志站起身来，说："喏，这些都有张爱玲的文章，够你看两三天了。有兴趣的话自己再找找，应该都在这几个纸箱内的。"

珏儿把杂志搁在书桌上，跟他道了晚安，转身往门口走去。

他叫住珏儿:"不能再坐一会吗?陪我说说话?"

珏儿为难地说:"不早了,我也是偷偷盘盘地出来的,被我婆婆晓得不好。"

他哀求道:"我也是寂寞得很,一天到晚没人说一句话,闷透了。"

珏儿眼下的那条笑纹充满了歉意:"是呀,这两天也没时间陪你出去逛逛,而我婆婆打起牌来不肯下桌。要是艾茉莉在此就好了。"

他直视着珏儿,说:"我不在乎别人陪,我只想和你说说话。"

珏儿有点诧异地说:"和我?我常年窝在东山乡下,孤陋寡闻,是谈不出什么有趣的话题来的。"

"其实我也是个不善言谈的人,只是和你谈话有一种相熟的感觉。这是跟别人都没有的。"

珏儿问道:"跟你的家人也没有吗?"

他说:"我是个很奇怪的人,跟我的兄弟姐妹也不是很契合的。我长姐很早就嫁人,妹妹们还小。跟弟弟们也没什么好说的。出来读书,联系就更少了,除了写信跟家里报个平安,真是找不到可说的话题。"

珏儿挑起眉头,觉得不可思议:"兄弟姐妹是一起长大的,照理说是最能谈得来的。我家也是六个兄弟姐妹,见了面就有说不完的话。特别是和我的小姐姐,我妈说我俩一见面就像被糨糊搭牢似的。"

他说:"也许是我自己的个性太孤僻了。"

珏儿说:"读书人有他自己的世界。怪不得你。"

他苦笑:"可我不善交友也是真的。"

两人都沉默。

过一阵他开口问道:"敢问你贵府上是哪儿?"

第一章 一个千疮百孔的夏季

珏儿说:"在乌镇,离这儿也不远。乘船亦是可以到的。"

"常常回去吗?"

珏儿有点落寂地:"你看这一大摊子的事,我走得开吗?去上海几天,回来就一团糟,样样要从头弄起,婆婆还要不开心。"

他点头:"就像《红楼梦》里说的,大人家有大人家的难处。"

珏儿笑道:"只可惜了我没有王熙凤的本事。"

两人渐渐谈得入港,他晓得了珏儿的父亲是乌镇一带有名的中医,汤家老夫人也曾是他的病人。都是江南有些名望的氏族,也算门当户对。她十八岁时和汤姆订婚,十九岁嫁进汤家。算来也三年多了,有两年多是住在东山,上海倒好像是做客似的,偶尔去住个一个礼拜。

他奇怪道:"老夫人为啥不肯在上海居住?照理说那里看病方便,一家人也可住在一起。"

珏儿显得有些踌躇,末了才说:"汤姆的父亲除了正室,还讨了两房外室,一房常住南洋,一房就在上海。"

"上海这样娶几房老婆的家庭多着呢。只要不住在一起,有什么关系?"

珏儿欲言又止,最后还是说了:"事情比你想象的要复杂些。上海的三太太是我婆婆的亲妹妹。见了面就要吵相骂的。"

他愕然。原来大人家也不尽然是看上去那般道貌岸然的。

"好了,我们不谈这个。辰光也晚了,我要回房困觉去了。"

他起身送客,到了门边,眼里心底全是这个女人的脸容身影,头脑一热,揽住了珏儿的肩膀。珏儿不防,脸上现出惊怯之情,但只来得及微微挣扎了一下,就被他搂进了怀里。

朝思暮想已久的女人，此刻竟能相拥入怀。他闻到珏儿发际间的馨香，脖项间感到她急促而湿润的呼吸，他的手臂环着珏儿，女人的纤腰盈盈一握。在拥抱中，他的身子和珏儿紧紧地贴在一起，可以感到女人胸前的微微隆起，使人情醉神迷。他情不自禁，低头去亲吻珏儿，珏儿本能地闪躲，可是身子在男人的搂抱中，躲无可躲，最后还是在脸颊上被他亲了两口。

这只是一瞬间，珏儿马上清醒了过来，轻轻地，却坚决地推开了他，解嘲地笑着，说："哦，这种外国人的礼节，我不习惯的。"

他无奈地放开手，珏儿微笑了一下，带上门，轻轻的脚步声远去。

他跌进藤椅里，双手捂脸，激动得浑身颤抖。他竟把珏儿抱在怀里，还亲了她的脸，这是想都不敢想的事情，但真的发生了。而且，珏儿好像并未怪罪他，走的时候还笑眯眯的。

在他刚满二十岁的时候，在水声浩荡的太湖之滨，在一个夏季的晚上，"爱情"这个字眼生平第一次对他有了实质的意义。就像一只蜜蜂必须在一朵具体的花上采过蜜，才能称为蜜蜂那样，作为一个青年男子，他在肉体上需要女人，更在精神上需要有一个爱恋的对象。在生命的前二十年中，他从来没找到过一个可以寄放爱情的女人。自卑又狷介的性情使他在交结异性过程中阻碍重重，易于亢奋，又易于消沉。他的俊朗长相并未如想象那般带来助益，反而使他期望过高，大多数女人不入他眼。以致他怀疑在人生荒原上到底有没有爱情这样的花朵。他也经历过男女交媾，只是出于生理需要，跟饥饿时需要食物一样，过后根本不会引起任何情绪上的波动。所以爱情对他来说一直是似是而非的一种情

第一章 一个千疮百孔的夏季

感，不敢否认，但也不敢肯定。曾也寻觅，但从未寻得。

可是爱情是无可理喻的，来临和消逝都不在我们人类的掌控之中，它是一种偶然，更是一种缘分。它在你人生的路上等候着，不动声色，毫无迹象，但有一天跟你突然劈面相遇，一张大网撒开，兜头而来。不管你是柔情似水还是铁面冷心，全逃不过，只好臣伏在它脚下。

9

　　第二天在早餐桌上见到珏儿,容光焕发,神清气爽,像一株刚浇灌过的植物那样新鲜挺拔。他可是一夜没睡好,翻来覆去脑子里全是珏儿的音容笑貌,凌晨之际才睡实了几个钟头。珏儿像是昨晚的事全然没有发生过,依然和蔼平静地与他说话,并不见一丝过分的亲热。就在他坐下没多久,早餐时从不露面的老夫人竟然也在佣人的搀扶下来到饭堂,珏儿照例是马上起身侍候,亲自搀扶老夫人来到桌边坐下,随即叫佣人把燕窝端来。试过冷热,才递到婆婆面前。

　　他站起身来道早安,老夫人倒也和颜悦色地跟他寒暄,问他身体好些了?这几天有否出外游玩?他一一作答。老夫人转头跟珏儿说起后日有个票友五十岁生日,要在上海做大寿,订了仙蟾大舞台唱堂会,袁雪芬,范瑞娟等一票名角都会出席。多年没跟这批老朋友聚首了,这次一定要去碰碰头的。珏儿问是否要我陪你去?老夫人说不用你陪,我们老姐妹聚首,你插蜡烛去吗?而且,我算准了艾茉莉这个宝货这一二天要回来了。你一个不在,家里还不翻天覆地?反正三四天就回来了,带一个娘姨,再叫阿忠跟我去跑跑腿就可以了。

　　他闷了头一声不出,心中却狂喜不已:真是天遂人愿,老夫人一走,偌大的宅子里就只剩珏儿和他两个人,岂不是诉说衷肠的大好时机。虽然家里还有佣人,但夜晚宅门关上,就是他俩的天地。他自忖对珏儿并没有非分之想，只是寻求能有单独相处的机会而已。

老夫人要出门，全家忙得七荤八素，珏儿更是首当其冲，准备行装，安排车马，大小事宜一件件安顿妥当，吃晚餐时才见人影，一脸的疲惫。见了他，突然想起："喔，先生今天的针还未打。你看我这个记性。"他体谅地说："看你整天忙进忙出的，明日再打也没关系。"珏儿道："不碍事的，几分钟就好。我过一歇到你房间来。"

晚歇，珏儿到他房里，像以往一样打了招呼之后，用酒精灯有条不紊地消毒针头针筒。他倚在桌边，目不转睛地盯着她看，看得她慢慢地脸红了起来，带点娇嗔地说："我讲先生哎，不作兴这样看人家的。难道我脸上有什么出奇的东西？"他像是自言自语道："我从未见过这么好看的女人，当然要多看几眼。"珏儿的脸更红了："瞎说，上海也待了这些年头了，好看的女人一个都没看上？"他一把抓牢了珏儿的胳膊，说道："真的，在我眼里，你是最好看的。上海的那些女子，不过是些凡花俗草，岂是可以和你相比的？"

珏儿倒是镇定下来，轻轻地挣脱他的手，说："不要寻开心了。我一个普通女子，哪当得起先生你这般的夸赞。看针筒滚了，好打针了。"

他背过身去，感到珏儿那只捏了针筒的手，不似平日那般稳定，一连试了三次，才扎对了位置。推药水时手也一直在抖。打完针，珏儿匆匆地收拾起家什，就要出门，却被他拦住。珏儿的眼睛现出一丝惊惶，但还是笑语盈盈："哎，让我出去呀。一天忙下来腰也断了，要早点回去歇了。"他只是直直地盯了她，说："珏儿，我想问你，我们是否可以作个朋友？"珏儿诧异道："大家不是已经是朋友了嘛？你和汤姆，艾茉莉也是朋友的呀。"他踌躇道："我不是指那样的朋友。"珏儿的脸沉了下来，反问道："不是那样的朋友？那么是怎么样的朋友？先生，你不好胡思乱想的。"

他开始有点慌乱，此刻倒镇定下来，说："你问怎样的朋友？我一时也解释不清。只是要比一般朋友更进一步，可以性命交托的。是比兄弟姐妹更亲密的，比知己更知己的，比夫妇父母还要靠得牢的那种。我这个人一向孤僻，不合群。所以我一直想寻一个真正的朋友，不要多，像古话讲的，人生得一知己，足矣。"

珏儿的脸色缓和些了："先生你这样说，倒使我为难了。我是个没见过啥世面的女人，不配跟先生做朋友的。再说，你也晓得的，我是结了婚的，总要讲究些男女有别。虽然我先生交关开明，放我自由。但是，汤家是大家族，规矩很多的。一旦被人误解，传到外面要出毛病的。"

珏儿说话时，他一直盯着她的眼睛，她眼睛里有些东西正在慢慢地融化，有一点同情，夹杂着一点动摇，还有一点害怕。于是说："你还记得《茶花女》里面的阿尔芒吗？其实我比他还要不善交际，还要内向。无论在学校还是在外面社会上，从来没交到过一个知心的朋友。正因为我是那么孤僻的一个人，心里更加渴望友情。我一见到你，就认定了你是我一直寻找的人。能够有你做知心朋友，是我的造化。我想是老天安排我到洞庭东山来的。至于你说的旁人之言，现在是新时代了，我们是正常地交友，大可不必放在心上。而且，真正的好朋友，并不需要时时待在一起，只要晓得这世界上有个人是与你相通的，是跟你心有灵犀的，就一生无憾了。"

珏儿低了头，沉默不语。他伸过手去，握住了珏儿的手，感到那只手在颤抖。他自己也激动不已，喉头哽咽地："珏儿，答应我。做我的朋友罢。"

珏儿想把手抽出来,但被他捏得更紧。脸越发地红了,头也不敢抬,只是喃喃地道:"不合适的。我婆婆晓得了会骂山门的。"

他反驳道:"你干吗那么在意她,她只是要你服侍她,把你当个管家。而我是把你当作性命一样的朋友。孰轻孰重?你自己想想罢。"

珏儿还是摇头,眼神又羞涩又惶急,只想夺门而出。可是手被他捏牢,又不敢高声,平时的从容也不见了,显出不知所措的神情。看在他眼里更是楚楚动人。本来就握了珏儿的手,情不自禁之下,就把整个人牵了过来。珏儿嘴里喃喃道:"不好这样,真的不好这样的。"身体却软软地一丝抵抗都没有。及被他抱入怀中,身子犹自直往地上溜去。他箍紧了女人的腰肢,贴牢了胸口,两人拥抱在一起发抖。室内寂静无声,两个相拥的男女听到胸间像擂鼓一样的心跳声。书桌上的洋油灯忽明忽暗,窗外梅花落瓣如雪。

这个情景,是他一直向往的。《诗经》中的男女琴瑟相御莫不静好,原是依稀模糊的,突然在一瞬间清晰具体起来,就是佳人在怀,时空停驻,物我两忘。

是珏儿先清醒过来,挣扎着推开了他,一面整理散乱的鬓发,一面轻声说道:"哦,不可以这样的。我也真是昏了头的……"话还没说完,又被他一把拥住,脸对了脸,略一迟疑,就亲了下去。

珏儿当然是惶急急地挣扎的,脸转来转去想要避开他的亲吻。但挣脱不了男人的搂抱,先是被亲在额头上,再是脸颊上,最后是亲在嘴唇上。

到了此时,女人倒反而不挣扎了,只是发抖,身子软得像是被抽去了脊骨，人像是半昏迷一样。脸蛋滚烫，眼睑紧闭，而嘴唇半启，任他不住地亲吻。喘息间偶发出一二声呢喃，含混不清，说似抗拒，更似娇喘。

哦，人生的大醉不过如此，神魂颠倒。哦，天下之大，无数女子如花绽放，环肥燕瘦。可弱水三千，我只取一瓢饮。世间本无一物，赤条条地来去，生死有数，白驹过隙。唯有一刻铭心，那就是爱人在怀。此刻五色皆盲，唯有一张秀美脸庞千娇百媚。此刻五内俱焚，千倾冰雪难消，唯有一腔欲火煎熬。此刻五神俱乱，功名财富皆虚幻，如过眼烟云，情愿把一生一世换成片刻欢愉。

珏儿的嘴唇是柔软的，她口中的味道使人想起初夏的湖上，温婉，恬淡，潮湿，有一股欲雨未雨的气息。她的身上，头发上，颈窝里散发着似有似无的栀子花香。在拥抱和挣扎中，女人的薄夹袄领口敞开了，雪白的肌肤在幽暗的洋油灯下闪耀，像一枚刚剥出来的果子那样引人馋涎。珏儿的头发散乱，她的抵抗越来越弱，在他一次次的亲吻下如冰雪消融，脸不再转开去，她的手臂抬起来勾住他的脖项，身体也下意识地贴紧了他。

两人四肢相缠，头脸紧贴，书房内的暧昧气氛升到顶点，他淫心顿起，拥了珏儿向卧床移去。珏儿好像已经意识不清，虽有推拒，脚下却情不自禁地跟随了他。就在此时，房门被大力地拍响，老夫人愤怒而尖利的嗓音响起："珏儿，你给我滚出来！"

像是突然被一颗子弹击中，珏儿的脸一下子变得死人样地苍白，眼睛里透出无比惊恐的神色。她用力推开他的搂抱，急速地扣上敞开的领口，匆匆理了一下鬓发，就打开了房门。

房门口站着因愤怒而脸孔扭曲的老夫人，背后的阴影里好像还有阿忠和一干佣人。老太太抬手就是一个耳光，骂道："作死了，在家里做出这样污糟的事来，也不顾自己的名声。"珏儿被打懵了，一句话没有，捂了脸站在那儿。他赶过去阻拦："伯母你有什么话好好说，不好打人的。"老夫人抬头白了他一眼，凶道："这儿轮不到你说话！我儿子也是瞎了眼睛，竟招了这样一个穷鬼来家，平白地玷污了门风。"见他还要争辩，口气就更恶了，"你再啰嗦一句，我就报官！阿忠，镇里叫人去。"

他被吓住了，眼睁睁地看着珏儿低头离开。老夫人断喝一声："到花厅去，我有话问你。"说完看都不看他一眼，转身离去。

他瘫倒在藤椅上，事出突然，脑子里一片空白。老太婆平时寸步不离她的住处，何况这个时候也早早睡了，今日怎么会闯了过来？他想来想去，一定是阿忠那些佣人去戳了壁脚。老阿忠刚住进来时打赏过几个小钱，一副笑脸迎人，但住长之后无以为继，眼光就不对了。他平时也没在意，谁知君子好欺，小人难缠，在这要紧关头着了他的道。

珏儿走得匆忙，书桌案上还搁着打针皮包，睹物思人，思虑万千。遗憾的是一桩好事被生生地冲散。又想到不知老太婆会把珏儿怎么办？这么娇嫩的人儿在大庭广众之下被扇耳光，他想来就心痛。如不是碍了她是珏儿的婆母，他断不会让老太婆那般欺负人的。可是汤家真会去报官吗？如果官府来捉人，他又该怎么办？勾搭良家妇女，这个罪名在这种小地方可以掀起大风波来。乡下人是没有王法的，落在他们手里必定是先暴打一顿。就是到了警署，当地人也是手臂往里弯的，凭你浑身是嘴也说不清。想到这儿，他感到一丝骇怕，想要趁官府来捉人之前先行逃走。可是在乌赤墨黑的夜里,身无分文的他又能逃去哪里?他颓然下来,算了,官府要来捉就捉吧。

夜深了,他无法入睡,在屋里踱来踱去,焦躁不安,像只陷入笼中的老鼠。好几次开门出去,站在甬道上眺望,前面的院落房宇一片黑灯瞎火,四周寂静无声,连得一丝虫鸣也不闻。他不禁怀疑今晚发生的一切是否在做梦?一个旖旎的乱梦,夹杂着黑色欲望和突然破碎的梦境。他倒是真希望是个梦,可以不醒不休地做下去。可是他又知道那不是梦,是确确实实地发生了,他和珏儿,拥抱了接吻了,虽然短暂激情,倏然而逝。珏儿被他拥在怀里那种无助又娇羞的表情,她头发上渗出来的馨香,柔软的嘴唇,齿间的气息。她那盈盈一握的腰肢,在他的怀里扭动。直到此刻他还闻得到那似有似无的体香,耳际还听到时断时续的喘息声,但是一切戛然而止。

第二天一天没人理他,也没有人为他准备膳食。中午过后,饿得受不了,趁没人之际潜去厨房,胡乱地弄了些剩饭剩菜果腹。吃完从厨房出来时,他停下脚步,凝神屏息地听了一会儿前面院落的动静,整幢房子像是沉在水底一样,连佣人都不见一个。他不禁又一次怀疑是否在梦中,狠掐了一下大腿,却也不怎么疼。神昏昏地回到房间,刚坐下却听到有轻轻的敲门声。他一凛,跳起身来,门开处见是老阿忠,讪笑着,说是奉了老夫人之命来的。他冷了脸,让老头进来,心中已盘算好若有侮辱的话,就要狠狠地顶回去。老头却赔了笑脸,在怀里摸啊摸的,摸出个白封包来,打开倾在桌上,是二十块银洋。老头说这是老夫人送的盘缠,先生最好趁早回家乡去,家里老人大概都等着吧。

他不知道阿忠是什么时候退出去的。只见油灯下二十块银洋摞成两叠，暗光闪烁。他下意识地拈起一枚来看，是块有些晦暗的袁世凯头像，俗称袁大头，据说比后来铸造的孙中山头像银币成色要足些，兑换起现钞来要高出几许。他指尖玩弄着银洋，脑子里一团糟。这二十块银洋说是盘缠，还不如说是二十记耳光。被赶出门了，还看死了你身无分文，丢根骨头给你，省得再来纠缠。那种轻蔑是不言而喻的，也只有汤家这种财大气粗的人家做得出来。他如果拿了这二十枚银洋，那就再也无颜面对汤家任何人。如果他不拿这二十块银洋，的确是寸步难行，不但回不了上海，就是要去扬州，也怕是要一路乞讨才回得去了。

士可杀，不可辱。他真咽不下这口气。中国历史上很多读书人，都是受了些微的侮辱，一口气憋在心里，从此改变了他们的人生。落草的，谋反的，走到这个亏待他们世界的对立面去。一旦成事，就会返过身来狠狠地报复，中国读书人的神经是敏感的，心肠也是狭隘的。

他整个下午反复踌躇：是否就此悄然无声地离去？虽然心中屈辱，但事情没有闹得不可开交。只要他不声张，汤家是不会去张扬的，大户人家更是要面子。只是他心有不甘，想着走之前要见珏儿一面，他不要珏儿认为他是个浪荡子，始乱终弃。他对珏儿是认真的。而且，他认定珏儿也不讨厌他，如果假以时日，他们之间会演绎出一段情缘，或是红颜知己，或是金玉良缘。以他二十岁年轻人的冲动和激情看来，没有什么事是不可能的。

主意既定，他唤来老阿忠，要他去向老夫人禀告：他是汤姆请来的客人，不能以二十块洋钱就打发他走路的，老夫人要给出个理由，他到底啥事情做错了？说清楚了再叫人开路也不迟。老阿忠一愣，喃喃道：

"我是不敢去的。先生侬不晓得老太太的脾气,从来是说一不二的。少奶奶在老太太房里跪了一夜了,这当头气刚刚消了点,侬就不要再去闯穷祸了。"他想不到珏儿竟如此地吃苦受辱,更是血气上涌。见老阿忠还在那里支支吾吾地推托,跳将起来:"你不肯去是吗?好!好!不必烦劳你,我自己亦可以去寻她的。"一把推开目瞪口呆的老佣人,径自朝前面奔来。老阿忠不防,须臾回过神来,脚步跄跄地跟了往前面来。

他虽曾在花厅里陪众人打麻将,但对这儿房舍的布局不甚明了。所以当他在花厅找不到人时,也是急火攻心,在花厅里走来走去,拍了桌子大声叫嚷:"出来呀!我倒要和你们讲讲清爽!不可以仗了有钱就欺负人的,有道理出来讲呀!"听到他声嘶力竭的叫唤,几个娘姨伸出头来张望,看到他气势汹汹的样子又缩回去了。此时老阿忠赶到,看他发疯,便来阻拦:"哎呀,少爷侬是读书人,这样子吵吵闹闹成啥个体统!快点回去。"他一面和老阿忠撕撸,一面继续高声叫道:"出来呀,出来讲道理呀!躲起来算啥个名堂!"

一个声音在头上响起:"侬是想要造反吗?"

抬头看去,只见老夫人站在楼上回廊边,居高临下,冷冷地看着下面的花厅。也许是站在那儿有一阵了,下面人只顾吵闹争执,没有发现。

他不防老夫人突然出现,心气一下子泄了,站在那儿说不出话来。

三个人僵在那里,气氛变得诡谲。过了好一歇,老夫人沉声说:"阿忠,侬出去。"

老阿忠显然不放心这主客对峙的场面,看看他,又抬头看看回廊上的女主人,老夫人再次命令:"阿忠,侬出去,听到吗?!"

阿忠无奈,一步一回头地出门去了,把门在身后掩上。

老夫人冷冷的声音从上面传下来:"你晓得吗,做出这种伤风败俗的事体,吃官司有份。看我侄女的分上我不追究了,面子也给足了你,你还想做啥?"

他恨自己的怯场,他恨汤家的人总是压他一头,从艾茉莉到汤姆,总是居高临下地出现在各种场合,而他总是扮演被拯救者和被施舍者的角色。连目前的局面也是老太婆高高地立在回廊上,他必得抬了头才能跟她讲话,气势上已经被她压制了。他恨自己怎么到了紧要关头总是说不出要说的话,在老太婆咄咄逼人的眼神下,他竟然有逃出这花厅去的冲动。

他抑制住慌乱,说:"你不能就这样叫我走的。我是汤姆请来的客人。"

他都听得出自己的中气不足。

老夫人冷笑一声:"汤姆是我儿子。这个家还是由我做主的。"

他无言以对,只听得老夫人的声音像瓷片在玻璃上划过般的尖利:"你也太不像样了,汤姆请了你来,你却调戏他老婆。你自己说得过去吗?!"

听到此言,他震颤了一下。

自从在病房里见了珏儿之后,他一直认为自己对珏儿的感情是纯洁的,真挚的。她是否人家的老婆,他倒没有过多关注,也不容人家对他的感情怀疑、亵渎。所以听到老夫人说他调戏珏儿,他激昂起来,也不怯场了,昂头大吼一声:"我没有!"

声音之高,震得放在古董架上的青花腊梅瓶嗡嗡作响。

老夫人也被激怒，眼珠子弹出，两颊升起红晕，一根手指点了他："你叫嚷什么！没规矩的。要我去报官是吗？"

他反倒平静下来，背了手，昂着头，略带讥笑地："你去报呀。你喜欢张扬出去，我奉陪。"

老太婆嘴唇抖了半天，憋出来一句："你……这个无赖。"

他索性更紧逼一步："是呀，闹出事体来，我一走了之。你还是要在这儿住下去的。所以，尽管去报。"

老太婆嘴还硬："一走了之？恐怕是没这么便当。告诉你，汤家是有身份的人家，报了官，捉你进去吃牢饭。"

他突然愤慨起来，是，汤家是豪富之家，他是一介平民，势力悬殊。但民国也几十年了，一直说人生而平等，汤家还要这般处处以势压人吗？于是说："我说了呀，尽管去报好了。最好去报告我是激进党。"

此言一出，老太婆不做声了，想必她多少是晓得的，侄女和激进分子有纠葛，真弄到官里去，大家都是一身骚，撕掳不清的。

此时阿忠推门进来，拖了他袖子，急道："哎呀，少爷，不好直起喉咙讲账的，佣人都在外面听壁角的。"

他没去理睬阿忠，双手抱胸，挑衅地望着楼上的老太婆。

老太婆只会叫唤："气煞我了。哪里寻来的无赖，真正气煞我了。"身后的回廊上似有娘姨出来劝慰，随即搀了她进去。

他气呼呼地在花厅八仙桌旁坐下，楼上的回廊里脚步声不断，大概是阿忠去向老夫人讨主意，怎么对付这块牛皮糖。

总有两盏茶的工夫，楼上并无动静，时有佣人进出花厅，偷了眼瞄他，他只当没看见。再过一歇，花厅门叽呀一声，进来个老女人，满脸堆笑，径直来到他面前打招呼："啊呀，姑少爷，不好动气的呀。有啥闲话好好说嘛。"

他斜眼看去，老女人倒是见过的，刚来的那天同桌吃过饭，是汤家的什么远亲，这关节口上当说客来了。

可不是，她一落座，就有佣人送上茶来。老女人起身帮他也斟了一杯。刚才气急火旺，正感口渴，也不客气，端起就喝。老女人又帮他斟上，才缓缓说道："姑少爷，阿是有了啥误会？"

他依旧板了脸，不去搭理这个女人。

这女人是见过些场面的，由他横眉冷对，装着没看见，一口软绵绵的苏州话滴水不漏："小后生嘛，性子急得来。有啥事体好好讲嘛。侬也来了十多天了，如果招待不周，你讲出来，我去说……"

他不耐烦跟这个女人纠缠，打断道："跟你讲没用的。我要跟珏儿讲话。"

老女人踌躇了一下，说："何必呢！姑少爷。已经有了误会，不要再火上浇油了。要是路费不够，我倒是还可以去跟汤家嫂嫂讲的。"

他握拳在桌上一击："少来啰嗦，跟你讲过了，不是铜钿的关系。"

"喔唷唷，姑少爷你不要这么大动静，上年纪的人吓不起的。你说不是铜钿的关系，那么，是啥关系呢？"

他怔了一下，他愤怒，他跟老夫人争执，但争执的要点是什么呢？他现在脑子一团混乱。憋了一阵，最后总算寻着个由头："她侮辱我的人格。懂吗？"

做说客的女人虽然能说会道，但搞不清这句模棱两可的话。她是谁？是汤家老夫人呢还是珏儿？人格又是什么东西？老女人脸上现出无措的神情来。

他得了逞,站起身来,恶声恶气地说:"去告诉她,没有见到珏儿,我是不会轻易走的。"说完径自回书房去了。

回到房内,茫然四顾,一股荒诞之感浮了上来。他扶牢了书桌,浑身发起抖来。刚才是大大地发泄了一通,过后,自己却后怕了起来。难道真是穷极无聊了?他虽然落魄,却也是诗书人家出身,又是受过教育的大学生,教养所在,一向知书达理。怎么会到人家家里做客,直起了喉咙跟主人大吵大闹起来?他当时气势汹汹,但内心也隐约知道自己无理。只是被一个念头撑着: 珏儿的婆婆虐待她,他要为珏儿出头。而为了珏儿,他是什么都肯去做的,不要说面子,他是连性命都可以不顾的。

暮色渐渐沉下,宅子里如水般地安静,他两颊火烫,一种迷幻感渐渐升浮起来。从昨夜到现在,发生的一切都如在梦中,现实和虚幻混成一团。他身在何处?世界上真的有一个叫珏儿的女子?他真的跟她卿卿我我了?为了她,他一反常态地跟人大声争执了?他下意识地摇头,这一切不是真的,太过于脱出了常理。他两手合掌撑着前额,只觉得这间书房,如一艘船般地正在慢慢地往下沉去,光线一点点被吞没,人也如溺水般地呼吸越来越急迫。他不知道自己为什么一点想逃出生天的欲望也没有,只觉得就这样地窒息也有一种快感,黑白混沌,意识模糊,真的沉到底部,黑暗中自有一种无法形容的温暖。

昏沉中船终于沉到水底,一声震响,他周身的神经一颤,蓦然醒转,意识像是从水下一下子浮了上来。黑暗中的几秒如世纪般地漫长,直到门扉再一次被敲响，他才魂魄归体，站起身来开门。

门开处，老阿忠擎了一支煤油灯站在那里，神色诡异，望了他一声不出。他正待发问，只见甬道上人影一闪，珏儿从竹丛后转出，哑声道："是我，你不是要和我说话吗？"

他怔在门边，一句话也说不出，珏儿从老阿忠手里接过煤油灯，转头盼咐："让门开着，阿忠你不要走开。"

珏儿进房，走到书桌旁，把煤油灯搁下，转身对他："你不是要跟我说话吗？要说什么？说呀。"

才一昼夜工夫，珏儿竟憔悴了许多，像是霜后的黄菊，瓣卷叶焦，人还是那个人，只是精神气都委顿了不少。看得出她是强打了精神来和他谈话，但一直眉头紧蹙，眼睛望着地下，偶尔抬起，眼神中尽是哀怨和惊骇。

他看得心疼，以致一时无言。直到珏儿再一次开口："你倒是说呀，闹出这么大动静，究竟要和我说些什么？"

他当然听出其中责怪的意思，待要解释，老阿忠又在门口守着。他期期艾艾地咕哝了一阵，又是解释又是抱歉，自己也觉得语不成章，要表达的意思一点也没说清楚，倒是更显得无理取闹般地。

珏儿在他说话时一直垂着头，眼光不与他交接，并且不时微微地摇头，全然是否定的意思。最后抬起头来，眼光中除了厌烦还是厌烦，说："你真是异想天开，我们家的家务事，要你来插一脚？跟我婆婆大吼大叫，你自己想想有没有这个资格？"

珏儿的话语带着一股他不熟悉的冷淡和疏离，他怔住了，随即伸出手去，说："珏儿，我们是朋友啊，你有了麻烦，我不能不管。"

珏儿侧身避开他的手，决然地打断他道："事情就是被你惹出来的，越管越乱。你既然巴巴地要跟我讲话，那么，听我一句，你还是早点离开这里为好。"

如一桶冰水当头浇下，他用了全身心来维护珏儿，却被珏儿视如敝履。她的眼神、语气，连带她全身的动作，都显示出对他极其不耐，甚至是厌恶痛绝之情。她叫他走，口气决绝，没一点不舍，直截了当地像是打发一个叫花子出门。半月来他与珏儿建立起来的那份情愫，如今像沙塔一样地崩毁倒塌。

他心有不甘，珏儿想必是在压力下说这番话的，是说给门口老阿忠听，再由老阿忠去向汤家老太婆禀告。

他试图挽回些气氛，说："也许是我冲动了。我一听说你被你婆婆罚跪，就想你是冤屈了，就是有什么事，也是我来担当。"

珏儿咬牙恨道："说来也是我自作自受，就是罚跪，也是一点也不冤屈。我竟然昏了头，没有看出你是这样一个轻薄人，我婆婆罚我，倒是把我从河边拉了回来。如果不是那两记耳光，我都不知道要做出什么对不起我丈夫的事来了。"

听珏儿这般说，他垂头无语。

良久，他喃喃道："是我的错，希望你能原谅我给你带来的不愉快。不过相信我，我是没有恶意的，并且真心想跟你做朋友的。"

珏儿脸上显出绝决的神情："这个朋友，真还是不做的为好。我们素昧平生，我一个嫁了人的女子，从来也没想要跟谁做朋友。至于你，只是看我丈夫份上，尽一份照顾你的责任。但是看看你给我带来了什么，对丈夫的歉疚，婆婆对我的责言，家里被弄得鸡飞狗跳，被下人看笑话,我这一辈子没这么丢脸过。如果真像你说的为我好,就是即时三刻离开这里,离得越远越好,我真是不想再见到你了。"

这番话字字泣血,句句惊心。他噤住了,一句话都说不出。自他记事以来,没人用这般嫌弃的语调跟他说过话。如果说话语杀得死人,那么,珏儿说的每一个字可以杀他一百遍。

他垂了头站在那里。他曾想过,见了面珏儿也许会责怪他,用她一贯善体人意、温和的语调,说他做错了,有事好好说,决不可对长辈没礼貌。如果她这般地说,他会心甘情愿地认错,去跟汤家老夫人鞠躬道歉。但想不到珏儿如此绝情。他只觉得眼前黑暗一片,胸中有如百爪挠心,却一个字也说不出来。

没听见他的反应,珏儿不禁抬头看了一眼,只见他脸色灰败,缩肩垂头不语。本想说些什么,也觉得此刻不必再刺激他了,只是轻轻地加了一句:"还是明早让阿忠送你上路吧。"

说完疾步掠过他身边,走出书房,消失在黑夜之中。

老阿忠小心翼翼地对他说:"那么,姑少爷,明早我帮你叫个杠夫,送你去船码头,阿好?"见他没有反应,也就掩上门扉,退了出去。

世界崩碎,日月无光。他闭着眼睛,一无所思,一无所想,与珏儿这一幕摧心伤神的晤面之后,他已经沉沦到底而不克愤怒了,只感到一股莫名的悲哀浸透了全身。世界上已经没什么人和事情可留恋的了,人生就像珏儿留在书桌上的油灯,油尽灯枯,火苗微弱,随时都会熄灭,世界将是一片黑暗,无穷无尽,穿不透的黑暗。

但是,那盏残灯摇曳飘渺,并不肯彻底熄灭。凝神盯了看,只见火苗越来越黯淡微弱，他埋首于掌间，想象着坠入黑暗时的昏眩和万事了然，想象着生命的白驹过隙和四大皆空。良久，等他再抬起头来，那盏灯火还是微微地跳跃着，闪动着，把自己一点点的生之欲望，维持着，投射到广大无边的黑暗之中。他的思绪长久地停滞，又渐渐地萌动，暗自想着如果他随手一拨，这点被玻璃罩局限在内的星火，很容易地迸碎，火星和灯油溅落到桌上的古书和棉纸堆里，舔卷，蔓延，熊熊燃起。这幢曾毁于大火的古宅将再一次地毁于大火，如六道轮回，如永劫回归。他在薄暗中眼睛睁得大大的，好像看见大火历劫过后一地瓦砾，烧焦的屋梁冒烟。而在袅袅上升的青烟散去之后，一园的梅花却依旧灿烂……

在深浓漫长的黑暗之中，在一盏小小的孤灯陪伴之下，时昏时醒，思绪无定。直到蟹青色的薄曦从窗格透入，那盏挣扎了一夜的孤灯终于一闪而灭，就在此际，他忽然一颤，宛如颠顶地走过一座危桥，刚踏上彼岸，只听身后一声裂响，惊悸回首，正瞥见断桥坠入深渊。

老阿忠在鸡鸣三巡时敲响了书房的门扉，除了杠夫，还有一个五大三粗的塌鼻头汉子，说是当地的保长，眼光苟且，口气有些江湖腔。他知道是汤家搬来的救兵，监督他乖乖上路的。他只是淡淡一笑，经过昨夜那剧大戏，他突然对人世间看出许多滑稽的景色来，比如一辈子侍候人的老阿忠卑微人格，比如这保长狗仗人势的巴结劲，比如他自己没有眼色充满幻想的一厢情愿。

在雾气弥漫的水陆码头上，他稍微地侧转身，最后看了一眼梅园大宅。偌大的宅子好像漂浮在一片白茫茫雾气之上，只有黑色鳞次栉比的

第一章 一个千疮百孔的夏季

檐首看得分明。突然在檐间腾起一黑点,向水边俯冲滑翔而来。及近,一只庞大肥硕的黑鸟,通体墨黑,连嘴啄脚杆都是黑色,掠过乘船旅客的身边,"呱"地一声,潜入浓雾中消失无踪。

"水鸟啊?还是鱼鹰?大雾天气还有人出来捉鱼?"老阿忠眼神不济。

保长往地下吐口水:"阿忠冤家啊,水鸟侬个卵泡。是只胖头啦(乌鸦)。今朝一早出门不吉利,呸呸呸。"

他目光追寻着那道黑色的闪电,久久不语。

10

扬州自汉代起就有记载,风流飞扬之处,金粉奢靡之地。许是盛极而衰,现在的扬州一派衰败,鸡肠小巷里污水横流。屋宇年久失修,蔽败不堪。街上有三分之一的铺子挂了歇业的牌子。阳光显得暗淡蒙尘,瘦西湖的堤岸上,柳树正在飘絮,纷纷扬扬一片,白茫茫,黏嗒嗒。湖面死水一潭,显出浑浊的暗绿色,处处淤塞,漂浮了大量的垃圾。

他家现在的住处非常不堪。以前的祖宅虽然蔽旧,但也有前后两进,楼上楼下。天井里青砖铺地,栽了几株海棠,虽瘦,也开花,娇嫩一片。春末雨季,落英点点。进门的客堂里放有一张黄杨木大书桌,父亲在那里待友、品茗、弈棋,在书桌上挥毫。他也有自己的房间,朝南,冬暖夏凉。如今一家人赁房居住,在上方寺附近。环境嘈杂不说,地方也小,上下只得三间房。父母住了一间,一间朝南的大房,由偏瘫的祖母和他最小的两个妹妹住了。他只得和两个弟弟挤在楼下一间暗洞洞的厢房里。后面靠了灶间,前面是客堂兼饭厅,堆满了从旧宅里搬来家具杂物。

父亲更为衰老,脸上有了老人斑,手抖个不停。棋也不下了,字也不写了,常常枯坐整日,唉声叹气。母亲耳根处生了个瘤,要她去看医生,被一口拒绝:哪来的钱?弟弟们回家来,照说兄弟久未晤面,应该亲近才是;可他见了两个弟弟一身土气,语言笨拙,竟是一点手足之情也感觉不到，心中不耐得很。某日与父亲谈及家里诸事，父亲一筹莫展，一声接一声地叹气。说是家中可卖的，都已卖了，亲友可借贷处，也都借过了。交谈中，他惊骇地得知，父亲竟然把希望寄在两个年未及笄的妹妹身上，希望早日有人来说聘，还指望用人家下的聘金来给母亲治病。他惴惴不安地说妹妹们还小，人事未开，看来不宜。父亲叹口气说：" 吾也不是不晓得的，只是留在家里，日子一天天坏下去，只有耽误她们。倒不如找个好点的人家，是条生路也说不准的。" 他无言，看到两个童稚的妹妹，小小的人儿，眼睛里已经有了不合年纪的忧虑及惊惶，而自己，连安慰之语也不知从何说起，心里灰暗窝糟得要命，却一无办法。

家里气氛压抑，他一刻也待不住。但以前的同学好友大都风流云散，偶尔遇上几个，也是面目平庸，言语乏味，全然没有交谈的兴致。他常在街上无目的地乱走，藉劳累来排除心中的烦闷。只是放眼望去，处处萧条蔽败，色色急景凋年。城中唯一热闹处是街头巷尾的茶坊，人头济济，语声喧哗。他有时兴致所至，也蹩进一家，泡上一壶酽茶，叫一碟煮干丝，自斟自饮，听听旁边的茶客说些闲语，借以排解三两时辰。到后来也厌了，彼时政治气压沉重，到处都张贴着"莫谈国是"，叫人不敢欲言畅怀。他在上海浸淫几年，穿着举止亦跟人有所不同，乡人有所忌惮，不愿与之交谈，怕惹麻烦。

一日向晚，他于文昌阁附近的一家茶馆出来，心里燥热，不想回家。于是在巷陌里踱行，全无目的，只是排遣心中郁闷之气。只见所过之处，有些女子倚立在半掩的门扉之后，表情暧昧，频频向他注目。扬州的娼业之盛，他也是知道的，小时候常听堂伯父说哪家堂子来了个新倌人，要去梳弄捧场。父亲如此拘谨的一介文士，偶尔也会说起吃花酒哪个堂会为妙。虽然语意隐晦，长久耳濡目染，自是晓得其中奥妙。他那时童心未泯，倒并未往心里去。与阿香有了那事之后，年轻男子的肉欲被唤醒了，晓得了桃花源里的温柔旖旎，尝过了神魂俱失欲仙欲死的味道，再看女人的眼光就不一样了。

其实他心里多少有数的，这些女人是干什么的。也晓得这种地方危险四伏，龙蛇混杂，一潭浑水深不可测。但是心中闷气郁结多日，无处可泄，人就下意识地寻找刺激，就是有危险，也顾不得了。

当那个女人在黑暗的门洞里露齿一笑，他就停下脚步。转头看去，这女人看上去三十岁不到，眼神倒很良家，笑容也蛮和善。穿一件干净的蓝布褂子，梳个齐耳短发。看来不像是做那勾当的女子。当她开口询问："你这位大哥，要不要来家坐坐？"那个意思又是很明显的了。他犹豫着，那女人又是一笑："家里没人。"他于是不再踌躇，抬腿跨过门槛，跟了女人往屋子后部走来。

院落非常老旧，七拐八绕，他在甬道上磕绊了好几次，只好紧跟了女人。两人挨得近，免不了有些身体碰撞。女人回过身来搀扶他一把，说："大哥小心脚下。"黑暗中他闻到女人颈窝里的脂粉味道，混杂着长久不洗头散发出来的头油味。暧昧又肉欲，陌生而挑逗，他心里不禁咚咚地跳将起来。

在一扇木门前，女人停下，转头招呼他："进来吧，大哥不要嫌家里乱啊。"在黯淡的灯光下，房间又小又局促，一张木床，枕头被褥胡乱地堆在床上，弥漫着一股久不通风的隔宿味。他是有些洁癖的，见到房

第一章　一个千疮百孔的夏季

内脏乱,欲望一下子就消退了大半。女人弯腰整理床铺,突然大声骂了起来。他万分惊愕地看到在那堆被褥里,一个四五岁的小男孩,睏思懵懂地被揪了耳朵拎起来。女人一巴掌扇过去:"还不死出去。"小男孩受惊野兔似的跳下床,一溜烟地逃出门去。女人转头对他笑笑,"小孩子不懂事。大哥,不碍的。"

在昏黄的光线下,他看到女人其实不很年轻了。脸上的白,是敷了粉,还是掩不住眼角的皱纹和鼻翼两边深深的法令纹。女子已经开始脱褂子了,他又发现这女子的脖子粗大,和身体不成比例,像是生了什么恶病。这一瞥,着实吓了他一大跳,寻花问柳的心思也没有了,只寻思着怎么脱身。女人已经脱完了身上衣物,爬上床去用被子裹了,招呼他道:"大哥,你也赶快脱啊,到被窝子里来好说话。"说着一掀被子,一股说不出的浑浊味道扑鼻而来。他更是脚软,嗫嚅着说:"不要了吧,我坐坐就走。"女人愣了一愣,还想留他:"没关系的,不会有人来的。"他也不多话,起身往门口走去。

女人从被窝里坐起身来,说:"大哥,你走也没关系,先把茶钱付了吧。"

根本没泡茶,哪来的茶钱?不过他晓得女人的意思,要讨嫖资。

他口袋里有两块银洋,和一些零碎铜板。传说这些野鸡嫖资低廉,几个毫子就可以做一次。他掏了几个铜板放在桌上。那女人斜眼瞥了瞥,满脸愠色,说:"大哥,你在打发叫花子呢。这几个钱哪够啊!"

他争辩道:"我什么也没做。"

女人变了脸,一手向他指来:"你进屋了没有?你看到我光身子了没有?"

他说:"是你拉我进来的,衣服,也是你自己脱的。"

女人撒泼了:"你不给钱,别想出这个门。"

他不想多作啰嗦,夺门而出。

过道里黑洞洞的,他记不清楚是如何进来的。正犯难之际,房里却响起女人呼天抢地的哭嚎:"捉贼呀!打死人啦!救命呀!"即刻,过道里几个男人披衣而出,状似抄了棍棒在手,一阵咋呼:前后给堵住,别放走了贼人!

那女人一叫唤,他就轰地出了身冷汗,再看到这些人出现,就知道今天惹上大麻烦了。不是被扭送官里,就是被打个半死。一时间腿软得站不住,只好蹲下,双手捧牢了头。

黑暗中人声嘈杂,他脑中一片空白,只恨自己怎么会犯这个浑?有人踢了他一脚,一个粗浑的嗓音命令他道:"站起来!"

他撑了墙壁站起,面前是个精瘦黝黑的中年男人,花白短发,太阳穴上贴了一块膏药,敞怀着一件中式褂子。没等他站稳,那男人一记耳光甩过来:"叫你做贼骨头!"

男人的手很重,他眼冒金星,耳朵里嗡嗡响,嘴巴里也磕破了,舌头尝到鲜血的味道。周围的人还在鼓噪,叫骂喊打之声盈耳。他后脑勺上吃了好几记巴掌,腰里也被捅了一拳。眼见男人作势又要打来,情急之下他大喊一声:"不要动手!我不是贼。你们这样打人犯法的。"

那男人嗤笑一声:"犯法?你做贼不犯法?"

他呼叫:"我不是贼。"

男人啐道:"你不是贼?那你跑进这块来干什么?贼骨头还嘴硬,打死也活该。"说完又扬起手来。

他情急之下，只好不顾面皮了。一手指着那个女人："她是个野鸡，是她拖我进来的。"

那女人一听这话，呼天号地："我一个妇道人家，被你这样血口喷人，我不要活了！邻里乡亲，你们可得给我做主啊！"说着往地上一坐，拍手顿脚。好一阵子才有两个老婆子去扶。

他一口咬定："这地方七拐八绕，又黑灯瞎火，没有她带路，我怎么进得来？"

女人恼羞成怒，冲上来抓他的脸："野鸡就野鸡，你嫖了野鸡还不付钱，比贼骨头还不如。"

他极力挡开女人的撕撸，向众人说："大家都听见了？是她把我拖进来的。"

那瘦男人上来揪他："跟我去警察局。做贼骨头还有道理了？"

他晓得纠缠下去，亏还有得吃了，弄不好非死即伤。倒是去了警察局，虽然羞辱，但至少性命无虞。于是说："不要动手动脚，我跟你去警察局就是了。"

此话一出，那男人倒不响了。他转身朝外面走，那男人来拦，他反问道："是你说去警察局的，那么走呀。"

一个小老头子出来做和事佬："依我看，警察局就不必去了，去了也不会有你的好果子吃。还不如大家说说开，多一事不如少一事。"

他不说话，鼻子里哼地冷笑一声。

瘦男人上前又要动手："笑什么笑？还要吃耳光是吗？"

老头子拦住："阿三，你先别动手。我看这位后生也是个文雅人，不给钱是断然不会的。"一面转身驱赶众人，"家去，家去啊。没什么好看的。"

人群渐渐散去,只剩下老头,阿三,他,和那个女人。

老头先跟他啰哩啰嗦地说了一大通: 现在时局不好,大家日子都难过。又说那女人尤其凄惨,男人本是做小生意的,去北边跑货,一年多没音讯。孤儿寡母的,拖了个小把戏,又有病,你叫她怎么过日子?

"能帮就帮几个吧。小后生。"老头拍着他的肩膀。

他闪开老头的手,说:"我没动过她一指头。"

老头不满地说:"你进了房嘛。你看到她光身子嘛。不付钱说不过去的。"

"我啥也没看到。何况,我是留了钱的。"

老头朝女人看去,女人急忙道: "六叔,就几个铜板,吃碗茶都不够。"

老头转向他:"几个铜板?也太不像话了。再加些。"

他咬紧牙关不说话。

老头不耐烦了,咳嗽一声,说:"小后生,不要敬酒不吃吃罚酒。"

阿三在旁威胁道:"六叔已经给你面子了。别人早就给你三刀六洞,竖着进来横着出去了。"

听了这话,他脊骨上一凛。再看老头,光头贼亮,腰里系了一根宽板带,手腕处露出青龙文身,像是大牌楼一带常见的流氓,目光中有股煞气。心中也有些暗怕,嗫嚅地说:"我没钱。"

老头上下打量了他一阵,头一摆,说:"阿三,抄抄他袋里。"

看他挣扎,阿三在他头上拍了一记:"还犟?操你妈妈的,不要不识好歹。"说罢把他的胳膊一拧,面朝墙壁,他就只好听其任之了。

第一章 一个千疮百孔的夏季

衣袋、裤袋都搜了，老头手上掂着搜出来的两块银洋，又用一根手指顶起，吹口气，放在耳边听了听，遂收进口袋。脸色一沉，叫阿三："让他滚。"

他失魂落魄地回到家里，衣服也不脱地倒在床上，心里一阵阵后怕。他怎么就昏了头，被人一勾引就入了彀？那个阴暗的院落，老头子凶险的眼神，打手阿三心黑手辣的耳光。就是被人杀死在那儿，也是有可能的。只怕死了还被安上一个贼骨头的罪名，跳进长江都洗不清。

那只野鸡，他却以为是良家。一条鳄鱼，他却当成仙鹤。

他完全淹在水下了。

他会在半夜突如其来地扬声长啸，啸声尖利冗长，使得家人惊慌不已。醒来却完全不记得。两个弟弟不堪其扰，遂卷了铺盖搬去做事的地方借宿。他听到父母在暗处说他：这样地焦躁不安，怕是犯了癔症，无论如何要找个郎中看看。他心里疑惑，自己也觉得内里燥热，睡眠不安乱梦连连，究竟睡下之后发生何事，又求证不得。唯一可行的是，白日出去乱走，腿脚乏透了才返家来，倒头就睡得人事不知。

一日走到宝应地界。宝应地处港汊，湖泊众多，船民多以捕鱼养鸭挖藕为生。务农者则多养蚕，种慈菇。也算是鱼米之乡，只是不知何故，宝应一直是大扬州地区穷困一隅，常有饥荒，以致青壮多外出讨生活，做帮佣，奶妈，剃头匠，澡堂里的搓背师傅。汤家的司机老朱就是宝应人。

他早年来过此地，与记忆之中的一点没变，街道狭窄，房舍低矮破旧，只是更加衰败。他在茶馆略坐一坐，就往水边而来，逢桥过桥，临水眺望，借此抒发一二心情。

镇上的一群顽童，自他进镇后就跟着。这个穿长衫的人好生奇怪，既不拜客串门，也不买货卖货。只是到处乱逛，小巷里也要蹩进去看看，人家的门洞也要探头去张张，牌坊前驻足半天，仰了头读那些没人读得通的铭文，或是在桥上像根木桩似的，一待就是半句钟。做贼？倒也不像，顽童们认为穿长衫的人不会做贼的。于是远远地跟了。小镇上日子如死水，任何陌生人来了，如一枚大石投入水坑，俱是众人兴致所在。看哟，这个人从桥上下来了，喝了酒似的摇摇晃晃走到水边。喂，大伙儿猜猜，这个城里来的读书人老倌是不是想不开，要去投水啊？

这群衣衫褴褛的顽童们，跟屁虫似的叮在人身后，又笑又叫。陌生人听到喧闹，转回身来，淡淡地朝他们看了一眼，背过身去又往前走。顽童们被他目光中流露出的冷漠所震慑，不敢跟得太近，又不舍得错过看人投水的好戏，若即若离地尾随了，过街穿巷。

在船码头处，一只酱色的母鸭，带领了七八只杂色的小鸭，从田埂里钻出来，碎步横过路面，正欲下水。母鸭在水边立定，"呱呱"地叫唤着，回身招呼它的小鸭。小鸭子大概才孵出没几天，还摇摇晃晃，走两步跌一个跟头，参差不齐地扇着柔嫩的翅膀，跟了它们的母亲往水边而去。

一点没有预兆地，尾随的顽童们突然看见那件长衫飞舞起来，刚才一路走来的读书人老倌像只猫似的跃上半空，重重地落下来，落在鸭群当中。然后再一次跃起。

鸭群受到突如其来的袭击，一下子乱了阵脚，那些小鸭雏走路都不稳，根本无法躲闪，瞬间就被踩扁了几只。其余的东倒西歪，尖叫着四散逃命。母鸭扇着翅膀,急急地围绕着长衫打转,扁嘴一伸一伸地,想抢出几只鸭雏。哪来得及?连母鸭都差点被踩到。只好带了两三残存的鸭雏躲进路边的柴草堆里去。

顽童们看呆了,只见那读书人掸了掸长衫下摆,又在石板上蹭了蹭鞋底板上的血污。然后手一背,像是没事人似的向前踱去。

他很平静地走着。河上吹来的风拂在脸上,河水还是浑浑噩噩地向东面流去,放眼望去,世界微波不兴。他深吸一口气,心中完全明白他刚才做了什么: 一场小小的杀戮。由一个不得意的男人,临时扮演手握生杀大权的上帝。他只需随便踩几下脚,便摧毁了一个鸭子家庭,一群无足轻重的低等生物,就像命运不费吹灰之力摧毁他的人生一样。在大千世界中,厄运可以这样毫无预兆地来到,不需理由,没有预警,反抗也无用,你没法抵御比你强大得多的生物,社会,命运。而生命,是脆弱到了极点,他本来就知道这个,但今天亲手进行的杀戮使他感同身受,像一记强烈的电击,一下子打通了他的五经六脉,顿时心绪平复下来。

他在水边站了一会,返身回去。经过那群顽童的身边,他们屁股跷起,好奇心十足地挤成一堆,忙于用竹竿挑动着被踩成一团的鸭雏残骸,没人对这个文质彬彬的杀手多看一眼。只有一个小女孩,很小很小的,梳了个冲天小辫,鼻涕口水糊了满脸,被比她大一点的姐姐抱在手里,两只未经世事的瞳仁,直直地望向他,眼光很固执,像一只小猫头鹰似的,盯了他不放,直到他渐渐走远,上桥,下桥,然后隐没在鸡肠小巷之中。

返家他倒头就睡，长夜无梦，一觉深浓畅酣。过午才起，肚中饥鸣如鼓，午餐只有糙米饭和炒苋菜，他平时一见就要皱眉的，今日竟然猛吞了两碗。饭后外面走动一圈，回来又睡。如此三四日。见他如此反常，父母极为担忧，又苦于无法与之沟通，只得搓手叹气而已。

一日，他近午才醒，窝在床上翻看《人性枷锁》。最小的妹妹唤他：阿哥，有客。自从回扬州后，他差不多隔断了一切以往的联系，诧异谁会寻上门来？正待询问，妹妹又说：那先生说是上海来的。他心里一动，心想就是在上海，他也没几个可称得上"朋友"的，难道是汤姆寻上门来了？又觉不像，心中狐疑，披衣起身来到前面客堂。父亲正陪了一个年轻人在寒暄，此人身量矮小，穿一套藏青色的中山装，背对着他，听到响动，那人转过头来，露出一个意味深长的笑脸。

他脱口而出：诸君山。

第二章 忘川之水

围棋是最单纯的,也是最复杂的。围棋是一道槛,槛里槛外是两种不同的人生。他沉溺其中,忘了身处野战军政工要地,忘了身负送达重要文件的任务,忘了外面南下大战一触即发……

11

家里来了访客,父亲也难得一扫愁颜,陪了客人奉茶说话。诸君山一向能说会道,肚里又有不少奇闻怪谈。三人说些上海杜月笙举办慈善选美,某京戏名角重新出山等逸闻。晌午,父亲要留诸君山午餐。他晓得家中寒酸,没啥像样的菜肴待客,便也不多虚套,送出巷口。诸君山提议由他做个小东,两人去富春茶社吃个便饭,还望赏脸。他欣然应允。

富春茶社就在一街之遥。两人安步当车踱去。茶房引到楼上。诸君山点了镇江肴肉,蟹粉狮子头和拆烩鲢鱼头,叫了一斤花雕。菜上来,两人埋首大嚼,不多时,碗盘净空。茶倌续上热茶,诸君山点上香烟,说:"过瘾,富春楼名不虚传,下次来吃砂锅鱼头不知何年何月了。"

他打着饱嗝,用热手巾抹着嘴:"要说高明的淮扬菜馆,上海也有得是。扬州已是明日黄花了。"

诸君山叹道:"上海当然好。"接着摇头,"但是,汴梁虽好,不是久留之地。"

他不解地望向诸君山。

诸君山皱眉深吸一口香烟,轻声说:"我要到对面去了,短时期不会回来。"

他默不做声。

诸君山道:"不瞒你说,渡江战役很快会打响。部队需要各种人才,上头决定,一部分人留下继续做国民党内部的分化工作。一部分人北上,补充渡江部队的政工、后勤队伍。前一阵我被保密局盯上,好几次差点被打黑枪。所以还是走为上策。"

他问道:"那书也不读了?"

诸君山嗤笑一声:"再待下去命都要没有了,还读什么书?"

他道:"可惜了,过一年半载就可以毕业的。"

诸君山道:"毕业了又能怎样?有句话你也应该听到过,毕业就是失业。"

他被触动了心境,长叹一声。

诸君山凑近身来,压低嗓音道:"依我看,照现在的局面,读书、毕业都不是要考虑的。政局要兜底翻了,覆巢之下岂有完卵?"

他将信将疑:"恐怕是没你讲的这么容易,政府有美国人撑腰的。"

诸君山轻蔑道:"有个卵用!大厦将倾,独木难撑。中国是个烂摊子,美国人也摆不平的。何况,美国人也看不惯国民党。据说最近美国国会代表团访问中国,回去给杜鲁门总统写了个备忘录,直言说老蒋那帮人没啥希望。"

他反驳:"据我所知,美国一向是反对共产主义的。"

诸君山说:"啧啧,你被圣约翰洗脑太甚。你倒说说看,共产主义有什么不好?人人有饭吃,人人有工做。现在的局面腐败得一塌糊涂。四大家族控制了大部分的财富,老百姓穷得清水咣荡。再说,美国人也不是一条路走到黑,第二次世界大战照样跟斯大林结盟。美国人实际得很哟。"

他欲言又止，只是摇摇头。

诸君山凑到他身边，低声说："是要做决定的辰光了。"

他浑身一颤："你说什么？"

"我说你应该想想清爽了。"

"想清爽啥个？"

"你要站在哪一边？"

他沉思一忽，叹息道："诸兄，我是个最无用的书生，会念几句书之外，一无所长。像我这种人，哪边都不会要我。"

诸君山道："也不必如此自贬。你老兄中英文俱佳，只是怀才不遇罢了。"

这话搔着了他的痒筋，长叹一声："时不予人啊。"

诸君山进一步，说："老话说，良禽择木而栖，智者择主而辅。不瞒你讲，那边需要很多人才，特别是英语人才，我有好些同学朋友都过去了，他们的智才都不如你。你如果去了那边，何愁英雄无用武之地？"

他只是犹豫着。

诸君山见此，于是道："我也晓得，你对那儿没多少了解，做不了决定，也难怪。"他沉思一阵，再抬起头来，"要么，先跟我过去看看？"

他踌躇道："去了，如不合适，还能回来吗？"

"当然！那边的政策是，来去自由，来则欢迎，去则欢送。"

"不会扣着不放？"

"你看你说到哪儿去了。扣了你干吗？杀来吃肉？"诸君山笑道，"你也不是没出过门的小脚女人，怎么会有这么奇怪的想法？"

他大赧："也不全然如此。"

诸君山正色道:"男子汉大丈夫,敢做也敢当。你过去看看合适的,留下来加入,做事。不合适,也当是白跑一趟,长个见识,难道还能强按了牛头喝水?"

他心稍定:"说走就走?不行吧。一点准备也没有。"

"局面瞬息万变,现在还过得去,晚了就说不准了。"

"那也要容我收拾一下行装,跟家人说一声吧。"

诸近山想了想,说:"这样好了,你回家收拾一下,我这两天也没睡好,等下去找个澡堂子,小睡一下。晚上还在富春茶楼碰面。"

他回家路上,心思几番活动,本能地感到不安。政治这物事,永远是昨是今非,混沌不清的。贸贸然地搅和进去有极大的危险性。他一贯抱着"君子不党"的守则,对各种政治派别都敬而远之。突然,并无一丝思想准备,就跟了一个泛泛之交一起去"匪区",前景不明还不说,万一坏了事,是要以"通匪"论罪的。他也不相信政府会很快倒台的,虽然官员们昏庸无能,但庞大的体制犹如百足之虫,僵而不死。当年日本人多厉害,从北到南,重大战役一个个打下来,政府军队输得落花流水,老蒋从南京退到武汉,再退到重庆。可是八年熬了下来,竟然熬成了战胜国了。而且,他是不相信美国人会抛弃蒋介石这个盟友的,争吵归争吵,大量的美援还是源源不断地运到。十六铺码头上挂着星条旗的美国兵舰上,大炮比啤酒桶还粗。黄头发的美国大兵在上海街头随处可见。二马路的商店里出售堆成山的美军剩余军用物资,从军用雨衣、靴子到奶粉罐头、午餐肉、骆驼牌香烟,连叫花子讨饭都用美国海军陆战队的军用饭盒。

TO BE OR NOT TO BE?

他太晓得自己了,决计不是个对政治有抱负的人。报上的时事新闻,日常的观察,都告诉他政治的肮脏与黑暗。一个书生,不掂清自己的斤两,贸然卷入政治漩涡中去,只会是飞蛾投火。其次,他不是个出头露面的个性,要他在大众面前做宣传,讲演,是会要他命的。他也不可能扛了枪去打仗,平时连杀鸡都不敢看的。孟尝君三千食客,最不堪的也有一手鸡鸣狗盗本领。而他,正像老话说的,百无一用是书生。

但作为一条涸辙之鱼,他并无太多的选择。

他对自己说:过去看看也不妨,最多是白跑一趟。

虽有战时禁令,去苏北"匪区"并没有多少烦难。一路上设的关卡,大都由民团把守,盘查也不甚严格。诸君山多次南北来返,熟知个中关节,遇有盘查,多少塞些银钱,也就让他们过了。他们先是从扬州北上,取道高邮,再向东北方的盐城而去。

一路上经过大小乡村,使他印象深刻的有两件事,一是人口的密集程度。这片盐碱化严重的荒芜土地上竟会有那么多人口。虽然晓得中国总人口有四万万之多,一个无穷大的数目,但那只是个抽象数字。直到他亲眼见到苏北农村的人满为患,在小镇上,村庄里,田沟里,晒场上,到处是面黄肌瘦的大人和衣不蔽体的小孩子,成排地蹲在地上,木然地注视着路人。二是难以描述的贫穷。天时已经入夏,在江南是丰饶的季节。一江之隔,这儿却是赤地千里,不见一丝绿意。偶有几处种了庄稼,也是稀稀拉拉的。在水位极低的河面两岸,褐黄色土地连绵铺展出去,大群的乌鸦当空盘旋。当地人说这地方十年九荒,今年开春以来没下过一滴雨，缺水得厉害，收成看样子又没指望了。他是见识过大上海的贫富悬殊，但从未见过如此惊心动魄的赤贫。途中每当吃饭之际，一端起碗，身边就聚集起十来个小孩，一双双饥饿的眼睛，盯牢了他们。其实他们吃的是很粗粝的食物，没有一点油水。在上海，黄包车夫吃的也比这个要好上许多。一搁下碗，那些小孩子马上扑过去，抢夺剩在碗底的一些残羹，好几次互相争打起来。

途中住在当地邮局宿舍，简陋的砖砌平房，睡的是稻草垫子。掌柜的很热情，诸君山附了他耳边说这是个关系户。他不懂，诸君山说就像菜园子张青开在梁山泊脚下的那种店一样。夜饭时，灶下煮着一个暴腌猪头，他俩就着猪头肉猪下水，喝了几杯当地的土烧酒，辛辣呛喉，酒劲极大。饭后，两人微醺，在镇上散步消食，一个酒嗝上来，满口的猪大肠味道。走了一圈回宿舍，打来热水洗脚，各自在床铺上躺了说些闲话。他感叹道：这地方真穷，怪不得上海的苦力都来自苏北，再苦，总有一碗白饭可吃。这儿土地不长粮，人口又这么密集，荒年一来，真的只有饿死一途了。

诸君山斜靠床头，脸色醉红，抽着茄立克香烟："还有一途，就是革命。"

他不以为然，诘问道："你真的认为，革命了，就能改变这种贫穷的状况吗？"

"当然，在苏联，人人有饭吃，人人有工做。"

"但此地水土贫瘠，农人就是肯做工，地里也产不了多少东西。"

诸君山沉默一阵，说："你说得也是，在俄国西伯利亚，大片从未开垦过的处女地，肥得冒油，据说插根手杖都会发芽长叶。中国的土地使用过度,几百代人耕刨下来,地力被榨得极薄,好年头也长不了太多的庄稼。遇上荒年,那就真的一无办法了。"

他不语。

诸君山又说:"但是,饥饿也不是一无好处,饥饿催生革命。"

他争辩道:"西方普遍对革命无甚好感,提倡通过改良来消除社会弊病。"

诸君山摇头:"在中国行不通。改良是妥协,大家各退一步,给人给己都留有余地。但中国人成王败寇,没有缓冲,要么承受,要么革命。"

"但是革命要死人的。"

诸君山沉思道:"是要死人的,但并非是坏事。人一多了,饭都没得吃了。人口和物产达到一个正常的比率,世界才会好好运转。"

他一笑。诸君山问:"你笑什么?"

他说:"你说革命要死掉些人,临到你自己头上怎么办?"

诸君山道:"革命党人服膺真理,把个人的生死置之度外。为了崇高目标,每一个人都可以献出自己的生命。"

他不语,过一会又问:"你兄弟几个?"

诸君山说:"我是独子皇孙。不过,我姆妈是填房,老头子前面生的几房,跟我们脱离关系,多年没来往了。这些事不说也罢。"

说着吹灭了灯。

连日赶路,浑身疲乏却睡不着。垫子里面尖利的稻芒穿出来,硌在背上很是难受。更要命的是,稻草垫子里大概有虫子,灯一黑都爬出来叮咬,身上一阵阵发痒。他在黑暗中辗转难安,不停地在背上腿上抓挠。

对面铺上诸君山翻了个身:"你也睡不着?"

"褥子里大概有跳蚤。"

"这种鬼地方,没有办法的。算了,还是讲讲话吧。"

诸君山划了根洋火,点上烛台。

幽光之下,诸君山睡得头发翘起,一手拈着香烟,脸却被烟雾笼罩着,像一个无头之鬼。他一眼之下倒是吃了一吓。外面有咕咕唧唧的虫鸣,偶尔,远处传来低哑的狗吠。一切沉寂之后,听到烛芯轻轻地爆响,烛焰拔起,一下子又缩成如豆一坨。惨白的月光照进窗台,斗室影影幢幢,显得诡异。

诸君山说:"睡不着,还是讲讲女人好了。我读中学时寄宿,一间房六个人长夜无眠,天天夜里讲女人。"

……

他矜持着,没去接话头。

烟雾散去,诸君山的脸清晰起来。

"听说你在东山时,调戏汤毋忘的老婆,得手了吗?"

他闻言一惊,急忙道:"哪有的事?"

"哈哈,别紧张。没有什么好难为情的。女人嘛,再一本正经,其实也是耐不得寂寞的,没有男人来调戏掇弄她,憋久了只怕是要发神经病的。只是你眼光不怎样,那个珏儿有什么好?黄皮寡气的排骨身材。而且,一个女人廿四五岁了,像开到下半天的喇叭花,差不多已经蔫掉了。"

他大为光火:"你老兄可真会瞎嚼舌头。人家不过才二十出头。"

诸君山笑笑说:"也差不多,阿弟侬大概还是只童子鸡,所以会对这种温吞水般的女人感兴趣。表面看起来八面玲珑,修养蛮好的,其实是一腔冷感。叫我说,女人千差万别,最乏味的就是珏儿这种,要胸没胸,要屁股没屁股,上了床大概也像只死鸡般的。所以汤姆把她搁在乡下头,自己在上海过快乐日脚。"

他恼怒之极,却说不出反驳的话来。

12

他被安排在文秘科见习,顶头上司祝文南是盐城人,年纪比他大些,读过书的,不苟言笑,做事非常巴结。科里全员连他只有五个人,在一间祠堂里办公,晚上也各自在祠堂里打地铺。他半夜醒来,八仙桌上一灯如豆,祝科长还在刻油印版子。平时不管是刷标语,搞宣传,或是帮村民干活,他都身先士卒,任劳任怨。另外三位都是南面来的学生,未免有些散漫,做事马虎,或做到一半搁下,祝科长也不多言语,自己熬夜把事做完。平时对他也蛮照顾的,做错事,也不多加责怪,只说你刚来,慢慢熟悉吧。

来前曾想着如果不合适,过两三天就走,但不知不觉地就住了下来。他初来乍到,也感受到一股新鲜蓬勃的气象。盐城和他一路上见的一样穷困,老百姓面有菜色,破衣烂衫腰间扎根草绳,但脸上神色舒展,腰背也好像直了些。他也见到军队调动,浩浩荡荡不见首尾。一切都显示着此地有一股巨大的力量潜伏着,涌动着,也许真的像诸君山说的,江山是要变色了。

生活是清贫的,饭菜极为粗粝,分量还不够。他来的第二天,去后勤科领了服装,一顶黄色的八角帽,一袭黄布中山装,一双布鞋。祝科长手把手地教他怎么打绑腿,整理军容。一照镜子自己也不认得了,一个清瘦苍白的青年,戴副眼镜,穿了略大的军装,腰间束了牛皮腰带,倒有些秀才投笔从戎的味道。凡是男子，不管怎么文弱，血中都有些戎马倥偬的遐想，铁血金戈的追寻。有朝一日穿上军装，揽镜自照，不免一股豪情漫起。

他的工作是翻译从国占区弄来的英文报刊，如《纽约时报》上有关中国政局的社论。这对他说来驾轻就熟，先用铅笔写稿，稍作润色，再用毛笔誊写在粗糙的毛边纸上。只是送来的报章杂志都是过期三四个月的，上头却很重视这些信息，他刚誊录完毕，即刻有人来取，放进盖了火漆印的大信封送走。祝科长说上级对他的工作很满意，还顺带夸赞了他一笔好字体。这使他多少有点飘飘然。

英文报纸不是天天有的，翻译完就闲了起来，要等通信员下次再从上海南京捎来。祝科长说你做事不错，但还要加强思想学习，这样才能进步。他嘴上应着，但心里很是不耐烦开会，听到那些长篇大论的报告就作困。人虽坐在会场，却只是发白日梦了。

白日梦做得最多的，还是客寓东山的那一幕。初夏梅园的清晨黄昏，黑鸟盘旋，花落如雨。湖畔的旧式宅院里，曲径通幽，风竹低吟，甬道转角处，女人一袭白色裙裾摇曳而过。华灯初上，一屋子的明亮辉煌，八仙桌旁女眷们笑语盈盈。陈年的酒瓮刚刚开启，细白瓷盘里盛了鱼虾美肴。轻掛浅抿，酒香菜香脂粉香。于是人微醺，镶银筷子沉甸甸地得心不应手。长夜已深，酒阑人散，剩下他和珏儿相对而坐，女人含笑不语，娇俏莫名。此际无声胜有声，男女心象已动。他如发了痴一样，眼中一概全无，只见一副人面桃花，明眸之下，那条若有若无的笑纹。耳中听得一声软语：我来替你拆鱼骨头吧。于是看着一双纤纤素手，把拆好的鱼肉布到他面前的盘中。他心神飘荡，哪管盘中是什么，琼浆玉液也好，夺命砒霜也好，只管直了喉咙吞咽。却不防一根细小的鱼刺，卡在喉咙之间，幽门之上，吞不下，咳不出。

"喂。"

他猛然惊醒，发现其余四人都看着他。祝科长说我们正在讨论参加土改运动呢，你是什么个看法？

他脑中一片混沌，只好敷衍道："好，好，我拥护。"

一个同事说："我们讨论的是，报名参加土改运动，你报哪一个？"

他答道："你们报哪一个我就报哪一个。"

祝科长解释道："是分成两个小组，分别到不同的地方去，这儿剩一个人留守。你是要留守呢，还是下去？"

他思忖留守的人要承担全部的工作，怕是吃不消。于是道："我跟你们一块下去好了。"

祝文南说下去很艰苦喔，你要做好思想准备。

他自忖从上海到扬州，再从扬州到盐城，其中所吃的苦头，已远远超出自己所能承受的。人的韧性往往比预料的要强。于是说："艰苦点也是应该的，不了解老百姓的疾苦，怎能做一个革命者？"

他自己也奇怪，这种话怎么就轻易地从嘴里溜了出来？看来环境对一个人的言行，有着不可估量的影响力。

祝文南说："那你就跟我一组吧，去盐东镇。你准备一下，明早出发。"

盐东在盐城东面三四十里路。一到地方，祝文南就去找当地干部商量第二天开会的事宜。他一天走下来，脚上的血泡都出来了。一个叫老鸭巴的乡下人给他挑脚上的泡。老鸭巴四十多岁,一口极重的盐东话,笑起来满脸皱纹,佝偻了背,看起来六十不止,是村里的赤贫户,为人牧鸭为生。为了接待上头来的干部,大热天还穿了件破棉袄,后来得知这是老头唯一的衣物,平日要么打赤膊,要么穿棉袄。老头把棉袄脱下,叠好放在膝盖上,让他把脚搁在上面,用一根鼠跳草给他挑泡。

"别动,是有点疼,挑破了,出水就好。"老头把他的脚抱在怀里,说,"上次祝少爷回来,也是俺给他挑的泡。"

他疑惑道:"谁是祝少爷?"

"咦,你不是跟祝少爷一块来的吗?"

"祝同志啊,他怎么成少爷了?"

"怎么不是少爷!他爹是俺们这块最大的老财,有两百多亩地呢。"

他心里一动:祝文南他爹是地主?地主的儿子回来搞土改?

老鸭巴絮叨个不停:"祝少爷在南京上洋学堂,他爹还让俺腌了板鸭捎去。俺这块的鸭子膘水足肉头厚,不比南京的盐水鸭差呢。"

老鸭巴又说:"老头子就这一个儿子,金贵得不行,读书用去的银洋,只怕是摞起来比人还高呢。村里人说,祝家少爷回来土改,是要把他家的田地分给大伙,你说成吗?"

他含糊应道:"这要看上头的政策吧。"

老鸭巴显然不懂政策两字:"我看是说说罢了,儿卖老子田,要被人戳脊梁骨的。真的把田分给大伙了,他怎么去见他的老子娘?"

他只能唯唯,天晓得祝科长会如何应对这个场面。

第二天见到祝科长,通知他:明天要开大会,你做记录吧。神色平静,一点也看不出有所不安。

大会开在晒谷场上,听说要分田,村民们都来了,挤得水泄不通。主席台上,祝科长和几个乡干部坐在正中。他坐在靠右的角落里,面前是一沓黄裱纸,一碗墨汁,一支毛笔。乡长先做了动员,很多当地的俚语他都听不懂,估摸了大概的意思记录了几行。最后乡长说欢迎上面派来的祝同志,祝同志是本地人,对俺们乡的情况熟悉,现在就请祝同志做土地改革的报告。

祝文南站起来,腰间束了根皮带,显得很严肃。村民们开始窃窃私语。祝文南视而不见,听而不闻,简短作了个开场白,接着就让民兵把一干地主带到会场。

一干人被带到台下站定。乌鸦鸦的一伙人都剃着光头,满脸黝黑,一身破衣烂衫。大部分村民沉默着,看几个积极分子斗争地主。其中一个叫祝勇的,赤了膊,趿了双破鞋,正揪了一个老头,说他家房子和田,都是被你祝老地主抢去的,今天俺要跟你好好算这笔账。

老头却不买账,犟了脖子跟过去的佃户争论,你说一句,我顶一句。

台下起了一片嗡嗡之声,气氛不如预料中的热烈。

台上的乡干部偷眼朝祝文南看去,只见他一脸专注严肃,并不见有任何情绪起伏。这倒使人犯难。其实,这些乡干部并不真正理解上头的政策,说是土改,改到什么样一个程度却不甚明了。祝文南是来指导工作的,方寸要由他来捏。又晓得台下的老头是祝文南的爹,再怎样,地主归地主,亲老子这一层是抹不去的。如果祝文南稍微表个态,提个头,也就晓得这台戏怎样往下唱了。

可是祝文南脸上没表情,乡干部就不得要领,只好匆匆宣布大会就开到这里。他坐得离祝文南近,偷眼瞄去,看到祝文南腮帮子绷得紧紧的,额上一根青筋不住地跳动。

晚上在乡公所开总结会,他照旧作记录。

祝文南在油灯下的脸显得苍白,但神情严肃。他先清了清嗓子,朝众人环视一圈:"今天的会,我首先要做检讨。因为我的关系,盐东地区土改工作的第一炮没打好。上面对我们寄予很大的期望,而我的工作做得不够,辜负了领导对我的期盼。为此我必须做深刻的自我批评。

"今天的会,并不是一个成功的会,群众没完全发动起来。只有几个农民兄弟站了出来,大部分民众还是在观望。为什么?是因为站在台下的地主分子中,有我的父亲——盐东地区最大的地主之一,祝子规。也怪我没有在会前表明态度,使得大家有所顾虑。我把话讲在这里: 没错,祝子规是我的父亲,但他更是一个残酷剥削农民的地主。而我祝文南,是个共产党员,共产党教育了我多年,又指派我负责盐东地区的土改工作;如果以为祝子规是我父亲而会得到区别对待,那就是小看我祝文南了,我是党的人,是党手下的一个兵卒。"

偌大会场鸦雀无声。好一会乡长才说:"祝同志大义凛然,我们都要学习。但白天的会不踊跃,也不全是你的关系。我说六叔,哦,祝子规虽然雇用了几个长工,但地里的活都自己做。日本人的时期,还给游击队捐了钱。也没有什么欺压乡亲们的劣迹。按照政策,也算个开明地主吧。"

与会的一片附和声。这儿闭塞，不管贫富，都有些血缘关系，远些近些罢了。干部们也不想把事情做过头，毕竟运动完了还要在一个村里见面的。

他也松了一口气，看来祝文南可以过关了，处在那么一个境地，一面是上头的指令，一头是自己的亲老子，叫谁都犯难。

听了这番话，祝文南脸色愈发紧绷，一阵青一阵白，他撑了桌子站起身来，四周环顾，再开口时声音带着些嘶哑："我知道各位的意思，还是看祝子规是我老子的分上，想从轻处理。可是你们想过没有，你们这不是给我面子，是让我犯错误，是害了我。"

整个会场鸦雀无声，祝文南喉结上下滚动，一句话憋在嗓子里说不出来。他赶紧递了碗水过去。祝文南喝了口水，接着发言："地主就是地主，没什么开明地主或不开明地主。地主的本质都是一样，是依靠剥削他人来生存的。是在新社会里不被容许的。"

会场骚动，乡长憋红了脸想说什么，被祝文南一句话给堵回去了："乡长同志，请你注意，在当前运动关键之时，不要犯右倾保守主义的错误啊。"乡长唯唯诺诺，勾了脑袋不做声了。

13

接下去半年,随着土改运动的深入,常有传说这个镇上批斗了十几个,那个地区又批斗了几十个。这种消息一来,盐东工作组就很紧张地开会,研究怎样跟上形势。诸君山前几天来看他,还叮咛过:"我们都是受资产阶级思想影响很深的人,现在到革命队伍里来,要好好改造,把屁股挪到劳苦大众这边来。不该讲的话不要讲,不该想的事情不要想。做好工作,跟上形势。"

诸君山说他近日会回上海一次,工作需要。两人去镇上吃了一碗碱水面,叫了一盘猪头肉,算是饯别。诸君山感叹道:"在富春茶社吃中饭,也有一年了吧?"他掐指一算,说:"十个多月。"诸君山道:"噢,好像还在眼前。啧啧,想起来就要流口水。"他把碗里的面吃完,说:"你这次回上海去,有口福了。"诸君山说:"首先是工作。当然,饭也是要吃的,斋了这么多日子,心心念念想来只喷香的走油蹄髈,配了湖州新米蒸出来的大米饭,我想可以连吃三碗吧。"

他又何尝不是如此,到苏北近一年,胃口变得奇大,他可以吃上满满的两大碗红籼米饭。只是没什么下饭菜,豆角茄子洋芋南瓜,哪个当季吃哪个。过年节时打牙祭,才见到些肥猪肉,肉皮上毛都没拔净,他竟然也闭上眼睛吃得很香。住在汤公馆的日子恍如隔世了,这十个月,他悟出生存比享受要重要百倍。享受是过眼云烟,生存才是首要的。

诸君山说:"话讲回来,不吃苦中苦,哪为人上人。夺取政权之后,我们这些人都会是上面所倚重的人才,受过正规教育,有办事能力,又经过革命的洗礼,不重用我们还重用谁?再苦也得忍着,套句绍兴戏里的话,就叫守得云开见天明。"

往后,他脑子里常常会浮起这句话: 守得云开见天明。完全是无意识地,走走路,莫名其妙地上来一句"守得云开见天明"。翻译完一份文件,正在伸懒腰,又是一句"守得云开见天明",像咒语一样。

土改运动之后回到总部。祝文南由于土改工作做出成绩,受到嘉奖。听说祝文南要高升了,调到苏南专员行辕去当副专员了。

祝文南调走之前开了个欢送会,大伙凑了津贴,让伙房里弄了几个菜,又打了两斤土烧酒,为祝文南饯行。祝文南说是不会喝酒的,但架不住劝酒,喝了半碗烧酒,脸色通红,立起身来给大家唱了一段黄梅戏"杨乃武与小白菜"。一人身兼男女两角,先唱杨乃武,再憋尖了嗓子唱小白菜。一会儿激昂,一会儿凄恻,一会儿沉郁,一会儿缠绵。把大家听得击掌叫绝,说,祝专员,你如果不当官,肯定是个红透半边天的黄梅戏大角色。祝文南醉得斜目一笑: "本来就是人生如戏,戏如人生。"说罢大醉瘫倒,被人背回房中歇息。

他喝烈性酒会头疼。当地有一种米酒,酒色浑浊发白,稍微有点甜,口感倒是很好。在当地很便宜,伙房里用来烧菜,同事提了一瓮回来。他喝了好几碗,一面听着祝文南高昂并有点嘶哑的黄梅戏清唱。这种乡下戏,对他来说是不登大雅之堂的,可是听着听着,倒是听出些名堂来了。并非是唱词曲调,而是唱戏的这个人,借了醉酒,那一叹一转,无不来自肺腑,因此七情上面。再细看祝文南,眼睛半阖,脸色潮红，满额的汗珠，一绺头发黏在顶门心上，神情似已魂魄出窍，飘游太虚。

看到祝文南自制力如此之强者，一旦酒醉也泄露真容，他便也不敢贪杯多喝，借口困顿劳累，回房歇息。躺下却不克入眠，耳边不断响起祝文南唱黄梅戏高亢的唱腔过门。好容易睡着，又被老鼠窸窸窣窣地闹醒，也许夜饭吃进太多油腻，腹中难忍，披衣起身去上茅厕，却已有人占住。当地的茅坑围了半截芦席，并无遮拦，藉了星光看去，那人蹲在茅坑上，把头埋在两臂之间，肩膀一耸一耸地似在哭泣。他进不得退不得，只好蹲在树下等。那人大概没发觉隔墙有人，犹自埋头于臂间，夹杂着喃喃自语。他不敢有所动作，耳朵竖直了，只听得那人压低了嗓音喃喃："爹爹啊……"他不敢再待下去，蹑手蹑脚地走开，胡乱寻块野地解了手。

回到屋内，更是睡不着了。原来祝文南并非是他表现出来的那般铁面无私，也还有人子的切肤之痛。

天亮被起床号唤醒，他匆匆梳洗一下，就往办公处来。祝文南正准备出门，背包搁在桌上，薄薄的一方，一只网兜装了脸盆口缸等杂物。看到他，一拍额头，说："差点忘了。"遂从抽屉里取出一个马粪纸信封，信封口用火漆印封住，交给他："这份工作报告，昨天下午刚写完，本来是马上要送出去的，哪知被拖去吃席，还喝醉了，就全盘给忘了。看来喝酒真是误事。只好麻烦你到淮阴的政治部跑一趟，当面交与梁政委，他是我的直接领导。这份报告对于梁书记和我们工作组都很重要，关系到下一步工作怎么开展的方向和教训。等会你去会计科开张路条，领五块大洋路费。"说到这儿，祝文南淡淡一笑，又说，"报告里面也有提到你,做出成绩也有你一份,毕竟是我俩一块下去的嘛。"

祝文南背上背包,拎起网兜,和他一起往外走。神色平静。到了村口,两人握了手,他目送着祝文南和南下的民工队伍一起走远了。

14

从盐城到淮阴有两百多里路,处处有部队行军。浩浩荡荡的独轮车队,载着粮食物品送往前线,脚夫都是山东河北来的青壮农夫,头缠毛巾,紫黑脸膛,风尘仆仆。淮阴是华东野战军的临时总部,穿军装的年轻人更多,人人脚步匆匆。他看见整排的美国加农炮放在镇小学的操场上,青天白日的标志被涂去,正在刷上解放军的番号。缴获来的敌篷吉普车在尘土飞扬的街道上穿梭。空气中蕴含着一股战前紧张气氛,大有山雨欲来风满楼之感。

政治部却显示出不寻常的平静。他报到之后,被告知首长正在开会,要他在文书室等候。总部设在当地大户人家,面积很大而建筑考究,青砖墁地,廊柱高耸。客堂里摆了十余张方桌,堆满各种文件,偏房里置放了一台电报机,滴答之声不绝,两个电报员正埋头翻译一份长长的文件。门外有两排高大的柏树,遮去了燠热的直射阳光,电报机一停,树荫里传来蝉声阵阵。

客堂中一张方桌上,摆有一副围棋的棋盘,两钵黑白棋子。棋盘足有三寸来厚,用整块木头雕出来的,木纹光洁细腻,颜色像年代久远的琥珀一样,散发着沉郁悠远之美。他随手拈起一颗棋子,在棋盘上布了下去,发出一声如珠玉入盘之声。再看那棋子,装在两个大肚陶罐里,上有黑白铭文"碁"字。棋子用亚光的黑白两色卵石制成,却比一般围棋子重了很多。再仔细一看，棋子背面有一极细小的孔，灌了黄铜，掂在手上很是合手应心。以他多年下棋的见闻来看，这副围棋应该是古董了，起码是晚明初清时的，那时人还静得下心来做些好东西。弄不好，是皇宫里的东西也说不定。

他被这副精美的棋具所感，不觉拈了一粒粒黑白棋子，布起局来。当年在扬州，长夏无事，他午睡起来之后，在廊下闲坐，捧了本棋谱，照了有名的对局，一个人复盘。家里收集的几本棋谱中，他最喜欢的是金阊书局出版的《观亭残局》，薄薄的一本，手刻木印，收罗了史上三十来局残棋布局。有的只起了几十手，也有中盘复局。趣味在于关节的某几步，一个打劫不小心，就江河日下，全盘皆输。他与父亲差不多每盘都下过，有些还不止下了五六遍，反复推敲，细细吟味。至今有些棋局还印在他脑子里，随手就排了出来。

围棋是最单纯的，一方木盘，几百枚黑白石卵子。也是最复杂的，千变万化，出其不意。围棋是一道槛，槛里槛外是两种不同的人生。槛外熙熙攘攘，柴米油盐。槛内风轻云淡，宁静恬远。围棋是物化的禅意，你中有我，我中有你，黑白交缠，知黑守白。围棋又是一道鸦片，棋中自有黄金屋，棋中自有美人颜，不入此彀中，难得其中味。

他完全沉溺其中，忘了身处野战军政工要地，忘了身负送达重要文件的任务，忘了外面南下大战一触即发。他眼中只有黑白两色，思绪跟随着记忆深处的棋谱，或激进，或守拙，或迂回，或直捣黄龙。落棋滴答之响，有如深山涧水，跌宕有致。那渐渐成形的布局，自有错综之美，烟云笼罩。

世事如棋，人生如棋。

他全然不觉身后有人观看，直到那人说了一句："这个劫就这般纠缠不休下去了吗？没道理嘛。"才惊觉抬头。只见那人中等个子，身形微胖，中年谢顶，着一身灰布军装，手背在身后，笑眯眯地看着他。

看这人身形相貌，他心想也许是此地一个会计或管账的，便不经心地说："闲来无事，打打谱而已。先生有何高见？"那人道："你这个谱，青云谭上也有相似的局，照我看，这个劫可打可不打。"他不服，说："此劫关系到后三十手，有这眼跟没这眼大不一样。"那人摇头说："谱是死的，人是活的。照我看，放弃此劫，布局中原，局面也许更为开阔。"

他心想：难道又是一个夏先生？便道："先生想必是高手。有否雅兴手谈一局？"那人笑呵呵地说："好啊，来一盘就来一盘。"在他对面坐了下来，两人撸去残子，谦让一番，对方执黑，先落子于盘。

那人第一手下在三星对角，他在斜角抵了一子。那人又在中边小飞一子，他马上在对边小目迎了一子。那人即回手在三星补了一子，以防御他的侵袭。两人都落子很快，胸有成竹。几十手一过，他知道这人棋力不在夏先生之下，布局开阔，小处不作过多纠缠，宁愿另辟战场。他倒是被吊起了性子，拿出全副精力来对付。大处要抢，小边小角也不肯轻易放弃，必要来回打几个劫，占到些便宜才肯罢休。记得刚学棋时父亲说过，围棋大局固然重要，到最后是看细节，这个劫收得好，那个边角又多了一二子，看起来是平手，到收官时会莫名其妙地多出三四子来。

周围有人站下来看棋，勤务兵送来茶水。他正全神贯注在棋上，只是随口道谢一声，拿起茶杯就喝，进口才觉出是太湖的雨前茶，好久没得一尝了。最后一次喝这个茶还是在东山紫金庵里，那时他还陶醉在对珏儿虚幻的爱情之中。

他赶快收摄心神，专心对付棋局。看形势，四个角他占了三个，四条边他占了两条有多，在腹地，对方占的地盘好像要多一些。有话曰金角银边草肚子，他只要收官收得好，赢个七八子是有把握的。但对手非常顽强，他的一块飞边，一个不小心被强入了一子，这个劫如打不好，反过来输二三子也说不定的。

两人反复地打劫，周边看棋的一边倒全帮着对方。打劫到后来，随着棋盘上每一处都填满，这劫也弱了下去。最后复盘之际，果然如他所料，他多出四目半，加上对方执黑，总共是赢了五子。他长长吁出一口气，这棋下得过瘾。

那人一笑："嗬，来了个厉害角色。再来一盘？"

他兴致正高，点头应允。

旁边有人说："司令员今天要打硬仗了。"

他心中一凛，"司令员？"再抬头看看对面，不可能的，司令员应该是威风凛凛，而对面坐着的这个人，微胖秃顶，浑身上下没有一丝武将的气概，说是个司务长也到顶了。也许这人的名字就叫"施凌远"吧，北方人的口音总是令他困惑，常常会错意思。

虽这么想，但还是分了神，起手没多久就让对手围住了一个角。挣扎了几番看看没起色，遂在边角和腹地重新打点，以期夺回主动。但起手坏了，后面也被牵制，到中盘他就知道这盘要输了。勉强下到最终，一点结果，他输了七子。在他下棋的经验中，输过五子也算是大败。

对手嗬嗬地笑着，说："年轻人不错嘛，能下到这个程度很不容易了。"

他说:"三局两胜,再来一盘如何?"

胖子看了看手表:"好是好,只是还有个要紧的会等我去开。明日怎么样,老地方老时间,再决个高低。"

他答应下了。

晚饭前,他才见到梁政委。梁政委矮个子,白净脸膛,烟不离手,挟烟的手指焦黄。拿了他递交上去的信封,并不拆开,而是盯了他问道:"你就是那个下围棋的?"他点点头。梁政委摇头道:"真是个浑大胆。你可知道你的对手是谁?"他不禁张口讷言。梁政委等了一会儿嗔道:"真是没大没小。还好首长没怪罪你。"

他下过无数盘棋,年幼时就赢过老先生。下棋无分尊幼贵贱,只看棋力高低精湛。从来没有人说过"没大没小"这句话。刚想辩几句,但马上想到面前跟他说话的是梁政委,他顶头上司祝文南的顶头上司。照梁政委敬畏的口气看来,那下棋的胖子大概是梁的顶头上司。于是乖乖闭嘴低头不响。

梁政委叼了烟,背了手在房里踱步:"马上要打大仗了,首长肩上的担子是非常重的。这次战役关系到解放全中国的重任,我们作为总部的工作人员,要做好一切的后勤工作,关心首长的饮食起居,吃好休息好,以保证首长有最好的状态投入指挥工作中去。"

他觉得不检讨几句可能过不了关,于是说:"我错了。"

梁政委立定脚步,问道:"你倒说说,错在哪里?"

他嗫嚅道:"我不该与首长下棋,打扰他的工作。"

梁政委摇头道:"不,不。棋还是该下的。首长下下棋,也是一种休息。你的问题是不该赢棋,你赢了,会给首长造成压力。"

在他脑筋还没转过弯来之前,梁政委又道:"听说你们明天还有一局?"

他点头:"是的。"

梁政委下命令道:"只许输不许赢。"他诚惶诚恐地答应下了。梁政委又关照道,"输,也不能给首长看出来。那样就没什么意思了。棋还是要认真地下,但你心中要有个谱,下棋要下得让首长心情舒畅,要让首长休息好,有更大的精力放在决策工作上。记住了?"

他只有点头讷讷的份。梁政委的脸色缓和很多,说:"现在你汇报一下工作吧,听祝文南说你表现不错的嘛。"

15

以他的围棋造诣，和棋力相等的人对弈，要赢是不简单，要输那还不是太容易的一件事。只是梁政委关照过，输也要输得不露痕迹。这点也难不倒他，每个地方慢个一二手，打起劫来让一二子，表面上看来旗鼓相当，算起子来肯定输个十来子。只是这样一来，围棋的趣味全给剥夺掉了，一盘棋下下来，心里像堵了一块东西似的，说不明道不清地窝塞。不过梁政委说是工作需要，那也只好接受下来了。

首长倒是看出来了，说："年轻人，你今天下棋滞涩了不少，完全没有昨天的犀利，怎么搞的？"他只好推说昨晚没睡好，头疼。首长看了看他道："我看你是怯战吧。"他当然极力否认，首长嘀嘀一笑，说："那我们约个时间再杀几盘。"他口中唯唯，心想明日就要回盐城，怕是没有机会再交手了。

晚饭后梁政委召见他，先问了他在盐城的工作情况，又仔细地问了他的家庭情况。最后很严肃地跟他说："大部队要南下了，总部要增添各方面的人手，特别是能跟上层打交道的人才。因此组织上决定调你到总部来，这是组织对你的信任。你要好好表现，不要辜负了对你的培养。"

这倒是他没料想到的，也一下子摸不清是福是祸。在盐城，他的工作相对轻松，翻译些过期外国杂志，抄抄写写，有自己的办公处，没人管他。就是短时期下乡,也是做些记录文件之类的事,不担责任。调到总部来,眼见大大小小都是"首长",每个人都是他顶头上司,每个人都比他觉悟高原则性强,每个人都可以给他做指示,每个人都可以训斥他一顿。以他懒散的个性,在这种场面上可能会动辄得错,也许他还是窝在盐城自在些。

他讷讷道:"就是不知道我能不能胜任,我参加队伍时间短,很多地方都跟不上。"

梁政委训导他道:"这是组织决定,你必须服从。工作,也不是生来就会的,可以一面干一面学嘛。"

他斗胆问了一句:"不知道组织安排我做什么?"

梁政委说:"你原来做什么,过来后还是做什么。还有,常常陪首长下下棋,首长心情舒坦了,那说明你的工作也做好了。"

他就在这个近似清客的位置上待了下来。跟盐城相比,淮阴司令部的条件要好很多。司令部设在当地大户人家的宅子里,他分配到一个单独的厢房作为办公处兼宿舍。青砖地,雕花门窗。伙食方面,司令员一家有专门的小灶。为参谋处和秘书科人员专设的小食堂也很过得去,有米饭和馒头,一礼拜还打次牙祭,肥肉炖粉条,或是猪蹄子煨地瓜。当兵是很少有肉吃的,每到打牙祭时,上上下下都欢天喜地,一大帮脸色黝黑的小兵们很早就拿了脸盆在伙房前排队。

他的工作还是翻译誊写,一个月一篇文章的样子,所以他有大把的空闲。司令员因大战迫眉,公务繁忙,少有闲暇与他对弈。搁在办公室的棋子棋盘,蒙上了薄薄一层灰。他有时一人独坐,拂去灰尘,想打个棋谱。布了几子就失去兴味,莫名地心烦起来,一把撸掉棋局,把棋子握在手心里,听着一颗颗棋子落进棋罐里的笃之响,久久地出神。

司令部里很多是像他这样从大城市跑过来参加革命的,高中生,大学生都有。照理说有共同的背景,他应该能交些朋友,但他连能谈谈天的对象也没有。偶尔会传来一两句风言风语,有的说他太孤傲,或说他太洋派,总归是格格不入。他听了苦笑一声,在上海人家嫌他寒酸,在此地又说他洋派,人又不是变色龙,他岂能一个个去表白?也只能我行我素罢了。

但他不晓得,暗中有一道目光落在他身上。

那是个面目姣好的女子,皮肤白皙,眼如秋水。身材适中,穿一套黄布军装。那种剪裁粗糙的制服,穿没多久就会腿弯臂弯处起皱,领子前襟也会松松垮垮地垂下来。可穿在她身上不但不显得臃肿,却有着女子的婀娜。这女子好像主持着一个剧团,他第一次看她演戏,戏目是什么已经忘了。可是一个妙龄女子束紧了腰在台上走动,目光如电,七情上面,心里竟莫名地一动,这女子好像是见过的。但又确切知道,并无交往前缘,便觉心下恍然。

后来听人说起,这女子是国立中央大学一个出挑人物,到延安后,嫁给一个久居延安的民主人士,此人历经北洋、民国,长袖善舞,也算是政坛上颇有名声的一块牌子。两人年龄悬殊,结婚之后生了小孩,女人却仍在外面扮戏演讲扭秧歌,风头极盛。年长的丈夫工作忙碌,为联络不同派别,常在各地跑动。对年少妻子极是宠爱,任她自由行事。偶尔也会有些风言风语,只碍了老头子的身份名声,大家也不多作声张。

一日他在房里临摹米南宫的碑帖，是从一个当地的名绅处借来。有人敲门，开门一看，却是呆了。门口站着戏台上的女子，着一身剪裁合宜的旗袍，亭亭玉立，手中牵了个小孩子，约摸四五岁光景。见他一笑，遂介绍自己是慕名上门讨教英语的。看他张口结舌说不上话来，那女子不禁莞尔道："我姓恽，你就叫我恽姐好了。"

他讷讷，遂延客入内，先请客人坐了，又去收拾桌子。却被恽姐拦住："在临帖吗？先生可真静得下心。我小时候也是被逼着临帖，觉得是上刑般地难受。总想逃走，宁愿被父亲打手心。至今一笔字写得像蟹爬似的。"

他微笑："恽女士过谦了，我只是闲来无事，练练手而已。"

那女子却盯牢了他，眼睛放光道："司令部人都说，从盐城调来了个才子，中英文俱佳，琴棋书画都是极好的。"

他谦词道："不敢当，那是别人在误传。本人乐器唱作一件不会，也不会画，棋、书都只是自娱而已。英文是读书时学了一些，翻译些文件还凑合，教恽女士可能不够格的。"

"你别客气。叫我恽姐好了。"女子再一次纠正他道，"其实也不是我学，我这孩子。"说着把身后的小孩子推到他面前，"叫老师。"

那小孩叫了一声，声音极轻。他瞄了一眼，小孩很是瘦弱，脸色青白，头发稀薄。他记起半月前在总部开会，那位民主人士也出席会议，两鬓斑白，在台上作报告时双手不时地颤抖。心中叹息：看来老夫少妻的后代质量不高，由此推算，夫妇生活也不见得好到哪儿去。

女子继续说："我是想，这孩子从小体弱，看样子扛不了枪的。能吃上笔杆子饭最好。趁年龄小，学点英语也许能派上用处。哎，听说你在上海的外国学堂,老师都是用英文上课的?"

他点头道:"我也不知道是否有能力教你的小孩,不过承你错爱,我将尽力罢了。"

女子见他应允,喜于形色。先是要她儿子给先生鞠躬,随后走到门边,朝外大喊一声:"勤务员,过来。"

一个黑红脸膛的小个子士兵,一手提了只老母鸡,一手提了两瓶酒。进门匆匆把手上的物件往地下一放,就要出去。被女子喝住:"咋放的?"接着命令小兵,"酒放在桌上。鸡送到灶上去。叫师傅熬了鸡汤给先生补养身子。就说是我关照的。哎,放这儿,没看到先生在写字吗?"

小兵给支使得团团转,临出门,又被门槛绊了一下,差点跌跤。女子摇着头,向他抱怨道:"小孩子刚从山东的大山窝窝里出来,什么也不懂。刚来时分去下面班里,拿了枪玩,走了火差一点把班长给打死。部队要送他回去,小孩子哭天抢地的,我心一软,收下做个勤务兵吧。又处处笨手笨脚。真是没办法。"

他手足无措:"还没有一丝功劳就受禄,这怎么好意思。"

女子挥手:"别客气。东西都是人家送我家老头子的,他脾胃不好,吃不了多少。我知道你们日子清苦,读书人身子骨又弱,要常常补养补养。"

临走说好,每礼拜上两堂课。女子说:"我会关照你们科长,这是正经工作。论资历,我家老头子也算是个首长了,帮首长家干活,你们科长不会干涉你的。"

他唯唯诺诺,却觉得话有些刺耳,帮首长家干活?他又不是仆役。

但脸上还是笑着,送女子和小孩出门。

几天之后,碰到诸君山,刚从上海回来述职,拖了他去小酒馆喝酒。两人坐下,诸君山消瘦了很多。他诧异道:"不是说吃走油蹄髈去的吗?怎么不见长胖?"诸君山叹了口气道:"上海,已经不是当初的那个上海了,民生匮乏,米店门口天天排长队。鱼、肉等小菜也水涨船高。钞票变得不值钞票了。"他说再怎的,吃顿饭总还不至于如此犯难吧。诸君山说:"一到上海便忙得不可开交,一日三餐多是在小饭摊头上解决,有时一碗阳春面就算一顿饭了。"他诧异:"真的?我以为你去上海享尽口福了。"诸君山道:"工作要紧,等到拿下大上海,要怎么享福都可以。这次啊,就算了,差一点命都没有了。"他一吓:"怎么啦?"诸君山轻描淡写地说:"被军统的特务盯上了,还好我脚底抹油,溜得快。"看到他吃惊的表情,诸君山说:"不说这个了。啊,我碰到艾茉莉了,她问候你呢。"

他尴尬道:"喔,她还记得我?"

诸君山笑道:"她看中的如意君郎,怎么会忘记?她不但让我问候你,还说期待胜利之后在上海聚首呢。"

他摇头:"我可是高攀不起的。"

"什么高攀。胜利了,人人平等,怎么会高攀不起的呢?"

他苦笑:"她那个性格,也要我消受得起呀。"

"女人嘛,总有些脾气的。艾茉莉是个直筒子,心里有啥就讲出来。"

他笑道:"艾茉莉贿赂你什么了,这般地卖力帮她做说客?"

诸君山说:"多年的老相识了,带个话还要什么贿赂?"

一提艾茉莉,他就想起珏儿了,心里泛起些酸楚。分了神,直到诸君山在他眼前打了个响指,才醒转过来。

"一讲到汤家,你就魂不守舍,还惦记那个珏儿?"

他揉揉脸,否认道:"你胡说八道些什么!"

诸君山抽了口烟,诡秘地说:"我听说,汤姆夫妇要离婚了。"

"真的?"

"看你兴奋的。真没出息,一个女人也值得你这样?况且,人家说离婚,还不一定离。"

他脑子一团混乱,哑了嗓子问道:"到底离了没有?"

诸君山嗤笑他:"我怎么知道?艾茉莉随口说了一句,我也没追问下去。性命交关的事情多着哪,谁在乎一个乡下女人离不离婚。"诸君山促狭地眨眨眼,"也难怪,你来了这么久没碰过女人。斋狠了是吧。"

这倒是真的,来了苏北快一年了,连女人的手都没碰过。平时工作学习忙碌,倒也无暇作遐想。可是到底年轻,夜深人静的时候,身体里的冲动说来就来,如潮汐喷涌。实在煎熬,只好自己解决。紧闭眼睛,辗转反复,直到一切平复下来。又后悔自己的软弱,怕弄垮了身体,发誓说这是最后一次。但冲动又起之际,还是撑不过去。他拿来作手淫对象的女子,首选当然是珏儿。感觉却是虚幻得很,他接触过的珏儿,一派淑女之态,而淑女并非是男人手淫的好参照,往往折腾半天不得要领。倒是那个阿香,不招自来地在想象中跟他颠鸾倒凤,软软的腰肢,温暖的怀抱,头发覆下来盖住面孔,如哭泣似的呻吟。他肾上腺素激涌,手上动作加快,最后一口浊气吐出,人出了一身虚汗,终于沉沉睡去。

但男人这方面的自尊心最碰不得,他嘴硬道:"女人倒也不是没有。"

诸君山嘲笑道:"看你这副清汤寡水的样子,别吹牛了。"

"信不信由你。"

"你倒给我说个把人出来看看。"

他一个也说不出,事实上,他真是清汤寡水,但他不甘承认。头脑一热,他脱口而出:"剧团的恽姐常来找我。"

"谁?哪个恽姐?"

"演戏的那个。"

"剧团的恽大姐?"诸君山一脸惊诧,"她要近三十岁了,小孩都两个了。"

他当然晓得,前日才给那孩子上了第一课,看来四五岁的小孩,一问之下竟然七岁了。可是恽姐一点不像近三十的人,谈锋甚健,从京剧说到绍兴戏,再从老舍的《茶馆》说到曹禺的《雷雨》。也能谈论俄罗斯文学,那是他涉猎甚少的。又说起柴可夫斯基的《天鹅湖》,兴浓之处,站起身来就演示了一小段芭蕾舞,踮了脚尖,收腹挺胸,侧了头,双臂交叉,自己嘴里哼着乐曲,从房间的这头跳到那头。把他和那个孩子都看呆了。算起来英文课只上了半个钟头,恽姐却在他房内盘桓了两个时辰。直到小勤务员来敲门,才携了小孩离去。

据诸君山讲,这女人是国立中央大学肄业的,做学生时就很活跃,劳军游行演戏拍照舞会一项不落,是个风头人物。在学期间跟一个男生谈恋爱,怀了小孩。本想退学结婚的,但男方家里死都不肯。寻死觅活弄出不小风波，南京城里上过花边新闻的。等到小孩生下，她用只元宝篮装了，提到男家门口搁下，转身就走。据说男家看到小孩之后回心转意，登了报纸寻人，哪见影踪。人早就去了大西北。

他听得兴味盎然，说："你啥都晓得，要赶上包打听了。"

诸君山也有点酒意了："我们做情报工作的，比包打听的道行不知要高出多少了。小到这种男女情事，大到调动国民党几十万军队，都手到擒来。否则战事也不可能这么顺利。"

他兴致颇高地听诸君山说下去。

"女人到了那儿，第一要紧的就是找个靠山，妻凭夫贵嘛。她老公资历很老，早年留学日本，在北洋时期就当过大官。民国时也曾风光一时，却跟老蒋不对付，被国民党政府通缉，无奈跑来解放区。只是顶着块'民主人士'的牌子，在延安混了多年，官运并不亨通，到现在还是个甘草人物，但考虑到统战需要，在名分上也算是高级干部了。老夫配少妻，风头全给她占了。女人得了宠，不免放任，听说当年就有些风流韵事，给上面捂住了。坊间人都说三岁看到老，女人裤带松过，再也紧不起来。"

他摇头："诸兄啊，你口口声声自称革命者，又是大学生，怎么三句话一说就是女人家裤裆，有失斯文啊。"

诸君山做了个鬼脸："我是有这个毛病，有时自己也控制不住，我想大概是工作太紧张的缘故吧，在白区时神经绷得紧紧的，一旦脱离了危险就无轨电车乱开。其实我小时候还是很羞怯的一个小囡。"

诸君山这般说，他也就岔开话题："你走了一个多月，还要回去？"

诸君山道："没办法，跑情报，情报就是跑出来的。一个命令下来，你即时三刻得动身。"

"像猢狲屁股坐不住。"

"是啊,跑惯了,坐定几日浑身难过。"

"跑跑也好,调剂胃口。"

"这倒是真的,上海待久了,草木皆兵,精神压力极大,有时一夜换几处困觉。只想回来放松几天。在这儿一待长了,开会开会,又实在觉得无聊,想回到上海去。"

"这次可以歇一阵了吧?"

"也许吧。不过啥人晓得?"

16

好久没新的译件送来了，首长也很少召他下棋。他乐得清闲，有空写写字。学生来上英文课，由恽姐陪着。面对了这个女人，他常会分心。脑子里各种联想浮起：黄昏时的河岸，小巷里的海棠花正在绽放，全身穿黑的女子把一只提篮轻轻地搁在宅子后门，篮里婴儿正在沉沉酣睡。天色一点点暗了下来，开始飘起了小雨，时缓时续。巷中居民家灶间传出煮莲子羹的香味，而楼上客堂间里一阵阵的麻将声不断。女子把婴儿放下复抱起，抱起又放下。踯躅良久，最终咬牙转身离去，围墙上的海棠花一下子凋落。襁褓中的婴儿突然醒来，发出一声喑哑的啼哭，天幕上有乌鸦的翅膀掠过。心境由此被触动，又觉得那个婴孩就是他自己，小小的一团，被搁在命运的提篮里，在茫茫人海中沉浮。周围是一片黑暗，人群匆匆，没人会对他投注一丝关照，周围的黑暗越来越浓重，而女子身影渐行渐远。

一个怔忡醒过来，发觉学生跟恽姐都看着他。遂抱歉地一笑："晚来没怎么睡好。我们读到哪儿了？哦，再跟我读一遍——Right，Left。"

学生不是很聪明的那种，智力跟外形一样比同样年纪的小孩滞后。一个单词教了十来遍，还是分不清 Left 是左，而 Right 是右。他的耐心被磨得很薄了，只是看在恽姐的面子上勉强支撑着。心里有点后悔当初答应下来，现在只好硬了头皮，希望有一天对方知难而退。

恽姐是多少伶俐的女子，看到他倦怠的神色，说："好了，也读了半个多时辰了，先生累了，休息下呗。"嘱咐她儿子，"到外面去玩，叫你回来才回来。"

门一关，两人相对而坐。室内安静，隔门听得到小孩跟勤务员打闹玩耍的声音。女人笑了笑，没说话。他多少有点尴尬，起身泡了茶，说："我这儿只有点大青叶子土茶，不过味道还不差，你尝尝。"女人接过杯子，无意间手指与他触碰了一下。室内气氛有点尴尬，男女单独共处一室，总有暧昧的暗流涌动，因此两人一举一动都透着小心翼翼。

恽姐低头啜茶，眼光却朝上睃过来，盯在他脸上。看他发窘，于是一笑，说道："上课时我一直在看你，总觉得像是一个人，又想不起是谁，刚才总算想起来了。"

"谁？"

恽姐欲言又止，只是掩嘴窃笑，好像笑自己怎么会起了这么个怪念头。

看他好奇，恽姐捋了捋鬓发，笑道："我真不敢讲。"

他也笑道："讲嘛，没关系。"

女人的眼光显得迷茫，踌躇再三，终于开口说："你真像我父亲年轻的时候。"

他大为惊诧，这真是再也想不到的。脸一下子憋得通红。

恽姐说："第一次人指给我看，说军部来了个才子。我想这人怎么这么脸熟啊，找遍周围的人又没一个对得起来的。于是我想要凑近了看看，带了孩子找上门来。看来看去，熟悉感还在，好像是前世碰到过的。但是具体像谁却没一点头绪。我那天回去就没睡着，老是想这人像谁谁谁？真没这么失魂落魄过。就在刚才，你低头冲水泡茶，我突然石火电光地想起，你跟我爸年轻时真像，连一甩头把头发往后甩去的样子都像。"

他闭口讷言，良久才道："那么，尊伯父身体可安好？"

恽姐还是盯了他，眼睛里慢慢起了层雾，半晌开口道："我父亲故去多年了，今年重阳是他的十周年忌日。他的命是送在我手里的。"

他震惊得讲不出话来。

恽姐自言自语道："父亲是个极要自尊的人，我作为他最受宠爱的女儿，脾气却跟他一模一样，一点不肯退让。就像由同一个工匠打出来的两把刀，一旦针锋相对起来就是两败俱伤。"

他宽解道："可能还有别的原因吧。"

恽姐摇头说："我是知道的。那时我年少气盛，为了一个男人，可以跟全世界决裂而在所不惜。又依着父亲一向的宠爱，屡屡跟他顶撞。家里被我搅得鸡飞狗跳，我还以为是新观念和旧秩序的斗争。后来出了事，我一下子心如死灰，远走他方，却没想到老父受到的屈辱胜我几倍。我可以一走了之，他还要面对非议和中伤。他又是个极为隐忍的个性，有事往肚里吞，郁结于内，终于一头跌倒，再也没醒来。"

恽姐低头，两手捂脸啜泣。

他被女人哭得心烦意乱，不知怎么劝慰才好，最后端了脸盆，绞了一把手巾，递到女人跟前，说："恽姐，别哭了，擦把脸吧。"

恽姐抬起头，满脸泪花，一把抓住他的手："你就做我的弟弟吧。"

他内心大为震骇，这个女人平日顾盼生辉，风头十足，哪知道也有不足为外人道的苦衷呢。而且，今天她竟然在他面前悲切哭泣，向他这个仅见过几面的男人和盘托出内心的苦闷，使他很难不动容。并且，在他内心深处有种隐约的索求：有一个女人像长姐一样照顾他，欣赏他，甚至纵容他。虽然他亦有个长姐，但很早就出嫁，很少体会到姐弟之间的亲情。现在面前的这个女人，身居高位，人脉深厚，而且又容貌俊俏，待他又温暖柔和，照顾有加。内心已是肯了，嘴里却说："恽姐恐怕是错爱了，你是老革命了，又是我们高级领导的爱人。我只是一个资历尚浅的新人，怕是配不上做你的弟弟吧。"

女人还是抓住他的手不放："我那老头子一天到晚忙着开会，不着家的。儿子一点也不和我亲近，情愿整天和勤务员玩蝈蝈。我回到家连个讲话的人都没有，一个人寂寞透了。"

他心里悸动得厉害，情不自禁地把另一只手放在女人的手上，轻轻地抚挲着。受到他这个动作的鼓励，女人把脸贴了上来，他的掌心可以感到女人面颊上柔滑的肌肤，湿润的呼吸和泪水。

在淮北一幢阴暗的百年老宅内，在天地翻转的前夕，两个孤寂男女的心灵相遇，不亚于在浩瀚的星空中两颗星球的碰撞。两人都是脱出了原来星系的流星，内心的极度寂寞和干渴，使他们忘了严酷的环境，森严的纪律，地位的悬殊而拥抱在一起。一声姐弟相称，使得他们在男女相处中找到借口，暗通款曲有了光明正大的理由。

女人坐直了身子，揩干眼泪，整理着散乱的鬓发，仰起脸说："今后，在人面前说起来，你就是我娘家的表弟。"

17

棋局如战局,棋局如政局,棋局又如世局。

中国此时的大局,已成玉山倾倒之势。蒋介石政治上举棋不定,处处被动。军事上调度紊乱,首尾难顾。先失东北,又败于中原逐鹿。本想据险而守,划江而治,却怎奈何人心已乱,逃跑的逃跑,归降的归降。一盘好棋伊始,几手漏洞败着,一步错步步错,结果是满盘皆输。

棋高一着,高下立分,天象已显,人力难挽。

阳光从雕花窗棂透过来,映照在古老的棋盘格上,显出温暖的琥珀色。黑白两色的棋子,刚刚起手,参差零落,倒像一幅扑朔迷离的星象图。

室内极安静,司令员发过话:好久没下棋了,今天要好好过过瘾。谁也不要来打扰。如果不是十万火急的事情,交给参谋长就行。所以工作人员走路都轻手轻脚地,送上茶水之后,就退出屋子。

两人是老对手了,棋路都很清楚,一上来两人都下得很快,几乎不用想。你占东我占西,你抢边我安眼,你做活我打劫,你安营我骚扰。棋局上很快就呈现狼牙交错的局面。

棋势慢了下来,如果说一盘棋起局多是依了棋手的性格,扩张还是保守,谨慎还是冒进,从最初几手落子就看分明了。而中盘是最需要有大局观的，对峙已现雏形，每一块地盘的争夺都是一场殊死战役。哪儿需要精心经营，哪儿可能要放弃，哪儿是兵家必争之地，哪儿是可有可无的鸡肋……如果双方棋力相等，这时就是格力最剧烈之际： 你算三手，我谋六步，你抢着先机，我后发制人，你无心恋战，我偏紧咬不放。一个活眼可以无限制地打劫下去，就希望对方失去耐心，掉头它去。

司令员的棋路，属于那种天生浑厚，如一块巨石，虽未经雕琢，但凭分量就可压垮对方的那种。在中盘争夺之际，司令员擅于密集攻击，大开大合的弈法，宁愿让一个角给你，也要拼了命拿下争夺之地。他往往不愿意缠斗不休，心想大可开辟新的地盘。哪知对方在巩固地盘之后，又顺带扩张，角上被掠去五六子，边上又被打了个活眼。他本想多点开花，但收官时发现并占不了多少便宜，第一局，他的黑子上看起来占了不少地盘，但算子下来他竟然输了两子。

重整旗鼓再战，这次他执白。司令员执黑，起手就在天元上落了一子。虽然天元起手在历代棋谱上也有，但并不多见。他不由得抬头看了对方一眼，司令员赢了第一局，心情很好，看到他诧异的神色，呵呵一笑："弄个新鲜的。"

他说天元开局在老棋谱上倒是见过，但今人不多见。

司令员说："这个我晓得，不多见才要尝试一下。你看这个天元，在棋盘上独一无二。居中而坐，君临天下。可以四面接应，八方增援。不就是一局棋嘛，三盘二胜，试试没关系。"

他欲言又止。司令员说："想说什么就说嘛。"

他小心翼翼道："以前下棋的先生告诉我说，围棋围棋，最重要的是守住四条边线,因为一到了边界你就无处可去。而角有两条边,更是互为犄角,可攻可守。天元是孤零零地选在正中,上不着天下不着地。金角银边草肚子就是这样来的。"

司令员道:"说是这样说,但万事都有个例外,正如尺有所短,寸有所长。我这次占个天元,看来是手闲子,但也是一步缓棋。在边角争夺,你我实力都差不多,一旦到了后手,也许我这手天元的威力就显出来了。"

他笑笑,并不多言,只是利用先机,安营扎寨,步步紧逼。其实围棋也就是个先后手的关系,先一步,就扼住了后一步的咽喉。先一步,就可以做出活眼,先一步就可以在一个关键的劫上赢对方。一步之差,可以左右整个棋局。

有时他脑海里会掠过梁政委的命令——只许输,不许赢。自从他调到总部来之后,他是基本上执行了这个命令的。但今天,他却心一横:哪有只许输不许赢的道理?下棋本是一件怡情快活的事,被弄得不三不四。不管了,赢个一两局总是可以的。对司令员来说,总是赢,也会没什么兴味的。

也许是那股气憋在心里太久,他今天的棋下得杀风凌厉,着着进逼。司令员执黑,第一子下在天元上之后,在边角的争夺上就落后于他一手。司令员思考一阵,着手把棋势向腹地引,想来个中原决战。他却不去多作纠缠,只是巩固已打下的地盘。

棋到中盘,他已经固守住三个角,拿下两条大边,在另外两条边上也是犬牙交错。司令员虽然占了中腹,但并无依托,在争夺地盘上就吃了亏。下到第八十几手时,司令员托腮沉思好一阵子,说:"看来要输了。天元真不是好弄的。"

他说："其实还是有可为的，中盘放弃言之过早。"

司令员用手比画着，估量着黑白双方占的地盘，说："好像没什么意思了。真的官子的话可能输十来子。哎，这可是一场大胜喔。我俩下了这么多局，输赢没超过七八子吧？再来一盘怎么样？"

"当然，说好三局两胜的。"

"先休息一下，警卫员，给我们弄壶好茶来。"

在第三局开始之际，司令员刚布下了第一子，推门进来个值班参谋，走到司令员面前行个礼："报告首长，有一份中央拍来的电报，还有些联络员刚从上海送来的信件。不敢耽搁，请你过目。"说着把一沓信件和报纸放在桌子上。

司令员显然对打扰了他的棋兴不快，但听说是中央拍来的电报，又不能置之不理，他展开电报，匆匆读了几行，站起身来往办公室走去。临走前，他把手里的报纸搁在棋盘旁，对他说："你先看下报吧。"

于是他好整以暇地喝茶，翻阅报纸。茶是今年新收的碧螺春，茶色清冽，清香醇厚。司令员好喝茶，喝好茶，这是整个总部都晓得的。部队司务长每到一地，张罗好茶是第一紧要之事。他陪了司令员下棋，也算是近水楼台先得月，常常得以品尝好茶。

他顺手拿起报纸，有一大叠，其中有《申报》、《新闻报》、《东南日报》等沪上出版的主要报纸，每份都有半个月左右的累积。阅览敌占区的报纸只是为数不多的高级干部才有的特权。专门有人从上海等大城市收集，再由交通员携来江北。他远不到这个级别，虽然他的工作性质可以接触到像美国《纽约时报》等国外报纸,但都是过期很久的,所以他跟现时的上海隔阂很大。有时想起在圣约翰读书,每日进出兆丰公园,花木扶疏,清平安宁的时光,竟像是隔世恍然般。

今天不是司令员让他看报,他也不敢翻阅放在面前的报纸,这是纪律。但司令员发了话,他乐于遵命。打开报纸,一股熟悉的气息扑面而来,除了新闻时政金融,民生百态也跃然入眼,婚丧嫁娶、小儿百日、铺头结业、电影上映,应有尽有。他悠悠然地呷了一口碧螺春,挑出他最熟悉的《申报》。

这沓报纸大概有十多份,最近的是三天前的。他随手翻阅着,大篇幅的新闻和社论只是瞄了一眼就翻过去,他更在意那些花边新闻,电影广告和名人轶事。上海,乱糟糟的上海,琐碎而丰富的上海,只看衣衫不看人的上海,大厦将倾而犹自醉生梦死的上海,自有磁铁般的魔力,凡是跟它有过关联的,不论远近,不论喜欢还是厌恶,一旦有所动静,还是被它所吸引。

第三份《申报》,头版一行黑色大标题赫然入目:《号外——申城当街枪毙共产党》。底下刊发了两张照片,第一张距离较远,好像是位于四马路那一带,路边的商铺都上了铺板,石库门的门楼前站了几个全副武装的军警,旁边停了一辆道奇大卡车,大概是押送犯人的。两个身穿美式制服的下级军官,正弯着身子,把左轮枪口对着俯身躺在马路上的四个人,这四个人年龄都不大,廿多岁的样子,双手被反绑在身后。其中,靠前面的三个,看样子已经吃了子弹,都是血流披面地倒毙在地上。第四个看来还活着,头微微地仰起,而身后的军官正对着他的后脑勺瞄准。第二张照片的镜头更贴近点,那是枪毙前面几个人的近景,靠右面的青年已经毙命，血流了一地。靠左面那个，半侧着身子，大半个面孔对了镜头，黑色的头发被风吹得蓬起，再仔细一看，却不是风，而是子弹从太阳穴穿进时，血和脑浆喷涌而出的镜头。他像是猛然被雷劈中，双手颤抖地把报纸合起，闭上眼睛，仰靠在椅子上，半晌动弹不得。

可能吗？可能吗？可能吗？

那张半仰起的脸庞太熟悉了，不是诸君山又是谁？照片上他还想做最后的挣扎。在子弹穿颅而过，生命行将结束时，他在想什么？是否还记得起上海的走油蹄髈？或者是扬州城里要价两只大洋的雏妓？诸君山给他的印象一向是老练精干，浪荡不羁，事事都满不在乎。但此刻他却看到一个卑微生物对死亡的巨大恐惧。再从而联想到如果换了他在那种关头，会是怎样地五内俱焚。

他觉得透不过气来。

司令员处理完公事出来，在他对面坐下。他还未回过劲来，目光无神，言语颠三倒四，以致司令员诧异地问他："你怎么啦？"他定了定神，想说什么又说不出来，于是把手上的报纸递过去。司令员接了，草草地瞥了一下，咕哝道："嗯，革命嘛，总是有牺牲的。"说完就把报纸搁在一边，说，"下棋，下棋。"拈起一颗棋子，啪地敲在棋盘上。

18

诸君山被枪毙的报道对他的震撼极为巨大。

连年战争,新闻中常常提到大量的死亡。外国报章杂志也常提及某场战役中死了多少万士兵,多少万人终身残疾。但那些只是一个笼统的数字,看过也就算了,最多感叹一下,不涉及自身。在二十多岁的人生中,他经历过贫穷、失意、羞辱、挫折乃至失恋,但目睹暴力之下的死亡,还是第一次。他恍然记起以前潦倒之际,还动过自杀的念头。现在看来极为可笑而几近无赖。就如一个孩童,得不到所要的就擅自出走。正是不明白死亡真正的意义,所以滥用。直至今日,他贴近地看到死亡的本质,带来死亡的暴力,以及死亡的不可逆转性,使他意识到自己的渺小和脆弱。

一个人在这世界上存在或消亡是件非常偶然的事。诸君山是老资格了,从上海到江北跑了多次,每次都很顺利,绝没想到会被抓去枪毙。而他如果不是留下来陪司令员下棋,也完全可能被派回上海去执行一项什么任务,组织的命令他不可能拒绝。他是新手,更有可能被抓到,那么在《申报》上刊登的就不是诸君山而是他的照片了。

他真心地为活着而喜悦,猥琐地,侥幸地喜悦着。

自从恽姐认了他做弟弟,虽然没怎么张扬,但周围人对他的态度有了微妙的变化。梁政委以前跟他讲话时都用一副训话的口气，现在客气多了。办公室的同事，以前常跟他开玩笑的，现在却变得矜持，跟他讲话时顾左右而言他。最出奇的是恽姐的小勤务员，竟然也叫他"领导"。他大吃一惊，赶忙纠正。小家伙还嘟哝说，首长的婆姨，对俺来说也是领导。首长婆姨的弟弟，对俺来说也是领导。弄得他哭笑不得。

有一次下棋时，司令员也问他："听说你是×××老婆的亲戚？"他不知怎的心虚了一下，答道："是表的，很远的表亲。"司令员抬头看了他一眼，打哈哈说："一表三千里，她南京，你上海，不算远嘛。"他心更虚了，还好司令员没在这个关系上追问下去。

恽姐在她儿子过生日那天，把他带到家里去过一次，说是来吃个饭，也认认门。他不安地推却："这不好吧。你爱人工作很忙的，去打扰不好。"恽姐满不在乎地说："他忙什么呀？你是他儿子的英文先生，照理说他还要敬你三分了。他就这么一个儿子。"

他忐忑不安地去了，在座的客人除了他，就是一个老战友和他的老婆，两个秘书和一个老年妇女，是跟着他家过的寡嫂。大概是恽姐先关照过了，老头子倒还客气，跟了儿子的口吻叫他舅子，席间跟他寒暄些上海的陈年典故。老头子当年在上海待过一阵子，跟各方面的政治势力，商界人士，三教九流都有过接触。也跟流氓头子杜月笙等人打过交道。老头子谈及上海，笑说上海有一个骂人的专门名词——瘪三。他学着怪里怪气的上海话，嗝嗝地笑："这个词，别的地方没有的啊，嗝嗝，瘪三，小瘪三。"

他尴尬地笑着，吃不准老头子是不是语带双关把他一块骂进去，只好在一边赔笑。

但恽姐神色自如，好整以暇地指挥上菜上汤，给客人绞手巾把，把鱼刺剔掉放到丈夫和儿子的碗里。间中还跑去伙房指导大师傅烧菜，亲手捧了一大海碗桂花鸭子回来，撕下一条鸭大腿塞到他碗里，自己坐下来啃鸭脖子。席间开了一坛绍兴善酿酒，虽然酒香袭人，他怕失态，只是沾了沾唇。桌上就数恽姐喝得最多，一杯接着一杯，喝得脸若桃花，言语说话也就没了顾忌，席间只听她一个人天南地北，牢骚连连，客人不敢接口，只好闷了头吃饭。

老头子在出门时把他拉到一边，悄悄说："你这个姐啊，小资产阶级作风还挺严重的。脾气又大，别人的话听不进去。她对你倒还挺看重的，你有机会就说说她，别让她犯错误啊。"

他只得勉强笑着应允。

说恽姐小资产阶级作风严重也不是没来由的。恽姐的职务是军区的文工团副团长，但团长得听她的，剧目得她安排，人事也要过问。兴致来时可以为了一出戏连轴转，几十天不着家。什么事不如意了，几个月不去剧团，说是腰伤复发了。团里当然不敢说什么，但脾气张扬的恽姐群众关系很差是真的。说起恽副团长，团里的人都是一副不以为然的表情，背后的闲言闲语就更多了。恽姐才不甩这些：都是些二皮脸，当面一套，背后一套。

他与恽姐的关系是成年以来最为迷惑的。作为一个性格孤僻的男人，他潜意识里需要女人对他注意，在生活上给他关怀，在情绪上给他宠爱。他在生理上也需要女人，特别是在这种枯燥的生活中。他在军部工作，见到女人的机会还多些。有不少人对他表示好感，虽然这种好感只限于用眼风瞟他,背后说些他的长短。自从跟恽姐有了来往之后,别人看他的眼光就有了微妙的变化,隐晦的,含而不发的,一种等着看好戏的意味。

他本能地晓得恽姐对他有心思,陪了儿子来念英文只是个幌子,学生资历差不说,教了三四个月还是小和尚念经般地不成个腔调。他本来就不耐,旁边再有个女人坐在那儿对你眉目传情,可想而知,这课上得如何地心猿意马。恽姐有演出,总是让勤务员给他送票。其实在他看来,那种演出千篇一律地扭着腰肢,挥了拳头,甚为乏味,看一两次也就够了,但恽姐的面子不好推却。每次演出完了,恽姐都把他叫进化妆室:给揉揉脖子。这话是大大咧咧地当着剧团同事说的,不用说,团员们一个个都找借口避了出去。看他尴尬,恽姐却说:"怕什么,你是我弟啊。"

19

一九四九年的春天,是近代史上一个最为动荡的年头。战事还在继续,国民党政府是吃瘪的一方,常常有某个重要城市失陷的消息传来。出于报复心理,当局在大街上公开枪决激进分子,弄得一片腥风血雨。政局如此不堪,金融更是大溃败,先是股市,像跳楼一样地下跌。再是通货膨胀。民生愈加艰难。随着富有人家出走,花园洋房也变得难以脱手,一再减价还是没人接手。隆隆的炮声越来越清晰可闻,老百姓开始惊觉到,改朝换代,正以令人瞠目结舌的速度来到。有点身家的人家,心心念念地想办法去香港台湾,一片鸡飞狗跳的局面,没人去留意这个春天是怎样一个景色。

但春天还是春天,万物流转,气象一新。像江北淮阴这种穷地方,也是春日融融,莺飞草长。柳树抽芽,地里东一片西一片地冒出绿意,给穷山恶水抹上了一笔柔和明媚的色彩。离军部驻扎地不远,有个果园,桃李间杂。今年桃花开得正旺,一片红云缥缈,如雾如纱。去过的人都说美得像仙境一样,从来没见过这样大片的桃花盛开,人在田垄上行走,真是要陶醉其间了。

在淮阴司令部里,由于胜利在望,气氛宽松活跃。众人都准备好了向大城市进军。文工团更是到各地慰劳部队,恽姐很少有空闲的时候。

在一个阴雨未晴的午后,他正在房内看书,门被推开。恽姐走进房来,一身戎装,神色匆匆:"我只得两个时辰,回来取些替换衣裳,顺便来看看你。"他起身正要泡茶待客,恽姐却说道:"你有空的话,要么陪我去看桃花吧,再不去就谢了。"

两个人走在春日的田野上,远山青黛,空气湿润,天边的云层蕴含着雨意,望出去村舍、树林隐约飘逸。脚下的土路柔软滋润,路边延绵一片的羊齿植物,星星点点,被前几天的雨水洗得碧绿。在这片烟雨蒙蒙的背景下,一男一女走在蜿蜒的乡间小路上,都穿了黄布军装,男的玉树临风,女的婀娜多姿,倒也有几分翠堤春晓之韵味。

两人走了一阵,恽姐抬头望了他道:"想啥呢?"

他一愣,随口笑着答道:"想你啊。"

他知道女人等着听这句话。

恽姐捶了他一拳:"才没呢,这么久也不见你写封信。"

他说:"恽姐,你整天东南西北地转,我怎么晓得寄哪里?"

恽姐瞟了他一眼:"现在人回来了。"

他手一指,说:"所以我陪了恽姐看桃花啊。"

路边开始出现桃树,远看桃林还是一片嫣红,近观树上花瓣凋落,已经开始残了,前几天风雨正炽。他走到树下,拣了一枝比较完整的花枝,折下递给恽姐。女人接过,嗅了嗅,掐下一朵还完整的插在鬓边。他微笑着说:"当窗理云鬓,对镜贴花黄。恽姐你还真有几分花木兰的意思喔。"

恽姐长叹一声:"老了。"

他摇头道:"别瞎说,你若说老,满世界都是祖爷爷祖奶奶了。"

恽姐惆怅道:"女人三十,时光不再。别忘了我的孩子都八岁了。"

他笑说:"孩子八岁又怎么啦?堂堂的文工团大团长,照样舞台上转,舞台下也转。转来转去转成了一个万人迷。"

女人扑哧一笑:"瞧这张嘴,天花乱坠般地。"

他说:"实事求是嘛。你看在整个军区,还有谁比你风头足?"

女人开始还笑着,听了这话,面色阴暗下来:"风头再足又如何?你一个男人,是不晓得女人的苦楚的。"

他心里想,这世界上人都是身不由己的。命运安排了一条路,你也只能走下去。前面有啥转折,变化,也是不可知的。他一个圣约翰大学的学生,专门研究凯恩斯经济理论的,如今在苏北军部里当差,是当初绝想不到的。但是在这个现状中待了一段时日,就会渐渐地适应,进而承认现实而不去东想西想的。

于是用缓和的口气说:"恽姐,看样子胜利在望,很快就会进城了。进了城,你有什么打算?"

恽姐鼻子里哼了一声,说:"进了城,我第一件事是打个报告要求离婚。"

他吓了一跳,不敢置信地:"恽姐,你别开玩笑。"

女人两眼直视着前方,喃喃自语道:"我真是受够了。"

他小心翼翼地问:"别是跟你爱人吵架了吧?"

"我直接上你这儿来了,那个家我都不想回去。"

他劝慰道:"恽姐你消消气,夫妇之间总有不如意之处,看开点。你爱人地位高,威信也高,离婚恐怕是不会批准的,何必去找这个无趣?"

恽姐说:"如果离得成婚,我情愿去做个纱厂女工。自食其力,也不要过这种日子。"

他想恽姐是没有真正地"自食其力"过,所以如此不屑。他以前读书时,兆丰公园附近有许多纱厂,常常见到手提饭盒的纱厂女工,多是脸色苍白,满面倦色,一副未老先衰的样子。如果为了几个可怜的工资,终日在纱厂里脚骨跑断,累死累活,回家还要烧饭洗涤,恽姐不知还会讲这个话吗?

想到此,不禁说道:"恽姐你别多想了。依我看,离婚是离不了的,你也不是做纱厂女工的命。任何事都要顺其自然才好。我们不是看桃花来的吗?说这些干什么,再走走吧。"

桃林深处空寂无人。恽姐的一只手轻轻地搭上他臂弯,他心里一动,好像命中注定的一幕,渐渐地揭开帷幕趋近来。他有所期待,也有所惧怕,并不敢有任何举动,只是默默地向前走。女人低了头,勾牢了他的臂膀,也是一声不出。头上的云层暗了下来,有风了,凋落的花瓣在风中上下翻舞。他生命中的两场花期,一场是在太湖边上的梅园,一场是眼下苏北的桃林。像在戏台上一样,都是由一个可望不可即的女人相伴,在满地落英中踽踽而行。在他心底深处,不可能的爱情,始终对他有着极大的诱惑。像眼下,跟一个漂亮但年长的女人在花海深处,在乌云覆盖的天幕下并排走着,踩着松软的土地,鼻腔里闻到春天潮湿而暧昧的气息,血管里涌动着不安和骚动。不安是因为晓得触及了某种禁忌,骚动是因为内心的极度干渴,心灵和肉体呈龟裂状态的干渴。

突然,恽姐在高低不平的田埂上一脚踩空,扭了脚脖子,一阵疼痛袭来,使得她蹲下身去,一只手捂在脚踝上,一只手紧紧地攥住他的手腕。他弯下身去搀扶，而女人仰起脸来，近在咫尺，四目相对，各自读出了眼里的情绪和欲望。他看进女人的瞳仁里，除了肉体的疼痛，还有对情和欲的追寻，以及追寻而不得的焦渴。而女人则读出青年男子欲进还退的犹豫，混杂着爱怜、迎合，以及喷薄欲出的肉体渴求。

所有的阻隔一下子消融，两张嘴唇自然而然地黏合在一起。他挽了女人的腰，帮她站起身来，脚踝还是疼痛无力，女人晃了一下就倒进他怀里。他搂紧了女人的身子，女人的脸倚在他的颈窝处，一低头，就吻上了。可以感到女人的身子微微地颤抖，呼吸急促。他开始还吻得轻浅，鸡啄米似的，似有还无，吻到后来就忘乎所以了，嘴唇贴着嘴唇，舌头缠着舌头。女人亦步亦趋地回应着他，一面轻轻地叹气，身体瘫软，眉眼如丝。他从未好好地吻过一个女人，跟阿香上床是不用接吻的。虽然也曾吻过珏儿，但有强人所难的成分在内，而且事情很快地反转，那个吻倒显得黯淡悲苦了。今天才是他的初吻，吻得热烈、缠绵。他吻遍了女人的额头、脸颊和眼睛，注意到女人眼角上已有细细的纹路。女人仰着头，喘不过气来，双手紧紧地抓牢他的衣袖，脸上的神色像是要昏过去似的。

风云丕变，头顶上的乌云愈加浓重，四周暗了下来。随着第一滴雨落在额头上，很快地成了绵绵不断的雨幕。风也起了，凋落的花瓣被风刮起，沾在两人的肩上头上。衣服湿了，鞋袜也被满地的泥泞黏住，举步维艰。

恽姐脸庞通红，眼里燃着欲望之火，一只手抓牢了他的臂膀，他抬头看看天色，说："这雨一下子停不住，我们还是回去吧。"女人却摇头，说往前一点有个小村落，还是去那儿避一阵吧。

两人互相搀扶着在雨中前行,走进一个极小的村子。屋宇都显得年久失修,阶前苔藓在雨水下透出莹莹绿意,墙头的几株杏花倒是疏朗有致。他推开一家虚掩的门,门轴"叽呀"一声,像是有鬼在叹息。他叫了两声。良久,薄暗中出现一张妇人苍老的脸,满脸的沟壑,眼神昏懵。恽姐跟老妇人说他们是军区的人,想进屋来避雨。老妇人上下打量了他们一遍,挪了挪身子,让他们进屋。

屋里极暗,过了几分钟眼睛才适应。环顾四周,屋里有个灶头,没生火。靠墙有张床,是用木板架在条凳上的,上面堆了露出棉絮的被褥。再仔细一看,在床边一个草窝子里,有个满脸肮脏的小女孩,大概两三岁光景,正瞪大了眼睛好奇地看着他们。

俩人都湿透了,恽姐问老人,能不能生个火让他们烤干衣服,她可以付点柴火钱的。老妇人便从后门抱来一小捆柴火,抖抖索索地开始生火。小女孩看见老妇人生火,便从草窝子里爬了出来,拿了一个豁口的大碗等在灶边,希望老妇人煮什么东西来吃。等到最后见并没有东西下锅,不禁大哭起来。

老妇人满脸惶然地抱起小女孩,哄她道:"咱给娃煮东西吃,不哭不哭,这就去。"说着走进旁边一间房里去。

他俩面面相觑,恽姐长叹一声:"可怜哟,才这么小的小把戏。多留些钱吧。"

他不做声,从口袋往外掏钱,计有一块洋钱,五六张毛票。他整理一下,放在灶台上。恽姐点头赞许道:"你这个人是有良心的。"

他心想这点钱又能撑持多久?在如此的急景凋年,这一老一小的命运实在堪虞。老妇人已如风中之烛,随时会熄灭。如果老妇人不在了,这么小的小女孩,也就一个死。不过他已经不会惊惊乍乍了,在历史变迁之际,大批的小人物、弱者,被时代的车轮所碾过,像碾碎一只虫子那样,连一丝声音都没有,他太知道这点了。

灶膛里的火慢慢旺起来,他们脱下军服,搁在灶火前烘烤。火光在灶膛里一闪一闪,人脸上也映上了一层暖色。恽姐穿着贴身的衬衣,双手抱膝蹲坐在灶膛前的矮凳上,抬起头来看他。女人眼若秋水,波光荡漾。他本来已经缓和下来的激情又一次蔓起,从背后抱住了女人,吻着她裸露的后颈。女人微微地挣扎了一下,轻声道:"老太太会进来。"他闻言起身,过去把门闩上,回身又把女人一把抱住。

女人向后仰起头,与他接吻。他把手伸进女人的衬衣,捧住了一对不大的乳房。女人只是象征性地挣扎了一下,就任由他双手在全身上下自由地游走,胸脯、腋下、肚腹、腰间一一走遍。女人浑身发抖,喘气连连,一个翻转身来,把他死死地抱住。他顺势抱起女人,踉跄几步,把一个软瘫的身子搁在被褥凌乱的眠床上。

如天地交接,雷声轰鸣,如四月的春雨浸润土地,如黄昏之际在田野里焚烧的麦秸,烟雾贴紧了地面飘散开去。如山谷的夜里,遍地青翠植物拔节,滋滋有声。女人本是柳絮般的心性,活泼浪漫,却无奈嫁了耄耋老头,多年心情不得纾解。加上常年妇田无耕,血脉内里郁结,早已旱成干柴烈火。而他本是天性狷介孤僻,又在情窦初开之际被女人拒绝,压抑多年,身心受创。今日终得女子青睐,一泄郁闷。在此春情暗涌的四月下午,在杳无人迹的荒僻茅舍里,两人都剥去外部世界加之的桎梏,还原于人之赤裸本相:一个男人和一个女人,进行着开天辟地以来最基本的动作,辗转床笫,起伏翻腾。心灵释放,肉体解梏,飞扬携沉潜并存，痛苦与快感同受。

两情绻缠多时，灶膛里的余烬早已熄灭。转眼天色暗了下来，才惊觉时光飞逝。急起身穿衣，只听床后有簌簌之声，疑之查看，那个小女孩缩在角落里。不晓得她是什么时候潜入房来的？一丝响动也没有。也不晓得她在那儿看了多久，又懂了多少。只是瞪了一双懵懂的眼睛，像一头小动物似的盯着他们。他俩大窘，匆匆地着好衣裳，赶快出门。

雨已经停了，地下一片泥泞。空气极其清新，凉爽。在暮色四合的天宇下，远处地平线上有一条橘黄色的光。东边有一轮很淡的月影映了出来，四周静穆，偶尔有一两声虫鸣传来。两人依傍着，默默地走出一段，恽姐把手搭上他的臂弯，身子也贴了上来。他停下脚步，转身，女人的脸上有两抹红晕，在夜空下，抬起的眼睛里满是柔情，像一汪溢出的春水。想起刚刚在茅屋里的缱绻，他不禁低下头去吻女人，女人的身子即刻软了下来。如果不是遍地的泥泞，他们大可一头钻进桃花丛中，续温春梦。

及近驻地，远远就望见几个院落都灯火通明，人声鼎沸，众多身影跑进跑出，伙房里锅铲响成一片。他俩面面相觑，不禁诧异发生了什么事。心怀鬼胎地进门，迎面看见军部参谋小崔，小崔是出生在上海的山东人，沪江大学的肄业生，兼有山东人的爽直和上海人的得体，算是他在军部最讲得来的同龄人。他一把拖住小崔，问是何缘故这般热闹？小崔大概喝了不少酒，满面通红，在他肩上大力地拍了一记："嗨！你小子跑到哪儿去了？这么重大的消息都不知道。今天下午，我们部队打下了南京，登上了总统府。"

20

在一个春雨濛濛，桃花将谢未谢的苏北四月天，一对男女在茅舍里你侬我侬，肌肤相亲的时刻，外面的世界真的颠覆了。那个政权本来就摇摇欲坠，但普罗民众还有一丝侥幸：有美国人的支持，也许还可以撑几年。殊不知世事的斗转星移，并非一个人或一个国家能左右。除了有历史的必然，还有命运之手。且不说当年杜鲁门厌恶那个"花生米"，个人的好恶使得美国对华政策矛盾百出。中华民国这个华夏最初的民主政体，先天并不足，后天又发育不良，本着一盘散沙的民族性，主义多行动少。各种派别倾轧纷扰，你扯我后腿我赏你拐子。在和平时期，也许还可勉强运行。到了战时，对上至军阀，下至个人的确少了一份约束力，以致处处政情扯皮，军令不达。在紧要关头，根本拧不起一股绳来作有效的军事对抗，被颠覆是必然的事。此刻政权的交替只是事情呈现出来的结果，或定格，而整个历史进程是早已不可改变的了。

大浪淘沙，是一个适用当下时代的词。泥沙俱下，是另一个。

他和恽姐有了鱼水之欢后，多年苦旱终逢雨露，不免食髓知味，忍不住又去老妇人的茅舍处偷欢几趟。男女浓情蜜意之际，头脑一热，只顾欢娱，也不怎么掩蔽行踪了。偶尔会在路上遇见熟人，他们却心怀侥幸，自我安慰说，众人都晓得我俩是表姐弟，一块散散步又如何？

纸包不住火，还是出事了。

某日，梁政委把他叫去。他只以为是谈工作上的事，也没怎么在意。及进了门，除了梁政委，还有两个军区保卫科的干部也坐在那儿。他心下一凛，晓得大概东窗事发了。但恽姐曾告诉过他：别承认！就是出了事也不要怕，上面不会把事情搞大，最多就是内部做个检讨。如果逼人太甚，大家都不要好看。想到此处，心稍微定了些，敛息端坐，且看梁政委如何开场。

梁政委板了张脸，眼睛也不看他，只是翻阅着手里的文件，用红蓝铅笔在上面做记号。间或与两个保卫干部低声说些什么，如此这般总有一盏茶之久。最后梁政委合上手里的文件，咳嗽一声，总算开了场。

"我是代表组织来跟你谈话的。"梁政委照例是这句官话开场，"希望你实事求是，老实向组织说清问题。能做到吗？"

他点头，梁政委的语气比想象中的要缓和些。

"先告诉你一个情况，我军区文工团副团长恽韵同志向组织打了报告，要离婚。据群众反映，这事跟你有关。"

他大吃一惊，恽姐怎么一下子来真的了？

"不可能，怎么会跟我有关！"

梁政委皱了眉头："你这是跟组织讲话的态度吗？"

他低了头不做声。两个保卫干部埋头做记录。

梁政委说："组织上还是做了些调查研究的，有人说见你和恽韵往外跑，进入老百姓家里一两个时辰不出来。有没有？"

他辩解道："我们是表亲，偶尔聚在一起叙叙家常也是有的。"

梁政委手一挥，声色俱厉地打断他道："什么表亲，别给我胡扯了。

我就问你,你跟恽韵同志到底是个什么关系?"

他心里怦怦跳,但听到梁政委话中用了"恽韵同志",晓得恽姐一时还没事,镇定了些,答道: "就是表亲关系。还有,我们比较讲得来。"

听了这话,梁政委盯了他好久。他心里发慌,但还是咬紧了牙,低了头,一声不吭。

室内空气很是沉重压抑,外面有锣鼓的声音传来,半条街之外,老乡养的牛一声长哞。

良久,梁政委站起身来,在房内踱了一圈,转身对两个保卫干部示意,让他们出去,他要单独谈话。

关了门,梁政委点起一支烟,又提起热水瓶,为他倒了杯水。再把椅子拉近他坐下,好像是要和他促膝长谈似的,不过欲言又止,只是一声接一声地叹气。

他诚惶诚恐地等待梁政委开口。

"其实我是一直蛮看好你这个年轻人的。"

他不敢相信地抬头看梁政委。

梁政委一副痛心疾首的样子:"你是从上海跑到革命根据地来的大学生,放弃了自己的前途来参加革命,放弃了优裕的城市生活,自愿地来这个穷地方吃苦。来了之后要求进步,用你的一技之长为革命贡献力量。虽然这贡献有大有小,但组织上看得出你是尽力而为的。如果你这样坚持下去,今后的前途可说是很大的。另外,司令员也一直很欣赏你,要我跟你好好地谈一谈,本着治病救人的原则。向组织交代清楚,做个检讨,就没事了。"

梁政委这番温言软语还是蛮有感化力的。

他心劲一松，差点就承认了。只是恽姐以前跟他约定过，死也不要承认，一承认就坏事。于是清了清嗓子，说："非常感谢组织上对我的信任，但是我真的没有什么好交代的。"

梁政委脸色沉了下来，这个年轻人冥顽不灵的态度使他极不耐烦。要不是司令员跟他打过招呼，他说不定就要拍桌子了。

"我看喔，你还是对组织不够坦白。老实说，我们也知道，问题不全在你这方面，恽韵同志的小资产阶级思想还是很严重的，给人抓了不少小辫子。我们对她批评教育过多次。但是要离婚，整个瞎胡闹！还要不要组织性和原则性呢！同志，这是要犯错误的，犯大错误的。

"你，一个小青年，掺杂到这件事情中来，有没有考虑过自己的前途？和一个比你大十来岁的女同志黏黏糊糊，纠缠不清，值得不值得？刚才两位军区保卫干部是过来带你去审查的，给我拦了下来，说再给你一个机会，把事情讲清楚。你这样冥顽不灵，使我非常痛心。首长知道了，也会对你很失望的。"

他恍然想起，司令员是很久没找他下棋了。

屋里抽烟抽得烟雾腾腾，梁政委的声音从很远处传来：回去好好想一想。唯有向上级坦白，才是唯一的出路。

他浑浑噩噩地回到住处，一头倒在床上。脑子极乱，简直是一盆糨糊。于是想小寐一下，梦中还是乱象连连：一忽儿是恽姐和他在小茅屋里偷欢，兴到高处情到浓处，房东老太太惊慌地跑进来说有人来抓你们，他衣不遮体就跑去野外。一忽儿是他被几个人押着，四肢着地趴在路上，离他眼睛几寸之处，一只漂亮的红色甲虫在爬动。一声拉枪机的声音传来，他一回头，看见身后竟是恽姐的丈夫。一忽儿又是回到了上海，在汤姆的大房子里举行派对，他身着黄军装，大踏步地在水晶吊灯下昂首阔步。那些公子哥儿，闺秀小姐都对他曲意奉承，一转身又喊喊喳喳地说他坏话。他暗自冷笑：等着瞧吧。

蓦然醒来，屋里已经黑透了。他一抬头，发现根本起不了身，脑袋昏昏沉沉，全身骨节酸痛，嗓子眼疼得咽口水都不行。再一摸额头，滚烫。他发烧了。

这一病就拖了好几日。隔日梁政委叫人来传他，他病病歪歪连地也下不了，无奈之下放了他一马。终日只是昏睡，小崔叫了卫生员过来，说是要打盘尼西林，但没货，只是开了点退热药。小崔再送了两个热水瓶过来，也就不见了人影。

脑筋倒是清醒了些。梁政委说的话，也不是没有道理。他才二十一岁，人生还长呢。难道真的跟恽姐搭进去一辈子？她大了他十来岁，结过婚，已经有了两个孩子，他愿意承担这一切吗？倒不如现在就罢手，正正经经地找个贤良女子结婚。他确信是有这个把握的，梁政委也说过他是有前途的。而且，形势真的一片大好，南京已经打下来了，拿下上海看来也是指日可待。他为什么要逞一时之快而葬送大好前途呢？

是的，恽姐让他第一次做了真正的男人，虽然跟阿香也有过，但他从未把阿香当作一个平等的女人来对待，阿香只是佣人，乡下人。跟她睡觉只是生理需要。恽姐是个美丽的女人，又是知识妇女，上床是要有感情的。正是感情使得肉体升华到精神的层次，在很大程度上消弭了以前所受过的屈辱，建立起一个男人的自尊心。

但是恽姐是有夫之妇，而且老公是个颇有名声的人物。而恽姐，竟然昏了头提出离婚！女人昏起头来真是不管不顾的。恽姐至少要与他说一声吧。可见再聪敏的知识妇女，也是在大事上欠考虑，只凭冲动行事的。

思绪在头脑中搅成一团，他热度未退，嗓子干燥想喝水，但热水瓶早就空空如也。想撑起身来去伙房打热水，又怕吹了风病情加重，只好继续躺下，睡一阵醒一阵。直到傍晚，门叽呀开了，夕照正好射在床头。他抬头，只见一个人影进来。撑不住又倒回枕上。来人脚步很软地来到床边，他心里已经有数了。接着一只手伸过来，搭上他的额头，他闭了眼睛，一动不动，心里却潮涌。

"还是有热度。"那声音自言自语道。他听得她又出门去，过一会儿回来，额上就搭了一块凉凉的毛巾。然后听到轻微的叮当声，玻璃小瓶啪地折断，被子一角就被撩了起来，臀部一下轻刺，恽姐给他打了退热针。

一只手从他背后伸过去，把他软弱的身子抬起，倚靠在枕头上。他睁开眼，恽姐身着一件织锦缎的薄袄，下面还是大裤腿的军裤，正把一个搪瓷茶缸端到他面前。他哑了声问道："是什么？"恽姐说："我用牛奶煮了些麦片，趁还温着吃了吧。"

他已经一天半没东西下肚了，当即由恽姐用勺子一勺勺地喂，把牛奶煮麦片都吃完了。又要喝水，恽姐起身去伙房打了开水，兑上凉水，温了才让他喝下。

吃了东西喝了水，他觉得身上有了些力气，靠在床头。恽姐坐在床沿跟他说话。两人都心有余悸，所以门还半掩着，以示昭白。

恽姐说:"我早就要过来了,姓梁的缠住不放,找我谈话,要我再考虑考虑。被我一句顶了回去。没什么好考虑的。"

他不响。

恽姐自顾自地说:"姓梁的问我是否看上谁了,我说谁也没看上。"

他很烦恼地说:"你这样子只有把事情搞得更坏。我不懂,你为什么一定要在这个时候离婚?"

"我早就想离了,跟你没关系。"

"可事实上不可能没有关系,梁政委找我谈话了。"

"怎么说?"

"还不是关于你离婚的事。"

"你认了?"

他不响,只是摇了摇头。

恽姐说:"婚姻自由也提倡了好多年了。我就不信说一套做一套。"

他冷笑:"你真是太天真了。"

屋里差不多全暗了,恽姐把蜡烛点上。幽光之下,女人的脸上有一道泪痕。

气氛很是压抑。薄暗中,两人都不敢看对方的眼睛。过了好一会,恽姐站起身来说:"你还病着,不要去想这些事。好好休息,我明天再来看你。"

恽姐正要踏出门时,他哑声说:"明天你就别来了。"

女人闻言身体一抖,扶了门框站住。

"你知道,我们过不了这一关的。首先你离不了婚的,不会批准的。就是你离了婚,我们也不可能在一起的,这不现实!你我都不要感情用事，过去的就让它过去，我会记得你恽姐对我的好。但你真的不要再来了。"

门口那个身影不动，但肩膀缩起来。

他鼻腔里有股酸味冲上来，凭了一股狠劲讲出来的话，也渐渐地支持不住。恽姐如果不顾一切地扑上来，他不敢说自己还绷得住。他晓得，眼前真的是两条路，一条是短暂的快乐，人生将是一败涂地。另一条是快刀斩乱麻，再舍不得也要放下。像梁政委说的，要把握住自己的前途。

非此即彼。

良久，只听得门轴"叽呀"一声响，再抬眼看去，房门已经掩上，室内只剩一点蜡烛余光闪烁。他仰面在枕头上，眼泪止不住地淌了一脸。

21

梁政委很满意自己的工作,釜底抽薪发生了效用。虽然那个婆娘恽韵还一口咬定要离婚,但没那么嚣张了。再晾一阵子,也就会销声灭迹。她迷恋的那个大学生,做了个检讨,同时申请要调回盐城去。梁政委觉得让这对风流冤家冷静一段日子也好。报告了上面,一纸调令就下来了。

盐城显得荒凉,大部队向南开拔了,盐城专区剩几只小猫小狗在留守。他还是在文秘科上班,但少有新的材料要他翻译。倒是征粮任务很重,专区的工作人员全部随着下乡。他也下去了两个多月,极端艰苦的生活和过度的劳累,使他没有精力去回想和恽姐短暂的欢情。

到苏北一年多,上海像张褪色的照片,渐渐地模糊起来。那三年在上海的日子是真是幻?圣约翰校园房宇峨伟,风景如画。现在他住在破房子里,屋顶可以看到星光,家具只有一床一凳。他这般文质彬彬的人也习惯了在野外如厕,人生之急被释放之后,偶一抬头,天开地阔。在上海,汤姆家天天锦衣玉食。他现在顿顿吃粗粮,由于缺少油水,每次上大号都得憋个半天。他好久不曾吃过任何水产鱼类,鸡蛋豆腐也很少,间或有一顿吃上几片肉算是开大荤了。上海的柏油马路上,有铜钿人乘着轿车兜风,连学生仔也骑了脚踏车上学,这里全靠两只脚走路。骡马都被征粮队征用了。其实,上海离这里也不过几百里路,可是天上地下，截然不同的两种生活，人一样能存活在反差巨大的环境里。

驻足在这片苍凉广袤的土地上，再回过头来看上海，真像是一幕精致但缥缈的海市蜃楼，而且很快就要消散。太精致的文明，抵抗力总是要差些的。有时也会想到自己今后的出路，他不相信会长久地窝在盐城这块不毛之地，他总算是有一技之长的。离开司令部时梁政委跟他说过，回去之后要端正态度，改造思想，也要发挥特长。不过也难说，一旦取得政权，会有很多真才实学的人来投诚，他这样一个连正式毕业文凭都没有的人又算得上什么呢？

日子在彷徨中过去，一天是期盼，一天是消沉。一点动静也没有。到了五月底有消息传来，上海解放了。为了庆祝胜利，食堂加餐，吃猪肉大葱包子，鸡蛋汤。

他端着碗筷，站在领饭的队伍中。伙房里人头熙拥，热气腾腾，飘着猪肉大葱的香味。这种在上海街头最平民化的吃食，此刻也带给他一种感官的愉悦。猪是昨晚半夜里杀的，大葱是刚从地里割下的，辛辣中带一丝甜味。面也是新磨出来的，虽然里面掺了包谷粉，但是发得好，喧喧地很大个。他是吃过最精致席面的，但再好的酒肉都会穿肠而过，而人永远要为了下一口吃食奔忙。

突然肩头被人重拍了一记，手中的碗筷差点被震下。回头一看，以前在淮阴的同事小崔正对他嬉开个笑脸，两人握手。他乡遇故知，自然热络。他买了双份的餐食，邀小崔到他房里共进午餐，又找出半瓶酒，倒在两个茶缸里，喝酒吃包子。两人打开话匣子。小崔肚里有一大票总部的消息：司令员进京了，可能要调派到大城市去当军政首长了。梁政委升官了，现在是军区的副书记。谁从参谋升到参谋长。谁调到湖南剿匪，中了土匪假投降的奸计，生俘之后被杀害了。他心不在焉地听着，有些人他见过面，有些只是听闻过。说实在，他很想听到一个人的情形，但小崔不说，他也不好提及。所以只是劝酒布菜，小崔有了酒自然会讲出来的。

果然，在半瓶酒见底时，小崔吃下去六个包子一大碗鸡蛋汤。打着饱嗝，一面剔牙一面说道："哎，那个事你听说了吧？"

他心中一动，口里却道："什么事？"

小崔吐出一叶大葱末子，说："你那个'表姐'。"

"别扯了。她怎么啦？"

小崔轻声说道："疯了。"

他脑子一瞬间全空白了。过一会才喃喃道："咋会呢？"

小崔说就是半个月前的事。恽姐先是有一阵子整夜不睡，神情恍惚，夜里一个人爬起到河边走，又唱又跳，说些谁都听不懂的话语。开始她男人还叫人看住她。渐渐地白天也不对了，有一次在排舞时，突然在大庭广众面前脱去衣服，还好及时被人按住。叫医生来看，说是什么精神分裂症，也就是疯子。

他一时神思恍惚，遐想联翩，眼前浮起在万里明月之下，一个裸体的女子在淮河滩上翩翩起舞，身心舒展，若无旁人。虽是裸体，却无半点猥亵之意，只是脱去平日压抑之后，呈现出来人性的通透与本质。跳舞的女子甚至不具备肉身，一缕灵魂脱窍而出，如蝶之翩跹，如鱼之跃空。荒凉河滩直如天设之舞台，水光一色，无尽伸展，月色如染。女子的舞姿极尽缠绵，也极尽哀伤，令人不敢逼视。

他在一瞬间瞥见人世间缘起缘灭，只起于一个"情"字。

小崔还在啰嗦:"这女人也是太傲了,平日目中无人,群众关系极差。出了事,大家碍了她丈夫的脸面,不大敢公开传说,背后的议论可不少。说天底下就是有这么一种女人,要男人日日夜夜跟她做那个事,否则就要发痴发癫,做出种种丢人之举来。医家管这病叫'花痴',民间却叫'油菜花癫病',好在春夏之交发作。发起来要命。"

他胃里翻腾。强打起精神问道:"她男人也不管吗?"

小崔说:"刚一出事她男人还叫医生来看。后来闹到不行了,遂关在空屋子里,一日夜只给一碗稀粥,说这病是要饿透乏透了,才能治。"

他嗫嚅道:"心也太狠了些吧。"又说,"那种小地方的医生,怎么可以随便相信?他说疯了就是疯了?就是真的疯了,也有治好的可能呀。"

小崔走后,他一直神思不定。眼前总浮现出恽姐的音容笑貌。他不肯相信,这么一个漂亮聪敏的女性会发疯。恽姐平日和丈夫关系不好,内心苦闷,生活上太不注意细节,性格又孤傲,不屑与庸庸碌众保持关系,这使得她成为众人的眼中钉,或许被人陷害也说不定的。他很想去探望一次,只是苦无机会。

十月,毛泽东在天安门城楼上宣布成立了中华人民共和国,建都北京。早已预期的消息,传到盐城已经是余波了。舞了狮子放了鞭炮。老百姓见了面点个头,嘴里喃喃道: 解放了,解放了。除此以外,日子好像没多少变化,征粮还是一如既往地繁忙,每次他下乡回来,都疲乏之极,很久都缓不过劲来。更为苦闷的是,他好像被忘却了。同事都调到新的岗位上去了,他还留在这个角落里,干些既辛苦又单调的工作。当初想进城、被重用的景盼，一点也没有头绪。这样一日日地蹉跎下去，他不由得心灰意懒。常常独自散步，以期撇开些烦恼。

河边遇见老鸭巴，还是穿了板结的破棉袄，下面穿了一件女人的花绸裤，是分浮财得的。老鸭巴见了熟人很高兴，道了："解放了，解放了"，就只会傻笑。他寒暄几句，刚想走，却被叫住。老鸭巴乌脏的手里，捧了两只毛茸茸的小鸭雏要送给他。他皱起了眉头，这鸭雏太小，不能吃的。要他养？既没兴趣，也没这个条件。他知道老头是好意，只是太穷了，能送的也就是这两只小鸭雏了。当即婉言拒绝。老头却一定要他收下，说这鸭子很好养的，不要你管，也不要你喂，平时它们自己会去觅食，偶尔从食堂带些剩饭剩菜给它们就可。过四五个月就可以吃上鸭蛋了。

他推却不过，只好把鸭雏带回来。一路上，两只小东西乖乖地缩在他袋里，也不叫唤，偶尔蠕动一下，像是提醒他不要忘了它们。回到家，他掏出鸭雏往院子里随手一放，心想不妨让野猫拖去，也了结一桩公案。

翌日醒来，已经忘了这事。出门差点踩到一只鸭雏，它们竟然无恙。不及多想，掩了门上班去。晚上回来，只见两只鸭雏蹲在门槛上，像是等着他回家。他不禁动了心思，开了门让小鸭雏进屋，弄了个水盆让它们喝水。小东西喝了水就钻进床底下去。他趴在地上往床下看去，小鸭雏躲在角落里，头缩在翅膀底下睡觉了。他上床躺下，心里有异样的感觉，在黑暗的夜里，两个幼小而卑微的生命跟他同处一室，这是从未有过的事。第二天就存了个心，从伙房要了半碗稀粥端回来。刚一放下，小鸭雏就围了碗，翘起屁股，吧哧吧哧地把粥吃完，又把地上残余的汤汁也啄吃干净，之后自动钻进床底。他拾起碗时心想：再喂两天，或者送人，或者被野猫拖去。也算是对得起老鸭巴一番心意。

岂料这两个卑微的小生命却异常地坚韧，不但没被野猫吃掉，而且日长夜大。每日自己出去，在河滩地头觅食。月余已褪尽绒毛，长出一身灰褐色翎毛来，两只都是母鸭。平时他散步，两只鸭子摇摇摆摆地跟在身后，村民都啧啧称奇。连老鸭巴也来看了，说这两只鸭子投错胎了，前世应该是两只狗。也有促狭的同事嗤笑说：什么狗？分明是两个女人，看来这小子前世是娶了大小老婆的。

三四个月后，其中一只母鸭在床底下生了第一个蛋。他手脚着地爬进去取了来，握在手心里还有余温。听人说头生蛋特别滋补，于是关起门，把蛋煮熟了吃下，扔掉的蛋壳却被另一只鸭子捡去吃了。有时他也想，乱世中做陶渊明也不错，自种自收，栽几棵果树，养些鸡鸭。再一想，盐城没有南山，只有大片的荒碱地，也从未见到一株菊花。

一个阴云密布的黄昏，他刚吃完饭，捧着空碗坐在门槛上，看着两只鸭子在院子里踱步。雨下来了，鸭子抖着翅膀，很欢快的样子。门口来了文秘科的勤杂兵，说科长让他去一次。他想又是什么传达上级精神，布置新的征收任务。就懒懒地不想起身。结果还是披了衣服，穿过半个村子，去敲科长家的门。科长全家正在吃饭，叫他上桌再吃点，他谢绝了。科长吃完饭，抹了嘴点上烟，从口袋里摸出一封调令来，说是下午就到了，一忙给忘了。看来要调你进城了。他心扑扑地跳得厉害，盼望已久的事情突然来临，大喜过望，感情也充沛起来，把科长家的小孩又抱又搂。临出门，又跟科长和他老婆握了七八遍手还不止。

调令是这么写的：

接上级调令,兹调配×××去上海工作,请于本月廿五日到淮阴专署办理行政调配手续。于本月三十日之前,到上海市政府干部处报到,不得有误。

这封短函公文被他翻来覆去看了无数次,从最初的狂喜中平复下来,又揣测他调去上海会安排什么职位?是否会分配给他宿舍?是发工资呢还是继续供给制?他兴奋莫名,在床上辗转反侧,一夜不宁,梦里见到被枪毙的诸君山,满头是血地对着他笑。惊醒过来却是鸭子吵着要出门去。起身开了房门,又回到床上,从枕头下摸出那张调令,反反复复看了几遍,才定下心来。

他身无长物,随身衣物一个柳条箱就妥了,只是两只鸭子怎么办?几个月下来,他对两只小家伙滋生出一种很陌生的感情。在整个盐城办事处,他是小得不能再小的一个角色,科长、局长什么的压在他头上一大堆,就是资格老些的同事,对他也是颐指气使的;可是回到家来,对两只小鸭子来说就是天神降临了,有稀粥吃,可以钻进床底下睡觉。他散步时,两只小家伙像跟屁虫一样跑前跑后,从它们扇翅膀的姿势就晓得鸭子也会很快活的。万物都通人性。

他去找了老鸭巴,要把两只鸭子还给他。老头却不肯:"你养了好久的,不能叫你落场空。这样,我给你做成板鸭吧,带去上海可以送人,也可以自己吃,下酒味道不坏的喔。"他略一想,也就允首了。

临行忙乱,晚上回家,一屋子冷清。想起两只小鸭雏陪他度过好几个月,一丝感伤油然而起。再一想,调去上海是大事正事,这些小鸡小鸭之类的事,大丈夫岂可当断不断?遂吹灭油灯睡觉。

走前一天，回到住处，门上挂了个油纸包，打开是两只压得薄薄一层的板鸭，澄黄油亮。再仔细看，鸭头很完整，鸭子的眼睛闭着，好像是很安详的样子，甚至带了一丝微笑。他像是见了鬼似的，急忙把油纸包了起来，搁在窗台上。

第二章　忘川之水

22

在总部办手续时，得知调动人员中也有小崔。他到处找遍也没见到人。两天后终于在总部的欢送会上见到他。在兴高采烈的人群中，小崔看来心事满怀。晚上两人散步，坐在河堤上远眺，小崔说起他前一阵子交了个女朋友，金陵大学的学生，已经好几个月了。这次进城调动，小崔去上海，女朋友却被调去武汉，小崔打了报告要求亦去武汉，组织部不批准。他劝慰道："先去上海也好，等到工作有了成绩，再把你女朋友调到上海结婚。"小崔说："你不看现在的形势，凡是个女的，就有人盯着，过两年哪有保证？"他说你也可以先打报告结婚的。小崔说他女朋友要上进，结婚怕影响工作。两人叹息一阵，毫无头绪。说到金陵大学，他就想起恽姐来。问小崔，说时好时坏，还关在小黑房里。他想起恽姐对他的好，心里凄恻，想去探望。小崔说没有这个必要，病人情况非常不堪，你去了没意思。他却不肯罢休，说要调去上海了，今后再见一次怕是难了，去探望一次也是应该的。小崔还是冷了脸，说还是不去的为好。无奈他坚持，最后小崔给了地址："跟你讲过了，要去你自己去，我可不陪你。"

翌日，他按了地址去到五里路外的一个小村庄。村内萧条，只有老人和孩童。他问了好几个村人，都是语焉不详。最后有个老头指点他去了村西头一户人家。几个顽童尾随了，他找到地方，推开门，屋里空无一人，叫了几声也没人回应。顽童们引他去了房后的偏厦，是人家柴房或是畜栏，粗木棍做的栅门。从间隙中望进去，里面凌乱无比，一个粗瓦盆放在地上，角落里铺了些稻草。正疑惑着，忽然在稻草里就直起一个人来，披头散发衣不蔽体。这不是恽姐又是谁？他虽然早有心理准备，恽姐的情况不好，但没想到会如此，当即震惊得目瞪口呆，一句话说不出来。恽姐的头发多日没梳理，脸庞显得浮肿。要不是一双眼睛似曾相识，他决计认不出这就是当年漂亮聪敏，风韵动人，在舞台上万众瞩目的恽姐。这时，身后几个顽童开始起哄，跳着叫着：疯子，疯子。捡起地上的石子土块向槛内掷去。恽姐也大声叫骂着，并把手边能抓到的东西，包括秽物等都扔掷出来回击。他厉声喝止了顽童们，把他们全轰出门去，再转回来看恽姐。

女人还是非常地狂躁，不停地从门槛里向外扔东西，最后无物可扔，开始扔稻草。从她的眼神看来，是完全不认识他了，而且充满了敌意。他一想靠近，女人就拍击栅门，大声嘶叫。他只得站得远远地观看，心中悲哀极了。一个曾经如花似玉的女子，怎么会陷入如此绝望的境地？他六神无主，走也不是，留也不是。

日月无光。

许久，槛里的女人安静下来。他试着走近些，心想再看一眼就离去。从栅门间隙中望进去，女人躺倒在稻草上，背朝着外面。他趁这个机会看清栅栏里面的情景。很小很暗的一块地方，除了栅门之外，没有窗户。门口放的瓦盆，盛着些残羹剩饭。他不禁悲从中来，仰天长叹。

天地无声。

突然,有人轻触他握在栅门上的手背,他在半昏眩中猛地醒转过来,瞥见栅门内有一双眼睛朝他看着。恽姐站在那儿,双手抱肩,无言地望着他,一声不吭。他此时不知自己是清醒的,或是在梦中。他灵魂出窍似的对了恽姐说:啊,恽姐我要调到上海去了,所以来看看你。

想想不对,又说:你没病,是不是?他们很快会放你出来。

恽姐一声不出,像是没听到他的话语似的,只是把眼睛盯住他。神色悲苦,但一句话没有。

他看进恽姐的变形的瞳仁,那里有一个小小的人影像只飞舞的虫子,上下翻腾,可是那瞳仁如一片静穆的湖水,波澜不惊。

一声吆喝在身后响起:"什么人?怎么跑进这儿来了?"

他浑身一颤,同时看见恽姐的瞳仁暗了下去,一滴眼泪无声地淌下脸庞。

他失魂落魄地转过身去,院门口站了一个中年男人,矮个子,头发稀疏,手里捏了一根门闩,满脸狐疑地盯了他。

"你是谁?"男人凶巴巴的。

他定了定神,自我介绍是恽姐的同事,在司令部工作的,过来看看她。

那男人一听是司令部的,放下门闩,浮起一个讨好的笑容:"是部队的同志啊?俺是这儿的村委会主席。"说着伸出手来。

他勉强地握了手,问那男人:"你是这儿负责的?恽同志的情况怎么样?"

他特为强调了"同志"两字。

男人蹲下，取出烟袋来点上火，说："这个病嘛，好不了。有时厉害，有时平缓一点。"

"有大夫来过吗？"

男人摇头："以前有过，最近好久没来了。"

他心里一阵抽痛，板起脸训斥蹲在地上的男人："你们村委会工作是怎么做的？看看，条件这么差，也不把卫生好好地搞一搞。我告诉你，恽同志的爱人可是大干部喔，如果怪罪下来，你们都是有责任的。"

那男人吓住了，赶紧站起身来，赔了笑脸："是，是，你这位部队同志批评得对。俺的工作是做得不够，没照顾好恽同志。也怪村里没人手，俺是顾了这头顾不了那头。今后注意，啊。"

他皱起眉头，打了官腔："不是今后，而是现在！赶快去找个人来把地方打扫干净。"

村委会主席点头哈腰地答应，出门找人去了。

再次回头看去，恽姐又躺回到稻草铺上，脸朝了里面。任他怎么呼唤，也不肯转过身来。他无奈之下，知道人力难挽。是该离去的时候了，他跟恽姐的缘分到此已经尽了。他起身向门外走去，口里喃喃道："恽姐，我还会回来看你的。"

只是心里晓得，他不能再回头。

第三章 永劫回归

在上海阴湿天的一个午后，在人生最后的驿站——病床上，在一片生机勃勃的嘈杂声中，他突然进入一条时光甬道，很清晰地看到一路走来的人生……

23

他被上海军管会任命为民政局的副科长,行政级别定为十八级,月工资是八十一元。小崔被派到江南制造总局,担任保卫科长,因为是党员,行政级别比他高一级,十七级,工资也比他多了几块钱。

他也分配到住房,在静安寺附近的弄堂里,三楼的两间房,有个小晒台,厕所公用。朝西那间作厨房,朝南房间做睡房。每天早上他仔细地把胡子刮干净,头发梳得一丝不乱,穿上整洁的中山装,出门上班去。

他没忘记上海是个以貌取人的地方。

民政科是最忙碌的部门,管辖范围有建立户籍、建立居委会、妓女登记、敌产登记、外国侨民登记、甄别旧政府人员等等,可说是什么都要管。而且都是头疼的事,就拿妓女登记来说,解放前的上海是人肉市场,遍地烟花。政府取缔妓院之后,为了帮助这些女人跳出火坑,安排她们检查身体,有病治病。随之安排就业训练,让她们有个自食其力的技能,或从良,或还乡。这是个善政,可是不肯接受改造的大有人在。有些是吃惯鸦片的,瘾头上来了两眼一翻口吐白沫。有些懒得出蛆,叫她劳动像是天塌下来了。书寓小姐和野鸡互相看不惯大打出手。还有妓女装疯要泼要上吊的,暗中串通逃跑的。民政科的科员,听到要派去做妓女改造工作,人人谈虎变色,视为畏途。

他英语流利，被派去处理外国侨民登记，也是个麻烦差使。有上万的外国人在上海教书、传教、做生意，有的已经是几代生活在这儿了。除了欧洲诸国的侨民，还有不少流亡的白俄，东欧的犹太人。抗战之后羁留在中国的日本人，朝鲜人。英租界里当差的印度人和锡克人。虽然一九四九年随着外交使团撤退走了一批，但至少还有万把外国人羁留在上海，分散在各个区域，龙蛇混杂。新政策是尽量让侨民回国，特别的情况可以酌情考虑。除了必须的专家，外国人是不许有长期户籍的。

有些外国人在上海几代了，有家小和房产生意。要他连根拨起，当然是不情愿的。生意，房产一时也脱不了手，种种烦难，都要到他办公室来申诉。但是政策就是政策，不可以讲斤头的。每个礼拜，总有几百个人被送上轮船，名单都要送到他办公室来销账。也有侨民娶了中国女人，生下混血儿女，这些子女是没有外国护照的。重新申请也是无从落手，很多外国使馆已经撤走了，只留下代办处，一个礼拜总有五六天关门。碰到这种情况，他就要上门去，由民警或居委会干部陪同，声色俱厉地训斥一番，让这些外国侨民不要心怀侥幸，赖在上海不走。

某日他和一个户籍警出去办事，迎面遇上以前的房东夏先生。夏先生除了少了几根头发，一点也没变，还是矮矮胖胖的像只汤婆子。故人相见，不免寒暄一下：日脚真快，夏家的大小囡已经工作了？夏太太？还是老样子，一天忙到夜。他浅浅地笑着，当年被房东赶走的情景，他记得清清爽爽。

"还住在老地方？"

夏先生说现在房子紧张，不住那儿还能去哪儿？

他盯了一句："亭子间还是出租吗？"

夏先生面孔上突然冒出油汗来，支吾道："小囡读大学，开销吃重，租出去稍微补贴一点。"

"那么，阿香还在帮你家吧？"

夏先生脸上现出一股奇怪的表情来，说："啊，早就不做了，就在你搬出去不久后，回宁波乡下去了。"

他倒没有在意。

夏先生别转话头，问道："小弟，你读书早读完了吧，在哪里做事啊？"

身旁的户籍警插嘴道："这是市民政局的科长，我们都要向他汇报工作的。"

他微微地笑着，夏先生则是一脸尴尬："小弟侬出息了，做官了。"

"是革命干部。"户籍警纠正道，"科长很早就参加革命了，从苏北根据地直接派来的。"

他到底还是有些雅量，手一挥打断户籍警："夏先生还下棋吗？"

夏先生一面揩汗，一面绽出个满月笑脸："下的呀，就是没啥好搭子。侬有空的话，过来杀个几盘，倒是蛮开心的。"

他敷衍道："有空的话，我来看看夏太太。"

夏先生非常开心，一定要跟他交换个地址，说侬要是来的话，先写封信，夏太太好做准备。侬晓得，她的一手小菜还是烧得不错的。

他当然记得在夏家蹭饭吃的旧事，那是他最落魄的时机。今非昔比，夏先生真是不晓得轻重。脸色就冷了下来，淡淡道："再说吧。我现在工作很忙。今朝就再会了。"

走出一段路，转身一望，夏先生还站在那里，老远地叫道："小弟，有空来白相喔。"

他正处在人生的黄金时期,年轻相貌好,受过大学教育,又身居正职收入稳定。常有热心人要给他介绍对象。但他经过恽姐那遭打击,心有暗伤。可是到了婚娶年龄而没有女朋友,人家看他的眼光总有些异样。还有是吃不消媒婆们的水磨功夫。他心不在焉地谈了个女朋友。

女朋友姓毕,单名一个姹字。沪江大学毕业,做会计的。长得高挑白净,戴一副秀郎架眼镜。家住老西门的一幢独门小院,黑瓦白墙。天井里有棵高大的白玉兰树,他第一次去拜访时,正好落英,一地飘零的白玉瓣。毕先生原来在股票交易所上班,后来交易所被取缔,闲居在家。姆妈是苏州人,一辈子在家相夫教女。女小囡看起来很单纯,屋里厢也简单。他礼拜天和毕姹出去看场电影,再隔一个礼拜到她家吃顿夜饭,饭后捧了茶杯跟她阿爸寒暄几句,过后毕姹送他到弄堂口。如果没有意外,也许过个一年半载就结婚了。

同事和朋友都说,毕姹是做老婆的上上人选,有教养,人温婉,自己上班赚钞票,屋里又是小康,将来一定是个贤妻良母。他也晓得娶这样的老婆,一辈子会平平安安。可是他内心总像一锅温吞水烧不开。主要是嫌毕姹的个性无啥味道。中国男人可以容许自己有这样那样的毛病,女人就必须面面俱到,又要好看,又要端庄,又要贤惠,又要活泼。女人有一眼眼毛病,男人就看得清清爽爽。还有,他是知晓男女之事的,有时也会有冲动。可是毕姹在这方面特别死板,两人轧了半年朋友了,连拥抱亲嘴都没有,最多是拉拉手香香面孔,毕姹还紧张得嗦嗦抖。他只好安慰自己:女朋友守身如玉是好事情,是你的就是你的,早点晚点罢了。

第三章 永劫回归

24

一日,民政局张副局长把他叫去办公室。张副局长是湖南人,部队转业过来的。三八年干部,工农出身,面色黝黑,讲话粗声大气,对知识分子有些轻视。他莫名其妙地被叫去,心中不免忐忑。

进了局长办公室,张副局长出乎意料地热情,叫秘书帮他泡茶,又请他吃香烟,晓得他不抽烟之后,大不以为然:是个男人不抽烟?那不是白活了嘛。他正在尴尬,张局长话头一转,说:"据你们处里汇报上来,外国鬼子给你赶得差不多了。小年青你的工作做得不错呀。"他听了心里稍安,至少这次来不是吃牌头来的。

张局长开门见山:"这次来,有一个重要任务交给你。"

他紧张地坐直,屁股搭在沙发的边缘。

张局长说:"中国解放了,上海解放了,改朝换代了,可是胜利果实还没有完全到手。你看看,上海的资产阶级、有钱人还住在高楼大厦里,而我们的劳苦大众还住在破房子、草棚子里。解放军战士、干部,住房都很困难。所以,市里给我们局一个任务,要征收一批房产,特别是反动派官员、吸人民血汗的大资本家的房产,都要摸底。听说你在上海读过书,应该对好地区、好房子都比较了解。这个任务交给你,有信心完成吗?"

他根本摸不着头绪,只好茫然地点头。

张局长满意地说:"那就好。像打仗一样,先要摸清敌情。你就是我们的侦察兵。我叫秘书通知你们处长,把你暂时从民政局抽调出来,参加一个征收工作小组。到处去跑一跑,查勘一下,做出一份名单,哪些房子是在征收的范围之内。交上来,由上面再做最后决定。"

他在圣约翰读书,也不过三年左右,平日上学回家一直线,除了靠近西区、兆丰公园那一带,并不熟悉上海地理。高级房子也只限于汤姆家的花园洋房。真正的深宅大院,他还不得其门而入。因此他去了上海图书馆查阅资料,根据当年法租界工部局留下的档案,那些占地面积大的私人住宅,基本上都集中在静安、徐汇及卢湾区域之间,如海格路、贾而业爱路、高狄哀路、居尔典路那一带。他乘了上海军管会的吉普车,实地去兜了一圈。十几条幽静的小马路,路旁遍植银白色的法国梧桐树,枝叶茂繁,绿荫覆顶。大部分房子占地广阔,有的围墙是竹篱笆,透过缝隙,看得见里面的房舍一角,西洋式的门廊,窗台装了百叶窗,外墙上覆满了爬山虎。车道上停着锃亮的奥斯汀汽车,花园里则是花木扶疏,大片保养得很好的草坪。有些房子是水泥围墙,两米多高,顶端还镶了防盗的碎玻璃,看看双开大铁门和围墙顶上茂密的冬青树,就可以想象出是怎样的宽阔和幽静。

这些是上海顶级的住宅,托庇在法租界的余荫里,设计独特,设备完善,那种奢华和考究,是一般小市民不克想象的。房子的主人非富即贵,或实业巨子、社会闻人,或江浙一带富有乡绅。住在房子里的却不一定是业主,很多有钱人在一九四九年之前就跑去香港、台湾,或者南洋。房子托管给亲属照料。

第三章 永劫回归

他第一次前去按门铃时有些紧张的,但想到自己是代表了市政府的,便有了底气。出来应门的人总是一副隔夜面孔,看到陪同来的户籍警和上海军管会的吉普车,态度才软化下来。他背了手,一言不发地在屋内巡视,大厅宽敞,挂了大幅的油画。天鹅绒的沙发前,阳光洒在打蜡地板上。吃饭间里有水晶吊灯,餐桌上放了银烛台。厨房间里雪白的瓷砖,进口的灶头,冰箱,连碗盘都是镶金边的。再打开储藏室,整箱的进口火腿罐头、各式白兰地威士忌、雪茄烟。花园有专人打理,四季花卉绽放。

从住过亭子间的人眼睛里看出去,这样的奢华是一定带了点罪恶成分的。人家住在污水横流的蔽街破屋里,而你占据了比实际需要大得多的住房。人家在西晒太阳的亭子间里一夜辗转难眠,而你享受电风扇电冰箱。人家三代同堂住茅草屋,而你拥有花园草地。他看完房子,对诚惶诚恐的户主摆出一副不动声色的面孔,叫他们等待上级的通知。出来坐进吉普车,对负责记录的助手恶狠狠地报出被挑中的门牌号码:高狄哀路十二号、居尔典路一百三十四号、海格路九百八十一号。

接下去一两个月,他天天在沪西那一带悠转。跑房管局,查房子的面积平方,再上门去查询,跟人吹胡子瞪眼睛,喉咙也哑了,人瘦了七八斤。送上去二三百幢房子的资料。

任务一忙,毕姥家也去得少了,原来就心不在焉的一场恋爱,看来就要无疾而终。倒是毕姥写了信来,女小囡要面子的,对近日的冷遇一句不提,只是说周末阿爸要做五十大寿,叫他过去吃顿饭。"不准备大弄,也没啥外人,几个姑表亲家,还有就是你我。主要是家里人聚一聚,你也不要送啥礼,来坐坐,吃顿便饭。"

他思量了好久,决定还是去一趟。他和毕姃交往始终在礼数上,不管朋友是否还谈下去,他愿意留个好的印象。第二,他连续工作了两个月没休息过,神经太过紧张,睡得不怎么安宁,饮食也是随随便便。一部机器老不加保养也会出毛病的,不如趁这个机会,也过一个放松的周末。于是订了只生日蛋糕,周日的上午理发洗澡,到了四点多钟往老西门来。

小院候客,门虚掩着,他悄然无声地进院。厨房的窗开着,一股煎炸烹煮的味道传出来。隐约听到毕姃母女的谈话,好像不是那么融洽。毕姃语气好像有点不耐烦,又有点无奈。毕母却一句盯一句地不放松。

"阿姃,侬那个男朋友到底来不来?"

"不晓得,写信去也没回。"

毕母没做声,又听到毕姃说:"随便他,来也好,不来也好。"

毕母哼了一声,说:"我讲呢,阿姃侬也要有个思想准备,那个人是蛮难打交道的。"

毕姃好像受了刺激:"姆妈侬是啥意思?"

"那个人眼睛生在额骨头上,从不见一个笑面孔,像煞是欠他多还他少。不就是一个小科长嘛,有啥了不起。还没嫁给他呢,一副大老爷的样子就摆在那里了。真结了婚,侬还不是要苦头吃足?"

"姆妈侬不要瞎七搭八。"

"侬是局中人,眼睛一闭只晓得花好桃好。我是侬娘,看到啥就要提醒侬的。"

"啥个呀!"

听得出毕姘又羞又恼。

"这个人，虽说是大学生，卖相不错但吃相难看。侬听不出他有江北口音？"

"江北人又怎么啦？不好一棍子打翻一船人的。"

"哎呀，侬不晓得，门不当户不对，难弄的。"

"姆妈侬真是的，闲话多来，像饭泡粥一样。照侬个标准，没人配得上侬女儿，是吧？"

"我还没这么拎不清，侬阿爸和我只希望侬嫁个老实人，结婚讲到底是一辈子的事情……"

他实在听不下去，转身就往外走。迎面碰上毕姘的表哥，远洋轮船公司的职员，以前也是见过的。人家热情地招呼他，他却像是没看见似的，板了脸径直往外走。毕姘大概也惊觉了，赶了出来，一路叫他的名字。他却头也不回疾步离去。走出老远才想起还拎着的生日蛋糕，一眼看到人家放在门外的马桶，走过去把整盒蛋糕扔进去，还朝马桶踢了一脚，才气冲冲地回家。

生了一晚的闷气，后来倒也释然了。对这场鸡肋恋爱，他原就心不在焉，现在有了个现成的台阶。明日写封信给毕姘，大家好聚好散，桥归桥，路归路，也了却他一桩心事。

翌日一早却接到毕姘的信，没有邮票邮戳，大概是昨夜亲身送过来，投进他的邮箱的。信里写道：我晓得姆妈无心的闲话伤到你了，可是她是她，我是我。她不能代表我，我是真心要与你走下去的。如你不能释怀，那我也没办法，只好向你表示道歉。

他即刻回了一封信：这世界上是有地域之分的，更是有阶级之分的。你我经人介绍,本想结秦晋之好,不料却得了这么个结果。你母亲话虽然不中听,但也是好的,挑明了我们之间的鸿沟。趁其不晚,还是结束这段关系为好。

信丢进邮筒之后,他有过那么一刹那的惆怅,毕姘还是蛮单纯的,接到信伤心是肯定的。随即这念头被挥之而去,他同情这个那个,谁来同情他?

第三章 永劫回归

25

他站在海格路的对马路上,对面就是那幢米色的房子,他再想避开,但还是避不开。住在同一个城市,终归要面对的。

透过落叶稀疏的梧桐树丛,抬头仰望。也许阴天的关系,房子的外观比他记忆中的要黯淡些,窗帘低垂,篱笆旁的夹竹桃一片惨绿。在这幢房子里,他曾经做过梦,恍然不知身在何地。如今,他再一次地回到上海,本以为经过了这么多年,经过大起伏大波折,一切美好和痛楚的记忆都已远去,他可以从容地面对了。直到此刻,他才晓得关于这幢房子,和住在房子里的人,在心中留下了多么深的痕迹。记忆没有消失,只是被封闭了起来。他知道潮水般涌出的记忆有巨大的冲击力量,因此他一直没去启动那扇闸门。每次去西区,他都会绕过海格路。因为不知道自己在潜意识的冲动之下,会做出什么事情来。今日他决定不带助手一个人上门。说是拜访故人也好,说是公事勘察也好,见机而行。

他忐忑不安地按门铃,无人应门。他松了一口气,也许汤姆像大多数富人那样,在前两年就远走高飞了。正要离去之际,大门悄然无声地开了,一个老女人问道:"侬寻啥人?"

他记得这老女人是毛姨,汤家的管家。他客气地询问:"汤先生在吗?"

老女人上下打量了他一遍,没认出他来:"侬是啥地方来的?"

他用比较强硬的口气说道:"我找汤毋忘先生。"

女人不情愿地回头喊道:"汤姆啊,有人找。"还是堵在门口,没有让他进去的意思。

汤姆在走廊里出现了,满脸疑惑:"是啥人啊?"走到门口,瞥见身穿笔挺中山装的他,怔了足足有两秒钟,突然醒悟过来,"喔哟,是侬啊?想不到想不到,快请进来坐。"

客厅里显得暗淡了点,时间很玄妙地给记忆涂上一层灰暗的色彩。身边,汤姆像只皮球般滚来滚去地忙碌,招呼毛姨上茶,又跑到楼梯口,向上面喊道:"珏儿,侬下来呀,看看啥人来了。"

突然像是透不过气来,他没有料到珏儿也在。他住在这里时,珏儿从未露过面。所以在他的记忆中,珏儿是与东山的大宅子连在一起的。来之前,他设想过与汤姆会面的各种可能,就是没想到珏儿会出现。

随着脚步声下楼来,他心里扑通扑通地跳,直到珏儿进了客厅,跟他打招呼,他竟然张口结舌说不出话来。好容易镇定下来,抬头望去,珏儿穿了件宝蓝色的丝绵夹袄,暗棕色缎裤,还是那样恬淡静雅。珏儿客气但友好地向他问候,好像他俩从未有过芥蒂。珏儿头发剪短了,在前刘海处稍微烫了烫。神色还是那样安静,眼睑下的笑纹也总像是在笑。在她身上,时光留痕真是微乎其微。他心里突然抽痛了一下。

总算坐定,三人茶叙,汤姆说再也想不到是你,前阵子人来人往,忙昏了头,以致一眼看见竟认不出了。你是长胖了些,人也精神好多。

他微笑:"此地还是那么热闹,像当年那样高朋满座?"

汤姆脸色一暗:"不是。是我姆妈没了,前一阵来吊丧的人蛮多的。"

"老伯母走了?啥辰光?"

第三章 永劫回归

"她原来就有肺病,多年下来转成了心脏病。侬晓得,心脏病人经不起波折。但我姆妈的脾气交关固执,去年初乡下土改时就发过一次。屋里人都劝她,身外之物不要太过在意,汤家老底总够她这辈子吃用的。可是人老了,脑筋也转不过弯来了。年初镇里派人来征收梅园,她与人家大吵一场,两天后突然心力衰竭,送到医院抢救,没有救过来。"

他朝珏儿看了看,珏儿埋头结绒线,脸上淡淡地看不出什么表情。

"伯母的灵堂设在哪里?我去祭拜一下。住在东山时,她很是款待我的。"

听他这么说,珏儿抬起头来看他一眼。汤姆说:"姆妈的坟是做在东山的。离紫金庵不远。家里也设了个灵堂,就在后面。"

他起身示意汤姆带路。灵堂正中供了观世音瓷像,点有两盏长明灯。下面搁了汤母的遗像,花烛鲜果。他肃立了一刻,凝视着黑镜框里用碳精画的遗像。汤母看来像四十几岁那样,头发向后抿去,高额头,两眼炯炯地望着他。他心里冷笑一声:老太婆,今日不与你多啰嗦。汤姆点了三支线香,他接过插在灵前的香炉里,再浅浅地鞠个躬,就退了出来。

汤姆极力留他吃夜饭,他婉言辞却。珏儿在旁说:"吃顿便饭呀,不要客气。"他当然是想跟珏儿多相处一会的,便点头应允。汤姆显得很开心,跑去灶间关照毛姨,又要到静安寺去买酒。"珏儿侬陪客人坐一歇,我去去就来。"

汤姆一走,气氛马上凝固起来。他坐在沙发上,珏儿则坐在壁炉前的扶手椅上，低头结绒线，两人没什么交谈。他想找些话头出来，都觉得不合适。最后问了一句："珏儿你们到现在还是没小囡吗？"说出口之后，马上后悔，觉得天下最鲁莽，最不合宜的就是这句话。

珏儿却不在意："没有呀。事体一桩接一桩，生了小囡也没空养呀。"

他心稍安，又问："那你不去东山住了？"

珏儿道："房子都没了，变成东山镇政府办公的地方了。"

如果珏儿晓得他就是征房工作组的，会怎么想？他岔开话题："汤姆现在在哪儿上班？"

珏儿道："啊，家里登大洋行。"看他皱起眉头，正在努力想"家里登"是什么公司，不禁扑哧一笑，"他没做事，蹲在家里吃老米饭。"

他看到珏儿终于笑了，心里也一轻松，调侃道："反正汤家的老米饭是几辈子也吃不光的。"

珏儿不以为然："那也不见得。坐吃也要山空的。"

他说："汤姆也是个大学毕业生，要寻工作的话也是寻得到的。"

珏儿说刚解放时，联合国华东办事处撤销，农粮署问汤姆是否愿意转到纽约去工作。考虑下来一要服侍汤母的病，二因偌大的家产要管理，就谢绝了。过后也寻过几个不同的工作，都不尽人意。高不成，低不就，在家一蹲就是两年。开始还偶尔去求职，碰壁几次，现在已经疲掉了，早上睡到很晚，下午跟几个朋友打打桥牌，吃吃饭。日脚一天天地过得很快的。

"那么你呢？想不想出去做事？"

珏儿扬起一条眉毛："我？女人家出去做事？侬寻开心吧。"

"为什么不可以？珏儿侬也是女子中学毕业的呀。"

珏儿生硬地说:"没想过,汤家再怎样不济,一口饭还是吃得起的。"

"出去工作,不仅仅是赚钞票,也是见见世面呀。"

珏儿不以为然道:"这种断命世面,实在没啥见头的。我有个小姐妹做老师的,今朝学习,明朝开会,后日再带了学生上街去捐献。烦也烦死了。"

说罢转头向厨房喊道:"毛姨啊,帮客人添水呀。"

毛姨提了热水瓶进来,一声不响地为他添了水。正在这时大门开了,汤姆捧了一瓮老酒进来,关照毛姨:"三轮车等在外头,还有些东西去帮我拿进来。"

晚餐照常是很精致,一只什锦砂锅,里面有蛋饺。一盆白斩鸡,一盆清炒鳝糊。汤姆捎回来的刚上市的大闸蟹,毛姨烧了一大碗面拖蟹。汤姆说:"辰光还没到,只好烧面拖蟹。等秋风起来蟹脚硬了,再请你过来吃清水大闸蟹。"

汤姆把温过的花雕酒斟进他的杯子:"日子过得真快,上次一道吃饭,还是三年前的事了。哎,我也忘记问侬了,现在是在读书,还是上班做事了?"

他不无矜持地说:"离开东山之后,就去了苏北盐城,再也没回学校去。"

正在埋首剥食蟹肉的珏儿,抬头瞥了他一眼。

汤姆问道:"去盐城?那是参加人民解放军啰?"

他点头:"是在军部上班,不过,倒是没打过仗。"

汤姆眼睛里的神色很是复杂,说:"也许侬走的路是对的。读了书也没什么用，我有好几个朋友，大学毕业了也是闲在家里。"

珏儿插问："那么，现在做啥呢？"

他说在市政府的民政局上班。

餐桌上顿时静了下来。气氛有点尴尬，还是珏儿打破了沉闷，问道："那么，民政局做点啥呢？"

他说什么都要管，从妓女改造，外国人遣返，甄别旧政府办事员，一直到征收敌产，房屋调配。

汤姆说："妓女改造是桩好事，让外国人滚蛋，我也没有异议。可是征收财产这件事，我倒是想不通，前两年报上还在口口声声说，尊重私人财产，怎么变得这么快，汤家东山的祖宅也有上百年了，说征收就征收了呢？"

他喝了口酒，慢条斯理地说："凡事都要讲究一个公平。侬想想，东山乡下有多少人住在破房子里，透风漏雨？而汤家住这么大的房子，公平吗？"

汤姆张口结舌答不上来，珏儿在旁说："梅园是祖上传下来的呀，又没偷又没抢。"

他说："珏儿，不是偷与抢的问题，是旧的社会制度不合理，新社会要改变这种不合理。"

桌上气氛沉闷，他说："我们不讲这些了，哎，艾茉莉现在怎么样？缺了她倒冷清了。"

汤姆惊讶地说："侬不晓得？艾茉莉到台湾去了。我以为你们一直有联系的。"

他皱起眉头："她不是一直要求进步的嘛，怎么解放了，她倒跑到台湾去了?"

汤姆说:"以我伯父的地位,她不好留下来。"

"那么,是违背了她的意愿的?"

汤姆闪烁其词:"这个,我就不晓得了。话讲回来,我倒一直觉得,你跟她是蛮般配的一对。"

他先是苦笑,再是摇头:"汤姆你不要乱点鸳鸯谱了。我跟艾茉莉,从来只是朋友,没有半点那个意思。"

汤姆笑了:"艾茉莉她也这么说,我看你们是喜欢冤家,嘴里讲不好不好,心里却都是好的。"

他只能说:"随便你怎么说,反正她也不在这里了。"

珏儿插嘴道:"我说啊,你也应该有女朋友的了,像你这样的男小囡,欢喜侬的女小囡应该蛮多的。"

他看定珏儿,眼睛里全是责怪:你心里知道得很清楚,何必又来问我?讲真心话怕吓着你,好吧,讲言不由衷的话那该顺你意了吧!

珏儿浅浅地笑着,把眼睛转开去,筷子挟了一块面拖蟹放在他盘子里。

他一仰头,喝干了盏中酒,说:"女朋友,倒是有一个的。只是作不得准的。"

汤姆起劲了:"有女朋友就好,啥辰光带过来吃饭,让我们看看。"

他推辞道:"小户人家,怕难为情,不大肯出去的。"

汤姆说:"多来几次就熟了,大家一起吃吃饭,谈谈天,也可以去看戏,打桥牌,多少好!"

饭桌上气氛变得融洽,珏儿也活泼了许多,跟他也有说有笑,不像刚见面时的冷淡。他的情绪也变得活跃起来，趁了几分酒意，说了许多在苏北的见识经历，汤姆夫妇如听天方夜谭似的，说你可真是见了世面了。珏儿则是眼睛亮晶晶地盯了他，于是他便陶醉在这副不笑亦笑的瞳仁里，年月和现实的界限变得混沌了。到后来，他变得只和珏儿一个人说话，像古代的驿卒，奔波在驿途的生命只是为了给美丽的妃子带去一束鲜美的荔枝，为了一个微笑的奖赏而万死不辞。时光荏苒，一顿饭吃了两个多钟头，喝了一整瓮陈年花雕，桌上杯盘狼藉，堆满了蟹壳。不是珏儿开始打哈欠，他可能还会畅谈下去。

夜深告辞出来，路灯透过梧桐树投射下来，秋意已浓。他酒有些多了，面颊发烫，和汤姆站在路口等三轮车。想起来以前是用汽车送他回去的，于是问汤姆："那个汽车夫老朱现在怎么样？今天倒没见着他。"

汤姆也有些醉意了，说："哎，这个老朱，不是个东西。现在常常找我麻烦。"

26

第二天醒来,却觉得事情有些不妥,昨夜他话太多,很多不该讲的也讲了。最使他不安的是关于艾茉莉到台湾去的事情。虽然他们的关系一直是假凤虚凰,从来没顶真过,但一旦牵涉到台湾,那就不可不小心。

隔天他上班,正好小崔到市里办事顺路来看他。半年多没见面了,他请客去四马路老上海饭店午餐。他晓得小崔是个吃肉和尚,就点了四只肉菜,镇江肴肉、红烧狮子头、荷叶粉蒸肉,再加一只走油蹄髈。叫了一斤黄酒。

小崔满面喜色,一问是升官了,从江南制造局保卫处长调到静安区公安局担任副局长,行政级别也调高两级,成了十五级。小崔说:"你别看差了两级,但十五级干部就可以把家属调到身边。我已写信给我女朋友了,要求赶快结婚,然后调来上海。"

他当然满口祝贺:"啥辰光请吃喜酒啊?我是要好好地备一份贺礼的。"

小崔挟起一只狮子头,说:"我这是板上钉钉的事,早点是春节,最晚也不过明年五一。倒是你,进了城,也要把自己的终身大事定下来了。"

他不响,低头吃菜。

"哎，有女朋友吗？"

他笑着，还是不做声。小崔说："我也是瞎操心，像你这样风流倜傥的男人，怎么会没女朋友？"

他长叹一口气，说："有了也是麻烦，羊肉没吃到倒惹了一身羊臊气。"

小崔诧异道："此话怎么讲？"

他心里一动，口一松，于是就把关于艾茉莉的烦恼说了出来："你看，我并不是她真正的男朋友。但现在她跑到台湾去了，倒把嫌疑撇在我头上。"

小崔说："你把我说糊涂了。这个艾茉莉是要求进步的青年，又是我方要发展的对象，怎么跑到台湾去了呢？不要是个特务。"

他心里一咯噔，他的顾虑不是凭空想象，看，只提了个头，小崔竟也那么想。于是他把和艾茉莉是同学，一起参加学生运动，然后再到苏北去参加工作等经历原原本本说了一遍。最后说："我自从到了盐城，就跟她没有任何来往了。"

小崔皱了眉头问道："有没有人证明这一切？"

诸君山倒是从头到尾参与了，也了解一切，但是……

看他摇头，小崔沉吟说："最近要开展'镇反'了，跟国民党有关系的，都会追查。据我看来，这桩事情不可等闲视之。如果给别人捅了出来，你就会有麻烦。倒不如你自己先向上级汇报。也掌握一个主动，别人说闲话也就不怕了。"

他有些急切地对小崔说："如果有了事情，你是会帮我说话的。是不是？我们一起在苏北待了一年多，你是了解我这个人的。"

小崔却不置可否:"这个粉蒸肉要趁热吃,凉了,吃起来就腻了。来来。"

这顿饭吃得他魂不守舍。接下去一个礼拜,上班时办公室门打开,进来一个陌生人,他会陡地一惊,心想是否上级派人来找他谈话,要他坦白与艾茉莉的关系?走在路上,也觉得有人跟踪,看他是否跟特务接头?这样过了一个多礼拜,精神压力实在太大,他终于去找了顶头上司——民政处的廖处长,想要把自己和艾茉莉的关系作个坦白。

廖处长文质彬彬,原是某个大学的民法教授,以前的地下党员。平时也很赏识他。处长听了他的汇报之后,说:"我晓得一些当年学运的情况,上面布置下来要尽力争取国民党高层官员的子女,通过他们得到对我方有利的情报。事实上我们的工作也做得不错,很多国民党调动军队的情报都是他们传出来的,对三大战役的取胜起了很大的作用。所以,当时的学运要肯定的,地下党做的工作也要肯定的。"

他心里定了不少。处长话锋一转,说:"你主动向组织交底,是明智的。组织一直在考验我们,这件事我知道了,会在适当时间向上级报备。你做了该做的,就不要再有包袱,安心工作去吧。"

一颗悬着的心总算放下来了。

看来他的工作是有成效的,那些被他选中的幽静别墅,一幢幢都被征为国有。但对高端房产的需求仍很大。没有深宅大院,独立的高级洋房也好。没有独幢的花园洋房,那么花园洋房中的一层也好,或是高级公寓也行。在如此的风雨飘摇中,汤家的房子还没被征收,也是个奇迹。不能不说是他的暗中相助，好几次的甄选名单，汤宅都被他暗暗地划去。不用说是为了珏儿，苍天在上，此心可鉴。直到有一天他的办公室来了个男人，事情开始急转而下。

他一开始没认出这个人，他的办公室常有地区房管所的干部、户籍警，以及街道委员会的人来送资料。直到那人用宝应话跟他打招呼，他才反应过来，这个梳着分头，穿一身蓝布中山装，却呲着一枚大金牙的精瘦汉子，是汤姆家以前的汽车夫——老朱。

老朱寒暄几句，说解放了，工人阶级当家作主了。他作为主人翁要来反映一个情况：就是——资本家还是没夹着尾巴做人，他们还占据着大房子。听说上头的政策是要资本家把房子腾出来，让劳动人民搬进去住。看他那种说一半吞一半的口气，显然他是应该搬进去的人选之一。他心里冷笑了一下：你一个不入编制的街道工作人员，幻想搬进大洋房享福，真是捏了鼻子做梦。他也知道和这种人不可结冤家，一旦伤了面子是比谁都会记仇。于是摆出一副公事公办的口吻，说：你反映情况很好，但是政府的房屋分配政策，谁搬出去，谁搬进来，都有统一安排。你们街道要做的，就是要配合市里的政策，不要自作主张，引起不必要的猜测，也不要去打扰人家。不然，出了什么事情，那就不好了。

从老朱闪烁的眼神里看出，他是不甘心的。所以老朱一走，他马上写了封信给汤姆，说要见个面，有事情要谈，最好在外面。汤姆的回信很快来了，说那么就约好周日下午在国际饭店喝下午茶吧，他和珏儿请客。

他为又能见珏儿心中欣喜，又为汤姆处处出头请客会钞的做派感到

第三章 永劫回归

一丝恼怒。他已经不是当年的穷学生了,汤姆却还是用那种居高临下的做派来对待他,全然不顾他的自尊心。

国际饭店是上海最高的高楼,二十四层的褐色花岗岩建筑,坐落在跑马厅对面,天气好的辰光,在顶楼眺望,往东可以看见黄浦江,往西可以看见龙华塔。他从来没有光顾过。柜台职员得知是汤先生的客人之后,告诉他汤先生在 1915 号房内等他。

1915 号是个套间,窗子面对着跑马厅。跑狗赌马活动在一九四九年以后被取消,偌大一块场地就荒废下来。跑道上空荡荡的一片,草坪已经枯萎发黄。天阴了,乌云浓重,像是要下雨的样子。往下看,街上行道树叶子已经落光,有轨电车像蠕虫一样慢慢地爬动,行人小得如蚂蚁般地,密密麻麻。他站在窗边,稍有些晕眩,想起当年《申报》上的消息,股票市场崩毁之际,一些投机失败者在国际饭店租个房间,叫了丰盛的食物和酒,喝完人生最后一杯苦酒之后,就从十几层高楼上一跃而下,肝脑涂地跌在人来人往的大马路上。想及此处,不禁向后退了几步。正在此时,盥洗室的门开了,身着藕绿色旗袍的珏儿走出来,头发还是湿的,面孔却红彤彤的,看样子刚洗了澡。珏儿微笑着与他招呼,汤姆拿起电话通知柜台,可以把茶点送进房来了。

茶是英国立普顿红茶,配有一小壶新鲜牛奶。茶点是放在一个银盘子上的,好几层,有奶油泡芙和黑森林蛋糕。汤姆说这儿的下午茶没以前好了,原来的法国糕饼师傅回国去了。闲聊了一会,说到正题,他把老朱寻到办公室的事情大致说了一遍:"这个人蛮难弄的,最好不要跟他有冲突,弄出事情来就麻烦了。"

汤姆闷了头不做声,珏儿说:"姓朱的是个无赖,来闹过几次了,说欠他工钱。不可能的，一直是按时发放，过年过节外加打赏，从来没有欠他的。汤姆这个人你晓得的，钱财之类的事情从不计较。看他想敲竹杠，便回绝了他。从此就恶在心里了，几次撺掇了里弄干部上门来，说汤姆私藏手枪。莫须有的事，就是挟私报复而已。"

他紧张起来，转头问汤姆："这可不是好玩的。你真的有手枪？"

汤姆长叹一声："这怎么说呢？也怪我当时年轻不懂事。"

汤姆说他刚上大学时，被朋友怂恿着参加三青团青年军，为军训起见，也因为贪玩，曾经从一个泛泛之交的朋友手里买下一支"威尔逊·史密斯"左轮手枪。白相一阵之后没了兴趣，搁在箱底就忘记了。直到解放初期，他才想起来，也是慌了手脚，不知如何办为好。最后是半夜里携了箱子，叫老朱开车到黄浦江旁边，把箱子扔进了江里。

珏儿在旁大惊失色："真有这样的事情？怎么连我都不晓得。"

汤姆闷闷不乐地说："那时你还在东山乡下陪着姆妈。何况，你一个女人家，跟你说了有什么用？徒增烦恼罢了。"

他大摇其头："所以说，这个老朱还是捏着了你把柄的。"

汤姆说："我是没有瞒他，老朱在我家也做了十来年了，只当是可靠的，哪想就出了个家贼。"

"那么，这件事最后怎样了？"

"派出所上门来几次，叫我把事情的经过写下来，我就照实写了。交上去之后，派出所说太笼统，要我如实写出卖给我手枪的人姓啥名啥，跟我是啥个关系，现在又在啥地方。可是我不记得他的全名，只晓得大家叫他黄蛤蜊，连谁带来的也忘记掉了。"

一房间沉寂，没人去动用点心。

他本能地感觉到了危险。像汤姆这样私藏枪支，但又说不清来龙去脉的话，一定会招来麻烦。再想起老朱脸上诡谲的神情，应该是捏牢了汤家把柄。他当时没在意，现在想起来不禁背上冒冷汗，他差一点把自己卷进一场说不清道不明的麻烦中去。

神思恍惚之余，抬眼看到汤姆和珏儿都看定了他。汤姆虽然烦恼，但还是装得无所谓："事情已经这个样了，那要我怎么办？赔钱？坐牢？悉听尊便。"而珏儿脸上露出真正害怕的神情，嘴唇发抖，惊恐地瞪大了眼睛，两手交叉在膝间，整个人都缩起来了。此时他的情绪非常紊乱，既不忍看到珏儿受惊，又有一丝莫名的幸灾乐祸。

珏儿嗓音带了一丝颤抖："侬看，汤姆总是这个脾气，做事体一点不晓得轻重，只晓得好白相。更要命的是，不管认得不认得，朋友带进门就算是他的朋友，也不管人家的来龙去脉。好几次了，说也说不听，弄到最后总是他吃亏。现在，侬看要怎么办？"

窗外下雨了，豆大的雨点被风一吹，啪啪地打在玻璃上，室内更昏暗了，三人在薄暗中坐着。汤姆夫妇眼巴巴地等着他拿主意，他是在政府做事的人，应该对处理麻烦事情有经验。他沉吟着，其实脑子里乱成一团，根本拿不出一个主意来。

良久，他才开口道："事情看来是蛮棘手的，汤姆，你只有尽量与派出所把事情讲清楚。实事求是，不能有半点隐瞒。还有，那个老朱，千万不要跟他正面顶撞。如果他要钱，给他好了。"

汤姆说："只怕他胃口越来越大。"

他耸耸肩，说："几张钞票，跟一身麻烦，孰轻孰重，你自己掂掂分量。"

汤姆不响了。

珏儿说:"晓得了,下次老朱再来,让我出面好了。汤姆现在跟老朱像两只蟋蟀一样,见面就要吵。"

天色夜下来了,茶冷了,点心也没人吃。他站起身来要告辞,汤姆说,今朝心情不好,就不留你吃夜饭了。他也真没有这个胃口。这时珏儿插了一句:"何不在这儿洗个澡,有热水的,交关惬意。"

上海居民在秋冬之际要洗个澡很费事的,或去大澡堂,或者在家里一锅一锅地烧开水。国际饭店作为上海的门面,始终供应热水,有些富有家庭租一天旅馆,就是让一家人来洗个痛痛快快的热水澡。听珏儿这样说,他稍一犹豫,就答应了。

泡在浴缸里,他差不多要睡着了。神思恍惚中,愈发感到氛围之微妙:国际饭店的雨夜,幽暗蒙眬的灯光,白瓷浴室里水蒸气濛濛,一丝若有若无的香水味。最令人浮想联翩的是,珏儿就在一墙之隔,他放水的声音,撩起水来冲洗身体的声音,外间怕是听得一清二楚吧。如果他有个喜欢的女人共组家庭,就应该是这个样子,下班回来放好了洗澡水,让他洗却一天的劳累。在他洗澡时,女人在厨房里准备晚餐。这是多平和的一个夜晚,外面风雨交加,室内温馨如春。他晓得这不是现实,但是此时此地,想象与现实非常接近。

洗完澡,他取过毛巾擦干身体。毛巾有一点湿,是刚才珏儿洗澡后擦身留下的。想到他与珏儿共用一条毛巾,那话儿竟然坚挺地竖立起来。好一会才平复下去,再穿上衣物走出来。

房间里开了一盏台灯,汤姆到楼下付账去了。珏儿一个人坐着,微笑着问他,是不是很舒服?他点点头,拿起茶杯喝了口冷茶。看定了珏儿，眼里满是话语，却一言不发。珏儿感到气氛的诡谲，不由得往沙发里面缩了一下。他跟了挪过去，把珏儿搂住，脸对着脸，凝神看了珏儿的眼睛。珏儿从最初的惊慌中镇定下来，倒是没有太多的挣扎，推了他一下，说："又来了，有毛病啊。"像对一个顽皮小囡的口吻，眼里竟然还有一丝笑意。他像是受到鼓励，凑过去想亲吻，这次被珏儿坚决地阻挡住了，她把臂弯抵住他的喉咙，把脸往一边扭去，轻声但急促地说："别胡闹，汤姆马上就会回来的。"这时走廊里传来脚步声，两人很快分开，珏儿抬手整理了一下鬓发，他则拿起桌上报纸装作阅读。

27

从国际饭店回来,他就不乐观:汤姆的麻烦轻易解决不了。但不料事情直转而下,猝不及防。

昨天毕姘来封信,很幽怨地表示了思念之意。说你若要分手,也要给人一个解释的机会,毕竟跟你谈朋友的是我,不是我姆妈。古书上也说,妇人出嫁后以丈夫为中心,跟娘家便是疏淡了。又问他何日有空,她可以上门来深谈。信中有点暧昧的暗示,以前不曾有的。他轻笑一声,随手就搁一边了。有什么意思呢?从一开始就不如意,倒不如不开始。等几天再写一封言辞决绝的信让毕姘断了这念头。

翌日回家,底楼的新嫂嫂说有个女子来寻过他。他心想是毕姘找来了,模样新嫂嫂也讲不清,说有个字条留着的。及进房去找,却无论如何找不到了,新嫂嫂道声抱歉,也许给小孩子弄丢了。他也不在意,谢过人家就上楼了。近九点钟,他宽衣准备上床了,响起敲门声,是新嫂嫂的丈夫,拿了一张揉得稀烂的字条,说是在垃圾箱里找到的。他谢过邻居,信却是珏儿写来的,字迹潦草,透出匆忙和不安,曰:汤姆出事了,见信速来一趟。我已经六神无主了。切切。

他即刻出门往汤宅而来。房子墨黑一片,他按下门铃,心里别别地跳。门开了,毛姨带他到客厅坐下。过一阵,珏儿急步从二楼下来,脸色灰败，眼泡浮肿，头发也有点乱。他解释了邻居九点钟才把纸条送上来。珏儿带点哭腔，说："我想来想去，也只有寻你商量了。"

珏儿说：昨日老朱又上门来，珏儿出面说了好话，塞了点钞票让他走路。本想了结掉一桩心事，哪料到今早老朱又来，说是有只金手表落在这里了，要我们寻出来还他。一听就是敲竹杠，他一个吃光用光的脱底棺材，啥辰光有钞票买金手表了？我让汤姆在楼上不要下来，老朱在吃饭间里拍桌子，跟毛姨吵了起来。结果汤姆冲下来，把老朱赶了出去。哪晓得祸事就此上门，中午来了两个户籍警，叫汤姆到派出所谈话。我晓得不好，汤姆说不碍的，事体讲清爽了就可回来。到了两点多钟，又来了一个户籍警，很凶地叫我整理些衣物让他带走。问他做啥？说是汤姆私藏枪支弹药，被拘押在派出所里面了。

珏儿受到极大的惊吓，不断神经质地打冷呃，怕冷似的在沙发上缩成一团。叙述期间几次被自己的打嗝所打断。毛姨捧了两杯茶进来，珏儿魂不守舍，慌乱之中把一杯茶打翻，也顾不上擦，只是两眼盯了他，喃喃道："侬讲讲看，现在可怎么办？"

意料之中的是，汤姆跟枪支弹药扯上牵连，一定会有麻烦上身。意料之外是告诉他了小心行事，还是跟老朱冲突。而突然被拘捕，他也帮不上忙，在目前的形势下，一旦牵涉到枪支弹药，等于反动势力，会被公安机关追查到底。

看他不说话，珏儿更是颓然，低头把手捂在脸上，开始无声地哭泣。他于心不忍，站起身来走到对面沙发，轻轻地把珏儿搂进怀里。珏儿挣扎道："啊呀，侬不好这样的，毛姨进来要看见的。"他置若罔闻，臂膊还是不放松，珏儿也就安静下来，像是疲倦之极地把面孔贴在他肩上。就这样一动不动地坐了十几秒钟，真好像天长日久似的。房间里安静极了，闻到珏儿发际散出来的幽香，耳中听到女人微微的呼吸声，心跳声，马路上汽车开过的声音，花园里夜鸟一声短促的啾鸣，厨房间里水壶烧开的蒸汽噗噗声。他真愿意世界就这样停止，只剩下他和怀里的女人，静静地坐在沙发上，在落地灯洒下的橘黄色的光晕中。

厨房里有动静，珏儿一个激灵，推开他坐直了身体，又轻声说了一遍："坐好呀，毛姨要来添水了。"他端坐不动，看了珏儿，看了她眼睛里祈求与询问的神色，说："事到如今，急也没有用的。我明朝到公安局跑一趟，然后再作商议。"

他出来错过了末班车，又叫不到三轮车，走了一个钟头才回到住处。天冷风大，他走得一身热汗。第二天竟然发起寒热来，昏昏沉沉躺了一整天，心里还是牵挂着珏儿。一俟感冒稍愈，就往同仁路口的静安区公安局来。

传达室的老头子一听他要见崔副局长，倒也不敢怠慢，用内线电话打了进去。小崔亲自下来，一见到他："啊，稀客，你怎么来了？"他握了小崔的手："看看老朋友嘛。一直没听到你的消息，啥辰光请客吃喜酒啊？"听他如此说，小崔板紧了脸，也不作答，带了他到办公室。秘书上茶之后退出。只听小崔长叹一声："妈的，饭熟到隔壁锅里去了，结不成婚啰。"

他忙问怎么回事，小崔满脸颓丧："人走茶凉，她去武汉一年不到，就嫁给了个当地部队的团长。"

他大吃一惊："真的？从没听你说起嘛。"

第三章 永劫回归

"就是前两个礼拜的事。平时也有信来,没半点提及。直到我写信去提议结婚时,才来信说是已经嫁人了,还附了张结婚照。这不是耍人嘛!"

小崔拉开抽屉,取出一张照片,甩在桌上。他拣起一看,一个中年军人与一个短发女子的合照。那军人长脸黑肤,眼神严峻。女子是圆脸,很是白净,两人并肩,都是一脸严肃。他默默地把相片放回桌上,摇头道:"这个事做得太不合情理了。"

小崔说:"我现在还没搞明白,她到底是怎么想的?要说年龄相貌,那男的比我见老。要说职务嘛,他是个团长,我是公安局副局长,差不多也是平级。也谈了一年多的朋友了,怎么说变就变了呢?真是想不明白。"

他不做声,心里想道: 小崔啊,这是缘分未到。婚姻和感情这个事情太奇怪了,你心心念念地喜欢一个女人,人家却对你不屑一顾,不管你是多有地位,多有钱,对她如何地好,全然没用。要说女人看上了谁,不管怎么被拒绝,不管是如何地门不当户不对,都是闭了眼睛往里跳,就是身败名裂也顾不上了。看看小崔还在懊恼,想找些话来安慰,想来想去都不合适。于是拿起相片,再一次地细看,看出女人脸上并没有订婚或成亲的喜气,就明白了或许有其不得已的苦衷。看着看着,恍然觉得女子好像脸熟,细气,安静,小嘴巴小鼻子,眉眼间稍微有丝忧郁,典型的江浙女子。再一想,觉得这女人跟毕姝有点像,心中即刻七上八下。

小崔说:"不谈这个了,烦人。中午了,我们吃饭去吧。"两人走出大门,安步当车,走过几条马路来到梅龙镇饭店。穿白制服的堂倌接着，许是晓得小崔的身份，很是客气。菜单上有新鲜的羊肉，就点了两份。两人喝着啤酒，说些七七八八的话题，总是有些尴尬。他想此时提出汤姆的事情，会不会太贸然了？小崔今日的情绪明显地不好。但是已经答应了给珏儿一个交代，不好一无所得地回去。忽然灵机一动，也不及细想就说了出来："我给你介绍个女朋友怎么样？"

小崔一愣："你他妈的开什么玩笑。"

"我说真的，谁跟你开玩笑。"

"你自己还是光棍一条，还给我介绍女朋友？"

他笑笑，把毕姝的情况作了个大致的介绍："人很秀气，也知书识礼，就是父母有些小市民习气。"

"要结婚，也不是跟女方父母结婚，谈得来多来往，谈不来，少见面就是了。"

他心想这口气跟毕姝一模一样，看来小崔已经动心了。

"不过，你说是你以前的女朋友，可不要把个二手货扔给我喔。"

他涨红了脸："不是已经跟你说过了，刚刚谈朋友而已，就是拉过手。保证没有别的举动的。"

小崔半信半疑地看着他。他说："这种事情也没办法证明的。这样吧，我把你介绍给她，你自己看她的人品，如果你还是有怀疑，不谈了也没什么关系。"

小崔颔首道："也好。我们朋友一场，想必你也不会给我上当的。"

菜上来了，这家饭店的红焖羊肉做得不错，酥软多汁。小崔吃得很高兴，他乘机把汤姆的事情说了。小崔在他叙述期间一直不响，直到他说完，才神情严肃地说："如果牵涉到枪支，事情会很辣手。我们有情报，国民党在上海潜伏的特务，想在中央领导来沪时进行活动。万一出了差错，就是掉脑袋的事情。你对这个朋友有多少了解？而且，你不怕自身也牵扯进去吗？"

他一身冷汗，硬了头皮道："这个人，我倒是晓得的，是个富家公子，吃喝玩乐是有的，但我看搞反革命暗杀，他不可能也不敢的。"

小崔摇头道："我以朋友的身份劝你一句，这个事，属于政治案件性质，你还是不要掺和在里面为好。你的朋友如果犯点小事，你来说情，我会卖你一个面子，但这件事，我不敢保证。不要忘记，眼下正是镇压反革命的风头上。"

他还不死心，说："我答应了他的家属，让她们晓得一下案子要紧不要紧。"

小崔皱起眉头："不好说。你回她们一句'办案过程保密'，不就行了？"

看他垂头丧气的样子，小崔又说："再说一句，千万不要掺和进去。如果趟了浑水，我也帮不了你。记住。"

他极其失望地回到自己的办公室。做不了事情，一个下午神思恍惚，不晓得怎么去跟珏儿说。但答应了人家总要给个消息，于是晚饭后又往海格路来。

珏儿听了很怨怒地说："怎么会是这样的？听了一个敲竹杠佣人的话，就把主人捉起来，还讲不讲王法了？"

他无语，心想珏儿还是不晓得利害，这不仅仅是佣人诬告主人的问题。汤姆私藏枪支，不晓得利害；又交友不慎，被人捉住把柄。要怪也只能怪他自己。"

珏儿问道："可不可以请个律师，付点钞票，保汤姆出来？"

他摇摇头："这是解放前的做法，现在恐怕是行不通了。"

珏儿愣了一阵，问道："那么，到底是怎么办才好？汤姆已经被关进去三天了。我跑到派出所去问问，两个警察面孔铁板，凶得要命，吓死我了。"

他考虑了一下，觉得还是讲实话为好。汤姆的案子不容乐观，但珏儿不明了这个严重性。与其让她一次次地失望，倒不如让她做好思想准备。

他尽量放软了口气："珏儿，你焦急，其实我比你还焦急。那天从你家回去，我寒热发到三十九度，第二天就撑起来去找我公安局的朋友了。这个朋友我在苏北就认识，可以帮忙的话，我想他不会推却的。但是事情真是难办，最主要的是，眼下正在镇反运动的风头上。汤姆这次是撞到枪口上了。"

珏儿坚持："这真是冤枉死了，汤姆并非是想要私藏手枪，实在是头绪太多，一时忘记掉了。派出所总也要讲讲道理吧。"

他苦笑一下，女人真是会钻牛角尖，看起来通情达理的珏儿也是一样。不过他还是耐了性子，好言相劝："这也是飞来横祸，被汤姆撞上了。只好说这是一劫。自古以来，吃冤枉官司的人多了去了，也有的人最后洗白了。珏儿你不要太过烦恼，真的有起事情来，还需要你撑下去的。"

珏儿低头不响，显得很是沮丧。过一会儿抬头问道："现在要怎么办？"

第三章 永劫回归

他踌躇了一下，摇摇头说："目前看来真没啥办法，只好静观其变。也许运动很快就会过去，汤姆就会被放出来。就是不要再被人抓住什么把柄，乱上加乱，就不好了。"

送他出门时，珏儿一改以往的矜持，捉住他的两只手，像一个受惊的小姑娘那样，哀声叫他的名字："我真是吓煞了，你无论如何要帮这个忙的呀。"

他热血上涌，乘势搂了珏儿的肩膀，说："那是一定的。"

看着珏儿那副失魂落魄的样子，心中怜惜之情又起，低了头想去吻女人，珏儿虽然推挡，还是被他在额角上亲了一记，抱怨道："又不着调了。好了，好了呀。"连推带搡地送他出了门。

28

毕烨你好，

来信收悉，正如你信中所说的，婚姻是两个人的事，家庭关系在其次。我同意这点，男女对象更要看两个人是否合适。在交往的这些日子里，我常问自己：你与毕烨合适吗？能够给她带来终生的幸福吗？这不是否定你的意思，其实我是知道自己身上有很多不足的地方，比如说，脾气孤傲，不善合群，也很固执，自我中心。从长久看来，你我结合并不是一件合意的婚姻。我觉得我们还是做朋友更好，像兄妹那样互相理解、互相支持的朋友。你说好吗？

当然，对女孩子说来，婚姻是终身大事，不像男人到三十几岁还可以结婚生子。我对你是有责任的，像兄长对妹妹那样的责任。我一直在留意，希望找到一个更为适合你的，正派的，有前途的青年男子作为你的终身伴侣。皇天不负苦心人，我近来碰到一个老同事，也是我的老朋友，我对他了解甚多，人是绝对正派，而且身居高职，具大好前途。年纪也合适。如果你不反对，我想找个时间大家见个面，吃顿饭，你只当普通朋友会面好了。如果双方有意思，那么再继续谈下去。

静候答复。

×××

写完之后,他反复看了三遍,自己也觉得实在牵强。几次扔到字纸篓里,又几次捡回来。最后心一横:如今是箭在弦上,不得不发。跑出去丢进邮筒。毕姝如果理智的话,应该晓得这是最好的安排。但自己的内心深处又有一种很污糟的感觉,好像是利用了毕姝对他的感情。为此他一整天心绪不宁。

没想到毕姝很快地回信了,说她理解他的,总归是她姆妈有错在先,破坏了他们刚开始的脆弱关系。她的上封来信,也是向他道歉与希望和解的意思。做不成夫妻,能做朋友也是一种缘分。至于要介绍朋友给她,考虑下来,觉得见个面是不碍的,再下去就要看缘分了。毕竟她毕姝也是普通女子,她不想自抬身价,辜负他的好意。至于何时何处见面,就一切由他安排好了。

他大大地松了一口气,赶紧再来来回回写信,约定了周末在绿杨村吃中饭。给小崔的信里说,绿杨村的口味比较中和,三两好友吃个便饭蛮合适。如果谈得来,下午还可以去看场电影。一切都取决于你们之间的感觉。

亦与毕姝讲好,在静安寺庙前接她,路上可以给她介绍些小崔的情况,届时不至于太生疏。

周日是阴天,将雨未雨的样子,但已不能改期。他到静安寺时,看看离约好辰光还早,于是进庙闲逛一圈。

天色晦暗,寺里香客稀落,空气中有焚烧锡箔的味道。后面昏暗的偏厢里在做佛事,木鱼声声。大雄宝殿上众佛寂寞,一个小沙弥挑了根长竹竿在添加灯油。他兜一圈就出来了,外面开始飘毛毛细雨。黑色的庙门之前，背对着他，一个粉衣女子腰细细一束，撑了把绿色的湖州绸伞，亭亭玉立。他心里一动，毕娆在今日午餐后，就可能成为另一个人的女友，妻子，他将会永远地失去她。荒谬的是，这件事竟是他自己一手安排的。他怔了两秒钟，再走过去打招呼。毕娆蓦然回首，脸上显出惊喜的表情："我还往马路上张望呢，你倒从庙里出来了？"他玩笑道："想去出家了。"毕娆轻轻地捶了他一下，嗔道："哎，不许瞎说。"于是两人合撑了一把伞，漫步向绿杨村走去。雨渐渐地大了，毕娆靠得他很紧，可以感到女子温暖的肉体贴在他臂膀上。走进饭店时，他感到毕娆有意无意地握了一下他的手。他一回头，正好对上毕娆的瞳仁，温静而无奈，又有点感伤。他知道，这是一个告别，女人对他温柔地说再见。

小崔看见毕娆，眼睛一亮。他晓得事情有六七分意思了。三人点了火腿煮干丝、狮子头、炒蟹糊、雪菜肉丝炒年糕。小崔兴致很好，不停地说话，讲各种离奇的案件。毕娆听得兴趣盎然，不时提出些天真的问题。他虽然也加入谈话，但内心的失落感一点点蔓延开来。饭毕，真的像他所提议的那样，小崔带了毕娆看电影去了，两人连口头上的邀请也没给他一个。他一路走回家去，心情灰暗，想着他人生大概逸出了常规，但又无从纠正，因为不知道偏差在哪里。

下午又冒雨走去海格路，看到珏儿满怀希望的眼神，他无言以对，只好说你宽心，我还在想办法。两人相对无言，他坐在沙发上看一份旧的《LIFE》杂志，珏儿在桌上用一副扑克牌打通关，牌很涩，连续几副通不过。转眼天暗了，弄堂里的路灯亮起来，像一只昏蒙的眼睛。珏儿立起身来，说："不早了，我要去淘米了，你在这儿吃夜饭好吗？"他环

第三章 永劫回归

顾四下,问:"毛姨呢?"珏儿说毛姨一早到乡下去了,有人要占她的房子,现在到处碌碌乱乱。他望了一下窗外的凄风苦雨,当然是留下来跟珏儿共进晚餐。珏儿在厨房里淘米择菜,他在旁说些闲话。珏儿说夜饭没什么好小菜,天气不好,我也懒得上菜场。他不做声,却非常享受眼下安静的气氛: 女人兜着围裙在厨房中忙碌,食物的气味很诱人,连女人絮絮叨叨的饶舌也变得有趣。珏儿在说她近来吃素,所以晚上除了一个开洋炒鸡蛋,别的都是素的。他说你怎么会吃起素来?珏儿说做人太烦,吃素心里清净些。他早上跟毕姊说过要出家去了,其实也是心里烦。《红楼梦》里说过,空有三千烦恼丝,终须一个土馒头。看来时代变了,人世间的烦恼却永远不会变。嗟叹之余,再抬眼看去,厨房里灯光温暖,灶头上的饭锅蒸汽蒙眬,影影绰绰地弥漫了珏儿的脸庞,而窗外风雨潇潇。在如此的氛围下,一切好像不真实似的,如灵魂出窍,不知此时或彼时,不知此地或彼地。对面的人,却有一股透心沁脾的似曾相识: 风雨夜,在秦淮河的一条夜泊船上,水波摇晃,舱顶一盏绉纱宫灯,也在有节奏地晃动。舱里逼仄狭小,但温暖如春。一个女人面目模糊,背影却熟悉,正在操持着膳食。

　　隔世恍然,似真还幻。

　　珏儿把四个碗碟放在桌上,计有清蒸茄子拌酱麻油,水芹菜炒豆腐干,鸡油香菌跟开洋炒蛋,招呼他道:"你帮我盛饭去呀。"

　　他喜欢珏儿这样对他发号施令而不把他当作客人,珏儿亲手烹制的素菜,味道也格外地好,水芹菜爽口,香菌鲜美,茄子也香糯可口,他喝了一杯黄酒,吃了两碗饭。在珏儿收拾桌子时,他一时冲动,揽了女人的腰,说:"如果你真的出家,我也要跟了去。天天吃这样的素菜,我也心甘情愿。"

珏儿一面摆脱他的搂抱，一面说："瞎说八道，哪个要出家了？"

"你不是说做人太烦嘛？"

"那也不能出家呀。天底下哪个不烦恼？都要出家，街上都是尼姑和尚了。"

他严肃起来，问道："珏儿，你这辈子有没有可能嫁给我？"

珏儿嗔他："真是乱话三千，我已经嫁了汤姆，怎么能再嫁你？"

他坚持道："万事皆有可能。如果有那么一天，你肯不肯嫁我？"

珏儿很认真地看了他一眼，好像是确证他没有高热发昏，说："侬发神经哉。"

他固执道："我没发神经。只是问你一句，肯不肯？"

珏儿显得很迷惑，说："搞七廿三说啥呀！别忘了，我差不多比你大了两岁。"

"大两岁怕啥？只要侬肯，就是大廿岁我也娶你。"

珏儿不由得噗笑："要命了，大廿岁？可以做侬个娘了。"

他也笑说："老婆老婆，老一点没关系的。"

珏儿不解地说："真是想不通，黄花女子多的是，你怎么就一头撞上南墙？"

他沉吟着："我也不晓得。自从碰见了你，就看六宫粉黛无颜色。"

珏儿不语，良久才开口，语气也温和很多："别瞎想了，早点回去吧。"

他一路走回家去，雨已停了，空气新鲜，脚下落叶簌簌作响。心情安宁，终于对珏儿表露了心迹，长久憋在胸口的郁气，一吐而快。

29

不到两个月，小崔就说要和毕姝结婚了。他一愣："这么快？"小崔说我吃过教训了，看对眼就要下手快，不然又被人捷足先登。他笑说是你的就是你的，也不必这么猴急。小崔说你忘记了在淮阴军部吃饭的辰光，一桌人围了一盆菜，人人盯着那几片肉，要挟到碗里才算数的。他说恭喜你啊，这次真的要吃喜酒了。小崔说特别时期，不准备办正式宴席，与毕姝商量好了要去旅行结婚，回来后再请几个亲属吃顿饭。你是介绍人，当然不会忘记你的。

第二件事，汤姆被判了二十年徒刑，押送到青海服刑。珏儿当场晕厥了过去，他也被震惊到了。原想可能是监管几年，想不到会是二十年的重刑。情急之下，他也顾不上犯忌，再次去找小崔。小崔见了他，晓得他为啥而来，面色就很难看："你说的这个案犯，应该要庆幸了。私藏枪支，二十年算是轻判了。你也不想想，现在是什么当口？不说你我，就是个再大的首长，也不敢在这种时候去干涉判决。再说一句，你找我还没什么，碰上别人一状给你告上去，保证吃不了兜着走。还是别折腾了吧。"

他只得蔫蔫地回来。珏儿早就听不进任何劝说，躺在床上不肯说一个字，脸色苍白得吓人。毛姨准备的饭食端上去都原封不动。珏儿在乌镇的兄姐也来过，待上一二天就要回去，大家都心不定。他每天下班后过去探望，第一二天，珏儿的面也见不到，她把自己锁在房内，啥人都不见。三四天后再去，毛姨悄悄地跟他说："总算起来了。"说着把嘴一努，要他自己进去。珏儿穿了一身黑，脸色像死人一样坐在沙发上，把他吓了一跳。看到他，凄然一笑，说："我现在是反革命的家属，侬天天上门，不怕居委会报告上去？"

他定了定神，答道："别胡思乱想了。现在最要紧的是保牢侬自己，侬再垮了，那更是雪上加霜了。"

珏儿突然掩面哭泣："我怎么这般地命苦。"

他无言以劝，过了一歇，去灶间里绞了把热水毛巾，递给珏儿。珏儿不肯接，他走过去在她身边坐下，轻轻地扳开珏儿捂在脸上的手，帮她揩面。珏儿想挣扎，但浑身无力，推挡一阵之后，只得让他擦拭。几日下来，珏儿变了个人，形销骨立，眼圈青黛乌黑一片，皮肤苍白得近乎透明，太阳穴上的青筋历历可见。他心里抽痛，愈加轻手轻脚。珏儿闭了眼仰在沙发上，由他照拂。他曼声说道："珏儿你要坚强，不管什么事有我呢。"珏儿本来止住了泪，被他一说，又抑制不住，哭倒在他肩膀上。

天色暗了，从落地窗里看出去，院里树叶已经落尽，裸露的枝条如戟似剑。上海冬日的黄昏，阴冷萧索。客厅里没开灯，深浓的黑暗一点点地浸染开来，更有一种世界尽头般的凄凉之感。人世间荒凉空旷，只有他俩依偎着在一条非常狭窄的路上蹒跚前行。

这个冬天过得很是压抑，珏儿的景况使他挂心，常常去探看。珏儿显然有点轻度忧郁症，整天躺在床上不愿起身，饮食也疏忽得厉害。他捧了一碗莲心粥，费尽口舌要她吃一点。春节时，气氛更是凄惨，汤家的众多亲朋好友，怕受牵连，竟一个上门的也没有。他怕她闷出病来，极力撺掇她出门走走，珏儿却怏怏地。好容易挨到开春，报上说今年早春二月，龙华寺的桃花已经开了，珏儿终于被说动去走一圈。两人坐了三轮车，迢迢地向东南而来。他记起当年在梅园，清晨起来看见大片大片的梅花开放，彼时此时，恍如梦中。三轮车出了市区，进入乡村小路，前几日下过雨，天晴了路上还是翻浆一片。三轮车夫拱了背，奋力踩动车子，泥浆糊满了轮胎。在离龙华寺还有二里多的地方，车子爆了胎，动不了了。他俩只得下车，却犯了踌躇，往回走吧，十停已经走了九停，好容易出来一趟，甚是不甘心。往前去吧，道路崎岖泥浆遍地，还要穿过一个村子。思量下来，来也来了，硬着头皮走下去吧。两人互相扶持着，高一脚低一脚地往前面的村子走去。溅起的泥浆糊满了裤腿。珏儿穿了双高帮平跟的皮鞋，还能对付这种恶劣的路况，他为了这次出行，穿了最好的轧别丁毛料长裤，七成新的三接头皮鞋，这般一来全毁了。待走到村头上，两人半截裤子都沾上了黄泥，潮气开始透进内里，腿脚都感到麻木了。

珏儿倒是没抱怨，现在她的神情常有一种认命的恍惚，横也好，竖也好，她只是忍着，到忍不下去之时，好像随时会化成一缕青烟而去。他怕见她这副神情，以前对珏儿会有亲吻搂抱的冲动，现在竟然不敢了，怕触动她的心境。

他提议去村头人家借个火，烘烤一下衣物。两人在一家农户的灶头前，借了稻柴秆升起的火，烘烤着身上的湿泥巴。他又付了点钱，让乡下人烧了一锅热水，在厢房里洗脚。珏儿腿上裹了乡下人的花被子，两只白生生的脚浸在木盆里，他坐在门口的小竹椅上，等着轮到他。珏儿唤他："你一块来洗吧。水要凉了。"他犹豫了一下，把竹椅拖到床前，脱了鞋袜把脚浸到盆里。四只脚在盆里搓来搓去。这是他第一次见到珏儿的赤脚,纤小,白皙,趾甲圆圆的。他自己的脚也是白皙,瘦长,脚背上有些筋脉,趾甲却是方的。如果说夫妻相,这两双脚倒是蛮配的。珏儿先把脚提起来,穿好鞋袜。乡下人教他们在鞋子上扎上稻草,这样就不会滑跤,也少溅些泥水。于是他俩像两个大脚怪似的,拖着满脚的泥水,终于走到龙华寺山门前。

由于近日遽寒,寺里寺外的桃花谢了大半,每条枝干只剩稀稀落落三五朵,地上到处是落瓣点点,和作泥尘。跨进寺门,只见一片颓败,照壁和地砖都已开裂,佛像也开始泥胎剥落。珏儿在观世音菩萨前燃了三炷香,磕了头。他伫立在香案旁,久久不语,依稀记起紫金庵里老道士随口唱的偈语,只是记不完全了。当年一群天真少年,率性而为。而世情诡谲,只不过三五年的沧桑,一派风流云散。

到镇上闲步,龙华是个非常萧条的小镇,很多屋宇年久失修,摇摇欲坠,有些地方可以看到大片的断墙残垣,显示了这个小镇曾经受了战时的炮火。他们进了一家茶馆小坐憩息,邻桌坐了三五个本地老头子,其中一人趋近搭讪,问两位要不要算命?很灵验的。珏儿显出很感兴趣的意思,临到要报八字之际,珏儿转过头来,要他出门去避一避。他开玩笑道:"外面天寒地冻的,你有什么事情要瞒我啊?"珏儿坚持,说:"你在旁边我就不算了。"他意识到珏儿可能要问些关于他的事,只得在镇上乱逛了一圈。回到茶馆,算命已经结束,珏儿看他的眼神有些奇怪。整个下午他们都在找车子回上海,在回去的三轮车上,寒风凛冽,车夫拿了一条脏兮兮的毯子让他们盖在膝上。他在毯子下摸到珏儿冰凉的手,于是握住,珏儿也没拒绝。

第三章 永劫回归

30

他想就是那次龙华之旅，珏儿在感情上对他开始松动。无论如何，他们之间还横着个汤姆，平时大家很少提起，但总有个幽灵在他们日常交往中出没。汤姆在青海服刑，是重刑犯，第一年不容许探监，信件也要经过检查。珏儿对青海是个什么样的地方全无概念，只晓得像是京剧《苏武牧羊》里唱的：天苍苍，野茫茫，千里无人烟。他想汤姆这个从小娇生惯养的公子哥儿，就是苏北的穷苦地方也一天过不下去，更别说那种高原酷寒，物质匮乏，青海对一个南方长大的人就是地狱般的考验。

有时做梦，汤姆胖胖的脸庞像只南瓜灯般地浮出来，跟他争得面红耳赤，从凯恩斯到中国农业政策，再到住医院的账单。他越说越激动，声音渐渐地高起来，最后只听到他一个人在讲话。他突然煞住，问汤姆：你怎么不说话？汤姆回他一句，我讲不过你呀。你兴致这样高，不就是想讨珏儿的好吗？他大吃一惊，心里最要命的秘密怎么会给汤姆看穿了。蓦然惊醒，就再也睡不着了。睁着眼躺在黑暗中，想着第一次见珏儿的情景。这个女人对他来说就像块磁铁，伊始见面，就再也摆脱不了。这到底是什么样的缘分？解不开，又放不下。目前这个局面，他怎么办？如果珏儿肯跟汤姆离婚，他会义无反顾地娶珏儿吗？

不知道。

这个世界就像一盘棋,一切都乱了规则,一个劫打了半天,回过头来看看是鸡肋。你自以为是个好的开局,一手一手也走得顺利,不想一个不留心,一着错,着着错。

他突然很想下围棋,那种日子显得很遥远了。安静地伴着一杯酽茶,听着棋子落盘的滴笃之声,日沉月升。心无旁骛,世界只有三尺见方。尘世远离,目中只有黑白二色。亦静亦动,雁过寒潭影绰约。

只是苦于没有对手,司令员现在是中央首长,没有可能再跟他下棋了,偶然在报上看到他的些许消息。他也去过公园里看人下棋,都是些初级水平。高手如江湖上的隐士,不会在那种场合露面。实在是手痒难忍,一个周日下午,他径直来到夏先生处,开门的是夏太太,老了许多,见了他大为惊愕。听他说是来找夏先生下棋的,满脸是笑地连表欢迎。他走进客堂间,只觉得这地方怎么变得既小又暗,八仙桌太师椅樟木箱折叠床置物架堆得满坑满谷,天花板上吊着热天乘风凉用的藤椅,好像随时要撞头的样子。他当初怎么会在这里窝了两年半的?夏先生从楼梯上下来,满月脸笑得要滴出油来,搓着手笑问:"弟弟啊,今朝怎么有空过来了?"他说:"来寻侬弈棋呀。"两人呵呵一笑,马上摆出棋盘,头也不抬下起棋来。期间夏太太送来茶水果盘,一再关照:"弟弟,侬今朝一定要留下来吃夜饭。我这就到小菜场去看看有啥时鲜货。"

他久未弈棋,对棋的敏锐性降低了。第一局他输了两子半。第二局又陷入苦战。来往兑子很久,才赢下这局。第三局时,夏太太在灶间里煎炒烹煮,香味一阵阵传来。他竟会去猜测夜饭吃什么小菜,就那么一分神,一大块黑子被堵死。他又挣扎了十来手,终于中盘认输:"长远未下,棋真的荒疏了。"夏先生道:"休息一下,吃过夜饭再来。"

夜饭很是丰盛,有葱烤河鲫鱼,咸菜卤冬笋,油面筋塞肉,一只腌笃鲜大砂锅。夏家的小孩都长大了,神态还是那么拘谨。在餐桌上坐满一圈,他突然觉得小市民生活也不是一无可取之处。夏太太虽然俗不可耐,但一手小菜烧得非常入味。管家也是一把好手,小孩们虽然不会有大出息,但一个个规规矩矩,不惹麻烦。夏先生是戆人有戆福,你看他红光满面,怡然自得地喝酒吃菜,闲来喝喝茶下下棋。对寻常百姓说来,日子蛮好过的,人生不一定需要雄心大志。

可是他不是夏先生,这种生活要他来过,只怕维持不了两年就厌了。

饭桌上夏太太话特别多,说早就看出他有出息,一个学生仔,眼睛一眨,竟然当干部了。用筷子点了小孩子的额角:"好好跟这个爷叔学学。"再就是问他有没有女朋友,要不要给他介绍一个?为了堵住长舌妇的嘴,他只得说早就有了。那更是撩起夏太太的好奇心:何处人氏?作何营生?贵庚几何?弄得他差点被鱼骨头噎到,还是夏先生打圆场:"弟弟结婚一定要请我们吃喜糖的,到辰光侬不就晓得了嘛?"

他实在想弈棋,又吃不消夏太太的唠叨,就把夏先生约到他的住处,没人打扰。买二两好茶叶,老虎灶上打两瓶开水。歇息时,从弄堂口小摊头叫两碗菜肉馄饨作点心,也蛮说得过去了。

那段时期他沉溺于弈棋,生活倒好像简单了,下了班,到二马路逛旧书店。看看有否新收来的棋谱碑帖,有余钱就买下来。然后寻个小饭店,一客盖浇饭或者来碗大肉面,都能对付过去。礼拜天是雷打不动就为了弈棋。夏先生早上九点钟左右到,他已经做好了准备工作,茶叶在杯里，开水一冲就行。饭摊头上也关照过了，中午送饭菜过来。两人闷头鏖战一天，可以弈个五六盘。夏先生一走，他擦把脸倒头就睡，梦中俱是黑白两色。

海格路隔三差五还去一次。作为反革命分子的家属，珏儿受到的压力不小，民警，居委会干部的语气恶劣，简直把她当作准犯人看待。任凭珏儿这么好脾气，也好几次差点吵起来。她现在就靠汤家的存款过活，有时手紧，也会拿些金条首饰到银行变卖，补贴日用开销。毛姨在乡下的儿子祖传亦有十几亩地，划成地主后，一家三口逃来上海，珏儿让他们住在后面的汽车间里。他是见过乡下人怎么对付地主的，晓得一旦被牵连，将后患无穷。因此对珏儿此举大表疑虑：侬自己是泥菩萨过江，又招个麻烦果子来家，何必呢？珏儿说，我哪能会不晓得？但毛姨为汤家做了四十年了，现在有难，不帮一把，会叫人心寒。他只会摇头，心想一只船已经漏水，你自己已经半个身子在水里了，还要帮人，其结果是大家一块沉了。

目前，珏儿多少缓过来了点，面色好些了，忧郁也不再，偶尔还会讲一二句风趣话。只是提不得汤姆，一说起汤姆，面色马上不好，过一歇就把自己关在房间里不出来了。

前几日居委会上门谈话，好说歹说，要她把房子让出来：侬是反革命分子的家属，还住这么大的地方。如果她肯把房子捐献给国家，或者让出来一部分，这样对汤姆也有好处，说不定还能减刑。珏儿因此举棋不定，来探询他的意见。他一听就知道不可能，哪有可以用几间房子来影响司法判决的？但珏儿觉得哪怕有千分之一的机会也要尝试一下。只想征求他的看法，要交出去哪一部分，而保留哪一部分比较好？他说都

第三章 永劫回归

不合适，这种房子是为一家一户设计的，你交出去任何部分，房子的格局全破了。而且，你的隐私全没有了。

珏儿说隐私不是她现在要考虑的，只要人能早点出来，她一家一当全部赔进去也是甘心的。汤姆如能早点出来，他们夫妇俩可以找个事做，养活自己。她现在倒蛮羡慕普通人家，人员齐全，家庭和睦，住亭子间也没关系，穷一点也没关系，辛辛苦苦但日子安稳。

他晓得女人大都是一厢情愿的，希望以付出来换取对方的让步。他不相信一个最基层的派出所或者居委会干部，能有影响力可以改变一个在押犯人的刑期长短。

最终还是珏儿"自愿"跟房管所达成协议，把楼下的一层上缴给国家管理。保留楼上的三间房，毛姨一家则住到汽车间里。珏儿透了一口长气："断命的房子，像个生在背上的热疖头，反反复复发作，这次总算剜去。总可以还我太平了吧。"

31

　　一个礼拜天,说好了夏先生要来,到了十一点钟还未见到人影。他等得心焦,结果来了夏家的老么,打招呼来的: 阿爸今朝不能过来了,阿哥要去当兵,瞒了家里报了名。姆妈晓得了哭死: 当兵?侬不晓得朝鲜在打仗呀?死掉的人造造反反。侬一定要去,那还不如我先去跳黄浦江。屋里厢现在鸡飞狗跳,阿爸一个头变成两个大了,今朝弈棋来不成了。

　　他期望着的一个休息天就此泡汤,不由得意兴阑珊。收拾了棋具,中午遂去饭摊头上,一个人把订的两份饭菜都吃了。饭后往海格路来。进门见了珏儿,说起中午一人吃了两份饭食,吃撑了。珏儿咯咯笑个不停:"今早毛姨买了只老母鸡,本来还想留侬吃夜饭,哪想到侬连夜饭都一顿头吃好了,真是没吃福。"正在说笑,听见门外叫汤家有电报,快点出来敲图章。珏儿拿了图章下楼去,他从窗口望下去,穿绿色邮衣的邮差正骗腿上了脚踏车骑出弄堂去。只是珏儿许久不上来,他感到奇怪,接着预感到了点什么,背脊一阵发冷,正要开门出去,突然就一个人跌了进来,正是珏儿。他急问:"怎么回事?"珏儿嘴唇灰白,眼睛发直,人站都站不稳,一下子软瘫在地上。他急忙捡起飘落在地上的电报,一看是青海劳改局发来的,心就急跳起来,再看内容,短短两行:

犯人汤毋忘（编号××××××）于在押期间死亡。家属必须在指定的日期到劳改局管理处领取骨灰，逾时统一处理，不另行通知。

珏儿背靠沙发坐在地上，连起身的力气都没有。人好像中魔一样，若有所失地向四周张望，嘴里喃喃道："怎么会？怎么会？"他蹲下身去想扶她，一看眼神不对，珏儿面部痉挛，嘴唇抖得如打寒战，张大的瞳孔有股吓人的绝望。他觉得珏儿这副样子像是马上就要猝死过去，一下子乱了手脚，跑到后窗口大声呼唤毛姨。毛姨奔上楼来一看，叫声不好，伸手就去掐珏儿的人中，又叫他去水龙头上接了一杯冷水，冷不防地泼在珏儿面上。只听一声急叫，珏儿哭出声来，伏身在沙发上，哭得心胆俱裂，哭得昏天黑地。

毛姨得知情缘之后，眼泪涟涟，一迭声地说："要命了，这可如何是好？汤家就这么一个儿子，这下天要塌下来了。"他此刻稍微回魂，连忙摆手叫毛姨噤声，指了珏儿轻声道："现在什么也说不得了，先要弄妥当这个。"两人合力扶起软瘫成泥的珏儿，送进卧室。盖好被褥，再退了出来，在书房里守候。

整个黄昏，珏儿一直躁动不安，人陷入半昏迷状态。到了夜间，倏地发起烧来，直达三十九度。他叫了三轮车，把珏儿送进广慈医院看急诊。值班医生听他讲述了起病的缘由，说大概是心因性神经紊乱，引起发烧。打上点滴，留院观察。一夜折腾，转眼天就亮了，他先赶回海格路，让毛姨的儿媳赶去医院陪护，然后再到办公室上班。

一夜无眠，他身心俱疲，好几次把手边的公文搞错，跟同事说话也前言不搭后语，只好请了半天假回去睡觉。根本睡不着，迷迷糊糊躺到黄昏，又去了医院。病房里正好是开晚饭之际，锅盆叮当，一片混乱。他进到珏儿的单人病房，毛姨的儿媳不知去向。再看珏儿，手臂上扎着滴液皮管，紧闭着眼睛，身体薄薄的一片，在白被单下显得弱小无助。听见动静，珏儿睁开眼来，看见是他，又把眼睛闭上了。他在床边坐下，握住珏儿放在被单外的手，感到这只手冰凉，软得像一坨棉花。隔了门，走廊里的嘈杂声时时传来，那是现世中的喧哗。而这间白色的病房，却若游离在三界之外，寂然无声，听得到输液管轻微的滴液声，珏儿轻轻的呼吸声。他俯下身去，仔细看珏儿的脸，鼻翼微微翕动，眼睫毛抖着。珏儿突然睁开眼来，瞳仁深不见底，他不由得感到晕眩。珏儿鬼魅地微笑了一下，说："也好……"看到他疑问的表情，又说，"要是我，坐二十年大牢，也情愿早早地走掉的。"他不响，尔后说："不要多想，养病要紧，一切容后再说。"

珏儿在第二天出院，医生说要静养，他接了她坐三轮车回到家里。珏儿一到家，即刻要毛姨准备行装，要去青海领取汤姆的骨灰。大家都担心珏儿的身体，说火车要坐四天三夜，还要换长途汽车。侬这种身体，路上有了病痛怎么办？珏儿并不为所动，说，夫妻一场，聚少离多，这也是我可以为他做的最后一件事了。他说那种地方缺医少药，有了事体叫天不应叫地不答的。珏儿冷笑："再如何，大不了一个死吧。我倒是不怕的。"说到这个地步，众人也噤了声。他倒是担忧："要么，让毛姨家阿大陪侬去吧，也多少有个照应。"珏儿不响，看样子是默允了，大家都松了口气，叫毛姨的儿子去买车票。

出发那天，他送到车站。天落着雨，车站里昏暗一片。他帮了阿大把两人的行李搬上车，再三叮嘱说要保暖，要注意安全，早去早回。珏儿又一次失神，嘴里嗯嗯地应着，好像似听非听。汽笛长鸣，他一直站在站台上，等到火车开走，满心惆怅地走出站来。

　　半夜里梦中惊醒，梦里，他和珏儿在龙华放风筝，两只风筝绞线，他奔前奔后想要解脱，只是徒劳。突然间，一只风筝脱手飞去，飘飘渺渺直上云霄。他刚回头说了一句：珏儿，线要捏牢呀。却不见人影，一抬头，珏儿已经随了风筝升上半空。他猛地坐起来，心脏怦怦乱跳，这个梦实在诡异。他看了一眼手表，两点多钟了。此时此刻，珏儿搭乘的西去列车，像条蛇蠕动在未名的黑夜里，穿过中国的腹地，向西北的寒冷之地而去。

32

隔日,夏先生上门讨救兵来了。说屋里厢天翻地覆,大儿子报名参军,夏太太使出女人家的拿手戏,一歇要投河一歇要上吊。他劝得嘴唇皮都起泡了,还是没办法。"弟弟侬是屋里厢的熟人,又是国家干部有威信,也许我老婆肯听侬一句。请侬无论如何要帮这个忙。"

他一天忙碌,人已极其疲累,本想早点上床歇息。经不起夏先生的苦苦哀求,于是乘了公共汽车,来到夏家。进门夏太太却不见人影。小儿子说: 姆妈在楼上房间里。夏先生一听就急了: 叫侬看牢,性命交关的事体,怎么让侬姆妈独自一人关在房里?扬手要打。他阻止了夏先生,上楼敲门: 是我呀,特为来看看侬,夏太太,快点出来。

劝说多时,夏太太终于下楼来了,蓬头散发,眼泡虚肿着,面孔哭得像只黄胖橄榄,坐下就嘤嘤地又哭。他好言劝慰了一刻钟,夏太太只是摇头。他最后说:"侬看,我也在军队里待过的,不是好好的嘛。就是当兵去,活着回来的也是大部分呀。所以侬不要没事先吓自己。"夏太太一口咬定:"他这趟去,一定回不来的。"他摇头说:"这就是你不对了,哪有这样咒自己儿子的?"夏太太抬起头来,眼睛血红,说:"我怎么会咒自己儿子?算命先生说过他十八岁有场大劫,非要屋里有个亲人代他去死,才逃得过。所以让我先去死好了,他尽可以当兵去。"他更是愕然:"这种江湖术士的鬼话,侬也听得进?"夏太太猛摇其头:"这个算命先生九十多岁了,从小就帮我屋里人算命,桩桩都是准的。"他说:"如果侬出于母爱,虽然自私,还情有可原。但弄到迷信那里去,就不对了。抗美援朝是国家政策,你家老大响应国家号召,光荣的事情,我们都要支持才是。不要再吵了,传到外面交关难听,万一追查起来不得了,你还要想想下面几个子女嘛。"

夏太太低头擤鼻涕,一声不吭,一抬头,目光怨恨委屈莫名。

他莫名地头疼起来,这种事情真是无谓之极,一个家庭妇女,听了一个算命先生的话,寻死觅活。他竟然傻到搅和进来!好了,他道理讲完了,好人也做过了。接下去就不是他的事情了。他站起身来,示意要回去了。夏先生苦了脸送他到弄堂口,说:"真是要谢谢侬了。弟弟,还有一桩事体,不晓得要不要跟侬讲?"他一天下来,体力心力都绷紧到极点,头疼难耐,想必又是夏家鸡毛蒜皮的事情,就答道:"不谈不谈,侬屋里事情,还是要靠侬自家解决。我实在是帮不了更多忙的。"

期间,他接到小崔和毕姝的结婚请帖,定在绿杨村吃喜酒。里面附了张毕姝亲手写的便函:这次是单独请朋友同事,家人不在列,你可一定要出席噢。他原想送一份贺礼去,人却不去的。一是近来心情不好,气色也差。二是不想看以前的女朋友嫁人,两相尴尬。但毕姝亲手写了条来,不去倒要引起人家的不快和猜忌。于是在喜宴当日,先去美发厅理了个发,刮了胡子,穿起他最登样的深蓝色哔叽中山装,提了礼品,来到绿杨村饭店。堂倌见是崔局长的客人,特别殷勤,奉上热毛巾让他擦手脸,用刷子把他的中山装刷了一遍。他把礼品交给司仪,然后步入婚宴包厢去。两张大圆桌上置了酒水、十来个冷盘,已有不少人坐在那儿了。毕姝穿了件秋香色的中式罩衫,米灰色毛料长裤,胸前缀了朵红色的绢花,正依偎在一身深蓝哔叽正装的小崔身边,两人在最后检视今日的菜单。及发现他进来,小崔跟身边堂倌头目说了几句,走过来一拍他的肩膀:啊,月老来了。把他安排在主桌坐下。毕姝对他笑了笑,淡淡地打了个招呼,随即跟别的来宾寒暄应酬。客人到齐之后,四五个堂倌进来,把托盘中的菜肴一一放在桌上,计有清炒虾仁、拆烩鲢鱼头、火腿干丝、文思和尚豆腐、三套鸭。堂倌在每人面前放一个小盅,揭开来是蟹粉狮子头。看来婚宴是花了大本钱的,他晓得小崔虽然工资不低,但负担也蛮多的,每月要贴补乡下父母弟妹几十块钱,这个喜酒钱大概是毕姝家出的。

吃完喜酒,宾客们相约去毕姝家看新房,他就借故告辞了,小崔也没多作挽留。倒是毕姝说:"还要谢谢侬这个月老了。你也快点结婚吧。"他避开毕姝的眼睛,说:"当然,如果要结婚,第一个给你俩发请帖。"

走出饭店,心情莫名地坏了起来,也不想乘车,闲步向西而去。正是华灯初上之际,虽然天气寒冷,却也有一对对男女,相依相偎,在橱窗前流连不去。他却形单影只。想到小崔毕姝在婚宴上敬酒之际,肩并肩,夫唱妻随的样子,心绪更是杂陈。刚才在宴席上他不敢贪杯,生怕喝醉了有失体统。此刻却极想借酒浇愁。路过一家烟纸店,戴罗宋帽的店老板正在吃夜宵,一大海碗的菜泡饭,滚烫,搭配着一块鲜红色的榨菜。见来了客人,放下饭碗准备做生意。他低声问道:"有进口的洋酒吗?"在民政科时,他晓得很多外商被驱离上海时,急需回笼头寸,把库存的货物低价盘出去,有些开烟纸店的老板乘机吃进,再转手赚一笔。老板先朝四周张望一下,从柜台下拿出一瓶酒,用旧报纸包好递给他,轻声说:"八只洋。"他有点嫌贵,但也顾不得了,付了钱拿了纸包就走。

路灯下，他打开纸包，里面是一瓶黑牌约翰走路——英国产的名酒。回到家，他打开瓶盖，直接喝了一大口，一股热流直贯胸腹。接连几口下去，感到脸颊发烫，胃中烧灼。这才想起下酒菜，只是平日孤家寡人一个，三餐都在外面解决，家中一点储存食品也无。不禁惦记起烟纸店老板那一大碗滚烫的菜泡饭来。有个家庭，到底还是不一样，至少起居饮食有人照顾。不禁摇头苦笑：他不是刚把机会拱手送了出去嘛！他半倚在床上，一面胡思乱想着，一面不停喝酒，酒入愁肠，不觉就醉了过去。

醒来头痛欲裂，挣扎了起身，洗了把冷水脸上班去。精神还是不能集中，脾气也控制不了，为了点鸡毛蒜皮，竟然跟一个女科员争吵起来，训得人家伏案哭泣，过后自觉后悔。不想即刻有人报告上去，下午处长传他去谈话。廖处长平常蛮欣赏他的，这次语气有些生硬："几次出错，我都隐忍了，没有讲你。今早又有人报告上来，说你满身酒气来上班，还在办公室乱发脾气。年轻人，不要玩忽自己的前途。"他晓得理亏，只有唯唯诺诺，低头认错。廖处长又看了他道："你原先是个很有分寸的年轻人，怎么会变得这么厉害？是否身体有病？还是有个人问题？"他支吾说近来失眠得厉害。廖处长说："失眠？怪不得。有病还是要去看医生，喝酒是不解决问题的。这次给你提个醒，下次不能再犯了。"

他冷汗浃背地回到自己的办公室。是的，他心不在焉很久了，这样下去要出毛病的。但是怎么会变成这样的？他自己也不知道。头还是痛，他索性请假回家了。

33

算算三礼拜了,几次去海格路都说还没回来。他不禁焦虑了好几日。直到礼拜五,珏儿来了一封短信,寥寥几笔,说回来了,要他在周末过去,有些事情跟他说。他接信后透出一口长气。礼拜天一清早他就出门,到海格路时还不到九点,毛姨开的门,珏儿却不见人影。他径自在沙发上坐下。自从楼下缴了出去,家具都搬来楼上。书房改作了起居室,放了钢琴和沙发,饭桌,书橱,以及落地式大自鸣钟。一间朝南的作珏儿的睡房,一间朝北的房间堆了很多箱笼杂物。因为不想去楼下共用灶间,房内辟出一角,放置了飞利浦冰箱和一台火油炉,珏儿平常用火油炉热些简单的饭菜,对付一顿是一顿。

他环顾房间,看见五斗柜上有个盒子,用一块绒布盖着,前面放了一只香炉,插着几炷残香。他即刻晓得,盒子里是汤姆的骨灰。他不禁寒毛凛起,死亡的真相就是一个活生生的人,变成一小撮灰烬,躺在一个小盒子里。一切都归于虚无,一个人就像从来没有存在于世那样。

坐了好一阵,珏儿才露面,穿了件灰色对襟丝棉袄,人看上去怏怏的,显得很疲倦。这是料想之中的。一个悲伤女子,几日几夜乘坐长途火车,旅程劳累不说,到天涯海角的苦寒之地,去领取亡夫的骨灰,心情不免灰暗。好在顺利地回来了。

但珏儿的神色有些奇怪,少言寡语的。好几次两人的视线对上了,珏儿很快地掉开脸去,像有什么难言之衷。他试着寻话头:"侬怎么去了这么久?"

珏儿淡淡地说:"噢,其实已经回来了几天了。"

他愕然:"我两天前还来过,毛姨说侬还没回来。"

珏儿道:"是我关照毛姨的,不想见外人。"

这句话伤着了他: 你人回来了,礼貌上也应该知会一下呀。他赌气地捡了张隔日的报纸翻阅,一声不吭。

珏儿起身,去隔壁房间泡了两杯茶,一杯放在他面前,自己捧了一杯坐到窗边的椅子上。两眼望了外面,也是一声不吭。

僵持良久,他憋不过去,为缓和气氛寻话头:"哎,一路上还好吗?"

珏儿转回身来,对他的问题置若罔闻,哑了嗓子说:"今天叫你过来,是有一句话要问你。"

这副凝重的口气使他警觉起来,坐直了身体:"讲呀,什么要紧话?这样一本正经的。"

珏儿欲言又止,又转身望窗外。

他站起身,走到窗边,一只手搭上珏儿的肩膀,轻轻地摇了一下:"讲呀。"

珏儿回头仰望着他,瞳孔深邃,嘴唇苍白,语调有点迟疑:"你以前说过的,现在不知你怎么想的……还是要娶我吗?"

他如触电一样,搭在珏儿肩膀上的手很快地缩回来,茫然无语。

珏儿掉转脸去:"不必勉强,我只是问你一声。"

他极力镇静下来:"这太突然了,叫我何从说起?"

珏儿有点不耐烦道:"就简简单单一句话,你倒是说呀,要娶,还是不要。"

他在房内踱了一圈，回到桌边，说："这么多年，你是应该晓得我的。问题是，就算我说了要娶你，你也未必肯答应。我是碰过几回壁的。"

珏儿道："过去是过去，不谈。我就问侬此时此刻是怎么想的？"

他迟疑："让我考虑一两天好吗？"

珏儿决绝地拒绝："不，要娶不娶，就在今朝一句话。到了明日就不作数了。"

他苦笑道："珏儿呀，你真是逼人太甚了。那么你说，娶，又如何？不娶，又如何？"

珏儿站起身来，眼睛望着他，神色迷茫，轻声说道："娶，是了了你的一个心愿。不娶，将是了了我的一个心愿。"

他默然，第一个心愿，他是懂的。第二个心愿，他茫然。

珏儿接着说："你如娶的话，那是我欠了你的。你不娶……"

他猛然握住珏儿的臂膀："讲呀，那你要怎样？"

珏儿轻轻挣脱："我就可以出家去了。"

女人说这话时，脸色平静，神态却决绝。

他呆在那儿动弹不得，珏儿幽幽地说："我想，汤家在紫金庵里捐了许多铜钿，我要到那里落籍的话，也许是肯收留我的。"

他大为震骇，出家这话怕不是随便说说的，想必在心中盘桓一阵了。珏儿个性柔软，行事却决断。他不禁急呼："这不可以。"

珏儿冷然回答："可以不可以——都不由得你。"

他顿脚："万事都可商量，唯独这件事行不得。"

"为啥行不得？"

"空门易入难出，一旦遁入，万难重返。"

珏儿泪花泛起，伤感道："我进去了，就没想过再出来。这个人世，实在太没味道了。"

他劝道："人生几何，譬如朝露，去日苦多。做人确实就是这样的，有味道也要过，没味道也要过。许多人一生穷困，连饭都吃不饱。要是像侬这样想法，再有十个紫金庵也装不下吧。"

珏儿长叹："我也想不到命会这样地苦，竟然年纪轻轻就守寡。做人真是半点意思也没有。"

他说："侬心定些。常言道，山重水复疑无路，柳暗花明又一村。"

珏儿翻来覆去就说一句话："人生没意思。"

他厉声呵斥说："瞎说。人生不易，但并非没意思。"

珏儿软弱地回嘴道："侬倒讲讲，意思在哪里？"

他略一思索，说："我讲出来侬不要笑。人生的意思在……满腿泥泞到乡下头去看桃花，在淋成落汤鸡之后有一盆火可以烤一烤。在狼吞虎咽吃完一客盖浇饭后还有一丝饿意。在走投无路之际还有个朋友可以投靠。还在于做个普通人可以有啥吃啥，不用木鱼敲得手酸之后才有一口斋饭吃。"

珏儿脸上活泛些了："哎，侬唱戏啊。"

他一本正经地对珏儿说："更有一样最要紧的……"

珏儿说："啥？"

"人生最大的意思在于——我在这一世碰到了你。"

珏儿噤住。慢慢地转过身去开始哭泣，哭得很是伤心，肩膀一抽一抽地。他静静地站在她身边,没有一言半语。他晓得,最好让她哭个透。他晓得,珏儿在向她的过去告别,他也晓得,他的人生将是另一番局面。

渐渐地,珏儿止住了抽泣,用一块手绢很响地擤鼻子,瓮声瓮气地问他:"你到底说一句呀。"

他俯下身去,搂住珏儿的肩膀,说:"其实,珏儿侬应该是晓得的。我从认识侬起,一直是心心念念想娶侬做老婆的。"

照他的想法,两人先订婚,交往起来也名正言顺。珏儿却觉得一年多的经历是个噩梦,越早摆脱越好。商量下来,等过了第一个清明节,立夏前后办事。还有五个月,有足够的时间通知亲属,不会太贸然。至于婚后在哪里居住,珏儿的意思是住到静安寺他处:"嫁人嫁人,总是女人嫁进男家的门。"他倒是蛮可惜海格路的环境,房子质量也好得多。他晓得珏儿是想彻底换个环境,以免触景生情,只得应允。

他跟小崔碰了次头,说要结婚了。小崔说你早该结了,结婚好啊,我和毕姊结婚以来,人胖了有五六斤。夜里加班,再晚回到屋里,洗脚水总给你倒好,热毛巾送到你手上。消夜嘛一大碗菜肉馄饨总是有的。新娘子是啥地方人啊?

待到晓得他要跟珏儿结婚,小崔的眉头就皱了起来:"啥?就是老公私藏手枪被捉起来的那个女人?啥,老公已经死在了青海。你要跟她结婚?我看你是热昏了吧!你究竟中了什么邪?前途还要不要?她是反革命家属,你跟她结了婚,等于给自己沾上污点,今后前途都会受到影响。我看你还是要慎重考虑,不要昏了头。"

他跟小崔不欢而散。想不到隔日就被廖处长叫去谈话,廖处长开门

第三章 永劫回归

见山地说:"我一直是看好你的,也准备培养你担任更重要的职务。年轻人,可是你真的使我太失望了。什么人不好找?找了一个反革命家属,你的觉悟到哪儿去了?"

他据理力争:"廖处长,我的未婚妻就是个普普通通的女人,她前夫的事情已经过去了,人也死了。何况,一人做事一人当,他的案情没有理由让她来承担。我不认为与她结婚会影响到我的工作。"

廖处长脸色都变了:"你这是什么态度?我是代表了民政局领导跟你谈话,还想帮你挽回一桩不合适的婚姻。想不到你这么执迷不悟。你去好好地想一想吧。"

他低头不语。

廖处长重重地叹了口气,说:"年轻人总是把什么感情之类的看得太重,殊不知天长日久下来,人都是一样的。倒是自己的前程,踏错一步,就相差万里。我的年纪可以做你的父辈了,今天给你讲的是忠言,是明鉴,接受不接受就看你了。"

他有过一瞬间的动摇,但如果珏儿再经受一次打击,会承受不了。于是不管廖处长说什么,就是固执地不开口。廖处长见他态度顽强,也失去耐心,朝他挥手道:"真是无可理喻,你回去等待处理吧。"

他满心懊恼,结个婚也会有这多纠葛。珏儿见他面色不好,问了缘由,安慰他说:"若实在做不下去,干脆辞职好了。你可以接些翻译之类的活做,还自由些。再说,汤家留下的老底子,也够我们生活个几年。"

他晓得真要做翻译之类的自由职业,收入是有一阵无一阵的。所以工作还是要保有的。等他们开除他,再做计较也不迟。

倒是毕姊写了信来祝贺： 小崔讲你要结婚了，真替你高兴。能够得到你首肯的，一定是个又漂亮又善解人意的淑女。我已等不及要见新娘子了，啥辰光办喜酒一定要让我们晓得。更希望两家人能常常走动，今后如果有了小囡，可以在一起白相，那将是多么有趣。

他心里一热，毕姊真是个温良的女子。他内心有一丝后悔，当初与毕姊分手也许太过于冲动了。这些都说不得了，人生本来就是阴差阳错的，而且这世上没有后悔药好吃。

筹办婚事期间，他陆陆续续见到珏儿的娘家人。珏儿的大哥继承父业，原来在乌镇乡下开有一爿中医小诊所，也要公私合营了。人才三十七八，已显得很老相，头半秃了，脸上皱纹纵横，穿件中式对襟褂子。脾气倒好，见谁都点头哈腰。二哥是个教物理的中学教师，文质彬彬，蛮沉静的一个人。珏儿最要好的小姐姐，性子却非常活跃，见了他，上上下下打量一番，笑了说："真是郎才女貌，怪不得。"珏儿就上来要捶她："看我拧你这张蜜糖嘴。都老太婆了，还郎才女貌。"两人推挡笑闹一阵。他注意到小姐姐笑起来眼帘下也是有一道笑纹，肤色稍黑些，打扮也老气些，说是已经有三个囡了。虽说乌镇离上海不远，但一礼拜只有一班船，亲戚来了总要住几天再回去。这个去了那个来，日脚过得特别忙乱。珏儿自从西北回来之后，身子总归有些虚，受了风寒，感冒了两次。好在不久就痊愈了。

民政处的处分下来了，是由副科长降为科员，工资减掉半级。在科里宣布时，同事都用了异样的眼光看他。他在其中感到侮辱的意味，冲动之下真想辞职算了。最后还是隐忍下来。廖处长事后寻他谈话，警告他说不要闹情绪，不管什么职务，都要做好本职工作。

34

时缘正兴起公私合营运动。米铺布庄酱油店杂货铺大小饭店馄饨摊子铁器厂外国铜匠店棉纺厂百货公司私人出租房屋,都在其列。如有不情愿的,就有工会干部上门来动员,早晚不绝,一拨又一拨。报上刊登资本家们响应政府号召,先施公司老板亲自登台,清唱一剧《霸王别姬》来表示对政策的拥护,从此不必吃辛吃苦地经营,操心。国家一手包办。老板们只要坐在家里领取股息就可。闲来到市里工商界联合会开开会,聚个餐。这是何等地照顾,何等的福分。

他正失意,免不了讲几句酸溜溜的话。珏儿就说:"偌大的梅园,不也是拿去了嘛。经过这几年,我也看透了,只要人平安就好,身外之物拿去就拿去了吧。"

四月里有一天,没有任何预兆,一辆伏尔加小汽车停在民政局门前,下来两个人向门卫亮了亮派司,再跟局长短暂交谈几句,就到办公室里把他带走。虽然过程短暂,但像在水塘里投进一块石头,整个办公室都在私下谈论。很快各种传言都出来了:他是美蒋特务,在圣约翰读书时就被吸收,潜伏了多年,终于露出马脚,被公安局捉起来了。也有人疑问,特务还用小汽车来捉?待遇也太好了些吧。说是特务的人就振振有词:级别高的特务,当然要用小汽车来捉,国民党那些大官,捉起来都好饭好菜养着的。人比人气死人啊。

当他被两个一脸严肃的人带走时,也是一阵惊慌。但这两个人对他却很客气,心才稍微定下来。汽车穿过市区,到了西区。他从车窗里望到熟悉的街景,心中突然一动,马上告诉自己不可能,也许是为了他征收的房屋有什么问题才把他带来。

车子在湖南路的一幢花园洋房前停下,司机轻轻地按了声喇叭,即刻有个武装士兵从岗亭出来,看了一眼车里,铁门打开,汽车滑行进了花园里的车道。下车之后,他环顾四周,记得这幢大宅子正是经他手征收的,原宅主人是个南洋巨商。代理人是个干瘪老太,期间好像还通过市委打报告去外交部。其余就忘记了。看上去草坪好像保养得很好,花草树木也修剪得整整齐齐。他被领进会客室,一眼看到台子上摆了一副棋盘,旁边各置一把藤椅。他心急跳,可能吗?忐忑不安地等了几分钟,果真一个熟悉的身影走进房间,还是声若洪钟,只是胖了,头发稀疏了。他恭恭敬敬站直身子,一口一个"首长"。首长挥挥手:"坐下,坐下,叫你下棋来,又不是叫你汇报。没得这样一本正经。"

两人坐下,服务员送茶进来,悄声地退了下去。首长还是棋风凌厉,开局就咄咄逼人。他则是太过紧张,第一局下得乱七八糟,输了十多子。第二局他努力收敛心神,要自己静下心来,纵横布局,谨慎落子。这局棋两人缠斗有一句多钟,直至尾盘,局势黑白基本均势,但在打劫之际,想及对面的对手是何等地位高权重,因此他不敢着着咬紧。算下来还是输了半目。首长靠进藤椅,点起一支雪茄,呵呵一笑:"连输两局,老弟看来没什么长进嘛。"他脸一红,说:"本来您的棋力就一向在我之上,加之近来没什么机会下棋。"首长看了看表,说:"我还要去

第三章 永劫回归

开个会,今天就到此为止,让警卫员送你回去吧。"

他心里晓得,今天的棋下得不如首长之意,一部分是他手软心怯,一部分是氛围迫人。也许这是最后一次与首长下棋,他们之间隔了一条巨大的鸿沟。首长心血来潮兴之所至,可以一个电话把他叫出来陪他下棋,没了兴致,挥挥手就叫他回去。汽车驶到民政局时,接送的人语气严肃地跟他说:今天跟首长见面的事,不许对任何人说,会面地点也不能说,这是组织纪律。知道吗?

他当然唯唯诺诺。

但这次会面却救了他,局里知道他被级别很高的首长传去,又被平安地送了回来。上面关照过不能过问,叫人吃不准到底是啥苗头。处长局长的脸色都客气多了,原本要对他的处分也不了了之。办公室私下传言又是另外一套:看不出喔,他竟然有关系通到高层,怪不得平时鼻孔朝天,看不起人哟。

四月底黄梅季节,飘雨终日。他礼拜天去看珏儿,路上看到有白糖青梅卖,便称了两斤,用纸袋装了,往海德路来。

外面雨声淅沥,他进了房间,窗帘低垂,珏儿在午睡,薄暗中看见丝绵被下一具蜷曲的躯体。听到响动,珏儿半睡半醒地抬头看了看,咕哝了一声:"侬怎么来了?"躺倒继续睡觉。他在床沿坐下,说:"看,我带了白糖梅子来,侬喜欢吃的。"拈了一颗,放到珏儿的嘴边,女人在他手上咬了一小口,就吐了出来,说:"酸死人了,现在牙齿吃不消了。"他只好把咬了一口的梅子放在床头柜上。想起当年的梅园旧事,两人都不做声,房里安静如井。珏儿还是在假寐,过了会,他脱了外衣鞋子，一拱身钻进被窝。珏儿在被窝里推他："做啥啦？不要呀。"他坏笑："既然已经订了婚，未婚夫妇一起睡个午觉总是可以的呀。"珏儿遂不再挣扎，让他进了被窝。开始是并排躺着，拉了手不说话，静静地听着雨水滴落下的叮咚之声，风声紧一阵缓一阵。过一阵，珏儿侧转过来把头枕在他肩上，嘤嘤地哭泣起来。他晓得一颗梅子引起珏儿的伤感，安抚道："不要哭了，人生总归有酸甜苦辣，都要过下去的。"珏儿双手揉着泪眼，哽咽地说："侬是对的，我真是太脆弱了。"他说："不讲这个了，我们说点别的吧。"珏儿逐渐安静下来，过一会说："讲给侬听呀，我的娘家人都蛮欢喜侬的。说侬人登样，心也好。"他听了笑："真的？"珏儿哼了一声： "当然是真的。不过，我看他们透出一口长气，只怕我没人要，回乌镇老家去投靠他们。"他说不会吧，小姐姐不是跟侬很投缘吗？珏儿道："她倒是，不过她心有余而力不足，自家三个小囡，婆家也不是什么有大底子的人家。真的要去，只怕也是为难了她。其实我又何尝要去看人脸色？真个撑不下去，头一剃，烦恼也就没有了。"

他反应迟了半拍，悟过来珏儿说剃头是出家的意思。就沉了脸，在女人的屁股上拍了一记，嗔道："哎，说好不提这个了？又犯！"珏儿笑着认错："好了好了，不提不提。我只是说，人生难料，再也想不到你我有今朝的缘分。第一次见你，好像是你住在医院里吧？艾茉莉说要去看个受伤的朋友，我懵里懵懂跟了去。哪想到会有今天这一刻？"

他仰面朝天，环着珏儿肩膀，暗想道： 其实，我认识你还要早，最初只是从小照上看了一眼，我就晓得这生跟你有不解之缘。到了今朝，终于躺在一个被窝里了，其中的筚路蓝缕，几番生死，外人实在是难以知晓。转过身来，看见珏儿抬了头，眼睛仰望了他，其中有迷茫，也有着不曾见过的温情，以及对人世重生脆弱的信赖。一时情不自禁，拥住了珏儿亲她，女人眼皮上依然有眼泪的咸味。珏儿则是紧紧地箍牢了他，两人肢体交缠，耳鬓厮磨，女人穿了一件薄薄的绒衫，蕾丝三角裤，没戴胸罩。他抱在怀里，只觉得极其单薄的一个躯体，瘦得背脊上的骨头一节节都摸得出。他满腔爱怜之情油然而起，撩开贴身绒衫，俯身去亲吻珏儿的胸部，女人稍一推挡，也就随他恣意了，一只手轻柔地抚摸着他头发。珏儿的两只乳房小小的，还如少女般地挺翘。江南女子天生皮肤粉白，瓷器般地细腻光洁。两人在床上忘我爱抚，吻得气喘吁吁。男人的动作大了起来，珏儿被他压在身下，不住地推他，说："哎，不是讲好的吗，这事要等到结了婚才能做。"他尘根早已勃起，哪里还忍得住，一面去脱女人的衣服，一面在珏儿的耳边轻声说："既然订了婚，早一天晚一天都一样的。"珏儿在他的百般搓揉抚弄之下，渐渐瘫软下来，等到被剥去了全部衣物，便只好顺从了男人，张开双腿，眼神迷蒙，幽幽地说道："轻点，不要弄痛我，我吃不消男人太用力的。"

他在苏北与恽姐那段情事之后，未曾与女人有过性事，平时常感饥荒。今日便不免情急了些，进入之后只顾上下耸动。珏儿却好像很不适应似的，他一接触，就雪雪地叫疼，慢点慢点。怎奈男人在此时如马脱缰，如箭在弦，叫他如何慢得下来？珏儿便半阖了眼，咬了下嘴唇忍着。他以为自己长远不经房事会很快地泄出，竟也坚持了半句钟之久，终于到了最后关头，他"噢、噢"地轻叫着，抖动着身体，把一腔经年累月的热情，倾泻在珏儿的肚皮上。

事毕，珏儿起身，披了一件薄薄的睡衣去盥洗间料理自己。他则陷入沉思：他终于到达了人生的一个坐标，和自己喜欢的女人性交。众里寻她千百度，蓦然回首，那人却在灯火阑珊处。必然命运中的偶然，六七年的苦恋，得之又失之，今日终得画下句号。

珏儿浑身冰凉地回到床上，把身子紧紧地贴住他，说了一句："我真是你的人了。你要待我好。"

第三章 永劫回归

35

结婚后的日子有惊喜也有烦恼。珏儿是个好老婆,性格和顺,待人接物得体。左邻右舍住得贴近,日常鸡零狗碎是免不了的,珏儿却和大家相处得很融洽。她曾在富贵人家做过主妇,手下的佣人比主人还多,嫁给他之后,从收拾房间到生炉子,从菜场买菜到下厨烹饪,事必躬亲。只是在周末请了个大脚娘姨来帮忙洗被单床罩。他平日许多生活小节都马马虎虎,结婚后珏儿给他做规矩:衬衫与袜子必须一日一换,每礼拜至少要汰一次浴,上床前要揩面刷牙汰脚,否则不得近身。他说老婆啊,侬的规矩介多,烦死了。珏儿抬手在他肩上拍了一记,笑了说:烦啥?几分钟的事情,清清爽爽不好吗?他看女人那种娇俏的样子,也就笑着依了。女子持家之精义,最要紧的是烹饪,弄妥当男人的胃口。珏儿尤好鱼虾河鲜,只要是新鲜的当季水产,珏儿再贵也买得下手。回家细细地掇弄,晚饭时分端上桌来,简单,味美。一海碗蛤蜊蒸蛋,鲜美异常。一道葱烤鲫鱼,油煎后小火焖透,骨酥味浓,连葱段都滋味无穷。夏天闷热,胃口不好,珏儿就煮些清淡的,粉红色的一盘盐水虾,头须剪得干干净净,一小撮盐,几片鲜姜煮出,虾肉裹着一包满满的虾籽,加一只碧绿的葱结。再几样清爽小菜,一碟酒焖草头,毛豆芋艿凉拌莴笋,烫一杯黄酒,两人在傍晚的晒台上吃夜饭。秋风起时,珏儿托了人去东山太湖买来硕大肥美的阳澄湖大闸蟹,剥出蟹肉蟹膏,或清炒，或烹制蟹粉豆腐。上海的冬日，阴冷刺骨，他下班回家，寒气浸入骨缝里。桌上有一锅熬了一下午的火腿萝卜丝鲫鱼汤，热乎滚烫，汤汁极其鲜美。再一盘风干鳗鲞，一碗黄芽菜烂糊肉丝，荤素搭配，下饭正好。他与珏儿结婚以后，竟然重了七八斤。珏儿说侬以前太瘦，像根晾衣裳竹竿，男人立出去是要有点分量的，穿起西装来肩胛也撑得起。只是他一发胖，以前的衣装都穿不下了。珏儿翻出汤姆的西装，送到弄堂口的裁缝摊上改中山装，裤脚袖口都接长，回来让他穿上，竟然像量身定制一样。汤姆的西装都是最好的英国进口料子，花呢细羊毛轧别丁，现在市面上拿了钞票也买不到。人去物在，为什么要暴殄天物呢？

在他看来，珏儿样样都好，上得厅堂下得厨房，只是床上之事不甚得力。这事上不得台面，却也是男女感情重要黏合剂。他原想珏儿也曾嫁作人妇，这方面应有所开启。但结婚一年多来，远未达到琴瑟之好的精髓。人家新婚燕尔，贪个没够，最好整日赖在床上，但他俩性事显得寡淡。珏儿怕冷，冬日总是穿了厚厚的毛衣裤上床，他要脱去这几件贴身衣物还真不是一桩易事。夏日她又厌憎汗湿床席，也是不大肯就范。唯有在春秋之日，才有些许机会一亲芳泽。他也疑惑地探问：当年你与汤姆是怎般过的？珏儿赌气答道：他长年住上海，我在东山，一年中也没几次碰面的。他又疑惑：男人这般地荒疏，难道你就不想吗？珏儿更是气恼，挥手打了他一记，嗔道：“十三点，如果女人家一天到晚想这个，还有个好吗？”他无语，从礼教上，他是不能辩驳珏儿的，但作为一个丈夫，在床笫之间不能尽兴，也是个遗憾。

他马上要跨进廿七岁了，关于子嗣跟廿岁光景时的想法不同，既然他决定结婚成家，生儿育女是潜意识里必然的事。尤其是前阵子，毕烨生了个女儿,小崔请了两桌满月酒,他送了礼,亦带着珏儿去了。小崔很客气,一句话也没提以前的事。毕姹生产后,整个人胖了一圈,满面红光地抱着小婴儿。她好像一眼就喜欢上了珏儿,拉了手"珏姐,珏姐"地叫个不停,一时兴起,还说要把女儿给珏儿做过房囡儿,被小崔暗地里一个眼色给阻止住了。回来的路上他感叹良久:"像小崔这样的黑胖子也能生出蛮登样的囡儿,我们也来一个吧?"珏儿苦了脸说:"这小囡,也不是要生就能生的。"他说:"为啥不能,你我都正当盛年,又不是七老八十。"珏儿只是闷头不响。

是夜,他漱洗干净,兴冲冲地入房来。珏儿正靠在床头看书,他翻过书的封面,见是巴金的小说《家》,说:"侬怎么会对这个感兴趣?"珏儿说:"老派人家的家居日常,平时不觉,写到书里就蛮好白相的。"他把书搁下,搂了女人笑道:"书先放一放,办正经事要紧。"珏儿晓得他兴致上来了,想想是有一阵没有让他尽兴了。只好宽衣解带,跟他温存一番。只是夫妇伦敦,总要双方都兴致高涨,像两部火车头相撞那样,大开大合,才能淋漓尽致。他们结婚近两年,房事总像一壶没烧开的温吞水,泡茶泡不开,当汏面水正好。珏儿感觉如何不知道,但他自己偶尔会想起与恽姐干柴烈火般的卷缠,不禁心旌摇荡。即刻收敛自己,不敢想下去,最后的场面太过凄惨。

紫色的丝绒窗帘低垂,暗红色壁纸是珏儿选的,感觉很温暖。带流苏的台灯洒下橘色的光。如此氛围对行房事的夫妻有一种心理暗示: 这里是一个温暖的洞穴,世界被关在外面,没有人会来打扰,尽可以醉生梦死……

他晓得珏儿一向慢热,所以上马落马地做足了功夫。只是珏儿今晚情绪不在，虽然也迎合，但是不热烈，像是为了完成任务。他忙了半日，总算完事。珏儿一掀被子要去厕所，被他拖牢："去做啥？"珏儿说我要去汏一汏呀。他一把按倒，说："要生小囡的话，完事后要躺好睡平，精子才能有机会与卵子结合。被你用水一汏，还生得出小人吗？"

第三章 永劫回归

36

在公私合营之际，汤家的房产除了梅园从解放初期被征用，还有海格路的洋房和十六铺附近的四亩七分地皮，上面造有几十幢简陋的民居。那是汤家老爷子在日本人投降之前用极便宜的价钿买下来，准备日后拆掉重建。由于局势不稳，一直搁在那里没有动静，让原来的住户继续居住，交纳极低的房租。珏儿自从汤姆出了事情，手头也开始紧了起来，原来不当回事的十六铺房租，竟也不无小补。珏儿用收来的房租长期补贴住在汽车间的毛姨和她儿子一家。及嫁给他之后，珏儿也常动用房租来添一些家居用具。

房管所跟珏儿谈关于合营之事，分成比例很低。珏儿当然不满，他劝珏儿：算了，你能如何？我们不靠这点房租吃饭，今后量入为出就是了。珏儿说："我倒无所谓，毛姨一家是要靠这点房租补贴的，那又怎么办？"他说你跟他们解释是政府拿去的，不关你事。珏儿为难道："毛姨为汤家做了三十多年，老来无靠，这个样子我心里也过意不去。"他说："珏儿啊你也要看看形势，人各有命，现在只要能保住你自己就不错了。"珏儿不响。

这样一来，珏儿手里也开始紧了起来。衣裳和鞋子不肯随便买了，家用也捏紧了。但是每季度收到定租后，她还是拿出一大半给毛姨。他有些愤懑："照顾毛姨还讲得过去，但是侬看她这个儿子，从来不好好地工作，一天到晚泡茶馆店，孵公园。每季度一到辰光，就急吼吼地跑上门来拿钞票，好像前世欠他一样。"珏儿说："也难怪他，乡下的男人没读过什么书，屋里有点田的，都不怎么做事。跑到上海来，高不成低不就，找不到事情做，只好靠老娘吃饭。"他鄙夷道："一辈子游手好闲，根本就是个二流子。"珏儿为之辩护道："也不能这样说，陪了去青海他到底还是出了力的。"

他心里不舒服，毛姨儿子上门来拿钞票时，他的脸色就很难看，话语也不无鄙夷之意。几次三番，两个男人恶了在心里，珏儿在其中周旋，总算未爆发出来。

珏儿说：汤姆的骨灰盒还是要入土为安。想在东山寻一块地皮，把骨灰下葬。这想法是合他意的，于是请了两天假跟珏儿一起去东山。在火车上，珏儿捧了包在白布包袱里的骨灰盒，脸色悲怆，长久地望了窗外，少言少语。他捧了一张《解放日报》，翻来覆去地不晓得看进什么去，也是百般地无聊。对面座位上是一对乡下老夫妇，满脸皱纹，穿的是手织土布的衣裤，洗得干干净净。正捧了一盒麻酥糖，你一块我一块地推来让去。酥糖送进掉了几颗牙齿的嘴巴，眉开眼笑，舔嘴咋舌地咀嚼，弄出很大的声音。他开始是厌恶地警视着这两个乡下老倌，到后来却生出些别的心思来：再过二十来年，他和珏儿都近五十了，也会被人认为是老年人。锦瑟无端五十弦，一弦一柱思华年。他的人生会有什么值得思念的华章？不错，他受过教育，他在政府的部门中工作，有一份过得去的薪水。还有，他娶了心仪的女人，他比对面两个乡下人好到不知哪里去了！

第三章 永劫回归

真的吗？他也说不上来。对面的老夫妇，衣着寒酸，举止也粗俗，肯定是下层社会中最不起眼的一对。但这两个老人的神态有一种怡然自得，好像人生虽然普通，但通透明净，而且打磨得严丝合缝，自成一体的样子。不管这世界再怎么变化，他们的人生已经不会受到任何影响。他恍然想起，这大概就是所谓的天人合一。而天人合一是要经过时间磨砺的，只有到了一定的年纪，你才有可能和这个世界，和你所处的时代，和你周围的人磨合得流畅圆融，像水流在河道里受到限制却又随心所欲，无所不能。

大概他盯了人家久了些，对面的老头儿竟然向他伸来装酥糖的纸盒子：小阿弟，吃一块吧，别客气。他先是想拒绝，结果是伸手拈了一块。老头儿又把酥糖盒子递向珏儿，珏儿只转头看了一眼，就摆手拒绝。他打圆场：我太太牙不好，吃糖会疼的。

汤姆的坟地坐落在一个小山坡上，是紫金庵的庙产。照理说土地全部国有，这块坟地还保留着，也是一个异数。在庙里烧了香烛锡箔之后，和尚叫了两个乡下人去帮忙。在乡下人动手挖地时，他在小山坡上走了走。看出去是大片的油菜花地，明黄色的一片直到太湖边，在树丛中间透出几幢黑瓦白墙的房舍。四周毕静，偶尔天空中有鸟叫的声音。乡下人挖地惊动了一只野兔，跳出巢穴，在地上打了个滚，一溜烟地跑得不见影踪。差不多一盏茶后，珏儿面色灰败地过来，说坟已合上，问他要不要去看一眼。他默默地跟过去，在堆起的一个小土堆前站定。土堆前点着两支白蜡烛，插了三炷香。他站了一会，鞠了三个躬，回头向紫金庵走去。

照他的意思，当日就要坐了夜班车回上海，珏儿却说，既然来了，就住一夜嘛，反正今后也不会常来了。他晓得珏儿是怀旧，也就应允了。在离紫金庵不远处找了一家旅舍，老账房是跟珏儿认识的，一口一个汤家少奶，听得他很是反感。账房给他们派了一间最好的房间，并关照仆役换上新的床单被褥。梳洗停当，他们去镇上吃夜饭，叫了一只三虾豆腐，一只白什盘，一客清炒豆苗，菜肴都是太湖风味，鱼虾极为鲜美可口。珏儿还为他叫了一壶黄酒。食毕，微醺中踱回旅舍，经过水边，可以遥望梅园的院墙和飞檐，惘然回首，物是人非。两人停下脚步，微微的风从水面上吹来，暮色合拢，水汽冉冉升起，天地苍茫，昏暗的湖面上有几只水鸟掠起落下，白翅一闪，如电如露。两人都不说话，各想心事。过了一刻，他揽了揽珏儿的肩膀：“回去吧。”

旅舍是老式建筑，已多年失修，但苏式园林的精致韵味还在。小院子里卵石铺道，植有修竹湖石，几株瘦削的梅树正在结苞。他们的房间在第一进院落的楼上，穿过一条甬道，登上木楼梯，迎面一张古色古香的供桌，桌上搁了一排老式的煤油灯，微火幽明。柜上曾告知，房内是没电灯的，客人要自提一盏煤油灯进房。房间宽大幽深，高挑屋顶，见得到一根根椽子，瓦缝中偶有星光透入。屋内有一股沉郁的生漆和桐油气味。靠墙放了一张古董乌木大眠床，床头板上雕了繁复的花鸟戏剧人物，挂了帐子，床前还有只踏脚台，要上了踏脚台再爬上床去。他擎了油灯环顾，笑道：“倒像煞是戏里的花烛洞房。”珏儿白了他一眼，说："别再去想戏里人生了。侬先去弄点热水来洗脸汏脚。"

热水灶在院落的后部，灶头上炖了一大锅热水，旁边是七八只铜壶。他小心翼翼地提了一壶开水上楼，先泡好两杯茶，在木盆里倒了些热水,招呼珏儿先行洗漱,他再洗脚擦身,事毕上得床来,拥住已经钻在被窝里的珏儿:"新娘子,花烛洞房夜来了。"

珏儿整日怏怏的,他是想逗她开心点。岂料珏儿竟被他一句"新娘子"撩起,一反常态,自行脱去衣物,催促他赶紧上身。他感觉到珏儿比以前任何一次都饥渴,她的眼神迷散,喉头咿咿作响,身子紧紧地贴住他,腿也翘起盘在他的身后,整个人呈开放、急于纳入的姿态。并且在他兴浓之时,高举起一只脚抵住床柱,以便承受男人的激烈冲击。月光从窗外洒了进来,透过雕花床板,映在珏儿雪白的肌肤上,光影如盘蛇,女人如脱兔。他大汗淋漓,如腾云驾雾似的只管上下耸动,直到一股热流激射而出,才瘫软下来,拉过被褥盖住他们光裸的身子。

珏儿背上一身细汗,侧身向里,他从背后拥住她,一面亲吻女人的后颈,一面说笑道:"刚才的动静可真大,明朝去结账,账房先生不晓得怎么想。"珏儿不响,过一会,只听一声叹息:"我是怎么啦?这般地不管不顾。"他晓得自己多嘴了,也是排解也是宽慰地说:"生个小囡吧,老婆,给我生个跟你一样乖巧的女小囡吧。"

珏儿幽幽地说道:"真的生得出来的话,我倒希望是个男小囡。"

他说:"会得生的,儿子女儿都要。"

37

空气中有一股躁动的气息,民政局连日开会,动员大家向政府挑毛病,提意见。张局长在全局干部会议上说,为了更好地建设国家,请人民群众发表对政府的看法,或建议。大家有什么看法,都可以提出来,提得不对也不要紧,有则改之无则加勉嘛。

照他的性格,"反右"一开始他就该被划成"右派"的。救了他的是东山的一夜之欢。回来后,珏儿显出妊娠的迹象,早上出现恶心和干呕,人也变得倦慵。珏儿大哥特地为此来了上海,给妹子把了脉。走出房间跟妹夫点头道:"恭喜侬了,珏儿看样子是有了。"大舅子继而又说,"但我要先给你说一句,胎象不是很稳,珏儿差不多二十九了,这个年纪生头胎是蛮吃力的,千万要小心。"他惶恐地问怎么个小心法?大舅子医生说:"第一不得劳累,第二不得怄气,第三要静养。"

于是忙乱起来。他一个大男人不会照顾孕妇,珏儿暂时搬回海格路(此时已改名为华山路)由毛姨为她料理三餐。于是他两头跑,下班先赶去华山路探视,和珏儿一起吃夜饭。毛姨每日烧出一大堆菜肴,她和儿子一家也一起沾光。然后他再赶回静安寺家里料理些杂务。上班心不在焉,开会也能溜则溜,就是人在场也不发言,总算没有痛脚给人抓到。

一天他头疼请假回家,照例先去一趟华山路。推开房门,竟然见到毛姨的儿子坐在珏儿的房间里吃香烟，见了他才讪讪地退了出去。他原来就与这个人互相看不过眼，不由发了一场脾气："汽车间里这个赤佬跑来做什么？鬼鬼祟祟的关了门在屋里，像啥样子。"珏儿委屈道："他来敲门，我又不好不让他进来。"他黑了脸问道："你们都说些啥？"珏儿说："还不是听他诉苦，说手头怎么紧，日脚难过。"他哼了一声："自从认得这个人，没一日不听到他哭穷的，是只无底洞。你也少跟他搭讪。"珏儿火大了："什么叫'我跟他搭讪'？毛姨一家也算是汤家的本家，住在楼上楼下总有个见面的辰光，是要我断六亲啊。"他冷笑一声："亲啥亲？他恐怕亲的是侬几张钞票吧。"珏儿反唇相讥："反正还没用着侬的钞票。"他大怒，即刻摔门而去。

回到静安寺，心里却不安起来：怎么忘记了孕妇不能怄气，为了点琐事去跟珏儿争执？动了胎气可怎么办？于是想明日去华山路，跟老婆赔个不是。第二天一早，却见珏儿开门进屋。诧异道："你怎么回来了？"珏儿赌气说："这儿是我的家，想回来就回来！不可以吗？"他不响，过去拥住女人。珏儿说："我才不愿为了不相干的人，夫妻间吵相骂。"他赔不是道："昨日是我不好，真是莫名其妙。"及看到珏儿带回来的衣物，问道："侬住回来了？"珏儿说："求个太平呀。"他点头称是："那也好，叫那个后弄堂洗被单的大嫂来帮忙好了，每日买菜也托给她就是了。"

民政局里第一批的"右派"给揪出来了，总有几十人，年老年轻的都有。廖处长也在其中，人变得灰头土脸，每日在大会上读检讨。原来富富态态的一个读书人，现在驼了个背，走路低了头看着地下，眼神都不敢与人接触。他在惊骇之余庆幸自己没有逞一时之快出风头，没有多嘴。

他有一次在走廊上遇见廖处长，习惯性地叫了一声："廖处长你好。"廖处长竟然吓得一抖擞，左右观望没人之后，才急促地低声道："快别叫我处长了。我是犯了错误的人，要好好改造才是。"说完低头快步离去。倒是他愣在那里，原来那个见识丰富，性格儒雅的男人，成了一只惊弓之鸟。

珏儿有两个多月了，最初的妊娠反应已经过去，可以自己料理日常生活了。早上，后弄堂大嫂买了菜过来，顺带做些杂事，收拾一下屋子。中午珏儿下碗馄饨自己吃了，晚上亲自下厨烧好夜饭，等他回来一起吃饭。夫妻两人坐在简单的餐桌边，互相搛菜添饭，说些最日常的街坊琐事，社会新闻，新上映的电影，而窗外的天色一点点暗下来。隔壁人家的灯亮起，幽暗却温静。远处哪家的收音机在放一段沪剧，时断时续，都是耳朵听得出油的老戏，但带有一种不可言说的温馨。再接下去，浓黑的夜晚笼罩，带来休憩的许诺。人躺在被窝里，迷糊中还听得到四周隐隐的市井声响，弄堂里值班的老头敲更而过，嘶声提醒居民小心火烛。隔壁几间房子里有人穿了木拖板上下楼梯，晒台上鸡窝里一只母鸡不安地叽咕几声，屋顶上的野猫突然间一声长嘶。而身边的女人身着丝绸短衫裤，已经沉入梦乡，肌肤幽香，吐气若兰。

他的确是很享受这种日子的，外面狂风暴雨，他却有一个温暖安全的洞穴可以遮风避雨。有时候，他想象着再过几个月小囡将要出生的情景，恍惚觉得这种平淡而实在的生活像灌浆的植物，在安静中孕育着一颗小小的果实。这的确是福气，多少人求也求不来的。

第三章 永劫回归

38

过了一阵子，不晓得是怎么搞的，市场一下子萎缩起来。后弄堂大嫂买的菜越来越差劲，价钱却不见便宜。珏儿诧异之下，自己起早跑了一次菜市场，真的没啥好买，货色干瘪，供应量也少。她兜了个把钟头，只买到两条三指宽的带鱼，一把茼蒿菜。原想买只蹄髈炖黄豆的，卖肉的鼻子哼一声：蹄髈？一个多月没见过了。猪尾巴要吗？她气恼地回家来，说：" 哪能会弄到这个光景？老早日脚再难过，一口蹄髈总是有得吃的。" 他连忙一把捂住女人嘴巴： "哎，不要乱说话。当心隔墙有耳。"

他们手上还有些活钱，珏儿又在孕期当中，营养是要保证的。在静安寺与华山路交界有一家广东烧腊店，供应叉烧、烧肉及一些熟食，价格较贵。珏儿常常拿个钢精饭盒去光顾，看大师傅把鲜红色的叉烧切成薄薄的一片片，刀功利落，动作飞快。这样晚饭也省掉些工夫，炒个青菜烧个汤，就可以吃饭了。后来连高价叉烧也时有时无。珏儿只好有啥买啥，他们饭桌上经常出现的是猪头肉猪下水，也有过几次猪尾巴。

中国人以食为天，也可说所摄取食物之优劣，是人生幸福与否的一个衡量指标。街头出现了外地来的乞丐。市场供应则进一步恶化，烧腊店柜台也常常空空如也。他必须想别的办法，苏州河边常有乡下人的驳船停泊，船上农民暗中出售农产品。他向他们购买新鲜鸡蛋、活鸡，有时能买到黄鳝或鲜鱼。并不计较价钱，老婆大着肚子，他第一个孩子在来到这个世界的路上，他要竭尽所能地保证他们的营养。

一个周日早上，他从苏州河边回来，提包里有九只鸡蛋，一只小母鸡，和两斤黄豆。一路上想着是否要把小母鸡在晒台上养起来，等下蛋。或是熬锅鸡汤，让珏儿补一补。兴冲冲地推开门，即刻发觉屋里气氛不对，饭桌旁，背对着他坐了两个陌生人，而面对着门的珏儿则一脸困惑与气恼。听到他进门，两个客人一起站起身来，一个是十来岁的少年，削瘦的身架，苍白带黄的脸色，怯生生地朝着他看，那副容貌似曾相识。另一个是个农村妇女，穿一件洗旧的褂子，半花白的发髻盘在脑后。他第一反应也许是哪个邻舍推荐来帮珏儿坐月子的乡下人。但又不对，这年月不是雇人的时机，而且离分娩坐月子还有一长段辰光。正在他发愣之际，那妇人开口招呼他了："弟弟，侬还记得我吗？"

那一口浓重的宁波口音使他无端地打了个寒噤，脚下如有洞穴裂开，人都站不稳了。时空恍惚，四周万籁俱寂，弄堂里传来一声悠长的——磨剪刀来戗菜刀。哪里有一只水龙头没关好，滴答一声，接着又滴答一声。

他手中的提包掉下，包里的小母鸡一阵挣扎。

农妇怕他认不出来，又说："我是阿香呀。"

他下意识地"喔"了一声。

他当然认出这是老去的阿香，他不得意时期照顾过他的妇人。他离开后，就把她忘了个精光。有什么必要再牵挂呢？他们根本就是两个世界的人，他是名校大学生，知书识礼，前途无限。而她是一个最低微的佣妇，终日操劳的大脚娘姨。他们之间的一切，都是如水流过，就是有

第三章 永劫回归

火花，也是瞬间熄灭的。

所以他突然见到阿香，就像看见一个鬼魂出现那般手足无措。

如果说过去的老熟人，多年没来往，在偶然的场合遇见，虽意外，但波澜不惊，点头寒暄，招待茶饭，叙叙旧事，也是人之常情。没必要如此错愕惊慌。

一切的症结在于那个瘦削的少年，矜持地站在饭桌旁，一言不发，眼中闪着惶然却乖戾的光。

他是认得这股眼光的，他小时候的一张照片也是这样的斜眼看人。他认得出这张青涩的面容，脸上颧骨与鼻梁与他家族的人完全一致，两只向上斜起的眼睛里蒙了一层雾，一颗不知所措的灵魂躲藏在那层雾后面。

屋里四个人都不做声，空气里静电乱串。他脚下的提包蠕动起来，小母鸡把头伸出提包搭襻，咕咕地叫了一声，用力一挣跳出提包，在屋内乱飞乱跑。这个即将死在菜刀下的小生命打破了一屋子的尴尬，阿香俯身去捉鸡，少年收回与他对视的眼光，脚伸到饭桌下去隔断小母鸡的逃生之路。珏儿也被岔开注意力，只顾望了桌底下。

他面对一屋子的喧闹和混乱，心里一阵空茫，很想转身夺门而去。

可又能逃去哪里？他的命陷在这里，几根又粗又韧的线牢牢地牵住了他。人世早已织就密密麻麻的网，一生一世都收罗其中，逃无可逃，遁无可遁。

母鸡终于被几只手擒住，阿香把它放到晒台上，鸡脚上给拴了根绳子。在这当口，珏儿站起身来，脸色铁青，一言不发地进入卧室，门被很响地摔上。

他头昏脑涨地坐在桌旁,听着阿香一口愈发浓重的宁波话讲述前世今生:他搬离亭子间两个月后,阿香发觉自己怀孕了,还是硬撑着,希望能瞒过去。可夏太太那副火眼金睛不是吃素的,三问两问就被她盘出底细来了。接着是下逐客令:阿香,我实在留不得侬,我还有四个小囡在屋里,哪能跟他们交代?弄堂里也会有人戳背脊骨的,夏家还要留张面子做人的。阿香说我宁波乡下已经一个人也没了,侬要赶我到哪里去?夏太太讲这不关我事体。阿香讲侬曾经讲过要养我老的。夏太太嘴一撇,说,我是讲过的,但侬生出野种来也要养侬老?算了吧,事体是侬做出来的,怪不得别人。

阿香无奈,只有回到宁波乡下,挺了个大肚皮,为谋生东奔西颠,吃尽了苦头。小囡是在育婴堂嬷嬷的协助下生下来的。原说好生下来给育婴堂抚养的,但阿香舍不得:"侬看看这张面孔,看呀,跟侬活脱似像,我哪能舍得他被嬷嬷抱去?结果逃了出来,辗转各处,总有一口饭给我娘俩吃的。"

阿香开始抹泪擤鼻子。他转向那个少年,两人的视线对上,少年的目光清澈如水,他只觉得像在大日头天盯视太阳一般,不敢逼视。阿香抹着泪抬起头来,嘱咐少年:"叫侬爷呀!侬一直叫我带侬来上海寻他,现在坐了侬面前,侬倒是叫一声阿爸呀!"

少年的薄唇抿成一线,像块石头一样不肯开口。

他一辈子没经历过如此不知所措的情景。面前的少年,只要瞟上一眼,就可以看到他自己的精和魂在一个年轻的躯体里挣扎。可是这少年却有一副僵持的姿态,不肯开口唤他一声。这样的沉默形成了一个死结,使他全然不知如何选择立场。再转头看阿香,心中愤怒和怜悯同时腾起，早不来，晚不来，偏偏挑了个最为尴尬的时候出现。再一想阿香一个人带了个婴儿，这十多年是何等地艰辛屈辱，她是有权力来向他讨债的。

阿香嘀咕道："我想一个人也可以把他养大的，从来没想过要来寻侬，要不是……"

他突然想起，阿香怎么会有他地址的？

只有过去的房东晓得他住在哪里。这个嘴碎的小市民！他怒火中烧，恨不得即刻冲到夏家去兴师问罪。

阿香承认，是夏太太给了他的地址：我很久没她的信息了，一年前突然转来了一封信，是夏先生写的，说夏太太病得不轻，想见见我。我跑去一看，夏太太瘦得皮包骨，说是得了胃癌，撑不过几个月了。见到我就哭，说是当年对不起我，遭了现世报了，她大儿子在朝鲜战场上没了。从此她就一病不起。

"弟弟侬不要拿夏太太想得太坏，她倒是为侬着想，说小囡总归要认祖归宗，现在不认，将来也是要认的。也许侬看到有个儿子会开心的。"

"你说这是一年多前的事情？"

"是的，我一直不敢上门。"

"那这次又是为何呢？"

阿香原来在宁波一个教师屋里做帮佣，至少有一口饭可以养活儿子和自己。谁想去年东家男人犯了错误，做了"右派"，书没得教了，也雇不起老妈子了。她和儿子辗转多日谋不到一份工，饿得头昏眼花。早前还有育婴堂可以救救急，现在育婴堂也没了。乡下又一片萧条，田里歉收，待下去要饿死了。她卖了五百 CC 的血，乘了火车跟儿子到上海寻亲。

阿香说："我是不要紧，就是饿煞了，也好早点去投胎。侬儿子才十一岁，还没好好做过人了。我这次来，也是给侬一个交代。他在这世上的亲人，也就侬这一个亲生爷老子了，事到如今，总要有一口饭给他的吧。"

他抬头看了看阿香，的确，女人的脸皮松弛，颧骨突了出来，由于营养不良而牙龈充血，太阳穴的皮肤薄薄一层，几乎可见静脉，花白头发已经稀薄了，露出头皮。三十多岁的女人看上去至少有四五十岁。再看少年，除了脸上有些黄斑，头发有点疏落，别的倒还好，想必是阿香把口中食物省给了儿子。再转头看少年，身子微微地发抖，垂下的目光中骄傲与希冀并存。他晓得现在是个关键时分，他一点头或者一摇头，他将得到一个儿子，或者是一个仇敌。

但珏儿那儿怎么交代？

看他久久不语，少年脸色渐渐变得苍白，两只手攥成拳头，又放开，又攥成拳头。突然站起身来，用一口浓重的宁波话对阿香说："阿姆，我们走。这个人是没良心的。"

这分明是他年轻时性格的写照。阿香一脸茫然，却也有些不甘，身不由己地站起身来，跟了儿子向门边走去。他跳起身，一把拖牢两人。

少年满脸悲愤，扭身挣扎着想要甩脱他："侬捉牢我做啥？放手！我们就是死掉，也不用你来管。"

他还是不松手，转头对阿香说："你们至少要给我些辰光想想怎么办啊。"停顿一下，他朝卧房那边努了努嘴，"我太太怀孕了，不要刺激她。"

母子两人听了这话，安静些了。三人回到桌边坐下。他两手撑头，痛苦不堪。心里像万马奔腾，蹄声得得，每一记都踢在他的太阳穴上，以致他思路迟钝，面对目前局面，竟一无主意，直想蒙头大哭。但看到对面两母子望着他的眼神，只好强打起精神，双手狠狠地撸了一把脸，说："太突然了……"

少年的脸上现出一丝鄙夷。

他不敢对视，只向了阿香说道："侬来得真不巧，我是结了婚的人，太太又有了。侬晓得，我现在是国家干部，要遵守法律，不可以有两个家庭的。"

阿香说："这个我晓得，我也没想过高攀，只是来请侬给儿子一条活路。"

他说："侬倒说说看，要我怎么办？"

阿香嗫嚅说："留他在上海，让他读书。"

他摇头："不可能，户口怎么办？"

阿香固执地道："总有办法的，偌大一个上海，总有他一口饭吃的。"

他只能摇头，对这样一个村妇，你如何去跟她解释上海的户口制度是如何地严。还有一条更为辣手的："我太太那儿怎么交代？"

阿香不响，低头抹眼泪，半晌抬头说："我进门时，侬太太就对我笑，一副菩萨面孔。她会肯的，我给她磕头好了，求求她给这个小囡一条生路。"

说到此处，桌旁的少年大叫一声："阿姆……"

阿香喃喃道："我是念佛的，观世音菩萨一定会引渡我们出苦海的。"

这一切的一切，使他头昏得厉害：突然上门，捏紧拳头满心愤懑，全然陌生的儿子。背景里，观世音菩萨微微地笑着，持了拂尘在波光粼粼的海面上飘过。而关在卧室里，把一点一滴看在眼里，又拒绝出来的珏儿。不识相的小母鸡在晒台上振翅扑腾，想要挣脱绳索破空而去。人生如乱麻，一个死结不知在何时打下，又牵出一连串的死结，交错又纠缠，无穷无尽。

他恍然明了：因由缘生，缘起不灭。

卧室的门无声地开了，只见珏儿挽了个包走出来。脸色苍白，向三人点点头强笑道：你们坐，你们谈，我要出去一趟。他紧随了几步下楼梯，抓住珏儿的手臂："侬要去哪里？等歇，听我讲事情的前因后缘。"珏儿只是不做声，眼中有泪光闪烁，过一歇，用劲挣脱他的手，疾步出门而去。

砰地一声，楼下大门关上，他站在楼梯间，上不得下不得。一只楼下人家养的猫，悄悄地挨过脚边，想要溜到他房间去，被他狠狠地踢了一脚，只听得猫的惨叫声，一路滚下楼去。

39

　　他没说让阿香母子留下,也不敢就这样让他们回去。他先领着母子俩去弄堂口的小饭铺吃中饭。水牌上只有两三样东西,一是阳春面,可以多加点钱,面上再浇一勺素什锦。二是生煎馒头,馅子里只有一点点肉末,大多是葱花和豆腐碎块。阿香母子大概是饿狠了,素浇面一端上来,就埋头碗上猛吃。不到一分钟,少年的碗就空了,他想了想,把自己的那碗面推到少年面前,说,吃吧,我再去买。少年的目光带有饿极的羞涩,却柔和了些,随即一声不响低头吃面。他再去买了三客十二只生煎馒头,端上来,少年又是一扫而光。阿香吃完自己那碗面,只吃了两个生煎馒头,嘴里啧啧地说:"还是上海好,在宁波已经一年多没吃过肉了。"

　　饭毕他给了阿香一点钱,让她去给小囡买些需要的物事,说好晚上在此地碰头。他则急于要去向珏儿解释,不晓得那头情况怎样了。他自己也是蜡烛两头烧,心神不舍,过马路差点被汽车撞到。

　　卧室里窗帘低垂,珏儿蒙头在床上蜷做一团,无论他怎么哀告也不肯转过身来,捂住耳朵不肯听解释。他冲了一碗藕粉放在床头柜上,珏儿碰都不碰,藕粉渐渐地凉了。黄昏来临,室内暗影幢幢。他骇怕珏儿发生意外,遂用力掀开被单,一看珏儿已经哭得枕巾湿了一大块。他紧紧地抱住女人,嘴里说:"我真该死。但你要听我解释,我真的不晓得有这样一回事。"珏儿已经哭软了身子,一时答不上话来,只是挥手叫他出房去,哑了声音说:"让我静静,看老天爷的面上,不要说了,让我静静。"

他两手捧了头,守在床边,不敢离开。浓黑笼罩了房间,突然台灯被打开,珏儿起身去盥洗室。回来后拥了被子坐在床上,脸上已洗去泪痕,缓缓地轻声道:"你还是先回去吧,让我安静歇两天,我们再说这件事情。"他说:"珏儿,你一定要听我解释。"珏儿说:"不是说了吗?过两天。我现在实在吃不消。"他只得听从:"你一个人行吗?"珏儿说:"你下去时叫一声毛姨,说我让她上来看看。"

他无法,只得下楼去敲毛姨的房门。自从公私合营以来,为了银钱纠葛双方交恶,毛姨还没跟他讲过话,看到他总是眼睛翻白,一声不出。他只是很快地扔下一句话:"珏儿让侬上去一次。"

已过九点,他才想起来让阿香等在饭摊子上。及赶至弄堂口,饭摊早已收档。他匆匆回家,楼梯口坐了两个人影。男小囡伏在阿香的膝上,已经睡着。阿香推醒儿子,站起身来跟他进门,问他:吃过夜饭了吗?一边从提篮里掏出菜肴和面条:"我帮侬下碗面,只是没啥小菜。"

阿香拿着他的钱,上街帮儿子买了双鞋。又去菜场,买了些菜蔬,还买到六条小黄鱼。她一面通开煤炉煮水下面,一面嘀咕:"也不好顿顿在外面吃的,糟蹋钞票,还是自家烧来得实惠。"

他累得说不出话来,只想倒在床上睡去。这世界上的一切,都不是他能对付的。既对付不了珏儿的泪水,也对付不了阿香的唠叨,更对付不了少年幽怨的眼神。阿香烧开水下面,绞了热毛巾让他洗脸。他机械

第三章 永劫回归

地洗了手脸，坐上桌子，阿香端来两大碗面条，上面浇了葱油和开洋。阿香说："你两个先吃，我去把小黄鱼炸了，明朝要不新鲜的。"他的脑子已经停止转动，不想诘问，不想质疑，不想说话，不想再有任何事情来叨烦。只想做完人家要他做的事情，放他去睡觉，沉浸到一无所思，一无所觉的黑暗境界中去。

哦，如果能返回婴儿状态那就太好了，关闭五官，拒绝意识，跟这个世界不发生关联。但愿能像一棵植物一样无意识地生长，吮吸、排泄、让细胞分裂膨胀。无序，恣意。生也好，死也好，宛如没有生命的恒星也会自在地旋转。没有沸腾之狂喜，也没有冰冷的切肤之痛。生之为人，就是这一丝丝的缤纷万象、意识织成之所感所思所觉所感，最终换来的只是痛苦，以及无解无明无形无色，躲无可躲，避无可避的疼痛。

半夜，晒台上的小母鸡骚动得厉害，拍翅啼叫。他被惊醒，却懒得起身去查看，一切都那么无谓。昨日这个时分，他还是一个幸福的男人，将为人父。短短一天，人生即起了翻天覆地的变化。一切颠倒，一切纷乱，都起自他十年前的一次性交。没有热情，没有感觉，只是一次生物性的发泄，改变了他整个的人生。真可谓世事诡谲，命运弄人。

他不知道阿香母子是否离去还是留下过夜。他不想知道，因为他都无可奈何。离去，他会心有歉疚。留下，他将不晓得如何应对。他已经没有办法应付任何剧变，只好等待，命运交到他手上什么，他就拿什么。

第二天还得上班去。他路过灶间兼吃饭间时，看见少年裹着被子，睡在拼起来的两张凳子上。阿香却不见人影，他想了想，在口袋里摸出两枚角子放在桌上，出门上班。

中午，新升上去的副科长小韩把他叫去谈话。小韩原是他当科长时招进来的，高中毕业。当初他看这个小年轻手脚勤勉，嘴巴也甜，能说会道，虽然只比他小了没几岁，却一口一个"老革命"来称呼他，很让他的虚荣心消受了一番。他被撤职时，正巧这个小韩入了团，没多久又成了预备党员，再被提拔成副科长，可谓春风得意。当上副科长之后，对他的面孔也变了，虽还没恶言相向，但话语间也常敲敲打打：旧知识分子的习气啊。不要头脑僵化啊。更为难听的是，不要翘尾巴。他心里暗骂：他妈的，侬才有尾巴呢。刚来时摇得那个欢啊。不过，他现在没心思跟这个小赤佬作对，自己一大堆麻烦事没完了。

进了办公室，小韩用浓重本地口音的普通话说道："某某，你有一段日子没好好地开会了。晓得最近的形势吗？"他想，小赤佬拿腔捏调，装出一副领导的派头讲普通话。以为我会服帖？做侬的大头梦。于是说："最近我家里有些事，比较忙。"小韩说："再忙，会还是要开的，不学习人要退步的。"他说："我也天天看报的，看报也是学习。"小韩说："不一样，读报是你一个人读，没有自我批评。开会，同志们可以帮助你。"他嘲笑说："我又不是文盲，要人帮助我读报？"小韩一拍桌子："侬态度端正些，我是党组织派来跟你谈话的，为了挽救你。"他也一拍桌子，说："挽救我？侬没这个资格。我参加革命时侬大概还穿开裆裤吧。"说着站起身来，头也不回往外走。背后听得小韩说："你这是抗拒组织对你的帮助挽救，后果由你自己负责。"

会有什么后果？反右运动也过去了，他又没触犯任何法律。还能怎

第三章 永劫回归

样？降级？已经是普通科员了，难道再贬去看门？不睬他！虽然如此想，心还是不定，这人官迷心窍，啥人晓得他会对上面添油加醋说些什么。不禁心里有一丝后悔，但不可能再回去认错，该怎样就怎样吧。

他急着要去取得珏儿的谅解和原谅，然后再想办法安排好阿香母子。但是他去了华山路，珏儿却不在那里。到楼下汽车间去敲门，出来的是毛姨儿子。他也顾不得了，只问珏儿上哪去了？那个男人一脸不耐烦："我哪能晓得？"他离去之际，背后传来一句："这个瘟生，连老婆都看不牢。"他本想回头大吵一场的，只是觉得无趣，悻悻地蹩回家来。

不想珏儿已经自行回家，正坐在饭桌旁，捧了杯茶。阿香坐在一把小板凳上择菜，嘴里七七八八地唠叨个不停。而少年则蹲在门槛上闷头翻阅一本小人书，看得津津有味。看到家里气氛还好，他总算放下心来，也不顾珏儿给他一张冷脸，问道："我去过海格路了，侬哪能自己跑回来了？"珏儿翻他白眼，说："这儿是我的家，我想走就走，想回来就回来。多问有啥意思啊。"阿香则大惊小怪地告诉他，晒台上的小母鸡不见了，怕是给野猫拖走了。他闻言去晒台上查看，只见系绳一段，鸡屎几泡。忽听得"呱"地怪叫一声，抬头只见一只巨大黑鸟掠过。回进门来说："好好一锅鸡汤没有了，怕是给老鸦捉去的，我刚才就看见一只。"珏儿抢白说："城市里哪来的老鸦？侬是眼花了吧。"阿香说："上海还好，乡下头麻雀都捉光了，只剩老鸦了，田里黑麻麻地一片，叫起来整日不停，蛮吓人的。"

过一歇，晚饭开出来了，两荤一素一汤。汤是番茄蛋汤，放了点紫菜末，倒也蛮吊味道。荤菜是炸小黄鱼，还有一碗糟田螺。素菜是油焖茭白。阿香是做惯佣人的，菜端上桌，饭盛好送到每人手上。再自家捧了只碗，跟儿子挤在一只凳子上，屁股搭牢一点凳边，好像马上要放下碗去忙碌的样子。吃饭也基本上只吃白饭。珏儿看不过去，挟了一条小黄鱼放在阿香的饭碗里，转眼又挟给了儿子。饭后阿香麻利地收拾饭桌，洗涤碗筷。又绞来热手巾，给他夫妇擦脸擦手。

卧室里，夫妻俩尴尬相对。珏儿揶揄他说："喔，侬跟我结婚也近两年了，再也想不到的，侬还私藏了一个宁波大娘子，儿子都这般大了。"他听出话中有讥嘲，但还不是逼迫他到无路可走，于是低头欠身道："是我当时年少不懂事，一失足成千古恨。实在是对不起。"珏儿冷笑道："咦，有啥对不起？我只当是看了一出戏，陈世美跳了龙门便了无音讯，乡下头原配携子寻上门来。老戏新演，精彩得咪，简直好卖门票了。"他苦笑："千错万错都是我的错，不过真的不是啥原配，只是我一时荒唐的后果，现在悔之不及。"珏儿还不放过他，说："荒唐管荒唐，儿子可是实打实的，长一码大一码，侬赚着了呀。"他说："那我又能怎么办？这么大的一个小囡，又不好在马桶里揿揿死的。"珏儿啐他道："哎，侬讲闲话要下巴托托牢，不怕伤阴积吗？"他说："珏儿，求求侬不要再火上浇油了，我现在五内俱焚，不晓得要哪能办才好。"珏儿的语气稍微缓和一点："侬准备怎么办？"他说："我为这件事头疼煞了。阿香说乡下头没有一点收成，也寻不着事体做，叫他们回去恐怕要饿死的。"珏儿说："侬的意思是要留他们下来？"他说："是否让他们住三五个月，等情况好一点再回去？"珏儿沉吟不响。他一下子跪在沙发面前，抱住珏儿的腿，殷殷求道："阿香说侬是观世音菩萨，让他们住几个月吧。就当积德吧，为我们的儿子积点德。"珏儿说："起来，起来，一个大男人跪在地上像啥样子。"他说："侬晓得当年在紫金庵，我是连菩萨也不肯跪的。今天就求求侬了。"珏儿道："我还没那么坏良心，要赶他们去饿死。只是实在想不到会有这种事体出来，侬也叫人太吃惊了。"他不说话，只是拿个额头不停地碰珏儿的膝盖。珏儿等了一会又说："昨日那个阿香进门，说是来寻亲的。我吓了一大跳，想是碰到神经病了。再仔细一看，那个男小囡的样子跟侬一模一样。我晓得大概是真的了，差点昏过去。"

他只会喃喃道："对不起，真的对不起。"

珏儿说："没有女人吃得消这种事体的。当初跟侬结婚，除了看侬一直紧追不舍，还有算命说我跟侬命中有夫妻缘分，还讲了一句，有节外生枝。却万万没想到是指这件事。昨日我回到海格路，满心想的是跟侬离婚，让侬跟这个阿香去过好了。"

他哀叫："不要，不要。千万不要。"

珏儿不理睬他，自顾自地说下去："再一想，离婚了我又哪能办？肚皮里已经有侬的小囡了。到辰光再去演一出寻亲戏？算了，这都是命，逃也逃不过的。"

他说："回来好，我放心了。"

珏儿疲倦地说："侬去关照那个阿香，不许进我们的房间。一等到乡下头好转些了，就叫他们回去。"

他唯唯而诺，心里一块大石头落地。

是夜，珏儿一反常态，表现出想要交媾的欲望。他反倒畏缩，不敢贸然行事，说："我是犯了大错的人，哪敢再染指老婆大人的金玉之躯。"珏儿闻言狠狠地拧了他一记："所以给你一个赔罪的机会呀。"他只得使出浑身劲道,卖力耸动讨好。珏儿则动静大得连他都不敢相信。频频回头去看房门,珏儿推了他一把:"怕啥,是在自家屋里,我们是正经夫妻。"

倦极睡去。半夜惊醒。月在中天,万籁俱寂。珏儿裸了背对着他睡着,间或微微地颤抖一下。莫名地,他听到晒台上似有拍翅之声,然后是小母鸡短促地一声啼叫,宛如梦呓。

第三章 永劫回归

40

他们对外说阿香是他远房表姐,是请来帮珏儿坐月子的。至于阿香满口的宁波乡下土话,还有一个跟他长得很相像的男小囡,实在解释不来,就只好让人去瞎猜测了。阿香则秉持了一贯的手脚勤勉,屋里收拾得纤尘不染。她在吃饭间里用两张条凳一只旧棕绷,搭了一张床跟儿子合睡。吃过夜饭铺开,早上收起。买菜生炉子烧饭烧菜洗衣倒垃圾都一手包办。阿香是过惯俭苛日子的,她跟小菜场的人很快打成一片,花很少的钞票,烧出的小菜却很丰富。珏儿倒是进入了一个慵懒时期,只要隔夜给阿香一张钞票,吩咐买点什么菜,就百事甩手不管。阿香买菜总有找头,珏儿说:你留着吧,帮小囡添点什么。阿香就千恩万谢,眼中泪花闪烁。

珏儿无事,想要教少年读书。小囡这样闲着不好,多少要读点书。但没户口进不了学校。珏儿就亲自教少年语文和算术,每天早上各开一门课。但少年心思不在,珏儿讲课时他眼睛望了窗外,似听非听。珏儿测验他一下,算术一塌糊涂,背课文则是满口宁波腔,根本听不懂。珏儿便泄了气,拖拖拉拉过了一个多月,两相疲沓,就此歇搁,让他去自在。

少年读书不成,却对图画表现出极大兴趣,练习簿上画满了古代武士,骑马打仗的,满身盔甲的。还有摇鹅毛扇的诸葛亮,涂白脸的奸臣曹操，面孔红得像猢狲屁股的关云长。画风虽然幼稚，但细节精细。珏儿拿了给他看，他只是摇头，这个吃不了饭的，小人还是要学点正经的。少年听了，就把头垂得更低，不肯看他一眼。

他对这个小囡充满矛盾心理，有时看到他如自己童时的雏形，却更为伶仃无依，爱怜之情会不由自主地起来，很想做些什么来补偿一二。但看到他那种孤僻少言以及不求上进，无名火就窜起。更甚的是，少年自从来了他家之后，一共说话不超过十来句，总是"嗯"，"啊"，"不是"几个简单词语。偶尔开口叫珏儿"孃孃"，但从不叫他一句"阿爸"。阿香帮儿子打圆场：不是他不叫侬，这个小囡从小言语少缺，有时一个月也不说一句话。他也无奈，只想过段日子乡下情况好些，就送他们回去。每个月再贴他们些钱钞，也算交代得过去了。

另一件事，他买来那只小母鸡，并未被野猫拖去，而是挣断了绳索，飞上了屋顶，在各家的屋顶上飞来飞去，在屋脊缝隙里找虫吃，把鸡屎拉在人家晒出的被单上，半夜里还不时地咕咕地叫几声。整个弄堂的居民都想了法子抓这只鸡，撒米设网，用弹弓，用长竹竿，没一个得手的。都说这是一只被鬼魂附了体的鸡，从来没看见过一只鸡会飞过十来尺远屋顶的，飞到哪家哪家不吉利。

他害怕的是，现在食品紧张，如果有小孩上屋顶抓鸡，摔下来出了人命，他可担待不起。于是关照阿香不许讲这是他家的鸡。阿香抬头望向屋顶，非常地不舍：一只鸡，也要卖四五只洋了，白白飞走，肉疼死了。珏儿也向屋顶眺望，一声不出，若有所思。

屋里这头总算摆平些了，单位里却不甚太平。"右派"名单报上去之后，局里想起不久前还有大首长召他去，就说再挽救一下吧。这次由张局长亲自出面找他谈话，说："某某啊，是不是降了职心里不舒服啊？讲怪话了？要知道降职也是组织的考验。我当年在山东军区担任师参谋长，组织调我去地区武装部，看起来是降职了，由正规军降到地方上。但我一点怨言也没有，做好自己的工作，不是又调回部队担任领导职务吗？你去写个检查，汇报一下自己的思想，组织上还是很看重你的。"

这番话其实是给他台阶，暗允他如果低头就可过关。只是他自忖运动已经过去，还有就是近来各方面不顺，一肚子怨气找不到出口，竟然对张局长顶起牛来："我又没犯错误，为什么让我写检查？"

张局长抑住火气，训他道："每个人都犯错误，大错误，小错误罢了。检讨还是要写的，也是向组织汇报么。"

他说："我按时上班，按时下班，工作尽职，实在是没什么好写的。"

张局长火大了，一拍桌子："你小子狂什么狂？我告诉你，不要依仗有人撑你腰！上面也要听单位的意见的。我就不信整不了你小子。"

他到底怕了，低头道："那么，我回去写一份好了。"

张局长狠声道："一份不够，写两份，三份！什么东西！他妈的，还以为是老几呢。在以前，部队里有你这种顶撞上级的，看我不枪毙了他。"

他又气又怕，更是根本想不起犯了什么错。写了半页纸就写不下去了。交上去当然通不过，第二批戴"右派分子"帽子的名单，他名字赫然列于其中。局里还宣布，"右派分子"的行政级别一律降级。他被降为二十四级，行政级别中最低一级。薪水也相应降为四十九元。

他先是震惊、害怕，继而沮丧，想不到自己也会步上廖处长的后尘。一顶"右派"帽子戴在头上，不由矮人三分，上下班低了个头进出。本来不愿写的检查，现在写了十七八遍还说不深刻。还传说有新政策出来了，"右派"分子要送去劳动改造，据说有一批已经送去安徽桐城了。这着实使他紧张了，他的孩子正在出生途中，如果他被贬送到内地去，珏儿一个人可怎么过？

珏儿晓得了也心惊，说："要死了，哪能会弄到这个地步？真是辣手辣脚，侬真的被送去桐城，我们家岂不是又要散了？"

他嘴硬："真的送我去桐城，我就辞职。"

心里却晓得恐怕是不由他的。当年也许有这个可能，如今户口不说，粮油定量供应也已实施；一旦把他户口迁走，粮油也无从着落，只好吃西北风了。

还有，他家现在有四个半人吃饭，薪水减了三十来块，屋里开销即刻捉襟见肘。珏儿也紧张起来，阿香买菜找回的找头，珏儿也收了起来。阿香看到家里有了变故，虽然不明所以，但晓得情况蛮严重的，眼神也变得畏缩起来，生怕珏儿下逐客令。珏儿倒没有这个意思。家用不够时，她跑去银行，从保险箱里拿些珠宝首饰，放到寄售商店出售，以补贴小菜铜钿。

只是，珏儿手里的私房铜钿，如杯水车薪。本来匮乏的供应，过了年把还未好转，从粮油米面肉类豆制品棉布一直到肥皂草纸统统要凭证购买。市场变得更为紧张，阿香去买菜，清晨三点多钟就出门，买回来两条橡皮鱼，一捧鸡毛菜，篮底都填不满。珏儿则每天去熟食店排队，也顾不上挑拣了，有啥买啥，以前不进门的猪头肉，猪尾巴则是他家餐桌上的常客了。上海还算是全国的首善之地，每人每月定量供应四两

第三章 永劫回归

肉，二两油，米店里凭购粮证供应糙米，人人面有菜色，但还有一口苦饭吃。

人的那口气是要靠肚皮里有油水才撑得起来的。他一点点开始明白了。饥饿像一把刮骨刀，天天刮掉人的一点尊严。任何的努力都变得不可能。人生就退缩到眼前的几尺远，人生的苦乐变得只在于晚餐桌上有没有肉可吃？现在他随身携带一只人造革提包，一看见商店门前排队，不管三七二十一就排在后面，哪怕是买一刀不要配给票的草纸也好。

吃饭变成头等大事，他家只有两个人的粮票，要供了四个人吃饭，只好常常去买黑市米。珏儿是孕妇，营养要保证，好在珏儿的饭量一直不大，平时吃一浅碗米饭也就放下筷子。他平时没什么油水，所以饭量遽增，但抑制住自己，饭桌上还有个面带菜色，胃口奇佳的少年。阿香吃起饭来是带了负罪感的，基本上不动荤菜，只是用剩菜汤拌拌饭，稀里哗啦吃下去。珏儿看见过她在残渣中翻拣鱼骨头来吸吮，责骂了她：我们家还没穷到这般地步。骂过之后，拿了件貂皮大衣送进寄售店。拿到售款后在黑市上买了一条羊腿，烧了一砂锅红烧羊肉。在他的记忆中，从来没吃过这么丰盛的一餐，羊肉肥美多汁，肉皮酥糯可口，连跟羊肉一起炖的萝卜也滋味无穷。

这样的奢侈，毕竟不能日日为之。这个家，还亏了阿香勤俭把持，摇摇欲坠地维持在那儿。阿香学会用最便宜的材料，做出还算可口的菜肴来。菜场上鱼鲜只有皮厚肉粗的橡皮鱼，阿香先红烧再收干，放一点糖精，竟有几分熏鱼的味道。有时买到二指宽的带鱼，暴腌之后，用一点点油煎香，配来吃粥，味道也很好。雪里蕻便宜时买回一大堆，晒干腌起来，炒毛豆子咸菜，蛮下饭的。有时粮店可用一斤定量米换五斤山芋，阿香换来，他三个吃米饭，阿香自己只吃山芋，说她最喜欢吃山芋了。倒是儿子抱怨："阿姆，侬吃了太多山芋，夜里在被窝里放屁臭死人。"

他常常在暗中注视着这个不请自来的儿子，心中五味杂陈。从他生命中拔出来的一根幼苗，在缺少父爱的情况下，羸弱但顽强地一天天长大了。他从少年的刀削似的侧面看出自己的血脉在一个年轻的身子里潺潺流淌，而这血脉中沉浮着一缕似曾相识的魂魄。生命是以一种很奇特的方式嬗递着，就像你不知道风从何处来，但确实感到吹拂在面上的凉意。有时，他害怕看到儿子身上时暗时明，潜移默化的迹象：一代传一代的缺陷。比如说高傲而脆弱，敏感而偏执，还有，由于受了压抑而潜意识里对人世抱有敌意。他也看出由于他长久的缺席，已经失去对这个儿子人生道路的掌控力。起而代之的是阿香那种市民化的世俗和坚韧，处身于这个时代，也不能说是一件坏事。

在日常生活中，这对亲父子相处得并不好。少年始终处在寄人篱下的阴影中，无论他怎么和颜悦色，都以一张扑克脸相对。离奇的是，住进家里五个多月了，自始至终没开口叫他"阿爸"。他为之暗自恼怒不已，这算是哪一出戏？吃我的，住我的，面孔铁板倒像个冤家。几次要发作，再一想儿子总共吃了他几个月，而十年来，阿香一个人不知吃尽多少苦头，才把儿子拉扯到今天。气就颓了下去。少年倒跟珏儿还好，有时会把新画好的图画给珏儿看。珏儿也跟他商量过，这个小囡画图倒有心思的，隔壁弄堂有个私人画室，要么让他去学学看？他只碍于家里开销紧，并未同意。

第三章　永劫回归

41

做了"右派",并非只是一顶帽子那么简单,所有的待遇全变了。降职降薪只是第一记下马威。八小时上完班,"右派"要留下来开会,由目不识丁的老职工给他们作报告,或者由领导干部训话。本来还有一丝侥幸,想着大多数人是学有专长人士,开展业务很难少得了他们,哪想单位的领导要保证立场,情愿业务平平,也不会动用他们。

他才廿八九岁的人,被当胸一拳,精神先垮下来,人就没了个精气神,连肩膀也微微地驼了起来。早先一向留意的仪容,也疏忽从略了。每天上班一套洗得半旧的中山装,四只口袋疲沓沓地往下坠。脚上一双布底鞋,是阿香用旧衣裳做的。样子有些土,还有些夹脚,放在原先是决计不肯穿的。手里拎了只搭襻提包,以便下班顺便带些小菜回来。举止言行变得跟他看不起的小市民一般无二。珏儿已经五个多月了,脸上出现了妊娠斑,肚皮变得很大,人都说是个男孩。大舅子来看过几次,再三叮嘱要当心。所以珏儿基本上不出门,平日自家打打通关,跟阿香说说家常,缝些小被子小衣裳,等待小囡出生。

自从阿香母子搬了进来,他又被削减薪水之后,珏儿踌躇再三,把定租收来的钞票,在毛姨的份额上削减了三分之一。毛姨的儿子当然不甘,来纠缠过几次了。珏儿道:"困难时期,大家互谅些。我这儿也要钞票去买黑市米,四个人吃饭呢。"毛姨儿子嘀咕:"不晓得哪里弄来个野种在屋里,有啥意思。"珏儿一下子火了:"闲话不要说得这么难听。我屋里的事,还轮不到侬来说三道四。问问侬自家,做过一天正经营生吗?"毛姨儿子便讪讪地:"少奶奶,你别这么说,我也是为侬好。"

阿香在私底下搬嘴给他听了,他火冒八丈:"就是不给几个月,又怎么啦?珏儿你也太好话头了。本来是个善举,倒成了欠债了。他就是个懒骨头,脱底棺材,一门心思钞票、钞票。在乡下如此,到上海也如此,没救了。"

珏儿软软地答道:"算啦,还看在毛姨的面上。"

他说:"下次他再上门,让我来对付他。"

"钉头碰铁头,一言不合吵起来。侬还嫌麻烦不够多?"

他狠声道:"话不是这么说的,如附骨之蛆,总要有个了断,当断不断,其累无穷。"

说过也就忘了,凡是读书人发狠,多是风声大雨点小。珏儿也不在意,男人嘛,总要让他说几句狠话,一旦憋出毛病来,还不是女人兜着?但是每月钞票是经她手出去的,她珏儿自有安排。

一日他回家来,发觉全家大小乐得像捡到元宝似的。一问缘由,原来那只"出走"的小母鸡,被他那个闷声不响的儿子捉到了。是用了一只断了腿的蟋蟀,缚上一根长长的细线,逗引小母鸡从屋顶下到晒台,再牵了线,一步步引诱小母鸡进入灶间,等小母鸡发现灶间门一下子关了起来,已经是插翅难逃了。阿香说: 现在关在箩筐里,上面压了一把椅子,侬去看看。珏儿笑了说:"撒米都没用,牵只活虫就捉牢了,还是小孩子想得出。"阿香说:"小母鸡脸红红的,怕是要下蛋。下蛋鸡喜欢吃活虫,乡下人都晓得的。侬看怎样,养下了等它生蛋呢,还是熬锅鸡汤好了?"

全家人喜滋滋地讨论了半夜,最后结论是鸡汤比较实惠。小母鸡飞出去这么久,已经不存指望了。失而复得,等于一锅鸡汤送上门。何况,鸡的性子也野了,怕是养不家的。珏儿需要增加营养,全家人更是经年累月不知鸡味,白斩鸡,红烧鸡,清蒸鸡,无论怎么做都好吃,想想口水都要出来了。

决定之后,阿香当夜把鸡杀了,他坐在灶间里,看阿香杀鸡,小母鸡的求生欲望极强,从被笼里提出来就不断地挣扎,咯咯叫着,扑击着翅膀,双腿乱蹬,还不时做出要啄人的姿态。珏儿说我不敢看,血淋滴答的。自个儿回房去了。他心思也被触动,鸡跟人比起来,不管大小,也是一条性命,也想活下去,自由自在地吃虫,生蛋,孵小鸡。可是为了人的口腹之欲,马上就要丧生于刀下了。他差点要叫阿香罢手,留小母鸡一条性命。可是再一想,全家面有菜色,鸡是食物链上的一环,生来要被人吃的。就是生而为人,也好不了多少,社会也是个弱肉强食的大丛林。罢罢,鸡还是要吃的,眼不见为净,他也起了身走进卧房里去。

阿香把杀好的鸡拔毛开膛,惊叫道,鸡肚皮里真的有一串蛋了。遂把鸡身抹一层薄盐,吊起来风干一夜,据说这样鸡肉味道更好。第二天上午用砂锅炖了,中饭就随便吃了,全家人兴冲冲地等待晚饭吃鸡。

这日是礼拜天,早晨他出门剃了个头,吃过中饭打个瞌睡,现在营养差,因此精神不济,礼拜天要睡一小觉补充体力。只是睡到二点多,被外面的嘈杂声音吵醒,好像有人在外间争吵喧闹。起身查看,赫然见到毛姨儿子在灶间里咆哮:"少奶奶侬要讲点良心,克扣我的钞票不给,自家屋里倒有鸡吃。"珏儿苍白了一张脸,说:"怎么不给,侬屋里每月的生活费是哪里来的?"那男人说:"就凭这点钞票,现在吃西北风都不够。"珏儿道:"现在人人吃紧,都要量入为出的。"男人道:"我姆妈为汤家做了大半辈子,现在被扔下,实在叫人不甘心。"珏儿说:"这个钞票本来就是给侬姆妈的,侬有啥资格跑来伸手?"那男人冷笑一声:"我是我姆妈的全权代表。我姆妈是老好人,被你们随便欺负。"珏儿说:"啥地方欺负侬姆妈了?我不跟侬讲,被侬气得心口疼。"那男人就说:"有道理就讲啊,想赖皮啊。"

他穿着软底拖鞋,毛姨儿子背着他,并未发觉他进来。他看那男人越说越嚣张,火气就蹿上来了。暴喝一声:"侬给我出去!"

男人回头一看,也吃了一吓。随即又横了起来:"不给我钞票,我是不走的。"

他愈加火冒三丈,走过去拖了那男人就往门口推:"我们不欠侬的。跑上门来耍无赖,还有没有王法了。"

那男人跟他拉扯:"侬不要动手动脚。"

他直起喉咙大叫一声:"出去!"

邻居们听到喧闹,开始聚集在楼梯口,津津有味地看这场好戏。

那男人真的开始耍无赖了,对了围观的人群叫道:"大家来看看喔,这家人家还有大小老婆喔。现在是新社会……"

话还没落音,他的一记耳光就上去了。人在暴怒时分,手脚特别重,一记脆响之后,那男人的鼻腔里就淌出血来了。

那男人呆了一呆,抹了一把鼻血,放到面前看了看,突然冲上前,

第三章 永劫回归

狠命地用力一推:"你打我?!"

两个男人扭成一团,几下拉扯之后,毛姨儿子抬腿一顶,他只觉得下身一阵剧疼,腿一软,两人一块倒在地上。他被压在下面,姓毛的乘势骑在他身上,先是左右开弓甩他几下耳光,又抓了他头发,把他的脑袋往地上撞。

可怜他本一介书生,自小不会打架的,被人摁在地上,脑袋一下下往地上撞,只觉得眼前金星乱舞,脑袋嗡嗡作响。但又挣扎不出来,只会把两条腿乱蹬。阿香和珏儿都冲上前拉架,嘴里急叫道:"不好打的呀,要出人性命的呀。"那男人双臂一甩,两个女人被摔得一个趔趄,倒得老远。倒是那少年,自从毛姨儿子骑打他父亲时,眼睛就冒出火来,只是一团混乱,无从下手帮忙。此刻只见他抄起一张小板凳,朝了男人的后脑勺一记敲过去,只听一声"咚"地闷响,男人被打懵了,放开对手,晕陶陶地站起身,脚步不稳,连连后退,几个趔趄之后,先是撞到珏儿身上,再接着撞翻了炖在炉子上的砂锅,瞬时香味腾起,一地的汤水横流。

阿香扶了他靠墙坐起,头还在发昏。灶间里一团混乱,炉子倒了,砂锅摔得粉碎,又白又胖的一只肉鸡,在满地的汤水中冉冉地冒着白汽。邻居们七嘴八舌地说已经去叫居委会和派出所了。姓毛的一条裤腿精湿,大概被烫着了,不住地叫疼:"姆妈呀,要烫死我了……"珏儿则缩在饭桌靠里的一边,脸色苍白得吓人。

门口的闲人里三层外三层,里弄干部来了,摆足了功架,要显示一下大权在握执法者的重要性。当然胳膊还是稍微有点往里拐的,先是声色俱厉地指责毛姨儿子上门打人。姓毛的叫冤,你看,我上门跟他讲道理，他却打得我满脸是血。再把裤子脱下来，小腿上一串燎泡的确很吓人。里弄干部听他如此说法，又晕了头转了向，反过来指责他不该动手打人。他正头昏脑涨，身上又没有明显的伤痕，讲也讲不清。里弄干部就说去派出所解决。正在众人推推搡搡要出门之际，忽听少年尖声急叫： 孃孃，孃孃，侬怎么了？众人回头去看珏儿，只见她面色苍白得可怕，额上冷汗淋漓，想站起来，却双腿一软，瘫倒在椅子上。阿香急忙去搀扶，珏儿软绵绵地倒进阿香怀里，昏了过去，众人这才看到暗红色的血已经浸湿了半条裤腿。

第三章 永劫回归

42

  珏儿被三轮车送到广慈医院急诊室。他在外面等,坐立不安。脑袋还是一跳一跳地疼,等到医生出来找他,还是思绪纷乱,好一会才明白医生的话: 要引产……保大人,小孩可能保不住了。他误听成"打人"了,刚想跟医生解释他没有打人。脑子突然一下子转过来了,开始意识到问题的严重性。苦了脸说:"求求你想办法保住小孩子吧,医生。"医生摇头说:"不可能都要,孕妇的血压已经低到危险程度了。马上得引产,否则大人小孩都保不住。"他更是昏了,期期艾艾地说不出话来。医生也急了:"你这个人怎么这么磨蹭。快点签字呀,晚了随时都可以出毛病。"他一迭声地说:"我签,我签。"医生接过单子,很不耐烦地看了他一眼,转身进了手术室。

  他坐在病房外的椅子上,双手捧头,心思极为狂乱,想打人,想马上去杀掉毛姨儿子。但后脑勺和下身还隐隐作痛,间接地提醒了他是打不过那个男人的。又不禁胡思乱想怎么去暗算他,来拿钱时把花盆从晒台上推下去砸他的头。心里又晓得自己不敢,如果真成了个杀人犯了,怕是要一辈子踏不出监牢了。想来想去还是没辙,这个世界上恶人可以横行,读书人就是想作恶,也缩手缩脚地,一点卵用没有。

  天地昏沉,时光匆匆,走廊里亮起了惨白的日光灯,照得病人和护士都像鬼一样。他思绪停顿,这个世界太过险恶,他已无力对抗,也无力面对，索性放弃了。所有意、感、识、辨、行的能力都一起放下，听凭临到他头上的命运。

突然，有一只手轻触他的手背，一下把他从深渊里唤转过来。他睁开眼睛，面前立了一个人影，瘦骨伶仃，他恍然认出是儿子。少年递过来一个搪瓷饭盒，轻声说，阿爸，阿姆让我把这个带来给侬。他下意识地打开盒盖，里面盛有米饭和一些蔬菜，一把调羹，他心不在焉地用调羹扒拉一下米饭，蔬菜底下赫然露出两枚红烧鸡腿。想必阿香是捡起地上的鸡，清洗之后再红烧。下午的一幕又鲜活地出现在眼前，他不禁悲从中来，把饭盒放在身边的长椅上，手捂着脸，泪水一串串地淌了出来。

少年看到他哭泣，显得手足无措。摇晃着他肩膀道："阿爸不要伤心，阿姆下午给观世音烧了香。求菩萨保佑孃孃，保佑我弟弟。阿爸，侬不要再伤心了。"听到少年如此说，他更是唏嘘不已，一把抱住儿子，哽咽道："侬弟弟已经没了。"

少年遽然受惊，先是低头闷声不响，过一会，听到他轻轻的抽泣声，偶尔用手背擦着眼角。走廊上来来往往的人转过头来，看一眼相对而泣的父子，又脚步匆匆地离去。医院里的人都看惯了生和死，当然也看淡了忧伤和悲哀，人世便是如此，白驹过隙，渐渐衰败，各种不舍。不管再怎样，个体的哀怨也只有自己承受，没人能替代你，同情也只是水上浮萍，一阵风就刮走的。

珏儿被从手术室里推出来时，父子两人急忙上前，只见珏儿面如金纸，双目紧闭，一丝也看不出还活着的迹象。两人骇极，刚要号啕，被护士阻止：病人还在麻醉过程中，不要惊扰她。听到这般说法，稍微心

第三章 永劫回归

定，先行回家来。

到家已是深夜，阿香接着，三人唏嘘一阵。当他洗脸洗脚时，阿香说当地户籍警来过，询问了打架的起因和过程，留下话要他明日去派出所说清楚。他紧张了，便问阿香户籍警的态度如何？是否同情我们？还是帮那个赤佬？阿香也讲不出个所以然来，只说看起来蛮凶的。大概所有的老百姓，特别是乡下人，看到警察就胆怯三分，都觉得"蛮凶的"。这样他就一夜没好睡，翻来覆去想着怎么过派出所这一关。

第二天他去了派出所，一个姓曹的年轻民警跟他谈话，态度的确很凶。训斥他道：你先动手打人就是不对，别的都不用说了。他争辩道：那人闯到我家来要无赖，我怎么不可以把他赶出去？姓曹的把桌子一拍："那你就可以打人了？你这叫扰乱社会治安懂不懂？"他说："他到我家来耍泼，不但打了我，还把我老婆撞得流产，到现在还躺在医院里，怎么倒变成我扰乱社会治安了？"姓曹的警察眼睛一瞪，黑了脸说："你这是什么态度？不要忘记你是在与公安人员谈话！"

他心惊气颓，低头不响。曹警察把一张纸放到他面前："把过程写下来。同时好好检查一下自己的态度。对公安人员都敢如此，平时可想而知。"

正在这时，大门开了，几个穿警服的人走进来，办公室的警察一块立起身来：崔局长好，欢迎来我所检查工作。他闻言抬头一瞥，巧了，这带头的不是小崔又是谁？小崔也见到他，"咦"了一声向他走来。两人握手，小崔问道："你怎么上这儿来了？前几天我还和毕晔说起你，说几时有空要来看看你。"他尴尬之极，期期艾艾地说不出话来，旁边的曹警察马上笑着插上来："一点小事，崔局长，我保证处理好。"小崔就挥挥手:"那你们就忙吧。我们去别的科室看看。"

曹警察对他的态度遽变,晓得了他与小崔的关系,说:"啊,看不出您也是个老革命。对不起对不起,我鲁莽了。"又说,"这个姓毛的家伙一定要给他吃点苦头,上门寻衅闹事,还致使你爱人流产。我看光凭这点,就可以送去劳动教养了。您不用写了,我心里都有数了。处理结果一定使您满意。"

下午去医院探视,珏儿已经醒了,手臂上还吊着血浆袋,连睁开眼睛的力气也没有,气若游丝。他弯身轻唤珏儿的名字,珏儿只是眼皮颤抖了一下。旁边的护士说,你爱人失了许多血,非常虚弱,最好不要跟她多讲话。他于是坐在床边,守了珏儿,想自己的心事。当年他跟珏儿第一次见面,也是在这家医院里。他受了伤躺在床上,珏儿来探望,被他惊为天人。十年,整整十年,一切都无从想象。今天珏儿成了他的老婆,却躺在医院里,刚刚丧失了他们的孩子,只是为了鸡毛蒜皮的小事。人生是个诡谲的游戏,而他当初看起来赢了,事实上却输得非常彻底。

珏儿动了一动,他连忙凑近身去,珏儿原来那般滋润的女子,一夜之后像是遭了霜打,嘴唇干裂,皮肤暗淡无光,薄薄的身子在被单底下像个孩子。珏儿的嘴巴翕动着,声音极小。他低下头去倾听,听出来珏儿说的是:"侬晓得吗?我们的小囡没有了。"他心里一酸,强忍住,握了珏儿的手,说:"老婆,我们可以再生一个的呀。"珏儿摇头,哑声道:"医生说很难了。大概,我是命中无子。"他无语,过了一会才说:"不要多想,好好休息。"

第三章 永劫回归

珏儿重新闭上眼睛，两行泪水从腮边落下。

晚饭刚上桌，有人敲门。儿子去开门，是户籍警曹同志，一身上白下蓝的警服。开口打招呼："吃夜饭啊。"他连忙站起，说："请里边坐。曹同志吃过吗？一块吃好吗？只是没啥小菜。"曹同志说："饭就不吃了。我是来通知你一件事的。"他连忙说："那么请坐。"又转头叫道，"阿香泡茶。"

曹同志在桌边坐下，先环顾了一下房间，阿香把茶水奉上，就识相地退了下去。身边的少年早就饿了，临开饭又来了个警察，饭吃不成了，气鼓鼓地坐在饭桌边，把头抵着桌沿，在桌子底下看一本小人书。

曹同志点上一支烟，喷了一口，眯着眼说："我们所里已经讨论过了，那个姓毛的……要给他吃些苦头的。现在有几个方案，让侬心中有数一下。"他吐出一口浓烟，说，"第一个，捉起来，关他半个月，再给他戴顶坏分子的帽子，交给群众监督。"他停顿了一下，看他的反应，然后说下去，"第二个，正式逮捕，发配劳改。侬看怎样？"

他唯唯诺诺，倒是从没想过这个问题。姓毛的伤珏儿伤到这个程度，他只有恨，恨不得一榔头敲死他。但具体要他接受什么样的惩罚却没想过，所以曹同志说了两个方案，他一时拿不定主意，期期艾艾地答不上来。

曹同志把香烟抽得只剩短短一截，看看桌上没有烟灰缸，就把烟蒂扔在地上，用脚踩灭，说："当然啰，侬的意见我们做参考。最后还要报到上头批准的。"

他终于找出了一句套话："请政府给我做主。"

在桌边低头看小人书的儿子却抬起头来,冒出一句:"枪毙他!"

曹同志正要点第二支香烟,不以为然地说:"小家伙不懂不要乱说,枪毙人不是随随便便的,杀人放火反革命才够得上资格。"

少年嘟囔道:"我孃孃的弟弟没有了,还不是跟杀人一样的?"

曹同志眼睛一瞪:"不是还没生出来嘛,胎儿不算人的。"

少年低头不响。他心里窝塞,一个小囡五六个月了,说没有就没有了。但又找不出理由来反驳,曹同志终究代表了政府,而且是站在他这边的,也不好让他工作难做。于是说:"还是请政府秉公处理,我没意见。"

曹同志点上烟,说:"那好,你们吃饭。我们的工作还要靠大家支持。今天就到此为止,有了结果我会通知侬的。"说罢站起身来往外走,他一直送到楼下才握手告别。

晚餐吃得无滋无味,虽然姓毛的会吃到苦头,但他一点也没出了气的感觉,心里还是一块石头沉甸甸的。他暗忖,如果那天不是碰巧碰上小崔,可能派出所处理的结果会大大不同的。继而又想起,好久没与小崔和毕姝走动了,要寻个机会拜访一下,联络一下感情,有个做公安局长的朋友,还是有好处的。

过了一个礼拜,曹同志通知他,姓毛的被捉起来了,送到安徽黄山劳改农场去,劳动教养四年。

第三章 永劫回归

43

珏儿住了两个多礼拜的医院,回家后性子大变,终日不说一句话。只是手里捧了一杯茶,默默地坐着。家人和她讲话,像是梦里刚醒过来那样,"啊"地一声,接不上话头。饮食也无心。阿香为了给她补养身子,想尽办法买来些时鲜小菜,她只是挑了一二筷子就不吃了。最主要的,她现在对一切事情都不上心,也懒得与人交流。她大哥特为从乌镇跑来看她,屁股还没坐热,她就对人家说,早点回去。我蛮好,啥都不需要。

大哥说珏儿的状况像是产后忧郁症。对病人要耐心,要常出去走走,散散心。因此他在天气尚可之际,拖了珏儿到附近的静安公园去散步。公园里有两排高大的悬铃木大树,树冠巨大,浓荫匝地,据说还是在清朝中叶种下的。树下设有长椅,年轻的家长推了童车,幼童口齿不清地咿呀学语,大一点的小囡在奔跑,欢声笑语一波波传来。他和珏儿并排坐在长椅上,默默不语,分外落寞。他仰面朝天,阳光和蔚蓝的天色透过树叶的间隙,呈现出碎钻般的缤纷色彩,令人目眩。在这片历经沧桑的土地上,这些巨型悬铃木竟然生存了二百多年。地球上生命易逝,凡是逃过劫数存活下来的,过了百年,成精的可能性很大。银白色的树干上布满了一个个树结,却像是人眼,窥视着人间的喜怒哀乐,然后不动声色地,一点一滴地记载在树木内在的年轮之上。一阵风吹过,树冠顶上的叶子微微地抖动,沙沙响,如窃窃之语。

珏儿说:"我想回去了,冷。"

当日气温在十八九度左右,上海春夏之交少有的好天气,并不冷。珏儿是心冷,心冷的人是在任何季节都感到寒气逼人的。

回到家里,珏儿直接进了卧室,钻进被窝。

某天他陪了珏儿去海格路拿些夏季的衣物,迎面碰上毛姨。看上去苍老了不少,头发完全花白了,人也佝偻了。遇见他们,毛姨连招呼都没打,只是毒毒地看了两人一眼,就把头转过去了。取了东西,珏儿觉得不安,对他说:"侬等一歇,我到楼下去看看毛姨。"他踌躇了一下,说:"还是别去了吧。侬没见她刚才的脸色?"珏儿犹豫了一下说:"去打个招呼,就回来。"

一去良久,他在楼上不安地来回踱步。从他初进汤家,毛姨就跟他互相看不惯,现在是更不用谈了。人跟人的关系,就是几张钞票的事,永远没个够的。

珏儿回来脸色不好,路上一直闷声不响。在他追问下,说:"毛姨不大好。几次三番说做人没多大意思。"他说:"老太婆真要钻牛角尖,别人也没办法的。"珏儿若有所思地说:"不过那件事是做得太绝了。"他错愕,问道:"侬是啥意思?"珏儿说:"其实事情已经如此,没必要断人路的。毛姨也老了,儿子又送去劳改,当然了无生趣。"他分辨道:"这可跟我没关系,曹同志上门来问我意见,我没说过一句要他去劳改。不相信侬可去问阿香。"珏儿说:"算了,现在再说这个也没什么意思了。"他不做声,心里却恨道:不管怎样,我小囡没了,姓毛的也算是罪有应得。

更为烦恼的是，珏儿流产后，说是要再生一个小囡。但珏儿对房事完全失去了兴趣，每次他想要行房，珏儿总是推三阻四，不是身上不适意，就是头疼。男人如果一直被拒绝，真正上阵时的信心会大打折扣。几次潦草行事之后，他自己也觉得没什么意思。才三十出头的夫妇，变得像五六十岁的老年人，总要过个两三个月才有上那么一次。

他的社会交往也大大的收缩，以前同事们偶尔还打打桥牌，聚个餐什么的，戴了"右派"帽子之后，没人再邀请他。他也去过小崔家里，小崔还是很客气，但是坐了不到十分钟就说，啊，忘记了，我还有一个会议要去参加，你们坐。他今非昔比，可不敢和毕姝单独相对，只好也告辞了出门。倒是毕姝不避嫌疑，来家里看望过几次，嘘寒问暖。阿香求过他几次了，要他托托小崔，无论如何帮儿子弄个临时户口。他不敢跟小崔说，只好暗地里托毕姝帮忙。毕姝前年调到区委工作，现在是区委办公室的副主任，人头很熟。听他一说，倒是爽气，亲自陪了去派出所，所长是认得她的，顶头上司分局长的爱人，区里的领导，自然也卖了这个面子。出了派出所大门，他感叹莫名，冲动之下抓了毕姝的手道谢。毕姝只是笑笑，让他捏了两秒钟，轻轻地抽回手，说："照侬说，这个小囡再去读书有点晚，我晓得有个专门做手工艺品的街道工厂，送他去做学徒吧，也可学点手艺。"他自是感激不尽："毕姝啊，真不晓得要怎样谢侬了。侬帮了这么多忙。"毕姝说："先不要谢，还不晓得成不成呢。"

这个儿子始终是他一块心病，小人在此差不多有年把了，除了在医院里叫过他两声"阿爸"，平时在家也是像老鼠避猫一样，低了个头，没一句话。他真不知道拿他怎么办。街道工厂就街道工厂，如果有个正经工作，也算是烧了高香，他对自己这个癫痫头儿子实在不怎么看好。

他料不到人生会是这样的。早年投身革命现在却如此低迷。追求多年的老婆现在住在一个屋檐下却宛如路人。好不容易有了个小囡却鸡飞蛋打。早年昏了一次头却有个儿子不请自来。一切都那么地不可思议，放在十年前杀了他都不会相信会有这个局面。而今天他必须在这团乱麻中过日子，每过一天，乱麻就缠得越紧，越纷乱，越不可解。

郁闷之余，他在一个礼拜天下午走去夏家，开门的正是夏先生，不过差点认不出来了。原本一个胖子，突然变得像只皮球被放掉了气，面颊都挂了下来，原来就有点秃的头顶，现在是一望无际，只好从鬓边留几根长头发，越过头顶反梳过来，稍微遮盖一二。最显著的，夏先生原来是个小阿福，笑口常开的，现在变得一脸苦相，眼神也蒙眬起来。两人相视一会，夏先生凄苦地一笑，做个请他进来的手势。他踏进客堂间，就见五斗橱上供着夏太太和大儿子的遗照，夏太太的照片还是年轻时照的，穿一件旗袍，梳了个横爱司头，描眉画眼涂了口红，面朝着镜头微笑。大儿子一副学生装扮，剪了个偏分头，看起来朝气蓬勃。两个男人默立在桌前，一声不出。末了，他微微地鞠了个躬，转身向夏先生：下棋吧。夏先生点点头，默默地拿出棋子棋盘，吹去上面的灰尘，又倒了两杯白开水，两人就在饭桌上下起来。

弈棋也叫手谈，可以从下棋的过程中体会到对方的心情和思路。今朝夏先生的棋下得闷、涩、苦，原来他是很明快通透的。他自己也不顺，棋路窒涩，断断续续。也不晓得是长久不下，棋力荒疏呢，还是五斗橱上的夏太太照片使他分心,老觉得照片上她的目光斜睨了他,嘴角上还带了一丝讥笑。所以棋下得恍惚。时光悾偬,两局弈完,转眼天就暗了下来。夏先生揉了一把脸,疲倦地说:"今朝就到这儿吧,我还要去烧夜饭,屋里没啥小菜,就不留侬了。"

走回家中,阿香一脸惊慌地迎了出来:"弟弟啊,不好了,出事体了。"他一把把阿香推回屋内,没好气地凶她:"有啥个事体?侬在楼梯口上这般大惊小怪地,怕邻居不晓得?"阿香说海格路那儿有人过来,说是毛姨上吊了,珏儿已经赶过去了。他心里一凛:"真个?老太婆倒是做得出。人死了没有?"阿香摇头:"我哪晓得?珏儿关照,叫侬回来之后马上过去。"

他匆匆地扒了两口饭,赶去华山路。一进弄堂,就看见四周的邻居围成一堆,亢奋地谈论着什么。见到他,众人即刻闭口不语,目光追随着他进了汤家大门。他三脚两步上楼,遇上惊慌失措的珏儿,珏儿见他先是一愣,然后一个趔趄倒进他的怀里,浑身抖个不停。他一手抚拍着珏儿后背,一面问:"怎样了?人呢?"珏儿好久才回过魂来,嘴唇还是抖个不停,说:"还在汽车间里。"他追问道:"死了?"珏儿只是点头,一句话也说不出来。他给珏儿倒了一杯水,说你先歇歇,我下去看看。珏儿却拖住他不让去:"蛮吓人的,侬还是不要去的好。"他最终还是下了楼,往后面汽车间来。

汽车间的门关着,但有几个小孩子扒在窗口朝里看。他挤进去,透过昏暗的玻璃窗,看到床上躺了一具人体,用一条旧被单盖着。毛姨的媳妇坐在桌边结绒线,偶尔一抬头,目光茫然,脸上倒也看不出多少悲伤,更多的是冷漠和无衷。他原来与毛家关系还缓和时,跟这个女人见过几面,本来还想进去讲几句安慰话语,结果想想不必要,就上楼来了。

毛姨大概是半夜里上吊的。汽车间有两层,以前下面是停车的,上面还有一个小阁楼,是司机睡觉的地方。毛姨一家搬进去之后,楼上是毛姨儿子三口的卧室,楼下是生活区,毛姨在后部摆了一张小床,拉了条帘子。当天清早毛姨媳妇出门买菜,也没听见啥动静,等她买了菜回来,烧好泡饭,叫婆婆吃早饭不见反应,撩开帘子一看,毛姨已经吊在那里了。吓得半死,急忙叫人,放下来人已经硬了。派出所来过,推测毛姨是站在床上,用裤带穿过挂帘子的铁环,再跳下来,结论是厌世自杀。

他们坐公共汽车回家,在车上珏儿一直在发抖。他晓得这事对她的冲击很大,珏儿自从流产之后,人已经很脆弱了。于是当晚就写了信给珏儿的大哥和小姐姐,要他们到上海来住几天,陪珏儿散散心。

郎中大哥几天之后赶来上海,给珏儿把了脉,出来一声不响,只是微微摇头。他陪了大舅子到弄堂口吃面,一面询问珏儿的情况。大哥说脉象不很好,珏儿气血两亏,先是流产,女人流产最伤,比生个大囡还要厉害,往往年把也不一定调养得过来。又碰到种种烦事,急怒伤心,郁闷伤肺,珏儿的心经肺经都弱,特别是肺经,要非常当心。他想起珏儿最近常有咳嗽,夜里又有盗汗。对大舅子一说,大舅子即刻叫他陪去医院拍片子:"积郁成痨,你早该留意了。"

两天后小姐姐也来到上海,一起陪了珏儿去医院,X 光照下来,的确如郎中大哥说的，肺里有阴影，而且处于活动期。医生开了链霉素，说先打两个疗程看效果再说。珏儿自己也有点吓到了，小姐姐安慰她：不碍的，痨病现在不算啥，打针吃药，休息两个月就会好的。珏儿面上淡然笑着，心里却又灰了一层。他也极忧虑，但面上还强作镇定，跟珏儿说："当年在东山侬帮我打针，现在我来换侬班了。不过，侬先要教我怎样打针才好。"

如缥缈的记忆，家里的打针盒子又翻了出来，白铜针盒已经发暗，阿香用牙粉擦了半天才光洁如新。卧室里，酒精灯蓝色的火苗幽幽地跳动，他在珏儿的指导下用镊子小心地挟出煮沸的针筒，安上针头，再把蒸馏水灌进药瓶里。摇匀之后再抽入针筒。上阵时，珏儿看他手抖个不停，笑了说："大男人打个针这么紧张，到辰光针别断在我肉里。要不要我自己来？"他说凡事总要有个第一次的。珏儿说："那好，我就给你做一次试验品。"

他第一次笨手笨脚打针，药水推得太快，结果是珏儿屁股上起了一个包。第二次就好多了，珏儿像教练似的："记牢，进针要快，手腕一抖就掭进去，推药水要慢，否则我屁股上全是乌青块了。"

一只男人的大手，捏牢细细的一管针筒，对准了一片雪白的肌肤，简直有猛虎轻嗅蔷薇之感。几次下来，搠弯几根针头，他总算捏准了分寸，往往在珏儿还不知晓之际，针已经打完了。珏儿夸赞说：不错，像被蚊子叮了一记。

44

人饿着肚子的时候,是不大会去关注理念的,轧闹猛也少了。老百姓更是切身体会到,多吃一顿和少吃一顿大不一样。在出太阳的日子,许多人家门前用扁筛晒着菜帮子和西瓜皮,晒干后腌了可以当小菜吃。据专家说小球藻营养丰富,每条弄堂就都备了水缸养小球藻,弄得到处一股酸臭气。阿香不晓得啥地方学来的,在晒台上放了一个小瓮,把淘米水倒进去,沉淀之后有一层灰色粉状物。阿香拿来蒸糕,放了糖精片,蒸出来蓬蓬松松的一大块。他说了一句吃口还可以,阿香就起劲了,弄来各式瓶瓶罐罐,贮满淘米水,屋里飘拂着一股甜甜酸酸的发酵味。直到一天全家都吃坏肚子,阿香才算作罢。

他有时恍然,好像饥饿的学生时代又倒转回来了。上班到十点钟就肚皮空了,一门心思想出去吃一碗阳春面。下班路过沿马路人家门口,闻到梅干菜烧肉的香味,竟然两只脚会迈不开步。晚上在晒台上乘风凉,听到隔壁人家张罗着煎蛋饼,又弄得他坐立不安。可是再饿他也只能抑制住,家里还有一个病人和一个正在发育的小年青,有吃的要先尽着他们,然后再轮到他。珏儿一向胃口不大,只是好一口新鲜的鱼虾。儿子人像根竹竿,胃口极大,而且吃起东西来带有一种年轻人自私的贪婪,两大碗饭下去还意犹未尽。他有时注视着儿子狼吞虎咽的吃相,心中不免有一丝愤懑之情,他大概是前世欠了这个小鬼的债,这世来讨债的。有时又觉得无奈,看珏儿的样子,非常可能不会再生养,这个儿子也许是他唯一的香火了。

一年多来,家里最辛苦的是阿香。儿子总算报上了临时户口,从此有了粮票配给,又招去做了学徒工。这对她来说是极大的宽慰,像是再世为人一样。这都是弟弟的功劳,而女主人珏儿,对她母子又是这般地善待宽容,一点也没有当他们外人。阿香感激莫名,简直愿意以命相报,但她一个乡下妇人,能报答的也只是早起晚睡勤俭持家,加上苛待自己,省下每一口食物,希望这个家能撑过去。

珏儿的病情却起起伏伏,有一阵好像好些了,不咳嗽了,脸色也红润些了。医生说链霉素对肺病还是很见效的。就在这话说了一个礼拜后,在一个极冷的冬日,珏儿突然毫无征兆地吐了好几口血。全家人都慌了手脚,又是送医院,又是叫大舅子出来。检查下来是支气管破裂,在医院里住了两个礼拜。回家之后,医生说要静养,因此珏儿大部分时间是卧床,三顿饭也是阿香捧到床头。只是没多少起色,人像一盆缺水的植物日益干枯。有一次他发现珏儿在床上看书,一看封面是《茶花女》,心中就有一种不祥的感觉。珏儿只是说:"当年侬提起这本书,一直没看完,现在正好寻出来解解悷气。"

他们已经很久不同床了,他搭了一张小床独眠,半夜里醒来,看见床头灯还亮着,埋怨说:"很夜了,侬怎么还不睡?"珏儿打个哈欠,说:"会得睡的,辰光到了,一觉睡到地老天荒。"他本能地觉得不祥,训斥道:"哎,珏儿,不好胡思乱想的。"珏儿说:"倒没有胡思乱想,就是想不通人生怎么过得这么快。"他迷迷糊糊地应道:"说这个做啥?日子都是一天天过的。"珏儿沉默了一歇,说:"人活百年,也终究是一场浮生如梦。"日后他才悟出，珏儿说这话，其实是晓得自己来日无多。女人有一种奇怪的直觉，同时也对生死更为敏感。只是当时瞌睡迷糊，没有放在心上。

也许是终日躺卧，与外界隔绝，珏儿显得很怀旧。常跟他说起小辰光在乌镇的日子，河流、街道、祠堂和牌楼，好像还在眼前似的。她家的老房子是光绪时期造的，因了沿河的缘故，每年要请工人在水里打一排木桩支撑地基，否则房子要滑到河里去的呀。她家的天井，围墙上有嵌花的砖雕。靠墙的石凳子上摆了用太湖石做的盆景，上面有小亭子小人，生满绿苔。墙下有四只大陶缸，养着荷花，平常只有叶子，在初夏突然生出花苞，一夜之间绽放。大客堂有好几进，又暗又深，走廊里摆了父亲的药柜，有几百只小抽屉。其中有些药材是可以当零食吃白相的，她跟小姐姐常常去偷取。而板壁上挂着一束束药草，屋里终年飘荡着一股药香。春天涨大水时，水面升到离后窗口只有几尺。系在后门口的木船自己漂开，顺流而下。三月杏花开了，镇里一片香雪海。长工带了她们坐船在河里兜风，风吹过，落下花瓣如雨。她还养过蚕宝宝，采来桑叶喂它们，半夜不肯睡觉看它们结茧、抽丝、化蛹。她说小辰光和小姐姐两人是最捣蛋的，夜里爬起来偷吃祭祖的供品，结果暗洞洞地吃着了一把香灰。还有一次，本想装神弄鬼吓唬小伙伴，却不防自己脚一滑跌进茅坑，被人臭烘烘地捞起来。最危险的一次是在庙会里贪玩，与家人走失，一个拐子诱骗说带她去寻家人。正当拐子抱了她坐了滑竿要带往他乡，已经走到半路上，被下乡出诊的大哥看见，连忙救了下来。珏儿说："如果真的被拐走，这世人就做得不一样了。"

他骇笑道："我一直把侬当淑女的，料不到侬小辰光这般顽皮。"

第三章 永劫回归

珏儿说:"年纪小的时候,啥淑女不淑女的,只想着怎么开心怎么玩,大了当然不一样了。"

"那么,究竟是啥辰光变正经的了?"

珏儿说:"就在那次差点被拐走之后。家人告诉我被拐走的小囡都会卖到幺二角落里去做童养媳,做苦工,吃不饱饭。着实吓了一大跳,从此乖了不少。"

读初中时,放了学,到同学家去借绣样,说好去一歇息的,结果就留在人家屋里吃夜饭,隔灶头饭特别香,原来是不吃肥肉的,梅干菜烧肉也吃好几块。人家的青菜也炒得比自家屋里的脆,扁尖冬瓜汤也比自家屋里的鲜。同学家有个阿哥,很腼腆的一个男小囡。饭桌上大人开玩笑地说了一句,珏儿,侬喜欢吃我屋里的饭,索性做了我家的媳妇好了。大人一句无心的戏话,倒弄得两个少年男女面红心跳,尴尬不已。从此就不敢造次,一门心思装淑女了。

他不无醋意地道:"哦,青梅竹马呀,跟那个男小囡后来怎样了?"

珏儿防御性地挑起一条眉毛:"当然是不会有结果的啰,现在迎面碰上怕也是认不出来的。"

他意犹未尽,说:"如果侬真的嫁了他,现在会是怎样一个光景?"

珏儿想了想道:"肯定是个乡下黄脸婆,跟我小姐姐一样。"

他感叹道:"大千世界茫茫人海,鸡犬相闻不相往来的事多了去。我怎会正巧碰上侬?而且,碰上侬之后就忘不了,还娶了侬做老婆!想想真像做梦一样。"

"结果娶了个药罐子,后悔了吗?"

他看定了珏儿,说:"怎么说这种话!侬是我老婆,命中注定的。"

珏儿好一阵不做声，随后道："啥个叫无中生有，就是本来没有的缘分，由于执念，没有的也变得有了。其实，我也想不到有这样一段姻缘。一直跟自己说，不可能的。直到从西北回来，心如死灰，只想出家去。又晓得佛门有进无出，这一世的因缘没有了断，下一世还是要还的。"

他不响，心想珏儿嫁他只是为了还情债？

珏儿好像看出他的心思，说："结了婚，一切都不一样了。夫妇是人世间最重的缘分。嫁了侬，侬就此是我人生中最要紧的人了，只是可惜没能跟侬生个一儿半女。"

他安慰道："先养好身体，我们可以再生一个的。"

珏儿没说话，只是凄凉地一笑。

他头上的"右派"帽子，莫名其妙戴了两年多，终于宣布摘帽了。那一刹那真有重见天日之感，不用日日检讨了，不用再低头进出了。兴奋之余，倒真的生出几分感激之情。

但珏儿的情况越来越不好，一年之中几次进出医院。刚开始，珏儿吐血时他还心惊肉跳，后来变麻木了。有时在饭桌上，珏儿一掩嘴，他就知道又要吐血了。果然，手绢上殷红点点，如一包零落的玫瑰花瓣。珏儿脸色苍白得几乎透明，幽幽地说一句：怎么又来了？讨厌。阿香则是相信吃啥补啥，据说猪肝能补血，于是到处张罗着买猪肝。一盆热气腾腾的炒猪肝放在桌上，珏儿挟了两筷子就不吃了，自嘲地说："营养太多了也不好，造血太多，肚皮里存不住就要吐出来。"

一次次地进出医院，医生的脸色和语调都告诉他珏儿的病情已经到

第三章 永劫回归

了人力不可挽回的地步：支气管多次破裂出血，已经脆弱得不堪一击了。作为丈夫，他在珏儿面前还得装出豁达的样子，而内心深处极为伤痛。他想不到他们的缘分竟然这般地短促，这是当初无论如何没想到的。苦闷之余，他跟阿香话多了起来，常常是阿香一面手脚不停地忙碌，嘴巴里却东家长西家短，闲话淌淌，像关不紧的水龙头一样。他在这些滔滔不绝的日常中寻到一个庇护所，暂时地忘记珏儿的病情。现实太过巨大，生死太过沉痛，他实在无力面对。

四月底的一个早晨，天气突然热了起来，像煞是小阳春的光景，刮南风，空气里飘荡着一股冬青树抽芽的气味。他正要上班去，听到珏儿在卧室里叫他。他倚在门边，珏儿背靠着床坐着，看上去除了有些疲倦，总的气色还不错。珏儿抬起眼睛看他，说："上班去？"他点点头。珏儿欲言又止，最后说："请一天假好吗？陪陪我。"珏儿从来没这样要求过，他心中一动："那么，我打个传呼电话去请假。"珏儿只是点点头。

珏儿身后垫了两个枕头，头发梳过了，神色平和。见他入房来，用手拍拍床沿：坐这儿。他依言坐下。两人近在咫尺，好久没有这般靠近过了。有时他想靠近，珏儿总是挥手搡他：别太靠近，小心传染给侬。今日珏儿主动邀请，并且捏牢他的一只手，放在胸口。他总觉得有什么事情要发生，但不敢深想，言语也笨拙了。珏儿只是聊些家常："天热起来了，要不是这副老爷身体，倒是去洞庭东山的好辰光。枇杷熟了，杨梅也出红了。天也不冷，乡下人肯下水里去捉鱼了。侬晓得吗，太湖里出白鱼，鲜美之极，清蒸最好吃了。住上海这些年，就没有吃过。"

他说:"当年我跟汤姆和艾茉莉到东山来,侬就是蒸了一条白鱼招待我们。"

珏儿眼神迷蒙:"真的? 我倒不记得了。大概橡皮鱼吃了太多了吧。"

他看出珏儿今日有些异样,但又说不上来具体是什么。脸色也还可以,不像要发病的样子。情绪也算平和,只是说话间有些跳跃。长久卧床的病人,记忆有些错乱,也是普通的事。他定了定神,继续陪了珏儿说东说西。

珏儿的话题总是离不开乌镇和东山,乌镇他没去过,而早年的东山之行,在他记忆中是不愉快的。因此他没多接话,基本上是珏儿一个人在说。

突然,珏儿把他的手摇了摇,将他从怔忡的状态中唤回来:"答应我,如果我走了,侬要送我回东山去,葬我在看得见太湖的地方。"

他如遭雷击,恍惚间人生一下子被抽空,日月无光,房间里空荡荡地,阳光的影子在墙上移来移去,照进瞳仁,形成盲点。珏儿人已经不在床上,不在房间内,但她的声音还在,软软地,带点苏浙口音的沪语,不乏娇嗲,却又如死亡的阴影一样地在他耳中缠绕。

像溺水的人在水底,他努力把头伸出水面,大口地吸进空气,漫天的金星渐渐退去,睁开眼睛,珏儿拥着被子靠在床头,正安静地看着他。而他的一只手,还是被珏儿一双枯瘦的手紧紧地握着。

"不要,千万不要。"他嘶哑地说了一句,泪水夺眶而出。身体往前一倾,抱住了珏儿,两人肢体相拥,呼吸交融,芙蓉塘外有轻雷,而东山梅园的满树繁花一瞬间开放。

女人的身体显得轻飘之极,满把都是骨头,分量轻得像随时都会倏然而逝。

他五内俱焚，只会喃喃道："不要，不要。"

珏儿挣脱开来，一只手软软地抚上他的面颊，微笑着，说："算命的说过，侬，是葬我的人。"

45

气候转暖只是一眨眼，周末，一股强冷气流从河南山东席卷过来，气温一下子降了十来度，朔风呼号，路人重新裹上厚厚的棉大衣。珏儿患肺疾之人，最是吃不消这种忽冷忽热的天气。果然再次发作，吐了一痰盂的血，他连忙叫了三轮车送往广慈医院。进医院时人失血过多，已经休克了。马上抢救，输血输氧，气管切开，心外按摩。急救间里待了三四个钟头，稍微稳定下来。当夜两点钟，又一次发作，吐血如泉涌。陪夜的阿香吓煞，像没头苍蝇一般，在护士值班室与病房里窜来窜去，哀告医生快点去救人。时值深夜，急救室人手有限，值班医生在抢救另一个病人，耽误了辰光。珏儿在清晨六点四十四分离世，卒年三十有六。

他是在八点多赶到医院的。昨日珏儿送医，他在医院待了一整天，上下跑动，劳累不堪。晚上阿香帮他送饭来，看他灰暗之极的脸色，说：弟弟，侬还是回去困一觉，明朝还要上班的，今夜让我来陪好了。这阵他真的身心俱疲，头昏耳鸣，随时要跌倒的样子，也就依了阿香的话。回家却一夜睡得不踏实，梦中跟一大群面目模糊的人下盲棋，黑白漫天纷飞，滴笃之声不绝，脑子如风车般地急速旋转。早上七点钟被传呼电话叫起，心中已经有了不祥的黑色预感。脸也顾不上洗，急忙赶去医院。到了住院部，一眼看见阿香坐在长凳上哭泣，见了他，阿香双脚一软,滚翻在地,号啕大哭:"弟弟啊,珏儿没了呀!"

他闻言如雷之殛,眼前一黑差点跌倒。好容易稳住了身子,脚骨还是战栗个不停。珏儿久病不愈,虽然一家人早有了思想准备,但是乍一听到噩讯,心中还是极为震动,如高处坠下,猛然撞击地面,疼痛如涟漪一波接一波,扩展到全身每一根神经末梢。在意识的极深处,黑暗之中的黑暗,却有一股不可解释,如释重负的感觉。像是连日暴风雨遽然停歇,天空还是乌云深浓,天边却透出一线极光。死与生,紧紧相连,只隔薄薄一线。众生在生死两界之间奋力挣扎,辗转不安。尘世昏昏,月升日沉。冥界寂寂,万物归一。一旦跨过这条界线,所有的喧嚣立即平静下来,如日月交替,沉入一片无尽的虚无中,生死契阔,茫茫无际。

接到噩讯,珏儿在乌镇的家人都赶出来了。头发花白的大哥好像一下子老了好几岁,满面的皱纹中泪水纵横,哽咽不已。最伤心的是珏儿的小姐姐,哭得昏过去几次。二阿哥也是极为悲伤:珏儿是我们最小的妹妹,从小大家都宝贝她,想不到走得最早。这几天来,一团纷乱,而他神魂不舍,木偶人一样,做事说话都像在云里雾里。靠了众亲友的帮忙,才把丧事办下来。在龙华殡仪馆大殓时,他的四个弟弟妹妹,及小崔和毕姱都来了,他都想不起何时通知他们的。小崔一脸严肃地跟他握手,拍着他的肩叫他节哀。毕姱两眼发红,眼眶中泪水打转,握了他的手,动情地说:"侬要保重自家,不要也倒了。千万答应我。"他原来一直强撑着的,听及此言,不禁当场潸然泪下。

五月初的一个春日里,他和珏儿的小姐姐携了珏儿的骨灰去苏州。

葬地已经寻好，在东山的三南坡一个小墓园里。小姐姐来接洽的，挑了一块向阳的墓地，依山面水，望得见一线太湖。关于葬地，原来还有些争执，珏儿娘家人想把珏儿葬在紫金庵汤家的墓地里，他坚决不同意，珏儿是他的老婆，人也走了，他决不肯再与汤家发生什么纠葛。何况，珏儿生前也没有这个要求。在下葬时，天上下起了毛毛细雨，几个乡下人用铁锹掘开潮湿的泥土，把一尺见方的骨灰箱放下去。他和珏儿小姐姐并排立着，雨水浸湿了他的头发，沾在前额上。小姐姐打开伞，要和他合撑。他拒绝了，继续站在雨中。泥土腥鲜，被铁锹切断的草根丝丝缕缕，散发清芬气息。再极目远眺，在水汽掩映中，山坡上杏林洇出一丛丛淡绿，田野里开始显出星星点点的油菜花黄。远方太湖水天蒙眬，一片氤氲，润物无声。

乡下人拿了酬金散去，在雨雾中只剩下他们两人。在填平的墓穴上，小姐姐摆好祭品，点上三支线香。强烈的印度香料混合着青草汁液的味道在雨中飘荡，线香受潮，不久就熄了。他跪下重新点起，小姐姐则用伞遮着。于是线香的烟雾贴了地面，盘旋迤逦而去。他双膝着地，直等到三支香燃完才站起身。腿脚已麻木，心里更是悲凉，寥廓世界，魂魄何处？

去木渎送小姐姐回乌镇，码头上人声嘈杂，鸡飞狗跳。在黄昏迷濛的光线中，水流浑浊，空气中飘荡着煤烟和柴油气味。锈迹斑斑的铁壳驳船轰隆隆地发动起来，船身像是要散架似的，发出巨大的叽叽嘎嘎之声。在濛濛细雨中，小姐姐在后甲板上向他挥手作别，身形看起来极为单薄轻飘，仿佛马上要被风吹走一般。他感到一股悲伤的离别之殇，珏儿的一切离他远去，她的人，她的笑容，她的声音，她的家人……

第三章　永劫回归

是夜他留宿东山,还是那处和珏儿住过一夜的旅舍。被告知楼上的房间已经客满,只有楼下的偏房。他付过宿金,拿了锁匙进房,是极小的一间,许是以前仆役的住处。床椅也陈旧,一扇木格窗扉,对了几尺之遥的后山墙。房里有一股霉蒸味,他开窗透气,在灯光下,突然瞥见一枚壁虎四肢张开盘踞在山墙之上,一动不动。他凑近了去看,只见是一条三寸长短,通体碧绿的壁虎,两只眼睛是琥珀色。看见人来,并不逃走,竟然翘起了头与他对视。最初有点骇怕,听说壁虎是会钻入人耳朵里去的。观察一阵,壁虎并没有要跃入房间里来的迹象,只是换了个角度继续盯视着他。他安静下来,双臂倚靠在窗台上,托着下颌,陷入恍然沉思之中。

一切有生,从无意识中来,归无意识之中去。在这白驹过隙的一瞬间,灵魂升降,意识明灭,如旷夜中的萤火,翩跹于野。庄生迷蝶,望帝杜鹃,逝者未远,情深缠结,一缕魂魄,物我两忘。

夜深了,一线天空之上,月光忽明忽隐,他神思恍惚,人又倦极,和衣倒在床上睡去。

清晨醒来,呆坐在床沿。窗外鸟鸣啾啾,晨雾缭绕。他想起昨晚的情景,走到窗前观望,山墙是青砖砌就,年深日久已经发黑,砖缝中生着缕缕苔藓。窗底下是一条甬道,地上有一个封住的井台,四周布满了碎砖和石块,杂草丛生。草丛中有些微动静,仔细观察,果然有三五条壁虎在乱石中潜行,只是都呈灰褐色的,昨夜那条翠绿色的壁虎却不见影踪。

退房时他与柜台说见到了壁虎。柜台说此地潮润,屋宇又都是上百年了,旮旯角落里各种蛇虫百脚都有,壁虎也是常见的,对人无妨。他说那壁虎是通体碧绿，不知是何品种？柜台左右张望了一下，说： 碧绿色的壁虎？蛮稀奇的。我从未见过，不过，倒听过些当地人的传说，说是金色蛤蟆是男人的精魂转世，而翠绿壁虎则是女人精魂所系，叫金蟾玉虎。寻常难遇，只有亲人才能见到……

第三章 永劫回归

46

珏儿死后,他人生好像失去了目标,一日日地萎靡下去。亲友们劝他续个弦:侬还在壮年,老婆还是要寻一个的。人生道路还长着呢。其中最上劲的是毕烨,她现在升任区委宣传部长,手下有得是刚参加工作的大学毕业生,给他介绍过好几次。他却不过毕烨的好意,奉命去相亲,心里却一点不抱奢望:他已经三十六岁了,鬓边开始生白发,一只脚已经跨进中年人的界限,不但是个鳏夫,而且还是个"脱帽右派";对那些廿岁出头,要求进步的女学生来说,这样一个人怎么会入得了眼?怀了这种心态,几次交往都是无疾而终。毕烨生气地问他到底要寻怎样的天仙美眷?他苦笑道:毛病出在我头上。是我老了,落伍了。

他心里还有太多关于珏儿的回忆,斯人音貌笑容,在寂静无人之际悄然浮出。常常是捧了一本书,飘然出神,满脑子都是珏儿与他共同生活中的一点一滴。珏儿故去已多时,却一次也未来入梦。家里基本上没有大的变动,卧室里小床收了起来,墙上还是挂着他和珏儿的结婚照,大橱里还挂着珏儿的衣裳。他有时打开橱门,一股熟悉的味道传来。物是人非,不由得使他惆怅不已。

三年困难时期终于到头了,乡下的情形已经好了许多,但阿香还是继续住在他家。他不开口,她也不提,日子就这样浑浑噩噩地过去。现在儿子长住厂里的值班室,这样也好,父子俩不用钉头对牢铁头,家里也简单些。阿香的家务没那么多,就用足了劲头,把他侍候得像祖宗一样。早晨一起床汰面水就倒好了,牙膏也挤在牙刷上。他下班回来,饭菜端整好了在桌上,菜肴汤水都是按了他的口味做的。吃好碗筷一推,阿香自会收拾。他也觉得理所当然,阿香好像就是他家一个长工,吃口饭,不用付工钿。

某个夜里,他已经入睡,蒙眬中感到有人进房,摸黑在他身边躺下。他受惊坐起,开了灯,见是穿了睡衣的阿香,整过了头脸,身上散发着廉价雪花膏的气味,眼睛闭着,直挺挺地躺在床边。他不耐烦地推她:"侬做啥?不要这样,回自己床上去。"阿香一声不出,也不动,眼泪却慢慢地淌下来了。两人僵持了一歇,他叹了一口气,关了灯,转身朝里。阿香静静地躺了半个时辰,然后一声不响地爬起身,摸回去自己的眠床。到第二日见了,两人都尴尬,阿香依然侍候他的饮食,把他的衬裤袜子收去洗。只是板了张面孔,跟他一句闲话也没有。他左也不是,右也不是,只好闭口不言。是夜,阿香在他上床前,就先把自己的被褥抱到他床上。整理好两个被窝,不由分说地钻进自己的被筒。他心里气恼阿香自说自话,又不想吵起来让邻居看白戏,只好随她去。

他还没到油尽灯枯之时,有时也有那方面的想头,但阿香已经丝毫引不起他的欲望。阿香现在大概是四十三四,看起来至少五十岁出头。头发已经花白了,多年来营养不足,人变得枯瘦,肤色发暗。而且吃了太多的苦,面容和眼神也变得畏缩。看起来就是一个菜场里的老妈子。不过,他心里也晓得这辈子欠了阿香许多。当年他一走了之,阿香独自带个小孩子,日脚不知有多凄惶。一个没有受过教育,也没有谋生技能的女人,在宁波乡下这些年是怎么过的?这三五年阿香住他家,除了吃

第三章 永劫回归

口饭,真是尽心尽力地维持着这个家。珏儿生病的两年多,所有的照料都是阿香一肩承担,不怕脏累,不怕传染。如果没有她,他真不晓得怎么捱过去。他同时也晓得像阿香没读过书,却信奉四从五德,从一而终这些老古董。珏儿在时,她晓得不好僭越。现在珏儿过世了,阿香就当仁不让爬到床上来了。

所以,虽然同床,他却绝对不碰她一碰。

阿香好像也满足于此:既然同了床,也就在某种意义上登堂入室了。至于那件事,是要男人来主动的。

他们也会躺在床上聊天,多是阿香在讲,对门的恶媳妇怎样作弄婆婆,隔壁人家的成年侄儿和婶婶搞不清爽。除此之外,阿香唯一感兴趣的是绍兴戏,早年看过的戏目到现在还记得。遗憾的是袁雪芬现在不唱戏了,去做人民代表了。她在宁波的一个绍兴戏票友家做帮佣时,曾见过袁雪芬一次,袁雪芬剪个短头发,长条面孔,跟戏台上的看起来不大一样。袁在家宴中途要上厕所,是阿香引了去的。这是她做一世人所见到最大的人物,阿香说起来激动不已:人真的蛮客气的,我带她去上个茅坑,她还谢谢我!这点芝麻绿豆,总讲了几百遍。终于把他讲得烦了:"上个茅坑,见了个唱戏的,就稀奇死了?侬怎么没把她的草纸收藏起来?真是乡下人,大惊小怪透顶。"阿香就嘀咕:"作孽,不作兴这样讲人家女人家的。"

他晓得这是阿香全部的人生境界,也就姑且听之,你能指望一个乡下女人谈曹雪芹或毛姆吗?

他们之间唯一能交谈的是儿子。算算来上海也五六年了,儿子跟他的关系一直没改善。现在翅膀硬了,不吃侬爷老子的饭了,住在厂里,更是没什么交会了。隔礼拜回来一趟，人正在抽条子，长得又高又瘦。跟他年轻时活脱似像，面孔上长了许多青春痘。碰巧家里有好小菜，坐下闷头大嚼，吃完碗一推，说声，姆妈我走了。对他连招呼也没一句。

他牢骚满肚："看看，他眼中有我这个爷吗？"

阿香帮儿子："他进门朝侬点头的呀。"

他冷笑："他还朝我屁股鞠躬了，正好我背转身没看见。"

"现在年轻人都这样的，无啥礼貌。不过，侬也犯不着跟自己亲儿子怄气。"

"我当他亲儿子，他大概当我是后爹了。侬见过亲儿子这样跟老头子说话的吗？"

阿香说："再怎样总归是儿子，骨头贴牢肉的亲儿子。侬耐心点啦，他还小呢，再大一点自会明白过来的。"

他只是鼻子里哼了一声。

他很清楚地看到自己的人生境界一点点地下滑，但他又能如何？你不得回头，年龄，体力，责任，如一条条绳索牵着你，没办法回头。年月如梭，你翻过三十大关，感叹二十青春消逝得太快了。一转眼，四十这座大山已经横在面前。过了四十，人生就是下坡路了，像西山的日落，光芒收敛，越来越黯淡。

他唯一的消遣是下棋，跟夏先生两个一下就是没日没夜。两人都是鳏夫，都是人生空虚，从早上九点钟起，一直弈到半夜。输赢还在其次，更主要是以弈棋来忘却人生的失意。下到后来，对弈的两人都疲劳之极，却不肯罢手。人如腾云驾雾，被催眠般地，脑子像一架在地球轨

第三章 永劫回归

道上空运行的飞行器一样,并不经理性思考,只是凭了下意识,眼观鼻,鼻观心,随手落子。有时倒下出盘绝世好棋,弈完复盘,两人瞠目,却再复不出当时的棋路。

听说虹口公园有几个狠将,于是他在礼拜天跑去虹口,提包里装了阿香准备的饭盒,橡皮筋扎紧,用一条小棉花胎包起来,中午时饭盒还是温热的。一只大口果酱瓶,灌了满满的一瓶浓茶。只是公园里的"高手",棋艺也平常。最好的棋手亦被他杀得落花流水。出公园时,有个观棋者跟了上来,说:"先生一手好棋,跟这些人下不出名堂的。何不找些高手,还能有些小小的进账呢。"他看那人,年约三十,戴顶鸭舌帽,衣装亦得体。于是说:"我老远赶来,能跟高手讨教最好,但我一个也不认得。"那人说:"侬下礼拜再来,我倒可以介绍一二。"他当即约定,又诧异地问道:"你刚说的,有些小小进账是啥意思?"那人"哦"了一声,说:"是来输赢的,一局一块钱。"

他下棋伊始,从没跟钞票有过瓜葛。跟夏先生下棋,都是这次你买点心,下次我带茶叶。不过,一块钱也不是什么大数目,下个三四局,也不见得全输吧。这个自信他是有的。

隔周,他来到虹口,鸭舌帽把他带到一个小学里。已有人等着,一个老者跟他握手。鸭舌帽介绍是汪伯伯,开过棋室,赢过日本人五段,做过某省队的教练。他寒暄几句坐下,拿出茶瓶,老者用一个搪瓷杯喝茶,鸭舌帽提来一只热水瓶为他俩加水。看看手表,说,辰光蛮宝贵,两位还是先手谈好了。

一开局,他就晓得碰上了高手,汪伯伯最初几手根本不和他对局,只顾自己在棋盘上大开大合地布局。他晓得高手都对收官时的绞杀技术有自信，所以开局是尽量抢地盘。所以存了小心，落子谨慎，高壁深垒，二十手过后，基本上巩固了两只底角和一条长边。汪伯伯眼睛一眯，随即在腹地经营，不时乘他的空隙，在他地盘上落个几子。他则以边角为依据，也向腹地进袭。弈到八十手之后，棋势慢了下来。呈犬牙交错的局面，黑白双方占的地盘差不多，就看局部战役怎么打了。

他提起精神，展开贴身近战，肉搏战，寸土必争。汪伯伯的确是高手，防守滴水不漏，进攻又非常犀利，这儿占去二三子，那儿布上一个活眼。到了收盘时，看起来双方平手，但算子他输了一目，再加上执黑算半目，共输了一目半。他盯了棋盘半天，想不通开局还算可以的一盘棋怎么会输的。旁观者看得兴趣盎然，两位都是高手，龙争虎斗，看得过瘾。

再次开局，上一盘是因为太过保守，于是他上来就尽量占地。汪伯伯好整以暇，在他的地盘落几个伏子，同时固守自己的角地。也许是求胜心切吧，他有点乱了章法，战线拉得太长，顾此失彼。下到中盘，他就看出形势不妙，已占的地盘被一点点蚕食，角与边又守不牢。他长考了两分钟，晓得这盘棋下坏了。于是说："看样子这盘又输了。"汪伯伯挑起一条眉毛，说："中盘认输？其实你还是有可为的。"他思考了一阵，摇摇头："算了。吃过饭再来吧。"

汪伯伯眼睛望了鸭舌帽。鸭舌帽清了清嗓子，说："也好，先把早上的账结了，大家去吃饭。"汪伯伯说："这中盘认输，怎么算？"

鸭舌帽看了看残棋，说："这盘棋无论如何都要输个十来子，算八子好了。加上第一盘一子半，一共九块五毛。"

他还没反应过来。鸭舌帽又重复一遍："先生，一共九块半。"

他质疑道:"你不是说好一块钱一盘的吗?怎么变成这么多?"

鸭舌帽笑眯眯地说:"先生侬大概听错了,我是说算输赢的话一块钱一子。"

他抗议道:"侬当初明明白白地说是一块钱一盘,这样不行。"

鸭舌帽说:"一块钱一盘?侬也真想得出来的!汪伯伯啥个水平,平常教人家弈棋,都要收两三块钱一节课了。"

他瞠目结舌,鸭舌帽又说:"愿赌服输,不好赖账的。"

他争辩道:"我没有要赖账,但是,一块钱一子也太多了点吧。"

旁边有人冷笑一声:"大家靠技术吃饭。侬棋术好的话,也可以赢的啊。"

的确,他技不如人。可是,九块半洋钿,这个代价太大了。

他嗫嚅道:"我没带这么多钞票。"

鸭舌帽问道:"侬有多少?"

他说我只带了五块钱。

姓汪的和鸭舌帽互相看了一眼,姓汪的一撇嘴,说:"算了,就五块钱好了。"

他默默地掏出五张一元的钞票,放在桌上,转身离开。身后的鸭舌帽还提高声音道: 先生,胜败兵家常事,不要放在心上。

47

他沮丧多日,日后总觉得他人生的彻底塌陷是下了那两盘棋之后发生的。

他经历过贫困、失学、疾病、划成"右派"、配偶故世,都过来了。只不过两盘棋,五块钱的输赢,正如那家伙所说的,胜负兵家常事,怎么会使他一蹶不振的呢?

他不知道,但现实如此。他变得畏缩,以前跟夏先生是棋逢敌手的,现在竟然会连输十二局。夏先生说:"侬棋路老早是蛮凶的,现在怎么变软了?"他讪笑了一下:"老了,大概脑子不灵光了。"夏先生劝他:"吃啥补啥,去弄点猪脑子来吃呀。"

结果阿香天天蒸猪脑子,吃得他要吐出来了。可是无论吃了多少猪脑子,他还是下不过夏先生,十盘九输。弄到后来,夏先生竟然不愿意跟他下了,总是推托没空。棋瘾上来,他只好跑去跟那些他看不起的业余棋手下棋,也自得其乐。不过虹口公园是再也不去了,那个鸭舌帽常在他噩梦中出现,帽檐下一圈阴影,两只奸诈的眼睛。

局里的同事在他戴了"右派"帽子之后,就跟他疏于来往了。脱帽后同事间的关系还是疏淡。他还跟小崔夫妇来往,在年节期间去拜访。小崔现在是市公安副局长,工作极忙。从小崔明显的敷衍态度中,他晓得他们的友情已经完全消逝了。他搞不清自己为什么还上门去讨没趣?

自我开解是去望望毕姹吧。但仔细看去，连毕姹的眼神也不一样了，以前他总能在毕姹的眼睛里看到一种温情和包容，现在则是怜悯，像一个姐妹对于极不争气的兄弟的怜悯。他晓得这怜悯是极为脆弱的，如果他再有麻烦，这怜悯会被粉碎殆尽。因此他总是装出一副开朗豁达的样子。但从毕姹送客的语态神色，他晓得这个一直善待他的女人也将离他越来越远。

他与珏儿的小姐姐时有通信，多是关于珏儿的点点滴滴，小姐姐信中写珏儿小时候的故事，或童稚，或滑稽，或狡黠，或野趣，一个活生生的小姑娘在乌镇青山绿水中跃行跳跶，豆蔻渐长，春华初开，渐渐地蜕化成一个宜家宜室的淑女。这些朴素而传神的文字写在劣质的信笺上，把他看得热泪盈眶。他一向文笔通达，写出来的信却非常地干巴巴。虽然他和珏儿的姻缘一波三折，起伏跌宕，却是夫妇两人间的私事密语，难容外人窥探。又如梦境中开出艳丽之花朵，却无从捉摸描述，一落到纸上就飘散凋零，哪怕倾述的对象是珏儿的亲姐姐。他们约好了每年清明节同去给珏儿上坟，第一年小姐姐失约，说是她一个囡儿得病。第二年见了，小姐姐苍老的容颜使他差点不敢相认。在清明时分，山野含润，遍地苍翠初起，他恍然看到的是珏儿的形象与她小姐姐重叠，年月粗粝，生之浮华，生之脆弱，生之悲哀，一切如是。

他的人生中只剩下阿香了。阿香也老了，驼了背，一只眼睛起了层白翳，手指关节由于风湿而扭曲。但还是操劳个不停，每天四点钟就起来买菜，顺带买来豆浆和油条，这是"弟弟"的早饭，阿香自家是不舍得花这个钞票的。她早饭是乳腐和开水泡饭，或是隔夜的剩菜汤脚。放下饭碗开始做家务，地板用清水拖两遍，揩玻璃窗，所有的家具都抹一遍灰。随后开始洗衣裳，被单枕套毛巾脚布上装内裤袜子统统泡在一只大脚桶里。阿香不舍得用肥皂，先用淘米水泡，再在一块搓板上狠命地搓，像打冤家似的，所以他家的衣物特别不经穿。当然阿香是想不到这个道理的，她只晓得多花力气，来节约每一个铜板。再接下来就要准备夜里的"嚼饭"了。淘米择菜又花去半天工夫，烧菜是要等到黄昏辰光才烧的，那样"弟弟"就可以吃上热饭热菜。晚餐后他看报，阿香帮他泡上一杯热茶，开始在灯下缝补，打开关了一天的话匣子。在昏暗的灯下，滔滔不绝的闲话从阿香嘴里流淌出来，像只坏掉的水龙头，无穷无尽，以致说些什么都无所谓了。他不听也得听，实在吃不消。他揶揄她道："真要被侬烦死了。人家生肺痨，我看侬一定是生了话痨了，快点到医院里去检查一下。"阿香于是羞涩地笑："医院倒不用去的，我晓得闲话是多了点，不过生性如此，我管不牢我的嘴巴呀。"

他摇头："还好侬生成一个女人，如果是个男人管不牢自己的嘴巴，必定会吃苦头。祸从嘴出。"

阿香嘴巴瘪了瘪，不响了。倒是他问道："小赤佬最近怎样了？"

他与儿子还是有心结，互不讲话。一个背地里叫父亲"老头子"，一个背地里叫儿子"小赤佬"。有什么事情都是听阿香转述。

阿香说："侬不要小看儿子，现在有出息了，当了小头头，不用上班，天天跑市里搞运动。"

他疑惑道："小赤佬做了造反派？"

阿香紧张了，瞪大眼睛："啥个造反？好好的怎么可以造反？杀头的

第三章 永劫回归

事情哇！"

他嘘阿香："侬不懂，就不要乱说。现在报纸上天天号召造反呢。"

社会一下子乱了，上学的不上学了，做工的也不做工了，天天上街贴大字报，抄家。一时人人缩头。他当然紧张。倒是阿香坦然：再坏的日脚也过过了，"右派"分子又不是侬一个人，抄家就抄家，反正也没有多少家底好抄去。

在某种程度上来说，男人的坚韧性不如女人，书生的抗打击的能力不如底层草民。中国人奉行上智下愚，男尊女卑，但紧要关头却反过来了。正谓水上浮花，水底磐石。没有阿香撑住他，他也许逃不过种种厄运。被批斗一天回到屋里来，阿香热菜热饭侍候他，帮他按摩颈背。夜里做噩梦，阿香一把抱牢他，帮他拍背，像安慰一个受惊的小孩。工资被削减，市场又紧张，阿香照样弄出三菜一汤。阿香常挂在嘴边的一句话：没啥大不了的，又不是侬一个人这样。

他对于跟阿香同床而眠不再抗拒，半夜醒来，晓得阿香在身边使他有一种安全感。这个扎了一个乡下老妈子的髻，头发花白，满面风霜，全身关节开始变形的女人，是他在人世间最后的倚靠。他不敢想象，如果没有阿香，他一个人怎么面对这个险恶的世界。

一日夜里，他和阿香已经睡下了，突然听到下面人声喧闹，随即听到脚步声上楼来了。看样子又是莫名其妙的抄家。惊慌之下，他从被窝里坐起，阿香已经开始穿衣，准备出去应付。睡房门却被推开了，儿子伸进头来，看到他俩在一张床上，也是一怔，随即说："阿爸姆妈，是我呀，回来拿些东西。"看他们惊慌失措，又说，"阿爸，姆妈，外面是我的战友,不碍的。"阿香一面穿衣,一面急急问道:"等一歇呀,夜饭吃过了吗?侬要到哪里去?"儿子一只脚已经跨出门,只听到一句从楼道里传来的话:"我们上海工人造反总司令部要到北京告状去。"

他半日回不过神来,这是儿子第一次连着叫了他两声"阿爸"。

第三章 永劫回归

48

十年如一梦。

他的健康状况急速下降，严重的支气管病使他医院进出好几次。儿子是第一批参加造反的工人，经历过安亭事件，是王洪文的小兄弟，是某个工宣队的头头，在看病住院等事上还能帮上老头子一把。否则像他这样的身份，怕是老早保不住了。

他躺在瑞金医院的病床上，床单是一种说不出来的灰白色，上面有些可疑的黄色水迹，是那种无论如何洗不干净的污迹。他心里晓得自己病体支离，在世的日子也不会很长了。由于用药扩张气管，他长时间昏沉地酣睡，在时睡时醒中，黑夜和白昼混沌交错，梦境和现实重叠映现。他倒是愿意沉浸在这种幻景中，画面明亮清晰，人物自由而率性。特别是早年情景，清晰如斯：他看到小小的自己在扬州大宅子里疯跑，穿过一间又一间幽暗的厅堂。一个不小心被高高的门槛绊倒，大声号哭了几声，却一丝回音也没有，宅子里安静得像在水底。哭累了，躺在地上往上看去，天空澄蓝悠远。房檐间的燕子呢喃，相亲相爱。而他的玩伴，一个小女孩，一迭声地追着他喊：哥哥，来找我呀，来找我。语音娇俏，如蝴蝶穿梭花间。声音像是从水缸里传来的。他蹑手蹑脚地走近，踮起脚看去，黄陶水缸里满满的一缸清水，哪有女孩子，只见一朵洁白的睡莲正绽放。

他和同伴一起在春意盎然的野外，好不舒心自在。前面那个女子，纤体合宜，动静亦然。他总觉得是在何处见过的，只是想不起来。他走前几步，女子倾身，手自然而然地挽上他的臂弯，抬起头来跟他笑语相对：你叫我恽姐好了。

他在一幢大房子里参加派对，诸君山拿着酒杯跟他攀谈，血从他的太阳穴流下来，他骇怕地说你要不要去看医生？诸君山说搞情报的人流这点血怕什么？说着拿出一支手枪，往自己的头上又打了几枪，大厅喧哗，枪声微弱，诸君山依然谈笑风生。汤姆出现了，很紧张地抓住诸君山的袖子，说这支手枪是不是我的？你要跟我去派出所说清楚。诸君山无奈，满头是血地被汤姆拖着往外走。于是就吓醒了，眼前一片灰白，不知身在何处。听到邻床病人的呻吟，才想起是在医院。

在上海阴湿天的一个午后，在人生最后的驿站——病床上，在一片生机勃勃的嘈杂声中，他突然进入一条时光甬道，很清晰地看到一路走来的人生。初起，冒进，迷惑，热情与挫折，获得与丧失，人到中年，该沉淀都已经沉淀下来，看过了生命的正面和反面，人变得通透并畏缩了。知道投生到肉身，是个极大的偶然。而这个偶然之中，天生包含了五味俱全，不尽人意的种种因素。你只能顺从，无力去改变。活着，体验着，承受着，像庄子那样处理人生，意气风发是华年，困苦委顿也是华年。

生命无序，你不敢保证死后灵魂是否会再一次地轮回，你也不敢说来世一定比现世更好。你所有的，只是你现时能感受到的一切，喜悦与悲伤，太阳与月光，同时交织成立体的人生。从任何角度看来，我们所经历的人生，不可能是最好的年代，也不可能是最坏的年代。

正如一个诗人所写的：

但如今，突然面对着坟墓，
我冷眼向过去稍稍回顾，
只见它曲折灌溉的悲喜
都消失在一片亘古的荒漠。
这才知道我的全部努力
不过完成了普通的生活。

——穆旦

49

    三天之后，他突然心力衰竭。得年四十九。

    就在他弥留之际，在罗湖海关，一个胖胖的中年女子正准备入关。警察检视着她的美国护照：汤女士，请问您这次旅行的目的？女子说：到上海去看亲戚朋友呀。廿多年没见着了。警察在护照上敲了入境章，说：祖国欢迎您，一路顺风。

后记

此情可待成追忆——父辈的锦瑟年华

人与人之间的相濡以沫，温馨和真情、付出与坚忍——正是有了这些人性的光芒，再艰难的岁月也可支撑下去，再坎坷的经历也可称之为"华年"。

我家庭相册里有一帧发黄的小照，是1948年我父母在上海圣约翰大学毕业时，与同学们的团体合影，背景是兆丰公园深秋的树丛和草坪。只有两寸见方，照片中人的面孔如米粒般大小，但是蓬勃英气满溢于表。男生们或是西装笔挺，或是长衫潇洒，个个神情昂扬。女生们则是旗袍竞妍，秾纤合体，人人巧笑倩兮。这些年轻人是那个时代的天之骄子，学业扎实，思想开通，中英文俱佳。

我后来出国，参加了一些在纽约、旧金山，或是加拿大等地举办的圣约翰大学的同学会，发现这些当年的精英都垂垂老矣，锋芒尽挫，景况好一点的做个寓公，际遇差一点的住在政府老人院。如天涯浮萍般地时聚时散，聚到一起时打打桥牌，吃吃饭，缅怀一下以往时日，仅此而已。散时便无影无踪，销声灭迹于某张贫民医院的病床上，当年的雄心抱负连影子都不见。我父亲是当年圣约翰的高才生，于华年四十五之际离世。我母亲已经九十有二,人生已到了暮光之年,思维和行动都退化得厉害。我每次去看她,离开之际都会感到悲哀,这一辈人已经到了凋落殆尽之际,在舞台熄灯之时,有谁还记得他们也曾风流倜傥,意气飞扬?

时光飘零,人生又何其匆匆。

生命有其美好的一面,更有其残酷的一面。唐人刘禹锡曾吟过:"人世几回伤往事,山形依旧枕寒流。"

然而,正所谓"文章憎命达",从文学的角度看来,那一代人何其不幸,但又何其有幸。生于战乱年代,经历了特殊的人生,际遇跌宕,世情坎坷,他们的人生经历却滋养了文学的想象和发轫,这也许是精神上唯一的解脱和觉悟。正如雨果写出《悲惨世界》,托尔斯泰创作了《战争与和平》,肖洛霍夫完成《静静的顿河》,这些文学作品都是花岗岩缝隙中开出的花朵,因艰绝而深邃,因痛苦而绮丽。

《锦瑟》这部小说主线就是追溯个体在历史变迁中的心路历程。正如李商隐诗中所描述的,锦瑟无端五十弦,一弦一柱思华年。人生在历史的背景中展开，初起，冒进，热情与挫折，获得与丧失。人到中年之后，该沉淀的都已经沉淀下来，看过了生命的正面和反面，人变得通透并畏缩了。知道投生到肉身，是个极大的偶然，而在这个偶然之中，天生包含了五味俱全，不尽人意的种种因素。活着，体验着，承受着，像庄子那样处理人生，意气风发是华年，困苦委顿也是华年。

《锦瑟》从动笔到完稿长达两年多，中途遇到一个接一个的瓶颈，写得非常之苦涩。我常常深夜在斗室里伏案疾书，白天复读之后再整段地删去，掷笔于案，徒呼奈何。其中大部分原因是时空的间隔，记忆的缺失，很多事情变得难以考证。为此，我常去加州大学伯克利分校的图书馆，翻阅那些年代久远、发黄的老报纸，凑得很近地看那些微缩胶卷。如一条回溯源头的鱼，在历史的河道里艰难地逆流潜行。为了求证某段史实，探寻着那个时代的种种细小痕迹，如时局的嬗变、民生的艰涩、坊间的流言、城市的变化、人际关系的悲欢炎凉，老百姓过日子的本领，以及潜藏在一切表象之下，无时无有的生存与淘汰的格斗较量，尖锐的、紧缠的、无声的，此长彼消，阴晴圆缺。我力求这些细节的实证并使之鲜活。正是有了这些具体而微的痕迹，我们才体认到在短短的几十年间，时代已经走出了多远，社会的观念又有了多大的改变。

书中的诸多人物，有些是我臆造，有些是有原型的，大多已经作古，但在某些段落中会自己活动起来，犹如隔世恍然。使我困扰的是，明明是书中的虚拟角色，却会自己做出选择，跨出下一步，固执地，不肯妥协地。而作为作者的我，对此全然束手无策。

书中的主角，有如大部分的旧式读书人，性格懦弱，却自视甚高，因此也必然是命运多舛。他常会在我的幻觉中出现，触手可及，连须眉中的白茎都依稀可见，脸上则是一副无奈的疲惫神情。我很想某个时刻在他背上猛拍一掌，大喝一声：你就不能把腰直起来吗？他只是勉为其难地挺直了那么一两分钟，然后又颓丧了下去，并且回过头来诘问我：如果你处在我的境地，你说你能做得比我更好吗？

我仿佛听见博尔赫斯在耳边轻声说道：从长远来看，一个人就是他处境的总合。起点与终点,贯穿其中的那条线时明时暗,却永远指向终点,其原因是人内部的基因和天生的知觉,主导了在重要关口的选择,所以,事情必然是这样的,非这样不可。

嘘!听起来像贝多芬的第五命运交响曲——是这样的,非这样不可。

我不知道该不该相信终日窝在书斋中的老学究博尔赫斯?鉴于视野的关系,他观察到的世界跟我们所经历的简直不可同日而语。

当然,在小说的写作过程中也有极大的欣喜和迷醉。旧时的年月,生活动荡,物质匮乏,更没有现在的各色娱乐和高科技体验,但一样有着活泼泼的生命涌动,有其特殊的春华秋实。不管在如何艰苦难挨的日子里,老百姓还是要生活下去的,起居求学谋生饮食娱乐恋爱结婚生儿育女,以及面对疾病、衰老和死亡。这是人生五彩斑斓的底色,大画面中的小笔触,是任何年代都脱不开的。还有人与人之间的相濡以沫,温馨和真情、付出与坚忍,正是有了这些基本的人性,再艰难的岁月也可支撑下去,再坎坷的经历也可称之为"华年"。

回溯以往，遥见历史如长链，环环相扣，首尾相连。虽然那个年代与我们相隔甚久，但某些熟悉的脉动和气息，依旧隔着文字远远传来。

范　迁

2018 年 4 月

附记

文本的痛苦——我看《锦瑟》

严歌苓

福克纳说过,我们当中没有一个人愿意相信,我们的痛苦都是我们自己造成的。所有的不幸都可以找到可怪罪的人,或是时代。是嘛,我们只是升斗小民,手无缚鸡之力。我们的行为高尚或卑贱,正确或错误,都不可能对国家、社会或历史,产生哪怕微小的影响。所以,我的不幸,一定是得由谁来负责。

坐在美国南方燠热的书房里,福克纳永远令人摸不透他的话语究竟是嘲讽还是怜悯。而米兰·昆德拉就直白得多:永远不要认为我们可以逃避,我们的每一步都决定着最后的结局,我们的脚步正走向我们自己选定的终点。

我们中国人也有一句话,叫做:风起于青苹之末,摧城掠地。历史的变迁缓慢而不易察觉,一旦发轫,任何力量阻挡不了。

近来,文学界反思中国近代史,这一步错了,那一步不该走。指头点来点去,就是不会点到自己头上。作家和学者们深刨历史的细节,研究由于这个事件那个起因,而形成了当下的局面。全是见木不见林,几代人的认识论,就是被这种短视而蒙蔽,以致弯路走了又走,至今还未从这个怪圈里摆脱出来。

我们是社会最小的细胞,也是最重要的细胞。我们健康,社会也健康。我们病恹恹的,社会也不会好到哪里去。

《锦瑟》这部小说以李商隐的同名七律为轴,叙述了生命的华美与无奈。但读来更像是一曲普通人的哀歌,一个软弱的书生,阴差阳错地被时代卷裹着参加了革命,像阿Q一样,认为自己从此成为统治阶级的一员,勤勤恳恳地完成上级交予的任务,也确实短暂地风光一时。但好景不长,在历次运动中他所熟悉的世界一点点地崩塌。很快地,他就被划分到对立面去了,历尽波折。他一直没有想透,为什么命运如此多舛?究竟是哪个关节出了岔子?

岔子出在整个民族的性格,认知,以及与生俱来的惰性。

范迁以精细的白描手法勾勒了男主人公的一生,我们看到一个卑微的男人,读过些书,生性敏感懦弱却狷介自赏。他是我们身边某个熟人的影子,某个远房堂叔,世伯家从未晤面的侄子,或是对门邻居家孤僻的兄弟。常常听说他要求进步,在单位里被赏识、升职,委以重任。偶尔一见，意气飞扬都写在脸上。然后就听说他因某种原因，被削职降薪，被闲置，郁郁终其一生。这样的实例太多了，整整一代人，本来是可以有些成就的，十毁其九。

　　历史一向是大而化之的，只演示而不解释。小说就得花很多具体而细微的笔墨。范迁在《锦瑟》中重塑了当时微妙的政治气候，经济环境，人文世情与市井百态，无一不栩栩如生。贯穿其间的是涓涓滴滴的血肉人性，小百姓日常生活的悲欢炎凉，夹缝中的日子怎样一天天挨过去。说到底，文学还是人学。而加缪说过，要了解一个时代，最好的办法就是去观察那时的人民，怎样生活，怎样相爱，怎样死去。

　　这是一段痛苦而迷惘的历史，我想，范迁也写得很痛楚。但是痛苦中蕴含着警醒，历史诡谲，发生过的还会再次发生。在当前眼花缭乱的世界上，警醒和反思是必要的，就像一锅美味中的一撮盐。也许，《锦瑟》的特殊意义就在于此。

图书在版编目（CIP）数据

锦瑟 / 范迁著. -- 上海：上海文艺出版社, 2019.3
ISBN 978-7-5321-6927-6
Ⅰ.①锦… Ⅱ.①范… Ⅲ.①长篇小说—中国—当代
Ⅳ.①I247.5
中国版本图书馆CIP数据核字 (2019) 第016659号

发 行 人：陈　征
策　　划：谢　锦
责任编辑：陈　蕾
封面设计：丁旭东
内文插图：曹启文

书　　名：锦　瑟
作　　者：范　迁
出　　版：上海世纪出版集团　　上海文艺出版社
地　　址：上海绍兴路7号　200020
发　　行：上海文艺出版社发行中心
　　　　　上海市绍兴路50号　200020　www.ewen.co
印　　刷：苏州市越洋印刷有限公司
开　　本：890×1240　1/32
印　　张：11.625
插　　页：2
字　　数：265,000
印　　次：2019年3月第1版　2019年3月第1次印刷
I S B N：978-7-5321-6927-6/I · 5530
定　　价：55.00元
告读者：如发现本书有质量问题请与印刷厂质量科联系　T:0512-68180628